广告丽人

翟之悦◎著

中国文联出版社
http://www.clapnet.cn

图书在版编目（CIP）数据

广告丽人 / 翟之悦著 . - 北京：中国文联出版社，2015.5
ISBN 978-7-5059-9918-3

Ⅰ. ①广… Ⅱ. ①翟… Ⅲ. ①长篇小说-中国-当代

Ⅳ. ①I247.5
中国版本图书馆 CIP 数据核字(2015)第 109611 号

广告丽人

作　　者：翟之悦

出 版 人：朱　庆
终 审 人：李金玉　　　　复 审 人：苏　晶
责任编辑：姚莲瑞　　　　责任校对：郑建斌
封面设计：百丰艺术　　　　责任印制：陈　晨

出版发行：中国文联出版社
地　　址：北京市朝阳区农展馆南里 10 号，100125
电　　话：010-65389147（咨询）65067803（发行）65389150（邮购）
传　　真：010-65933115（总编室），010-65033859（发行部）
网　　址：http://www.clapnet.cn
E - mail：clap@clapnet.cn　　　　yaolr@clapnet.cn

印　　刷：三河市宏顺兴印刷有限公司
装　　订：三河市宏顺兴印刷有限公司
法律顾问：北京市天驰洪范律师事务所徐波律师
本书如有破损、缺页、装订错误，请与本社联系调换

开　　本：710×1000　　　　1/16
字　　数：310千字　　　　印　张：17.5
版　　次：2015 年 6 月第 1 版　　　　印　次：2015 年 6 月第 1 次印刷
书　　号：ISBN 978-7-5059-9918-3
定　　价：32.80 元

目录
Contents

第一章　美女如云“箭”如虹 / 1

第二章　霸道男友发威 / 7

第三章　选美热情爆棚 / 14

第四章　老板娘亲自上阵选美 / 18

第五章　爱到深处是桎梏 / 26

第六章　破灭的电影梦 / 30

第七章　靓丽老板娘的前尘往事 / 35

第八章　大美人钓到小“金龟” / 51

第九章　我为选美狂 / 67

第十章　暴发户酒会炫富 / 73

第十一章　野蛮男友辣手摧花 / 81

第十二章　酒吧偶遇落难美女 / 85

第十三章 热门选手花边新闻甚嚣尘上 / 99

第十四章 “好男人”的事业情感双重危机 / 110

第十五章 小曼负面消息缠身 / 119

第十六章 娱乐报刊穷追猛打 / 125

第十七章 预赛前的明争暗斗 / 130

第十八章 看不见硝烟的美丽战争 / 144

第十九章 刘老板后院起火 / 161

第二十章 小导演魂断片场 / 181

第二十一章 且看到底花落谁家 / 189

第二十二章 落跑的选美季军 / 205

第二十三章 广告明星的不同命运 / 218

第二十四章 绝色佳丽豪门梦碎 / 235

第二十五章 爱是无悔的沉醉 / 248

第二十六章 赚钱是技术更是艺术 / 257

第二十七章 前男友的最后疯狂 / 264

第一章
美女如云“箭”如虹

蓁城市郊，星期八生态农庄豪华会所的多功能厅里，10名经过层层选拔，从成千上万名美女中脱颖而出，赢得参加第五届蓁城广告之星决赛资格的漂亮美眉们，正在接受赛前训练。

蓁城广告之星大赛是由蓁城文化传媒有限公司举办的一年一度选拔新秀的赛事。蓁城文化传媒有限公司前身是蓁城广告界最具实力的蓁城广告公司。公司现任总监郑嵇安接手总监之职后不久，公司转制成为他私人所有，同时改名为“蓁城文化传媒有限公司”。经过多年运作，公司更上一层楼，在兼顾广告业务的同时涉足影视传媒、旅游、餐饮等行业，实力不容小觑。虽然，蓁城广告之星大赛的名号沿用至今，但实际上，这项赛事已成为一种变相的选美，来为公司选拔影视新秀。

星期八生态农庄正是蓁城文化传媒的产业之一，所以，大赛的培训基地就选在了这里，好处是：一来，主办方不用另交场地租金；二来，这里地处偏僻、保安严密，无孔不入的娱乐报刊记者无从入内探知佳丽们的培训内幕。

会所的建筑选用欧式风格，装修细节模仿国际一线酒店。多功能厅位于会所三楼，状似大型宴会厅。地板上铺着低调奢华的进口地毯，厚重繁复的丝绒窗帘半遮半掩，富丽堂皇的超大型水晶吊灯散发出梦幻的气息，华丽舒适的流线型沙发、桌椅均可移动，令此处既可作为会议场所亦可举办小型酒会。

正值七月初，室外已有几分暑意。华丽高大的落地窗外，栽满从热带运来的高价植物，随着微风沙沙作响。而参加决赛的佳丽们坐在排成半弧形的沙发上享受着空调制造的清凉。

今天的课程是礼仪与讲演，训练佳丽们的仪态和应变能力，甚至连上场后遇到突发情况该如何处理以及如何回答主持人的刁钻提问都在该课程的范围之内。蓁城广告之星大赛历年收视率居高不下，除了各界美女们的卖力表演，风趣幽默又不乏狡黠刻薄的主持人也功劳不小。

今天的培训导师是蓁城广告之星大赛的往届冠军卞西西，西西女士如今已是知名的影视明星。大家都十分喜欢她的礼仪课，因为她的言语出位大胆，举例生动实用，远比一些满腹经纶、自以为是的所谓专家导师吸引人得多。当然，西西女士本身的传奇经历也是这群美女们的兴奋点之一。

据说，西西女士是草根出身，从出道起便绯闻不断，传闻她与选美主办方老板郑嵇安也有千丝万缕的关系。西西女士星途坎坷、起起落落多次。当然，局外人总是雾里看花，可她今日的功成名就却是有目共睹的。因此，每当西西女士前来授课，总能在参赛佳丽中掀起一阵高潮，她的豪车、名表、服饰、妆容、发型、步态，甚至下巴上多了颗痘痘，都是美眉们议论的话题。

今天的训练科目首先是例行的步态练习。经过一轮又一轮车轮式比赛和训练的美眉们对此早已驾轻就熟，她们宛若花蝴蝶般在西西面前不停地穿梭。而西西女士，则端坐在前，伸出涂着黑色丹蔻的手指，把玩着她银光闪闪的手机，不时颔首表示对大家的肯定。

课间休息时，西西放下手机，摆出一派亲和的姿态与佳丽们攀谈起来。她笑盈盈地问道："各位小美女们，请问你们为什么来参加蓁城广告之星大赛？"

在西西女士面前，年轻的佳丽们难免露怯，尴尬地相互推搪，谁都不敢充当这个出头鸟。

西西女士脸上依然挂着亲切的笑意，眼中却隐含些许轻蔑："你们刚才叽叽喳喳的劲头到哪里去了？女人的青春很短暂，因此，每做一件事，都需要事先考虑好自己的目的所在，才不至于浪费时间。那么，"她的眼神逡巡了一圈，"唐语嫣，你先告诉大家吧。"

唐语嫣是蓁城土著，大学刚刚毕业，还未找到可心的工作。她的父亲开着一家小型工厂，母亲是名小学教师。这个美人儿身高 1.70 米，外表却是典型的江南范儿，窄肩细腰凹凸有致，肌肤胜雪吹弹得破，小巧饱满的瓜子脸上，一双纯真清澈的大眼睛扑闪着，仿佛是从卡通片里走出来的美少女，还未来得及接触世事。

参加大赛的女孩子们多数已闯荡江湖多年，眼神犀利、处事老练，虽然青春正好却难掩些许沧桑。天真的唐语嫣在这群美女中可谓是个异数，因此，西西女士对她的印象颇为深刻。

嗫嚅了半晌，见实在躲不过去，唐语嫣才绯红了脸颊回答：“同学和爸妈都要我参加，我推脱不了，只好参赛。”

稚气的回答令佳丽们笑成一团，罗小曼和蔡仪敏满脸不以为然，凌诗诗却默默不语，甚至感到一点苦涩。

西西注意到了几位美女微妙的表情，又开始提问，却依然没人回应。她略微不快地说：“看来各位美女比较羞涩，这样吧，大家按顺序轮流发言，这样才公平。凌诗诗，就从你开始。”

凌诗诗听到西西女士点名，不由一愣，随即恢复了满脸笑意，小心翼翼地回答：“我希望人生多点历练和体验，让我更加成熟干练。也希望这次大赛能带给我展示才能的机会，令我的前路走得更加顺畅。”虽然有几分拘谨，她的回答却中规中矩很是得体。

“很好。”西西满意地点点头，目光移动，“罗小曼，你呢？”

罗小曼是此次参赛佳丽中唯一一位已婚人士，她的丈夫刘子均硕士毕业后白手起家开了一家广告公司，业绩还算不错。起初，刘子均并不赞同她来参赛，可她劝说丈夫，参赛能打响她的知名度，等于让公司拥有了活招牌。再说，她能借此机会接触到更多社会名流，对公司未来的生意大有裨益。刘子均架不住罗小曼的花言巧语，终于同意。

罗小曼与丈夫是自由恋爱而结婚的。一般来说，新婚燕尔的浓情蜜意可令夫妻间的爱情更为稳固，可对罗小曼例外。新鲜感过后，家庭对她而言如同牢狱，她早已厌倦那一摊小生意和平淡的婚姻生活，潜意识中，她希望寻找更多的出路。但是，这些隐秘的算盘如何能够宣之于世？于是，罗小曼装作洒脱地笑笑，说：“我来参赛是为了增加知名度，支持老公的生意，以后还请老师和各位姐妹多多捧场和照顾。”

罗小曼和凌诗诗都属于丰满性感型的美女，若论长相，可谓不分伯仲。但是罗小曼明显比凌诗诗成熟圆滑，似乎见过点世面，因此谈吐之间更为流畅自信，神情也坦然自若、落落大方。

罗小曼的言辞引起一阵小小的骚动，佳丽们纷纷夸赞罗小曼“伟大”，真不愧是老公的贤内助。

蔡仪敏一双妙目在罗小曼身上打了个转，冷笑一声，不置可否。她想：都是在江湖上打滚的女人，谁不知道谁啊。你罗小曼这番言辞，骗骗刚出道的小妹妹还行，想骗到本小姐，还欠点水平。

西西的立场不宜表态，她动了动嘴角，露出猫一般神秘莫测的微笑："蔡仪敏，下面轮到你了。"

蔡仪敏是主办方的专属演员，拥有一张非常上镜的俏丽面孔。她平日里举止做派较为夸张，浑身上下的服饰无一不是名牌，颈间还挂着钻石项链，手上戴着五个戒指，走起路来一步三摇、香风阵阵。听西西问她，她立刻骄傲地回答："公司派我来参赛，我当然得听话。对我来说，这样的比赛跟平时拍戏没什么区别。"

此言一出，马上引起了佳丽们的不满，个别牙尖嘴利的女孩故意说："主办方肯定会偏袒自己旗下的艺员，我们估计都沦为壁花当陪衬了。"

"噢。"西西对这小小骚动充耳不闻，不动声色地问道，"这么说，你这次参赛也算是公干咯！"

蔡仪敏听出了西西女士话中的骨头，有几分恼怒，不过鉴于众怒难犯，而西西也是评委之一，不便得罪，只得忍气吞声道："当然，参赛也是我个人的意愿。这一行充满竞争，我坚信公司一定会秉着公开公正公平的原则选拔人才。"

"哈哈！"西西调侃道，"蔡仪敏，如果郑总看到你此刻的出色表现，也许马上会升你当公关部主任。"

"苏萌，你可是这次比赛的大热门之一，说说你的参赛理由吧。"蔡仪敏急于将话题的风眼从自己身上转走，便向另一个女孩发问。

苏萌是个相貌俊秀、身材娇小、皮肤微黑的骨感美女，她性格豪爽、不善掩饰，直截了当地说："我参赛是为了挣钱！"一语既出，满座皆惊。

凌诗诗暗暗叫苦，心知心直口快的苏萌引起了大家的误解。尽管不少美女参赛就是奔着不菲的奖品而来，但是宣之于口还是会令人侧目。她赶紧帮着苏萌向大家解释道："苏萌说过，她家乡很穷，她是靠着乡亲们的接济才到城里读了大学，所以她想通过选美赚一笔钱，支持家乡盖一座希望小学。"

"噢！好高尚啊。"西西女士抚掌惊呼道。

"嗤！假惺惺。我就不信，有谁不爱钱。"蔡仪敏照例一副嗤之以鼻的表情。

"你骂谁呢！"苏萌怒从心起，就要跟蔡仪敏理论，凌诗诗急忙拦住她，"算了，敏姐只是随便说说，不是有心的。"

西西女士也赶紧打岔，揭过不提。

众美女说说笑笑，暗藏机锋。时间过得飞快，很快到了下课时间，会所外的停车场已陆续停驻着不少私家车：宝马、奔驰、奥迪、雷诺、福特……拥有私家车的参赛选手毕竟只是少数，多数车辆就是奔这次参赛的佳丽而来。

几分钟后，10位美女几乎同时走出会所气派十足的大门。等待的司机们难得有机会近距离观赏如此之多的美丽女孩，燕瘦环肥、花团锦簇、五彩纷呈的场面晃花了他们的眼睛。

美女们各自奔向自己的目标，也有人驻足门口，频频看表，等待未及时到达的车子。会所到农庄的大门还有一段距离，没人接送的佳丽们只得结伴走出农庄到公路上搭公交或者出租车。

蔡仪敏戴着超大的Gucci眼镜，甩动着她的LV皮包，踩着镂空的高跟鞋蹬蹬蹬一马当先走进停车场，钻进她那辆粉色的甲壳虫汽车，打火、挂档，一踩油门，“刷”地扬长而去。

罗小曼见状“嗤”地一声，表示不屑。随即登上一旁等待她的别克商务车。她今天穿的是低胸上装和超短裙，上车时还不忘用手袋挡了一下，以免走光。停车场已经超出会所范围，天知道有没有记者混在等待的人群里面偷拍，还是小心为妙！

来接罗小曼的是她丈夫刘子均，他早已等候在此。罗小曼与蔡仪敏都是此次比赛的大热门选手，两人互有心结，一逮到机会就相互挤兑和攀比。罗小曼见蔡仪敏自行驾车离去，车型也普通，顿时觉得十分快意。

比起罗小曼和蔡仪敏，同是热门选手的唐语嫣穿着打扮就传统得多了。她只简单化了淡妆，白衬衣牛仔裤，清汤挂面的长发随意飘散在肩头。“不好意思，家人来接我了，我先告辞了。”唐语嫣彬彬有礼地向剩下的佳丽们打好招呼，才略带腼腆地登上等候她的韩国车，这种旧式的韩国车早已停产。

很快，停车场上空了大半，汽车一辆辆从佳丽们身边开走。只剩下为数不多的美女依然在农庄外面等待出租车。农庄地处偏僻，打车十分不便，虽然她们已经电话订车，但是愿意来此的出租车不多。

此时的阳光虽不如中午猛烈，但气温还是居高不下，几位美女躲在树荫底下，清一色地沮丧、烦躁，甚至感到丢脸。凌诗诗倒是坦然自若，一边欣赏着风景，一边等车。

忽然，不知从哪里窜出几个小报记者，举起相机对着等车的佳丽们猛按快门。有人不愿此刻的狼狈样被登报，赶紧用皮包遮挡住面部，迅速离开，也有人正愁曝光度不够，摆好姿势让娱记们拍个够。

罗小曼乘坐的商务车还未驶出大门，她眼见记者成群，灵机一动，急忙让刘子均把车开到他们身旁，摇下车窗，露出她的招牌笑脸。她假装好心大声问道："有谁要搭车回市区吗？"

因为打车太难，有几位美女争先恐后地登上了罗小曼的车子，娱记们果然如罗小曼所愿调转相机冲着她一阵猛拍。罗小曼保持着最美的笑脸，心里却恨不能立刻下车摆几个Pose。

刘子均最烦罗小曼这一套，皱皱眉头四处张望。突然，他的目光被树下一个女孩牢牢吸引。女孩一张鹅蛋脸，长发及腰，体态丰盈，腰身纤细。若论长相，她在这群莺莺燕燕中并不出众，但她气定神闲、静若处子的神态却令人心折。女孩站在树荫下，没有任何多余的动作吸引娱记，也不欲搭车，只是静静地注视着眼前混乱的场面，不时向公路尽头张望，期望出租车出现。

是凌诗诗！刘子均心脏一阵狂跳。自从上次匆匆分别，他一直希望能够再见到她，所以当老婆罗小曼告诉他，决赛佳丽将在此处培训，他立马自告奋勇接送老婆。一向反对自己参赛的丈夫如此积极，倒令罗小曼满头雾水。

不知凌诗诗父亲的病况如何，不知她的男友是否还经常动手打她，不知她现在的生活费还够不够？刘子均眼睛一眨不眨地盯着诗诗，心中塞满了各式各样的问号，真想立刻跳出车去问问她的近况。

忽然，人群中一阵骚动，一辆闪着黑色幽光的宝马车缓缓驶到大门口。一个眼尖的娱记大喊一声："这不是卞西西的大宝马吗？"

在闪光灯的集聚和大家艳羡的目光中，西西女士款款坐进车内，向大家挥手离去。

罗小曼见风头被抢，悻悻地朝刘子均挥挥手："咱们走吧。"

刘子均略显错愕，怕被罗小曼看出自己的心意，急忙收回目光，想了想，还是不甘心地问道："剩下好几个女孩，你不搭她们回去？"

罗小曼撇撇嘴："娱记们都去追西西女士了，我还待在这里干嘛！快走。"

刘子均还想分辩几句，却被罗小曼不耐烦地打断："有什么了不起，如果我将来有了钱，要比她风光一百倍。"

第二章
霸道男友发威

凌诗诗站在路边往远处眺望，娇俏可人的身姿引来好多嫉妒与爱恋交织的复杂目光。

“美女，是否需要我送你回家。”一个娱记模样的帅哥礼貌地询问凌诗诗。他坐在一辆越野车的驾驶座上，用电力十足的俊眼挑逗着诗诗。

凌诗诗冷若冰霜地摇了摇头，帅哥耸耸肩，改变目标找上别的美女搭讪。凌诗诗等了半晌，还未有出租车的影子，不由有些心焦，她看了一眼罗小曼的车子，正在犹豫是否搭车，忽然，一辆雪铁龙仿佛从天而降，停在她的面前。

“诗诗，赶紧上车吧。”司机大声说。

凌诗诗定睛一看，原来是她的前男朋友陈自力。她暗自叫苦，陈自力向来反对她选美，为此事两人已经闹翻。为了躲避他的骚扰，她携父母搬了住处，但他依然不停纠缠。训练场所如此偏僻，他居然还能找上门来，可见不会善罢甘休。

凌诗诗正在踌躇是否上车，陈自力已经灵活地离开驾驶座，跑到她身边，殷勤地为她拉开车门。

西西女士的豪车早已不见踪影，娱记们和其他人的视线立刻探照灯般聚集到凌诗诗这边。嘴快的娱记开始盘问凌诗诗和陈自力的关系，凌诗诗骑虎难下，她明白如果再不上车,她与陈自力的关系一定会再次成为娱乐报刊瞩目的焦点之一。决赛在即，绝不能因小失大。而陈自力正是摸准了她害怕媒体渲染的心思，才搞个突然袭击。凌诗诗偷眼观察陈自力，他正得意洋洋地望着她。算你狠，回去再跟你算账。凌诗诗无可奈何地坐上了副座。

一路上，陈自力对凌诗诗嘘寒问暖，百般讨好，凌诗诗却不为所动:“陈自力，我们早就已经分手了。你为什么还缠着我不放？”

陈自力涎着脸说：“我可没有答应过跟你分手。小夫妻本来就是床头打架床尾和，又何必那么较真。”

凌诗诗不想跟他纠缠，板起面孔问道：“我问你，这车是从哪里来的？”

陈自力嬉皮笑脸地回答：“问朋友借的啊。你不是喜欢这款车吗？我借来试试，如果性能不错，我们就一起买一辆，怎么样？”

“你不是最反对买车吗？怎么忽然转性了？”

“这还不是为了你！我想过了，我们在一起那么久，也该给你一个承诺。回去我们就见家长，然后买车，再一起按揭买个房子。然后就去登记，好好过日子。不过，你也得答应我一个条件。”

“我知道，你要我退出比赛对不对？”

“诗诗，其实这种比赛不是我们这种平头百姓玩得起的。那些有钱人早就将冠亚军的人选内定了，你这样的草根，不过是陪练，万一落选，丢人现眼的还不是你吗？我是为你好！”

这番话，陈自力说过无数遍，凌诗诗耳朵里早就起了老茧，可她每次听了都气不打一处来。“陈自力，亏你还是一个大学毕业生，出身草根怎么了？草根就不能奋发向上，努力出人头地？你喜欢自轻自贱我不拦你，但是，你别把我扯上。你是你，我是我！这比赛，我是参加定了。停车！让我下去。”

见凌诗诗态度强硬，陈自力不由哑然。他知道诗诗是个性情中人，便企图用婚姻的前景来绑住诗诗，但还是徒劳无功。

为了选美事件两人冷战已久，适才凌诗诗愿意搭乘他的汽车，倒是令他燃起了一线希望。可是此刻，眼见凌诗诗的坚决态度，他不禁有点沮丧。不过，陈自力并不打算放弃。

车子七拐八拐回到市区，凌诗诗发现，陈自力正往两人同住过的公寓开去，她了解陈自力固执的个性，料想回到公寓又是争吵，急忙阻止道：“快停车，我还有事。”

“这么晚了你要去哪里？”

“这是我自己的事，不用你管！”

“这里不能停车。有本事，你就自己下去。”

“你以为我不敢，我现在就下车。”说罢，凌诗诗伸手准备拉开后门。

陈自力慌了:“诗诗，你别这样，危险。”见凌诗诗神色不妙，他急忙换了一副嘴脸，温柔地说，“我已经做好了晚饭，跟我回去吃一点吧。如果吃过饭，你坚持要走，我再送你。你看你，训练了这么久，都瘦了。”

望着窗外的车水马龙，凌诗诗也确实心怯。见陈自力态度诚恳，她倒也不忍拒绝，轻轻点了点头，任由他开回了公寓。

离开几个月工夫，再回到两人一起租住的公寓，别有一番滋味在心头。凌诗诗是个念旧情的人，一旦走进这个熟悉的地方，心便柔软了不少，态度也不似开始那么强硬。

陈自力察言观色，喜上心头，他要的就是这个效果。于是，他更加夸张地脱掉外衣，扎上围裙，咋咋呼呼地走进厨房，献宝似的把事先做好的菜一一端上桌子，又找出一瓶二锅头，这才招呼诗诗上桌吃饭。

凌诗诗见陈自力忙里忙外，不由一阵感动，可当她看到桌上的菜肴，刚才的感动顿时荡然无存。

陈自力口味重，爱吃咸吃辣，所以每个菜里都放了红红的辣椒。虽然还未入口，但凌诗诗能够想象到，菜肴里必然放了大量的盐。

“吃啊，吃啊!”陈自力热情地夹起一箸菜，放在凌诗诗面前的碗里，接着便兀自吃起来。他吃起饭来特别投入，边吃边发出“吧唧吧唧”的声音，还不时地咂咂嘴巴。吃得差不多了，他才发现诗诗一筷没动。

“咦？诗诗，你怎么不吃？这些都是你最爱吃的菜啊。来来来，我夹给你。”陈自力大呼小叫地准备动手用自己的筷子夹菜给她。

凌诗诗冷眼相对:“这些好像都是你爱吃的菜吧。而且，你明明知道我不能吃辣，可还是放那么多辣椒。”

“呵!”陈自力眼中的恼怒之色一闪而过，又装出一副更热情的样子，“不爱吃菜那就喝酒好了。今天你能回来，说明心里还有我，我高兴啊。来，我给你满上——”

“不喝!”凌诗诗坚决道，“辣椒和酒都伤嗓子，再说，我一喝酒就过敏没法见人，别人不知道，难道你也不知道？我看你分明是故意的。”

“嘿嘿!”陈自力冷笑道，“恐怕不是不能吃，是害怕伤了嗓子不能登台表演才艺吧。真搞不懂你们女人，怎么这么爱慕虚荣。演艺圈混的女人，可是没有一个干净的，都被潜规则过，难道你想像她们一样当个人尽可夫的女人？”

“你不要一竿子打翻一船人！每个圈子都有好人坏人，难道演艺圈没有洁身自好的女人？”凌诗诗怒上心头，“我爱慕虚荣？我要是虚荣，当初怎么会看上你？还跟你在这个破房子里住了那么久？”

陈自力的本意是劝凌诗诗放弃比赛，却没料到她的反应如此之大，他倒一时讷讷无语。

凌诗诗气愤地继续说：“你以为比赛就是穿着漂亮的衣服走来走去那么简单？我们每天都要参加训练，跳舞、唱歌、走T台、礼仪、谈吐等等各种各样的课程，一天到晚排得满满的。你看！”凌诗诗忽然撩起裙摆，她的膝盖到脚踝部位淤青了一大片，“这就是训练时摔的。除了这些训练，我还得节食，这个不能吃那个不能动，饿得差点晕倒。你以为我愿意去吃苦？”

凌诗诗喘了口气：“买车买房结婚，你说得倒是轻巧。钱呢？钱在哪里，就你挣得那仨瓜俩枣，还不够你自己塞牙缝。什么都没有，你拿什么结婚！我吃苦受累也就算了，难道还得连累我父母甚至下一代跟我一起受罪？”

贫穷是陈自力的软肋，他最怕凌诗诗哪壶不开提哪壶，今天她又提起这个话题，严重伤害了他男人的自尊。这个女人，简直无法无天了，陈自力怒吼一声：“穷怎么啦，穷人也是人。你要是嫌我穷可以滚蛋，去找那些给你漂亮衣服和贵重首饰的公子哥儿，别死皮赖脸求我结婚。”

“我求你结婚？陈自力，我看你是吃错药了。”每次吵架，陈自力总是倒打一耙、把水搅浑，凌诗诗最烦他这点，她站起身来大声说：“我现在就走，从此以后我们各走各的，你要是个男人，以后就别再来骚扰我！”

看来，她是铁了心要离开自己，陈自力心里涌上一阵苦涩。从前的诗诗，多么温柔可爱，虽然有点美女的小脾气，但对他从来都是言听计从，根本不知阿堵为何物，每次用钱也都会跟他商量，怎么转眼就成了这副模样？

“诗诗，你以前不是这样的。虽然我们在选美这件事情上闹得很不愉快，但是凭良心说，我什么时候亏待过你？你要什么，我就给你买什么，去年你父亲看病的钱也是我掏的。你这样一走了之，对得起我吗？”

凌诗诗睁大眼睛看着陈自力：天下居然有这么蛮不讲理、颠倒是非的男人，她真是遇到极品了。陈自力还在喋喋不休地说着什么，凌诗诗却无心在听，她的脑海中乱糟糟的，思绪不知飞向了哪里。

陈自力是凌诗诗曾经的同事。凌诗诗拥有旅游管理与广告设计双学位，毕业后她最初在广告公司工作。刚一踏上工作岗位，她的花容月貌马上吸引了一大群荷尔蒙分泌旺盛的男同事。但是，她偏偏喜欢上了家境并不见佳的陈自力。陈自力来自一个偏远地区的小山村，家里兄弟姐妹很多，他是长子，所以养成了坚韧不拔、吃苦耐劳的性格。他平日里话不多，做事兢兢业业不打折扣，休息日也从不参加同事间的聚会，属于那种埋头苦干的老实人。凌诗诗作为职场新人常常需要加班加点，一来二去，两人便熟识了。陈自力追求凌诗诗的方法很是简单，除了工作上的指点，还包揽了帮她定客饭、送她回家之类的琐事。情窦初开的凌诗诗不喜欢饶舌浮夸的同龄男生，就这样被老实本分又勤快刻苦的陈自力俘获了芳心。凌诗诗自忖到了适婚年龄，便将陈自力视为结婚对象，可陈自力暂时没有能力买房，两人便租了套小公寓，过起了二人世界。订婚之后，陈自力借口广告圈复杂，要求凌诗诗辞掉工作，转入一家旅行社当前台，凌诗诗不想男友不悦，便照做了。

凌诗诗虽是蓁城本地人，父母却都是老实巴交的工人，家境一般。凌父凌母见陈自力是大学生又长得一表人才，便没有对两人的交往提出异议。双方父母见面之后，就算订下婚约。若不是经济状况不佳，两人早已领证结婚。

陈自力是学广告出身，公司原本安排他在设计部工作，无奈他的审美趣味实在不高，公司只好打发他去业务部拉广告，但是他自恃学历高，放不下大学生的架子，客户都不喜欢与他打交道，更别提给他广告做，他每个月的业绩自然很不理想。于是，他每天回家都会摔摔打打发脾气，骂公司、骂老板、骂客户、骂社会不公。不过，他会挑最便宜又摔不坏的东西出气，免得赔钱再买。

开始，凌诗诗总是劝说他放平心态："如今大学生满地走，再也不是往昔的天之骄子。找工作如此困难，好好珍惜眼下的工作才是正道。"

可是，陈自力却听不进去，他反驳道："在我们老家，十里八乡就我一个大学生。大学生就是草窝里飞出的金凤凰，就连村长也高看我几分，乡亲们就更别提了。怎么到了你们城里，我就不值钱啦？笑话！"

凌诗诗耐着性子解释道："其实，这跟学历没关系，现在的社会只认才能。你看，比尔盖茨不是大学生，李嘉诚也不是，可是并不妨碍他们成就一番大事业。没错，在学校你成绩很好，可既然走上了社会，你就该摆正心态。现在你是一个拉广告的业务员，就得踏踏实实地揣摩客户的心态，投其所好，这样人家才会认同你。只要把业绩搞上去，公司自然会器重你的。"

凌诗诗好说歹说，陈自力却依然我行我素。他一连换了好几个工作，中间还失业了一段时间，直到去年重新找到工作才稳定下来。虽然，陈自力在事业上很不顺利，可他包揽了所有的家务，这一点，让凌诗诗觉得他是个负责任的男人。但是，当凌诗诗有了一定的阅历，对陈自力的看法又发生了改变。

陈自力每天都动手做菜。他爱吃荤菜，即使炒个青菜，也要放上肉，更无法忍受的是，每个菜式都油汪汪的，就像打翻了油瓶子。在两人共同生活期间，陈自力明知诗诗口味清淡，但做菜还是只按自己的喜好，从不顾及凌诗诗。

凌诗诗并不是挑剔的女孩，可吃饭是大事，一天两天还能凑合，长此以往，任谁都受不了。凌诗诗曾向陈自力委婉地抗议过："自力，我的胃不大好，不能吃刺激性的菜肴，另外，我一吃辣，就会长痘痘。下次做饭，你能不能不放辣椒。"

"我老家人都是无辣不欢，我就喜欢吃辣！再说，做菜还得做出两种口味，太麻烦了。"

"可是，我一吃辣就胃疼。"凌诗诗索性把话挑明了，不过态度很是温柔，"我的饭量并不大，每次只需有一个清淡的菜式即可，应该不会很麻烦。如果你真的嫌烦，我可以自己动手做。"

"算了吧，你这个娇小姐，哪里会做饭？你要是把灶台弄得脏兮兮的，到时候还不是得我收拾。我知道了，你就别啰嗦了。"陈自力很不耐烦。

凌诗诗见陈自力让步，便不再多言，可是，待到下次，他依然我行我素。

"自力，我都跟你说过多少遍了，我不能吃辣。"诗诗不禁有点生气。

"啊？我忘记了。"

凌诗诗信以为真，可接下去几天，菜式照旧毫无变化。她终于忍无可忍，说："自力，这次你又忘了吗？"

"你有完没完！"陈自力语气带着恼火，"成天啰啰嗦嗦，我为什么要听你的话？"

"这跟听不听我的话是两回事。你明明答应我每餐做一个不辣的菜，为什么说话不算数呢？我早就表过态，如果你不愿意做，就我来做。大不了你做你的，我做我的。"

说罢，凌诗诗站起身来便要去厨房。

"你给我坐下。"陈自力猛地把诗诗推回座位，"就你事多！怎么别人都能吃辣，就你不能吃，你这个样子跟我回家，非被乡亲们的唾沫星子淹死不可。在我们那里，都是老爷们说了算，哪有女人说话的地方。其他男人哪会像我一样，天天给女人做饭？你就知足吧。”

“这里是蓁城，不是你老家，把你那套大男人主义收起来。”凌诗诗再也按捺不住怒火，发作道，“我也挣钱养家，我在自己家里想吃一个合意的菜并不过分吧。还有，跟不跟你回老家，甚至跟不跟你结婚，我还要考虑考虑。”

陈自力说不过凌诗诗，闷了一会儿，他大声说：“不咸不辣的菜我不会做！”

“算了，我不跟你这种人胡搅蛮缠，我自己去做。”

但是陈自力根本不让凌诗诗走近灶台。这其中的奥妙，凌诗诗是在日后才参透的。除了做饭，陈自力还喜欢亲自洗衣打扫。一开始，凌诗诗以为自己找到了一个负责勤劳的好男人，后来才发现，他另有所图。借着打扫卫生的机会，他可以随时随地光明正大地在诗诗眼皮底下翻动家中所有的物品，包括诗诗的私人物品，以观察诗诗的生活动态。他还总要求诗诗把工资交给他保管，每天晚上，他都会翻动诗诗的皮包，看看里面有没有剩余的钱，若有，留给诗诗一两百元，其他的由他存起来。理由是他理科学得好，更懂得如何理财规划，节约下来的钱可以用来建设小家庭。

从前，凌诗诗年少无知，对陈自力言听计从。时间长了，更助长了陈自力的大男人主义，最终发展到无论凌诗诗做什么他都要干涉，甚至于诗诗买什么衣服和化妆品都需要经过他同意。然而，随着凌诗诗的日渐成熟，开始脱离他的掌控，这下可捅了马蜂窝。陈自力受不了自己的权威受到挑战，于是，两人三天两头爆发争吵。

第三章

选美热情爆棚

如果不是凌诗诗的父亲忽然病重，她和陈自力的关系或许会一直维系下去。毕竟，他是她真正的初恋，尽管争吵不断，可凌诗诗从未动念离开。

前年年初，看似硬朗的凌父猝然晕倒在晨练的公园里，被路人送到了医院。经过检查，确认凌父罹患了癌症。幸好是中期，如果治疗得当，还能多活几年。这个消息对凌诗诗而言，不亚于晴天霹雳。

凌父本是工厂的水电工，下岗之后，在一些小宾馆打打零工，还干老本行，风里来雨里去，非常辛苦。凌父对自己极度苛刻，一件汗背心穿了十几年，千疮百孔都舍不得买新的，可只要凌诗诗需要，他毫不吝啬。凌母是个退休工人，45岁便内退回家。靠着父母微薄的薪资，凌诗诗直到大学毕业都没受过什么苦楚。本来，父母都劝诗诗找个经济条件稍好点的男友，但见诗诗跟了陈自力，他们并没有坚决反对。凌父得知陈自力家在农村，经济条件不好，便拼着一把老骨头，继续工作，想为女儿挣出像样的嫁妆。

可怜的父亲没有享过一天清福，如今还病魔缠身，让凌诗诗这个做女儿的如何能够不心痛不自责？她守在父亲病床前发誓，一定要混出个样子来，治好父亲的病，让家人过上好日子。可是，想要实现这个目标，依靠陈自力肯定不行。

陈自力听说凌诗诗的父亲病了，开头还来医院看过两三回，得知凌父得的是癌症，便再也没有踏足过病房。私下里，他还对诗诗说，在他老家那儿，老人得了这种病就抬回家等死，哪有放在医院每天烧钱的。

凌诗诗已被悲伤掏空身体，没有精力与陈自力争吵，只能怒目而视，表达自己的不满。

陈自力见她这个样子，急忙腆着脸解释："当然，你要给他治病，我也不反对，不过，我可不会给一分钱。"

凌诗诗悲愤地说："我不要你的钱，不过，我存在你那里的工资也不少了，你先拿出来，让我救救急。"

陈自力慌乱地摆摆手说："你那点钱过日子早就花掉了，哪里还有剩余。"见诗诗露出怀疑的神色，他又说，"诗诗，你别死心眼，我还不是为了你好，为了我们共同的将来。本来就没几个钱，拿出来就打了水漂，以后怎么办？你想过没有。"

凌诗诗明白，指望陈自力是不可能了，要救父亲只能靠自己。她没再说什么，收拾了几件衣服，去医院接替凌母陪伴父亲。

凌母年纪大了，陪了老伴一个白天就累得直打瞌睡，诗诗心疼母亲，要母亲早点回家休息，明天早上再来接替自己。母亲收拾了东西，又关照了几句，便蹒跚地回去了。

凌诗诗看着病床上插着氧气管的父亲，病痛的折磨令他原本瘦小的身躯更显瑟缩。她心如刀割，捂着脸无声地哭了起来。

"89号床家属，你们的医药费已经不多了，快去财务那里缴纳。"护士查房时见到凌诗诗，便板着脸提醒道。

"护士，能不能再宽限几天，我现在手头紧。"凌诗诗擦擦眼泪，哀求道。

"这个得问院长，我可做不了主。"护士例行公事般说道，"如果都像你们这样，我们医院就该倒闭了。"说罢，她转身走了。

病房里的其他病人和家属，都很同情这个愁眉苦脸的漂亮姑娘。隔壁病床的陪护是个年轻的小伙子，他早就注意到了凌诗诗。等护士一走，他就把凌诗诗叫到茶水间，递给她一张报纸，指着上面的一则启事说："小姑娘，你去参加旅游大使选拔赛吧。你这么漂亮，一定能得冠军。冠军的奖金是十万元呢，足够给你爸爸手术了。"

凌诗诗感激地将报纸攥在手中，看了一遍又一遍，直到将大赛所有的规则都了然于心，她才抬起头，长吁了一口气。医院洗手池前肮脏的镜子映照出她满是泪痕的脸庞，虽然影像模糊却依然可以看出她青春美丽的容颜和曼妙多姿的身材。她自小就知道自己是个美人胚子，她也并非不懂美丽的价值，但宠爱她的父母对她诸多保护，并不希望她出去抛头露面，凭借美貌为家庭兑取利益。可事到如今，命运已将她逼入死胡同，除了选美，她不知还有什么方法可以拯救父亲。想起可怜的父亲，凌诗诗心中陡然生出一股勇气。从前，她一直仰仗家人的庇护，如今父母年迈体衰，而她已长大成人，是时候扛起一家之主的重担。既然上天恩赐给她这样一副花容月貌，那就该好好利用。不过，她一定会坚守自己的原则，绝不用不正当的手段攀附权贵，也绝不出卖自己的身体和灵魂，凌诗诗暗自下定了决心。

第二天早上，凌母记挂女儿和老伴，早早就来医院接班。凌诗诗拖着疲惫的身躯回到公寓里，陈自力还没起床。她叹了口气，坐在床边，呆呆地想着心事。既然决定参赛，那目前这份工作肯定是保不住了，可一旦辞职，就成了无业游民，那么，干脆请个长病假好了。经理对她不错，应该不会反对。

凌诗诗拿出手机，想拨个电话给经理，又怕时间太早，打扰经理休息，便发了条短信。没想到，经理很快就回了短信，他知道诗诗的父亲病重，不但准了假，还安慰了她几句。这让心力交瘁的凌诗诗感受到一点人情的温暖。

“一大早跟谁发短信，滴滴答答吵死了！还让不让人睡觉。”短信铃声吵醒了陈自力，他揉着眼睛不满地说道。

凌诗诗扭过头，直愣愣地望着他，似乎还没从思绪中游离出来回到现实。

她的表情令陈自力生疑，他一把抢过手机，翻看了一下，这才放心，随即又露出反感的表情：“诗诗，你照顾爸爸我不反对，但怎么连班都不去上？钱呢？谁给你发工资？”

“自力，我回来就是想跟你商量这件事。”凌诗诗怯怯地说。

“难道要向我要钱？上次跟你说的还不够清楚吗？”陈自力没好气地说。

“不，我想告诉你，我决定去参加蓁城旅游大使选拔赛。”说着，她从包里掏出一份折好的报纸，递给陈自力。

陈自力疑惑地接过报纸，仔细看起来。还未看完，他便暗叫不妙。他知道诗诗美貌出众，因此对她看得很紧。广告圈灯红酒绿、五光十色，他怕她在圈内待久后开了眼界随即变心，因此逼她改行进了旅行社，也算专业对口。但是旅行社导游走南闯北、见多识广，他更不放心，因此，只准凌诗诗当个前台。但是，眼下，诗诗居然想去竞选“旅游大使”？如果让她出去见了世面，扩大了朋友圈，野了心性，保不准会离他而去。像他这种条件，想再找个像诗诗这样善良能干的漂亮女孩，简直就是天方夜谭。不行，一定得想个办法阻止她。

“诗诗，爸爸现在卧病在床，你怎么还有心思参加这种选美？”陈自力故意气势汹汹地质问道。

“这不是选美，而是选拔蓁城的旅游大使，代表蓁城的旅游形象，很有社会意义。”凌诗诗争辩道。

“明眼人都知道，这是变相的选美，是给有钱人玩的游戏。你已经够漂亮了，还参加这种比赛干嘛？你爸还在医院，你出去抛头露面也不怕被人笑话？”

“笑话我什么？笑话我为给爸爸治病而筹钱？”凌诗诗气呼呼地扯过报纸，指着奖品栏说，“你看，冠军的奖金是十万元，足够给爸爸做手术了。亚军有五万元奖金，季军奖品是价值两万元的时装奖券，就算只是入围也会认识更多的能人，说不定还能为爸爸请到更好的医生。”凌诗诗无限憧憬地说。

“别做白日梦了。”陈自力不怀好意地说，“就凭你这一没关系二没背景的草根，想跟那些有钱人家的千金小姐和小三儿们争冠军，简直是笑话。你要是能当上冠军，我陈自力就能当大富豪了。”

凌诗诗气不打一处来，她恨恨地盯着陈自力，半响，忽然笑了：“我知道你想气我，让我放弃，没那么容易。为了爸爸，这次比赛我参加定了。”

陈自力深知凌诗诗的个性，她表面上柔顺得像只小绵羊，一旦固执起来十头牛都拉不回。虽然心中万般不情愿，但想到她的参赛确实能带来一些实际的好处，对他自己也很有利，他便默认了。

第四章 老板娘亲自上阵选美

整个蓁城，热衷参加“旅游大使选拔赛”的美女为数不少，不过最为狂热的当属主办方海伦广告公司老板刘子均的夫人罗小曼。

“小曼，你已经是个吃穿不愁的老板娘，又何必去凑这个热闹？”刘子均不解地说。

“整个蓁城有几个人认识你这个海伦广告的老板？更别提我这个老板娘了。”罗小曼反诘道，“我要借这个机会，向整个蓁城展现我罗小曼的魅力，知道我是大美女一枚。”

刘子均哑然失笑：“我承认你长得漂亮还不够吗？你是有夫之妇，为什么非要上台抛头露面，跟那些刚出道的小姑娘们比拼？再说，你是我老婆，如果让你入选，别人会说我徇私的。”

“有夫之妇怎么啦？就没有选美的权利啦？我的大老板，你定的章程上好像没有这一条吧。”罗小曼不快地觑了他一眼，“我说你就是个乡巴佬、死脑筋，有这么漂亮的老婆就要拿出来秀秀，告诉大家你刘子均的实力。谁敢说你徇私？”

刘子均愕然：“这跟我的实力有什么关系？”

“这你都不懂？”罗小曼不屑一顾地说，“你看那些大老板们，就算是秃头大肚子的老头子，身边也跟着一个年轻漂亮的美眉，这是为什么？那是有钱有势的象征。没钱你试试，哪个美女肯跟你？”

刘子均哭笑不得，刚认识小曼的时候，他以为她是个勤奋好学又懂事顾家的小美女，因此三下两下就拜倒在她的石榴裙下，将她娶回了家。婚后才发现，小曼从前那些优秀品质都是假象，刁蛮任性倒也罢了，她好吃懒做、不学无术，属于典型的“胸大无脑”型美女。不过说她无脑吧，倒也不够客观，对于钞票的事情，她向来是很精明的。他故意逗她：“照你的意思，如果我没钱，你就不会嫁给我？”

罗小曼眼珠骨碌一转，立刻娇嗔道：“哎呀老公，我说的是普遍现象。我可是因为真心爱你才嫁给你，要不，凭我的长相，嫁给什么样的有钱人都不为过吧。”

这句话倒是基本符合事实，刘子均不由点点头。

罗小曼马上说：“老公，你点头就是同意我参加啦，哈哈哈！”她猛扑过去，在刘子均脸上亲了一口，“谢谢老公，那我现在就去准备啦。”

刘子均张口结舌，眼看着罗小曼欢天喜地地跑出去买东西，只得悄然摇了摇头。罗小曼从前是海伦公司的职员，做事挺勤快，还报了各种培训班，积极提升自己。自从成了刘子均的女朋友，她再也没有正经工作过，也不肯在他公司帮忙，每天打扮得珠光宝气约朋友一起去逛街、“血拼”，要不就打通宵麻将。刘子均多次提出异议，她都不肯收敛，不曾想这次，她居然硬要参加选美。他对老婆层出不穷的荒唐花样，既习以为常又无可奈何，只好随她去了。

凌诗诗为了夺得“旅游大使选拔赛”冠军，挣得奖金给父亲治病，可谓全力以赴。她所在的旅行社得知她参赛的消息，认为这是个提升旅行社知名度的好机会，便主动出钱为她聘请辅导老师、购买比赛所需服饰，还为她保留了两个月的基本工资。凌诗诗对此感激涕零，训练更加刻苦认真。

决赛那天，凌诗诗的老板带着员工到现场给她助威。诗诗让同事们给陈自力留了个座位，还事先通知陈自力，要他也去观看。虽然老大不情愿，陈自力还是去了现场，他的目的很简单，看紧诗诗。

主办方海伦广告是家名不见经传的小公司，靠着这次比赛才名动蓁城。也许是经济实力有限，决赛的场地被安排在蓁城酒店的宴会厅。蓁城酒店是家资深酒店，外立面和装修稍显陈旧，胜在价格实惠。不过，毕竟是星级酒店，宴会厅经过刻意布置，在五光十色的灯光点缀下，显得美轮美奂、富贵逼人。

陈自力跟着旅行社的众人到达时，宴会厅已经热闹非凡。虽称不上名流富贾云集，但宾客多数都是本城有头有脸的人物，再加上如云的美女和本城明星在人群中穿梭不息，令会场气氛热烈隆重。

舞台下面摆着一排排长方形方桌，前排留给评委和一些名士。后排未设席位卡，由侍立门口、西装革履的服务员领着客人们入座，显得井然有序。

旅行社来了十几位员工，一桌坐不下，只得分坐两桌。陈自力不愿跟未婚妻的老板一起坐，便混在职员中坐到紧靠走廊的另一桌。其他人彼此相熟，不停地聊天，叽叽咕咕地打趣，陈自力跟他们不熟，没有共同的话题，因而倍受冷落。

幸而比赛很快就开始了，开场节目由蓁城歌舞团的几位当家花旦完成，主持人来自蓁城文化传媒有限公司，是刘子均向对方老总郑嵇安借的。郑嵇安本不愿掺和这种小活动，但他的长子郑凝是个花花公子，指望在活动中结识一批美女，反复怂恿老爷子答应刘子均的要求。郑嵇安不忍拂了儿子的面子，只好答应将一对头牌主持人借给刘子均。

主持人插科打诨完毕，参赛的“旅游佳丽”们纷纷出来亮相。由于本次活动选拔出的“旅游大使”代表城市旅游形象，因此佳丽们的穿著打扮普遍偏保守，即使是最为暴露的泳装表演，也无一人穿比基尼上场，这让台下一部分指望观赏到香艳场面的观众很是不满，除了热烈的掌声之外，还有一部分嘘声和喝倒彩声。

陈自力一直冷眼旁观着众佳丽们的表演，暗自将她们与自己的未婚妻凌诗诗做比较。以他的审美来看，除了 1 号罗小曼能跟诗诗媲美，还有 7 号王思函、9 号蒋梦瑶和 15 号苏萌称得上是美女，其他佳丽用他的家乡话来说，实在是猪不叼狗不啃型的。但是，那个罗小曼充满肉感太过丰腴，眼神也迷离妩媚，怎么看都不像个良家女孩；王思函胆子比兔子还小，回答问题像蚊子哼哼；而蒋梦瑶恰恰相反，咋咋呼呼像个话篓子，主持人问她一句答十句，还不停地向观众席放电；至于苏萌，各方面都不错，美中不足的是皮肤黑了点。这几个当旅游大使都不合适。只有他的诗诗，文雅大方又美艳不可方物，这才是冠军的材料。

为此，陈自力一则喜一则忧，喜的是自己的未婚妻艳压群芳，忧的是诗诗这一亮相，没准儿会被哪个公子哥儿看上。正在胡思乱想，只听到身边的观众都在窸窸窣窣地私下议论，对台上的佳丽们评头品足，至于旅行社那班家伙，认准了诗诗一定能夺冠，议论的声音比哪一桌都响亮，唯恐大家不知道凌诗诗是他们的同事。

随着佳丽们的一一亮相，陈自力愈加证实了自己的判断，让他纳闷的是，旅游大使为什么非得是女性，难道男人就不能当旅游大使？还没等他想出个所以然来，比赛结果已经公布。冠军得主是那个轻声细语、胆小如鼠的王思函，亚军是罗小曼，而最为大家看好的凌诗诗只得了个季军，苏萌没入三甲，得了第四名。

“怎么回事啊，难道我们的诗诗还不如那个 7 号？”凌诗诗的老板率先嚷嚷起来。

“就是，就是，肯定暗箱操作。”旅行社的员工们纷纷附和。

其他观众也为凌诗诗抱不平，但有人认为王思函长相标致又是硕士在读生，胜在学历高年纪轻，至于其他技能可以慢慢训练，主办方这么安排自有道理。

“哎呀，本来就是玩玩而已，干嘛那么认真。那个罗小曼可是海伦广告的老板娘，不也一样没轮上冠军？”邻桌有人说。

其实，旅行社的老板对这个比赛结果比较满意，刚才不过是随意起哄罢了。他高兴地拍拍陈自力的肩膀说：“自力，你女朋友很不错啊！为我们旅行社争了光，等她上班，我一定给她加工资。”

陈自力唯唯诺诺地谢过老板，目送他带着职员们扬长而去。

比赛结束后还有个庆功宴，观众们在服务员的带领下纷纷离去。获奖者和入围的美女们才有资格留下与当地的名流们一起饮酒联谊。陈自力躲在一个角落，偷偷打量着会场。

只见亚军罗小曼挽着一位西装革履、风度翩翩的年轻帅哥满场乱转，笑盈盈地招呼着每一个宾客。那个帅哥三十岁模样，举止斯文得体，白皙的脸颊上架着一副无框眼镜。他身材伟岸，散发着成熟男人的自信气息，令陈自力自惭形秽。看样子，他就是罗小曼的老公，海伦广告的老板。陈自力暗忖。

陈自力正想得入神，只听罗小曼掩口惊呼一声，她随即展开花朵般热烈的笑容，快步离开丈夫，迎向一个气度不凡的中年男人。陈自力假装经过，走近一看，这个中年人两鬓微微发白，保养甚好的脸颊上已见老态，实际上，已是一位长者，却保持着高贵从容的气度。长者身后跟着一个打扮考究、瘦瘦高高的年轻人。不一会儿，满场的客人都陆续围拢过来，“郑总、郑总”地叫唤，似乎都对这位长者十分尊重，连带他身边的年轻人也倨傲起来。

陈自力不知道他们的身份，料想他们都是蓁城上流社会的大人物。陈自力自认出身低微，因此对社会阶层的划分特别敏感，他认为虽然整个社会都鼓吹人人平等，但人与人之间还是分三六九等。人家不是土豪就是富二代，他陈自力就是个草根，跟这满场的人物相比，有天渊之别。这么一想，他不由沮丧起来。

忽然，陈自力感到有人轻轻地碰了碰他，抬头一看，一位身着银色晚礼服的美丽女孩亭亭玉立地站在他面前，她的长发盘成高高的发髻，上面洒满了金色的亮粉，在五彩的灯光下，仿佛仙女下凡。陈自力正神游千里，乍被干扰，半晌才回过神来："诗诗？"

凌诗诗微笑着点点头，递给陈自力一杯红酒，说："自力，你今天这套西装真不错。"随即向他介绍起场内的各色人物。他们几乎都是本次大赛的支持者或赞助人，经常到后台看望参赛的佳丽，因此，诗诗对他们谈不上十分熟悉，却也记住了多数人的姓名。

远处，罗小曼不停地跟郑总调笑，她夸张的笑声传入陈自力的耳朵，把他的目光再次吸引过去。

郑总微微一笑，似乎并不在意。罗小曼却没有感到尴尬，把目标转向了郑总身边的年轻人："郑少，好久没见，你越来越帅啦！"

郑少是蓁城文化传媒公司的少东家郑凝，挂了个副总的名头在父亲公司帮忙。他身边的长者就是蓁城传媒的老板郑嵇安。罗小曼忙着拍郑氏父子马屁，早将站在一旁的丈夫抛在脑后。

这时，海伦广告的营销部经理戴维挂着礼貌的笑容，慢慢朝这边走来，他向陈自力点点头，随即客气地对凌诗诗说："凌小姐，请跟我来，我带您认识一下几位贵宾。"

陈自力偷偷拉了凌诗诗一把，示意她别去。凌诗诗悄悄解释道："海伦广告的启事中有这一条，入了三甲，必须为公司做一些公关工作。"

还没等她说完，戴维再次催促她，完全不把陈自力放在眼里。凌诗诗冲陈自力抱歉地笑笑，跟着戴维走向了刘子均。

刘子均春风满面地与凌诗诗碰了杯："凌小姐，恭喜你！虽然因为种种原因没能得到冠军，但是你的风采才华依然令我们折服。"

子均，居然是你？凌诗诗乍见刘子均，脑中轰的一声，思维倏地凝固，完全不知该如何回答，唯有呆呆地望着他的脸庞，眼中泛出了泪光。

刘子均是凌诗诗的学长，两人在学校社团活动中认识。当年正是因为他的鼓励，凌诗诗才报考了第二专业广告。无论是学习还是生活方面，刘子均都对凌诗诗呵护备至，凌诗诗对他也颇有好感。

刘子均家境不佳，攻读硕士的学费都是自己挣的。他擅长拍摄，在校外的广告公司接了一些拍摄的活儿，经常扛着机器风里来雨里去。凌诗诗虽然家境普通，却吃穿不愁，因此不遗余力地帮助刘子均，不是请他吃饭，就为他打下手。一来二去，两人之间情愫渐生。可惜，刘子均家累太重，毕业后一心赚钱，全副精力都用于创业，逐渐疏远凌诗诗。诗诗以为刘子均对她无意，便与他断了联系。

凌诗诗万万没有料到，两人居然在这种情况下重逢，当年的穷小子如今摇身一变成了企业家。凌诗诗并不势利，她衷心为刘子均高兴，可是反观自己工作毫无建树，生活也是一团乱麻，现实的讽刺莫过于此。

其实，赛事开始，刘子均便认出了凌诗诗，只是一直都未主动和她搭话。干杯之后，他放下酒杯向凌诗诗道："诗诗，再见也是缘分，以后我们彼此也好有个帮衬。今天人多，不便多说，改天我请你喝茶叙旧。"

凌诗诗听他如此一说，不由受宠若惊，却保持着不卑不亢的态度答道："谢谢您的青睐，刘总！"尽管如此，她的脸颊还是泛起两片酡红。

刘子均对这个腼腆纯真的姑娘有一种特别的好感，是因为对年少时短暂纯洁的朦胧情愫的怀念，还是因为她文弱典雅的气质和清新纯朴的美丽，他说不清楚。记得学生时代和诗诗一起勤工俭学的日子，赚钱无论多少都感到由衷的快乐。自走出象牙塔，投身广告圈开始，方方面面无形的压力，令他身不由己地成为赚钱的机器。如今，他勉强算是完成了原始积累，举办这个选拔赛也令他在圈内名声更盛，可他再也找不到纯粹的快乐，似乎唯有接到新的生意，才能让他的心有片刻雀跃。偶遇凌诗诗纯属意外，可更意外的是，刘子均发现自己并不像想象中那样麻木，至少在凌诗诗面前，他的心再次感受到了悸动。他对凌诗诗说的一番话并非客套，至少，在他心目中，凌诗诗就是不折不扣的冠军。只不过，活动虽由他主办，可冠军人选也不是他能够独自决定的。

一旁的戴维见状，知趣地退下。他早已看到袁总正朝他招手示意，赶紧快步走了过去。

袁总名叫袁少峰，是方舟影业的少东家，他喜欢演戏，经常出演影视剧，也可以算作一位影视明星。袁少峰与蓁城传媒渊源颇深，当年，他风华绝代的母亲丁谣曾与蓁城传媒现任总监郑嵇安育有一子，后又嫁给了蓁城广告元老袁守信。袁守信离开蓁城广告自创"方舟传媒"，后又进军影视圈，公司随之转型成为"方舟影业"。虽说方舟影业是家小公司，但在演艺圈资历深厚、根深蒂固。袁家向来低调，料想算不上家财万贯，也是家道殷实。而且，挺拔健硕的袁总继承了母亲的优良基因，有一张十分俊朗又上镜的面孔，如此帅气多金的公子哥儿在蓁城的交际圈里自然很受欢迎。

袁少峰笑着低头对戴维嘀咕了几句，戴维的表情有点错愕。袁少峰见状，赶紧将几张粉红色的钞票偷偷塞进戴维手里。戴维悄悄看一眼远处的刘子均，确认老板与凌诗诗正交谈得火热，这才勉强点点头。

戴维走到罗小曼身边，见她正跟郑凝调笑，一时不敢打扰，只得保持着招牌的笑容，尴尬地站在一侧等待。

罗小曼叽叽咕咕说了一通，无意中侧身看到戴维，以为是刘子均派他来偷听自己讲话，便没好气地说："戴维，什么事？"

戴维跟郑凝打了个招呼，然后凑到罗小曼耳边轻轻地说："老板娘，方舟影业的袁总很想认识您，您看是不是过去打个招呼？"

罗小曼顺着戴维的目光望去，赫然看到英俊逼人的袁少峰，不由倒吸了口冷气。真没想到，在蓁城，还有这么风流倜傥的帅哥，罗小曼芳心乱跳，急忙强自按捺。

郑凝豪爽地说："老板娘，你如果有事就先去处理，我自己四处逛逛。"其实，他早已瞄上了别的目标，那就是此次比赛的季军凌诗诗。

罗小曼顺势说了声抱歉，整整衣裙又理理发髻，绽放出一个自以为风情万种的笑容，姿态万千地往袁少峰那边走去。

戴维介绍两人认识之后，再次告退，他不停地在美女、阔少和富翁富婆之间牵线搭桥，内心充满了成就感。

罗小曼先是被袁少峰的外表吸引，当接过他手中的名片一看更是吓了一跳。名片上写着：方舟影业副总——袁少峰。她假装抚着胸脯，向袁总露出一脸媚笑。

袁少峰在演艺圈混迹多年，见惯了皮包骨头的骨感美女，因此对健康丰满充满生命活力的罗小曼特别青睐。他恭维小曼道："罗小姐长得这么漂亮，不拍电影太可惜了。"

"是吗？"她欣喜若狂地问道，"我真的可以吗？"

罗小曼那喜出望外的样子像个初出茅庐的无知少女，袁少峰心中暗笑，嘴上却说："那当然，如果罗小姐这样的美女都红不了，那电影公司都该关门了。如果你有意，就把你的简历和全身照交给我，如果有合适的角色，我一定第一时间通知你。"

袁少峰和罗小曼聊得意犹未尽，刘子均却翩然而至，打断了两人的谈话。

"额——"罗小曼有点心虚，赶紧热情地向丈夫介绍袁少峰，"子均，这位是方舟影业的袁总，他说要介绍我去拍电影呢，你说好不好？"

“我跟袁总早就认识。”刘子均不冷不热地说，又向袁总点点头，“谢谢你提携小曼。”

袁少峰见罗小曼的老公出现，随意聊了几句便告辞了。刘子均待他走后，伸手整理了一下老婆无意中滑落的肩带，皱着眉头说：“小曼，我看你还是早点回去吧。忙了一天，你也累了，这里由我来应付。”

可是罗小曼似乎还没有玩够，她今晚喝了不少红酒，绯红的脸颊显示出她内心无法压抑的兴奋。虽然只得了亚军，但她已经十分满意。作为主办方，她当然知道冠军王思函来头不小，她不会笨到跟那个小姑娘争宠。王思函早早就被家人接走，而罗小曼这个亚军自然成了大家目光的焦点。说实话，这样豪华、热闹的场面她从来没有见识过，在舞台上万众瞩目、众星捧月的感觉更是让她飘飘欲仙，她留恋这种来之不易的成就感。今晚有那么多的公子哥儿竞相向她献媚，极大地满足了她的虚荣心，相形之下，从前十分珍视的所谓金龟婿刘子均，在她眼中黯然失色。

刘子均已经懊悔让罗小曼参赛，也没有耐心等待她应允。他脱下西装，遮住妻子裸露的香肩，招呼戴维安排车子把小曼送回家。罗小曼留恋地回望宴会厅，发现宾客们已经走了大半，这才意犹未尽地跟着戴维向大门走去。

宴会厅另一侧，郑少正尽力讨好凌诗诗，一个又一个的笑话逗得凌诗诗笑得花枝乱颤。在内心深处，诗诗对郑凝这样的公子哥儿不会有什么好感，但是她也不便得罪他，只能以礼相待。不过，家教良好、彬彬有礼的郑凝见多识广、绅士风度十足，令凌诗诗感受到他与陈自力等人截然不同的男性魅力。

而在一旁等候多时的陈自力再也耐不住性子，他走到诗诗身边，兀自粗鲁地催促道：“时间不早了，走吧，诗诗。”

凌诗诗一看陈自力耷拉的脸，便知道他已经极度不满，为了避免回去之后争吵，她朝郑凝微微颔首道别。郑凝也颇有风度地回礼。其实，郑凝心里并不欣赏凌诗诗这类含蓄内敛又不乏清高的美女，不过，他还是为她感到惋惜：如此佳人居然配了这么一个不入流的男友，难道真的是巧妻常伴拙夫眠？不过，他不愿多想，转身寻找别的目标去了。

第五章 爱到深处是桎梏

陈自力带着凌诗诗走出酒店，为了给她施加心理压力，他加快脚步，一马当先走在前面。

“自力，我穿着高跟鞋走不快啊！你等等我。”凌诗诗一手拉着裙裾，一手扶着发髻喊道。

陈自力忽地停住脚步，转过身，阴阳怪气地说：“哎呀我的公主，得了个季军好了不起，是不是要我这个仆人背你回去啊？”

“你这是什么话！”凌诗诗嗅出他话中的火药味，不悦道，“难道我入了三甲，你不为我高兴吗？季军的奖品虽然不如冠军多，但是卖掉奖券也能得一万多块钱补贴爸爸的药费呢，一场辛苦总算没有白费。”

“哼，说得好听。谁知道你肚子里打的什么主意？算了算了，我打个车载你回去吧，不过打车的钱你可得还给我。”

回到家，凌诗诗小心翼翼地脱下身上的衣裙，用塑料纸包好，挂在衣柜里，还放置了一个樟脑丸。

陈自力见状，疑惑地问：“这礼服又不是你的，你那么宝贝干嘛？”

凌诗诗随口说：“噢，今天刘总说这套礼服送给我了。”

“哪个刘总？”

“就是跟我说话的那个，海伦广告的老板。”

“哼！他们这些公子哥儿，就会用这种小恩小惠收买女人！无缘无故，他为什么要送东西给你？你怎么那么虚荣，人家说给你，你就要了，太没志气了！”陈自力跳着脚骂道。

夜深人静，陈自力的斥责声特别响亮，凌诗诗害怕邻居听到，想要息事宁人，急着解释道："蓁城文化传媒马上要举办蓁城广告之星大赛，刘总觉得我条件不错，建议我去参赛，说不定能拿个冠军回来。这套礼服是他送给我参赛用的。"

"你说什么？"陈自力恶狠狠地说，"你还想参加选美？我不许你去！"

"为什么？"凌诗诗委屈地喊起来，"广告之星的奖品比这次丰厚得多。如果得奖，爸爸的医药费再也不用愁了。你不让我去，难道你出医药费？"

凌诗诗这句话勾起了陈自力适才在酒会上被人视作无物的屈辱感。他最怕凌诗诗提钱，他认为他之所以混到今天的地步都是因为没钱，却从不在自己身上分析原因。陈自力不由嚎叫起来："你们这种女人，头发长见识短，给你们点甜头，你们就奋不顾身了？说得好听，参加选美是为了你爸！我看是你自己想攀龙附凤、飞上枝头。"刚才在酒会上等待凌诗诗时，陈自力抱着不喝白不喝的心态喝了不少酒，这会儿酒劲开始发作，他摇晃着大脑袋，挥舞着拳头冲着幻觉中的富豪们说，"有钱有什么了不起，你们仗着有钱，就不可一世。我要是有了钱，用钱砸死你们。"说罢，他打开衣柜的门，拖出那件晚礼服，用力撕扯，嘴里嚷嚷着，"我让你去，我让你去！"

凌诗诗尖叫一声，上前跟他争抢，无奈陈自力人高马大，她哪是对手，一下子被他摔在地上。礼服的材质很好，陈自力力气虽大，隔着塑料纸一时半会儿没法把它撕坏，便东倒西歪地向厨房走去，准备拿把剪刀。

凌诗诗赶紧把礼服捡起来藏在身后。陈自力听到响动，顾不上去拿剪刀，扭头对着诗诗喊道："你给我拿出来，拿出来！"说着，他控制不住平衡，扑倒在诗诗身上，瞪着铜铃般的大眼，喷着酒气说："诗诗，你要是敢去比赛，我就打断你的腿。"

凌诗诗从未见过陈自力如此凶相，她用尽全力推开他，想带着礼服跑出门去。陈自力恼羞成怒，一把抓住凌诗诗，猛地给了她一拳。陈自力从小干农活，手劲很大，凌诗诗被打得眼冒金星、头晕目眩，耳朵几乎失聪。她想挣扎、想逃跑，可是陈自力拼命地摁住她，不许她乱动。过了一会儿，凌诗诗只觉得整个脸颊火烧火燎，辣辣地疼痛起来，耳朵简直听不到任何声音。情急之下，她张开嘴巴在陈自力的手臂上狠狠咬了一口。陈自力猝不及防，吃痛将她放开。凌诗诗趁机抓起衣服，夺门而逃，一边跑一边回头张望，害怕他追上来。

路上的行人惊异地望着凌诗诗，她知道自己此刻哭花了妆容又披头散发，与一个疯婆子无异，但她已经顾不上了。似乎是一种本能，凌诗诗一路狂奔跑回娘家，哆哆嗦嗦摸出裤兜里的钥匙，打开门，锁上，这才想起父母都在医院。她望着黑漆漆的客厅悲从中来，坐倒在地嚎啕大哭起来。

简直不敢相信，曾经倾心相爱的恋人会下这样的狠手，还不知道婚后他会用怎样的手段来对付她？那么，与他就此分手。不，不，她如何能够割舍曾经的甜蜜和情义。冷静下来想想，陈自力的愤怒也在情理之中，毕竟是自己接受刘子均的馈赠在先，无论她如何心怀坦荡，作为未婚夫吃醋也情有可原。思来想去，凌诗诗决定，如果明天陈自力去医院向她赔不是，她就原谅他。如果他不去，那么就此了断也未尝不可，毕竟，是他动手打人在先。

第二天一早，凌诗诗赶到医院接替母亲，一进门便发现陈自力已经等在凌父的病床边。一见诗诗，陈自力惊喜地站起身来，露出惭愧的笑容。整个上午，凌诗诗都没给陈自力单独与她交流的机会。陈自力颇有眼色地在凌父身边服侍，嘘寒问暖十分周到。左右病床纷纷夸凌父福气好，女儿女婿都那么孝顺。凌诗诗冷眼看着陈自力忙里忙外，昨晚的气消了大半。

凌父吃过午饭，总要小睡一会儿。趁这个工夫，陈自力将凌父托付给隔壁病床的看护，带凌诗诗出去吃点东西。

“医院大门外有个小饭馆，还算干净，我们去吃碗面好不好？”陈自力观察着凌诗诗的脸色问道。

凌诗诗不置可否，她早知道陈自力舍不得出钱请她吃顿好的，哼了一声，算是答应。

两人默默坐在小饭馆肮脏的桌边，凌诗诗等待着陈自力主动道歉。她想，如果他态度诚恳，看在他刚才的表现，就再给他一个机会，她甚至愿意把礼服还给刘子均。

陈自力打着自己的算盘。看情形，凌父的病一时半会儿好不了，照这样下去，诗诗的收入全部用来治病都不够。如此一来，他从凌诗诗那里再也得不到一分钱。而他一个人的工资还不够交房租水电的，这样坐吃山空，早晚会把他存的一点家底全部掏干净。所以，凌诗诗去参加比赛也不失为一条生财之道。如果诗诗参赛，旅行社一定会支持，她不但白拿工资，白天还可以腾出时间来照顾凌父。再说，广告之星大赛不是旅游大使这种小赛事，诗诗不一定能入围，到时候还不乖乖回到他的身边。如果他坚持不答应，眼下马上就会失去诗诗。至于那些个打她主意的什么总什么公子，只要自己看得紧点，应该问题不大。在内心深处，他还是相信诗诗是纯洁简单的，也是深深爱着他的。

想到此处，陈自力笑嘻嘻地说：“诗诗，我是因为太爱你，怕失去你，再加上昨天喝酒乱性，才会动手打你。你千万别生我的气。”

“自力，你也太小气了。再怎么样你也不能动手打人啊。再说，我绝不是那种轻浮的女人，会随便收人家东西。那件礼服是刘总硬要赞助我参赛，我才收下的。”凌诗诗忿忿地说。

“好啦好啦，我知道错了，大不了你也打我一顿。”陈自力抓起诗诗的一只手，伸到自己脸颊边，“来，我让你打一顿，出出气。”

凌诗诗噗嗤一笑，怒气早就跑到爪哇国去了，不过，她还是假装板着脸问道：“我一定要去参加蓁城广告之星大赛，你阻止不了我。”

“嘿嘿，我怎么会阻止你呢？”陈自力揣摩着诗诗的心绪，顺着她说，“诗诗，我想通了，只要你留在我身边，我再也不反对你参赛了。”

“真的？”凌诗诗惊喜地问。

“当然。不信，我们拉钩。”陈自力伸出手指勾住诗诗的，心中得意地想：对付诗诗这样一个小姑娘，我还是绰绰有余的。

第六章

破灭的电影梦

“老公，我今晚的表现好吗？”

刘子均处理完“旅游大使选拔赛”后续事宜，拖着疲惫不堪的身体回到家中，他感觉眼皮打架，连洗澡的力气都没有。而罗小曼却还沉浸在适才的兴奋中。她腻在刘子均身上，甜丝丝地说：“今晚的选美大获成功，也有我的一半功劳呢，老公你可得奖励我。”

“好了好了。”刘子均厌烦地推开她，“快睡吧，有事明天再说。”

“我几乎等不到明天。”罗小曼站起身来，拖着睡裙在卧室里转了一个圈，“明天我一定能上娱乐报刊的头条，我就是蓁城一颗闪耀的新星。那个袁总，还说要介绍我去拍电影，到那个时候，我就名利双收，哈哈哈。”罗小曼对着镜子，眯起双眼，沉醉在未来的幻想中。那样子，活像《白雪公主》里不停地问魔镜自己美不美的邪恶皇后。

刘子均叹道：“旅游大使选拔赛的影响力不过如此，娱乐报刊上热闹一阵子，很快就会淡下去。至于你，离明星的距离还很遥远。今晚你已经出足风头过足了瘾，以后，还是安安心心过日子吧，别再出去疯了。娱乐圈水深着呢，不是那么好混的。”

罗小曼悻悻地说：“你怎么总是长他人志气，灭自己威风？不说了，睡觉！”

罗小曼没有听从刘子均的劝告打消拍电影的想法。第二天，蓁城各电视台、娱乐报刊和网站竞相登载了“旅游大使”的报道、照片和幕后花絮，罗小曼作为海伦广告的老板娘，近水楼台先得月，玉照被放在非常显眼的位置，极大地满足了她的虚荣心。初尝名利滋味的罗小曼怎么肯放弃水银灯下的梦幻体验？她立志要更上一层楼，当个万众瞩目的电影明星。所以，即使刘子均坚决反对，她还是打扮停当，背着他悄悄去找袁总。

不料，袁少峰在比赛结束当晚就飞去了国外。幸好，他事先交待过秘书，如果有位罗小曼小姐来找他，就给她介绍几个试镜的机会。罗小曼这才知道，袁总的方舟影业是个工作室，很少接拍电影，多数时候只是起个牵线搭桥的中介作用，利用袁家在电影圈的人脉，为旗下的艺员接洽工作。方舟影业在市郊还拥有一个影视培训基地，每年都会招收心怀电影梦的学员进行培训，借机敛财。

袁少峰的秘书十分热情，很快为罗小曼接洽了一个旅游景点的广告。对方一听罗小曼是新晋的旅游大使亚军，一口答应不用试镜，直接上场。

这个景点就在蓁城境内，拍摄花了一个星期的时间。虽然广告时长只有几分钟，但是每个镜头都要反复拍很多次。再加上罗小曼没有演出经验，所花费的拍摄时间比别人更长。景区没有遮挡，猛烈的阳光肆无忌惮地袭向罗小曼白嫩的皮肤。待广告杀青，罗小曼从一只“白斩鸡”变成了“脆皮烤鸭”。虽然拍广告的酬劳并不多，还比不上刘子均每月给她的零花钱，但是，无论如何，这是她第一次上镜，意义非同凡响。

拍完广告，袁少峰还没有回国。罗小曼有点失望，这个时候，袁少峰从国外给她打了一个长途，又令她燃起了新的希望。他说，自己陪着母亲在欧洲度假，两个月后才能回来，他有个朋友孙怀谷是个小导演，刚争取到一笔经费，开拍一部连续剧，正在招收演员，问罗小曼是否有兴趣去客串一把。

罗小曼当然愿意，她在电话中对袁少峰千恩万谢，似乎预感着自己将一夜成名。是夜，罗小曼开心地辗转难眠，实在按捺不住激动的心情，便把早已熟睡的丈夫摇醒，将这件事告诉了他。

“子均，你说明天去试镜我穿什么好？”

刘子均似乎半梦半醒，说：“说不定到时候什么都不用穿。”

“什么意思！”罗小曼尖叫道，“你为什么总把别人想得这么坏，人家可是正正经经的导演，拍的是高雅的文艺片。”

刘子均斜睨了一眼罗小曼，实在无法把自己的老婆跟高雅的文艺片联系在一起，不过他并未跟她拌嘴，因为他认为，罗小曼肯定会碰一鼻子灰，就让她吃点亏，长长记性好了。

早上六点，罗小曼便早早起床，浓妆艳抹化了个烟熏妆。只是一把长发让她为难，捣鼓了半天，终于梳好一个自以为漂亮的发髻，又挑了一件略显暴露的性感衣裙和同色高跟鞋，挎了个名牌皮包，急急忙忙出了门。她早猜到刘子均不愿送她，便事先要求戴维安排公司的司机把她送到目的地，说好完成表演工作后电话联系司机来接。

幸好出门很早，路上没有堵车，即便如此路上也花了一个多小时。到了目的地，罗小曼发现这是个影城，估计孙导演租了其中一个片场拍戏。转来转去，又耽误了半小时，罗小曼才见到孙导，刚一见面，就吓了她一跳。

这个孙导体态肥胖如猪，一双绿豆小眼闪烁着狡黠的光芒。片场没有开空调，孙导穿着名牌T恤和短裤，露出毛茸茸的胖胳膊胖腿，再加上一脸的油汗，和所剩无几的头发，活像猪八戒的现实版。他色眯眯地盯着罗小曼胸口裸露的皮肤，伸出连手指都合不拢的胖手，热情地说："罗小姐，早就听袁总说起过你，幸会幸会。"

罗小曼使劲克制着笑意，故作矜持地点点头，伸出手碰了一下他的手指，仪态万方地回答："谢谢孙导，我是新人，什么都不懂，还要请您多多关照呢。"

孙导被美女一恭维，哈哈大笑起来，笑声荡气回肠。他连声说，好说好说，一边把罗小曼带进了化妆室。

化妆室仿佛是临时搭建的房屋，面积不大，一排镜子前已经挤满了演员，有几个占不到位子，只好站着对镜描眉画眼。角落里有五六排移动衣架，挂满了花哨而廉价的古装戏服。衣架边横七竖八放置着几个躺椅，倒是都空着。化妆室安装了空调，但是因为太过拥挤，所以丝毫感受不到冷气的存在，反而充斥着一股令人窒息的汗味。

罗小曼见状有点失望，这跟她想象中的情景差得太远。孙导倒是不以为意，他拍拍罗小曼的肩膀说："罗小姐，我们拍的是个古装连续剧，片名叫作《铁血柔情武则天传奇》。你有五天的戏，角色是个宫女，负责为唐高宗李治的皇后王氏端茶倒水。剧情是武昭仪深得皇帝宠爱，冷落了王皇后。你给王皇后端上一碗燕窝，她嫌烫，打了你几个耳光，然后叫人拖出去把你杖毙了。剧本你可以问场记要来看。"

"才五天的戏？"罗小曼不满地抗议道，"孙导，袁总介绍我来时可没告诉我是跑龙套啊。"

"嘿嘿！"孙导陪笑道，"美女别生气，一部电视剧总共就四五个主要演员，哪有那么多角色可以分配。你看，要不是袁总的面子，你的角色连台词都没有呢！"

"噢？"罗小曼来了兴趣，"还有台词？"

“是啊。”孙导说，“就几句，娘娘息怒，奴婢再也不敢了，这次就饶了奴婢吧。”

“额——”罗小曼语塞，绷着俏脸默不做声。

“好啦好啦，”善于察颜观色的孙导安慰她道，“哪个大明星不是从跑龙套做起？像你这么标致的美人儿，在屏幕上一亮相，很快就会被别的导演相中，还愁以后没有机会？万事开头难嘛！看在袁总份上，你的酬劳都比别人多，一天两百块呢。当然，我知道你是老板娘，不在乎这点小钱。”

罗小曼憋了一肚子气，却不敢做声，谁让她只是个新人。既然来了，她也不准备马上就走，否则被公司的人笑话不说，还让袁总脸上无光。唉，就当是体验一下吧。

想到这里，罗小曼老大不情愿地点了点头。

孙导见思想工作已经做通，赶紧说：“化完妆，助手会带你换套戏服，然后就该出场了。抓紧时间！”说罢，又瞄了一眼小曼半露的酥胸，才心满意足地离开。

等孙导一走，化妆室里的人便开始窃窃私语：“咦？这个不是新晋的旅游大使亚军吗，怎么也来跟我们抢饭碗？”

“就是，两百一天的活儿也干，太掉价了吧。”

“啪！”一声巨响，把大家都吓了一跳。助理赶紧奔向声源方向，陪着笑脸低声下气地问身着古装衮服的美女：“敏姐，您准备好啦？那咱们就起驾吧。”

罗小曼循声望去，见那位美女顶着足有半尺高的发髻，身着华丽的戏服，浑身珠光宝气、环佩叮当，看样子像是女主角，只不过罗小曼想破了脑袋也记不起她是哪位明星。

见罗小曼目不转睛地盯着自己，那位美女脸带不屑，轻蔑地说：“什么旅游大使？不过是一个名不见经传的小公司搞出来的噱头罢了，哪比得上我们公司评选出来的蓁城广告之星，那才是真正的明星。”

罗小曼傲慢惯了，头一次有人当面如此挑衅，她真想跳起来跟对方大吵一架，但是她知道这样做对自己没有任何好处，只好暂且忍耐着，恨恨地目送那位美女走出化妆间。

“别生气了，她是小人得志，犯不着跟她一般见识。”一个年轻的男孩劝说罗小曼。

罗小曼投给他感激的一瞥，趁机问道：“那女人是谁？这么嚣张！”

男孩警惕地四下看看，见周围没人注意自己，才敢压低声音说："这是蓁城文化传媒的签约演员蔡仪敏，听说是他们的老板郑嵇安推荐她来演王皇后。其实，她演技并不好，拍戏总是NG，脾气却大得不得了，真挺像这部戏的女主角——铁血女皇武则天。可惜，女皇角色轮不到她演，只能出演被废掉的皇后，你就容她嚣张几天吧。"

"哈哈哈。"小曼被他风趣的言语逗得开心地笑了，完全忘记了刚才的不快。

男孩介绍说自己是新来的助理叫汪皓，在片场打杂。他真诚地说："曼姐，我一期不落地看完了旅游大使选拔赛，你那么漂亮又聪明，完全可以去竞选蓁城广告之星，把那个趾高气扬的蔡仪敏比下去，出口鸟气。"

汪皓还告诉小曼，孙导的这家公司是个小的不能再小的影视公司，可孙怀谷在这个行当人头熟、关系多，所以总能捞到点资金磕磕绊绊拍些媚俗的连续剧。他没钱请大明星，就直接请来一些小有名气的地方演员和模特，如此一来不用花太大的代价，又保证了一定的收视率。拍摄的机器也是从各大电视台或者演艺公司淘汰的设备中买下的，至于工作人员更是少得可怜。

罗小曼得知孙导的底细，不由大失所望。此时，她已经打扮停当，副导演进来叫她进场。尽管明知自己只是个小角色，可毕竟第一次真正参演电视剧，罗小曼满心好奇和欢喜。可惜，这点新鲜愉快的初体验，很快被无情的现实击溃。

与罗小曼演对手戏的就是蔡仪敏，虽然小曼已有心理准备要被蔡仪敏扮演的王皇后打几个耳光，但料想只是做戏，不会下狠手。谁知蔡仪敏似乎看小曼很不顺眼，下手拼尽了全力，一巴掌就把小曼打倒在地，小曼脸上立刻鼓起了几个红印。

"你，你怎么打人？"罗小曼又急又气，大声抗议。

孙导上前探视了一下，笑笑说："罗小姐，就当为艺术牺牲一次。蔡小姐，您也注意一下，下手别太狠了。打伤了她的脸，上镜不好看。"

罗小曼气急败坏，她后悔没有听从老公的劝告，但事到如今，没有后悔药可吃，而唯利是图的孙导不可能站在自己这边，因为开机之后分分秒秒都在烧钱，她只能硬着头皮忍耐下去，把戏拍完。

第七章
靓丽老板娘的前尘往事

在片场辛苦五天，挨了无数的“打骂”，才到手区区 1000 块钱，罗小曼深感不值。刘子均以为她吃到苦头就会罢手，谁料罗小曼将这一切遭遇归于自己名气太小的缘故。几天的打击非但没有令她的明星梦暗淡，反而激发了她的斗志，而蔡仪敏的狂傲和汪皓的褒赞更刺激她决心摘得蓁城广告之星冠军的桂冠。她上网搜集了各式各样有关蓁城广告之星大赛的信息，废寝忘食地研究取胜的快捷方式，就连自己的丈夫也无暇顾及。

“老公，冠军可以得到彪马公司赞助的一辆价值三十万的小汽车、一份大导演余征的新片《买房战争》的女主角片约，还可以当上蓁城广告公司的首席主持人。太棒了！”罗小曼挥舞着手里的报纸大叫道：“余征导演在国际上享有盛名，如果能参演他的片子，马上就能成为国际女星。”罗小曼幻想着，如果我得了冠军，那真是发达了，真正的光宗耀祖、名利双收哇。

见丈夫浑然不搭理自己，罗小曼耸耸肩，继续逐行逐字地研究奖项。亚军可以得到高级女装美高美公司赞助的价值十五万元的服装奖券，就算得个季军也能拿到八万服装津贴。

罗小曼不喜欢美高美公司的服装，一套动辄上万元不算，款式也成熟保守。不过没关系，不喜欢可以挂在网上卖掉。其实，最吸引小曼的还不是丰厚的奖品，而是获奖的附加条款，三甲佳丽可以签约成为蓁城文化传媒艺员，参演公司投拍的各类影视剧，除了冠军必须服务满三年之外，亚军和季军按影视剧的部数签约。

罗小曼知道蓁城文化传媒的影视业务做得十分出色，如果成为他们旗下的艺员，那可真成了明星，至少是蓁城的明星。当然，如果有幸能接拍余征导演的电影那就更美妙了。罗小曼闭上眼睛，美滋滋地沉浸在自己的幻想中。

“我要参赛，我要参赛！我要夺冠！”罗小曼挥舞着拳头，不由自主地叫出声来。

“你喊什么！”刘子均的态度少有的生硬，“你已经结婚了！这种正规的选美估计只有未婚女性才有资格参加吧。”

对啊，罗小曼被丈夫提醒，惊出一身冷汗。她记起第一届广告之星大赛不限性别不限年龄，当然也不限婚史，但是从第二届开始，开始限制性别，唯有女性才有资格参赛，这次会不会限制婚史？如果是这样，她的明星梦算是真的破灭了。

罗小曼急忙坐下来，逐条仔细对照参赛资格。她心里直打鼓，嘴里低低地祈祷：老天爷开眼，老天爷开眼啊。

“哈哈哈！”罗小曼看完参赛资格，兴奋地跳起来转了几圈，“比赛限 25 周岁以下的女性参加，不限地域，不限婚史。我可以参加！哇哈哈哈。”

罗小曼几乎笑出了眼泪，边笑边说：“幸亏我没听你们的话早早生孩子，如果怀了孕肯定得耽误两年，两年以后我就超龄了，我真是太幸运了！”笑了一会儿，她又若有所思地自言自语道，“其实怀了孕也没关系，可以不要嘛。只是我得吃点苦头，还是现在这样好。”

“砰！”大门一阵巨响，刘子均气得摔门而去。

糟了，现在可不能得罪这个财神爷。罗小曼暗叫不妙，如果没有老公的经济支持，自己如何参赛？虽然参赛大部分费用均由主办方提供，但那是进入预赛以后的事。预赛之前还有海选，再说，评委和主办方还需打点一下，这一切都得仰仗老公出面啊。尽管这两年她积攒下不少私房钱，但要罗小曼把这些体己钱拿出来参赛，还是倍觉肉痛。出于无奈，罗小曼决定委曲求全，暂且讨好丈夫。

过了几天，罗小曼趁大伯刘国权、大嫂霍丽鹃、小叔子刘志杰和婆婆下乡探亲的机会，主动打电话给刘子均，要他回家来吃饭。她在电话里甜腻腻地说：“老公，今天我做了一桌你爱吃的菜，你早点回家喔。”

刘子均以为小曼回心转意，非常高兴，早早处理完公事，哼着小曲回到家里。

一到家，罗小曼就体贴地帮他拿拖鞋、脱外套，这是两人刚开始恋爱时才有的待遇。难得她那么贤慧，看来一定是主动跟我修好了。刘子均心里美滋滋的，顺手搂住老婆亲了一下。

“讨厌，快去洗手。”罗小曼娇声说道。

果然满桌都是刘子均爱吃的菜，有烤鸭、烧鸡、牛肉、肚丝……还有一瓶白酒。从前小曼可没少嘲笑过刘子均，常数落他是个土包子，就连对食物的喜好都充满乡土气息。今天老婆怎么转性了？莫非是年纪大了，懂得体贴老公了。

“吃啊，多吃点。”小曼脸上堆满了笑容，不停地给刘子均夹菜。

“老婆，今天怎么对我这么好啊？”

“这算什么？”小曼朝他挤挤眼睛，比划了一个只有他们夫妻才能看懂的手势，“待会儿看我怎么伺候你。”说罢，妩媚地一笑，刘子均最见不得小曼朝他放电，不禁心神荡漾……

“如果我们每天都能这样该多好，你再给我生个孩子，生活就更有乐趣了。”刘子均由衷地感叹道。

“这种生活有什么好？平淡又无聊，每天过得都一样。”小曼反驳道。

“哈，那你想怎么样，拥有哆啦A梦的百宝袋，想要什么就能变出来？”刘子均打趣道。

罗小曼满腹心事，没情趣陪他说笑，她正想着怎么把话题引到选美上去，又怕老公发火，只得顺着他的话题说下去:“那只没耳朵的机器猫要是能让我得偿所愿，我倒愿意陪着他过一辈子。”

“噢？”刘子均笑了，“难道我还比不上机器猫？我哪一样没有满足你？”

“你真的什么都肯满足我？如果我要你支持我选美呢？”罗小曼两眼放光，热切地盯着老公。

“除了选美，我什么都答应你。”刘子均认真地说。

“说来说去，你还是不同意。”罗小曼气恼地说，“我真搞不懂，选美到底有什么不好？你看，哪个大老板不支持他的女朋友去选美甚至去当明星，只有你这个乡巴佬，处处阻挠我。”

“小曼!”刘子均正色道，“我已经说过很多遍了，娱乐圈没那么好混，你说我土也好保守也好，总之，我不赞成你去选美。”

“好吧，既然你不愿意，我也不想跟你啰嗦。但是我告诉，我去定了，你阻挠不了我。大不了，离婚!”罗小曼扔下满桌饭菜，快快而去。

见罗小曼这副模样，刘子均唯有苦笑。对一般男人而言，事业往往放在最为重要的地位，情爱和婚姻只是人生的一种附庸，刘子均也不例外。在这之前，他从未认真考虑过这段婚姻的走向，或许潜意识中认为婚姻即是保险箱，两人的关系一旦固定，不该再有差池。可是，近来，罗小曼的表现却频频触碰他作为一个丈夫的底线，令他对婚姻有了新的看法。或许世界上没有一成不变的关系，任何一段感情的开始和延续，靠的都是一种平衡。小曼的美丽是婚姻生活中的砝码，她有权利在美貌尚未消失之前，向生活兑取更多。当初，小曼向他托付终身，或许只是将他当成手中的潜力股，希望长线持有，获得收益。若是这样看来，双方其实是各取所需、互不相欠。这个道理听来残酷，却不乏现实意义。对小曼这样小市民家庭出身的女孩来说，实惠是超越一切情感的，她自身无法达到的高度，需要通过婚姻来完成。然而，人的欲望没有止境，尽管小曼在婚姻中获得的利益已经最大化，她却希望百尺竿头更进一步，得到更大的财富和享受。既然丈夫无法满足于她，她便只能寄希望于选美再次改变命运。

桌上的饭菜已经凉了，刘子均呆坐在桌前，一动不动。小曼最后一句话宛若芒刺扎入他的心脏，令他感到尖锐的疼痛。不知何故，他生出一种预感，小曼的心已经渐渐离他远去，而最终他们的关系会去往何方，实在难以预料。

其实，早在几年前，两人初识时，罗小曼不安于室的野心已微露端倪，但是她的青春活力和美艳性感征服了刘子均，年轻的他以为自己可以创造出她想要的一切，如今看来，自己是太过天真了。

还记得当年，刘子均艰苦打拼了几年，海伦广告总算有了点知名度，业务增多，人手开始不足，他便在求职网发布了招聘广告。很快，不少广告专业毕业的大中专院校学生前来应聘，虽然应聘者中不乏美女，但他一眼就看中了罗小曼。那时的小曼除了貌美如花，更有一种灵动清新的纯美，绝非现在这副世俗的嘴脸。

事实上，对于罗小曼的往事，刘子均了解得并不清楚。小曼对他说自己是工艺美术学院广告专业的毕业生，他便信以为真。因为对她的好感，再加上当时的海伦广告不过是家小公司，对学历要求没那么严格，刘子均从未要求罗小曼出示学历证书。

罗小曼是标准的蓁城人，与父母一起住在蓁城市中心的旧楼中。在她重男轻女的家人眼中，女孩不过是赔钱货，最好的归宿就是嫁进殷实的人家，成为夫家生儿育女的工具，相夫教子，平淡到老。罗小曼从小无心学习、热衷打扮，初中毕业就走上社会讨生活。无奈学历太低，只好在一家二流的酒店当服务员。不过，她超乎寻常的美貌和对时尚潮流的追逐，令她成为服务员中最受欢迎的一个。不少客人对她青睐有加，酒店的男同事更是争相追求她。起初，小曼还有几分得意，但时间一长，她发觉这种迎来送往的生活并不能给她带来什么实际的好处。说到底，她认为服务员就是个伺候人的活儿，之所以愿意接受，就是冲着遭遇阔佬豪客的机遇。但酒店档次不高，客人多数都是工薪阶层，最强的也就是个小老板，为她花钱并不大方。工作几年，她没赚到几个钱，离自己理想的生活状态太过遥远。因此，当某天领班指责她打扫客房不合格时，她借故辞职了。

无业的日子很是无聊，罗小曼每天打扮得花枝招展，出门东逛西逛、吃吃喝喝，到了天黑才回家。见她如此懒散，家里人纷纷侧目。罗母指责道："一个大姑娘家，要么好好找份工作赚钱，要么老老实实嫁人，成天东游西荡像什么样子。"

"哎呀，妈，你真啰嗦。我都这么大了，自己会打算。"

"打算，你有什么打算？从小到大，就没见你做好过一件事。"

"服务员又脏又累，还要被领班骂，我受不了！"

"受不了？"罗母冷笑道，"这份工作风吹不到雨淋不着，还不够舒服？你现在还能凭着这张爹妈给的漂亮脸蛋吃这种青春饭，等将来你人老珠黄不值钱的时候，你才叫天天不应叫地地不灵。"

还没等小曼开口，罗母又数落道："要你好好读书，你不肯，找不到好工作怪谁？

"谁说我不肯好好读书，不是你们自己说，女孩子读那么多书没用，趁年轻早点嫁人才是正道。"

"难道我没给你付学费？"罗父接上话茬，"你绣花枕头一包草，根本不是读书的料。不读书嫁人也行，我们又不是没有给你介绍对象？你挑来捡去一个也不要，成天待在家里吃闲饭，不知道你究竟想干什么。"

"读书啊，我要读书。"罗小曼梗着脖子跟父母顶上了，"现在广告行业很吃香，我明天就去报名学广告设计！"

罗家父母互相看了一眼，嘲笑道："你会认真读书，母猪也会上树。"

为了给自己争口气，罗小曼第二天就去培训学校报了名，当然，学费是问父母要的。不过，父母对她三分钟热度的性格了若指掌，权当是出钱给她玩玩，根本不当真。罗小曼暗暗决心要争口气，认真读书给父母看看。

开头几天，罗小曼学习的劲头很大，每天早早去学校占了前排的位子，认真地记笔记、听讲课。回到家也常常捧着课本温习，但是她骨子里喜欢求新求变、追求刺激，很快就对枯燥乏味的书本知识感到厌烦。唯一让她感兴趣的，就是给她们讲课的帅哥老师。老师看起来比她大不了几岁，对这个假装勤奋长得又美的女学生很感兴趣。罗小曼与老师约会了几次，发觉他花钱吝啬，立刻对他失去了兴趣，只是顾虑着考试还需依靠老师，便不咸不淡地偶尔赴他的约会。

整个课程有三个月之久，小曼在课堂里实在坐不住了，第二个月便开始旷课，跟在班上认识的一个男同学出去逛街消遣。男同学绰号叫阿雄，却名不副实，不但长相漂亮偏女性化，动作也有几分阴柔。阿雄喜欢穿花里胡哨的修身男装，衣服都很昂贵，他的发型也全都模仿韩国男星。刚结识时，罗小曼讨厌他是个伪娘，如今，日子过得百无聊赖，阿雄又主动与她搭讪，不知不觉，她便接受了他。白天，阿雄经常约小曼出去看电影、打电玩、吃饭、唱K，还陪伴她去商场买衣服，时不时为她付账，很能讨她欢心。小曼常常猜测：阿雄肯定是个富二代。一般来说，男人只肯为自己喜欢的女人花钱，如果我可以嫁给他，以后的日子就舒舒服服了。

抱着这种想法，罗小曼开始主动讨好阿雄，可奇怪的是，阿雄对她的主动示好无动于衷，这让小曼开始怀疑他的取向问题。

有一天，阿雄又约小曼吃饭，小曼便旁敲侧击问他的家境。阿雄耸耸肩，坦言自己的老家偏远贫困。

“但是，我看你花钱大手大脚，不像是穷人家的孩子。其实，我很羡慕你。”小曼以为阿雄故意考验自己，不肯吐露真情。

“哈哈哈，”阿雄仰天长笑，这么夸张的笑法倒是像个真正的男人，“你羡慕我，我还羡慕你呢。你长得那么美，又是女孩子，赚钱的优势比我大得多，只是你不懂得好好利用罢了。”

阿雄的话勾起了小曼的好奇心：“看样子，你一定有什么赚钱的门路，可以告诉我吗？”

阿雄朝她诡异地笑笑：“告诉你可以，只怕你不肯去做。”

罗小曼见阿雄故意卖关子，便嘴巴一撅，装出一副不高兴的样子：“跟你认识这么久，你还不知道我的为人？只要你说出来，我什么都敢做！”顿了顿，她忽然想起了什么似的，睁大眼睛怀疑地问，“不会是走私贩毒之类犯法的事吧？”

“你真可爱，我还不至于让你这样的美女冒杀头的风险。”阿雄笑笑说，“如果你愿意，晚上就跟我去面试吧。”

夜幕降临，忐忑不安的罗小曼跟着阿雄来到一家高档酒吧面试。阿雄告诉小曼，这家酒吧生意很好，每晚都爆满，虽然工资很低，但能挣到不少小费。这里最红的服务员，每晚能赚几千元。

阿雄的话让罗小曼怦然心动，她问阿雄："莫非你也在这里工作？"

阿雄笑笑，算是默认了。很久以后，罗小曼才得知，阿雄的主业有两项，一是帮助酒吧物色像她这样天真无邪的美少女前来工作，吸引客源；另一项就是陪伴那些光顾酒吧的阔太太们消磨时光。

涉世不深的罗小曼听信了阿雄，喜滋滋地在酒吧当起了服务员。酒吧的生意确实不错，每天晚上十点到凌晨，是酒吧生意最为火爆的时候，无数欲望男女从城市的四面八方涌来，在这里喝酒取乐、寻找刺激。

开头，罗小曼甘心充当服务员，每天拿到五六百元的小费就已乐不可支，但一个月下来，她发现来这里买醉的客人都出手阔绰、一掷千金，就连他们带来的女伴也打扮得时尚靓丽、富贵逼人，令她自惭形秽。小曼并不知道，这是蓁城一流的酒吧，顾客非富即贵，等闲人物来此根本消费不起，她只是深感人与人之间的不平等，而这种心态进一步刺激了她的虚荣心。天真的她并不知道，阿雄要的就是这种效果。在阿雄的唆使下，她先是陪客人喝酒，不久后就会应客人的邀约出去宵夜，如此一来，她的收入暴涨，每天都赚得钵满盆满。罗小曼自知美貌是自己的核心竞争力，为了让容颜更加完美无缺，她出钱跟老师学习专业化妆技术，甚至跑到医院整形，削掉略显宽大的腮骨，经过一番折腾，罗小曼再次揽镜自照，深信如今的绝色容颜经得起任何苛刻的挑剔。

父母见罗小曼白天睡觉，深夜才回家，花钱也大手大脚，不由对她的行踪产生了怀疑。跟踪她几次之后，父母发现了小曼的秘密。罗父将她劈头盖脸一阵臭骂："年轻轻的小姑娘不学好，去那种乌七八糟的地方陪酒，叫我们的脸往哪里搁？你要丢脸也走远一点，别在家门口丢人现眼。"

母亲没有骂她，但抹着眼泪对小曼说："我们家虽然没钱，但也过得去，你又是独生女，将来家里什么都是你的。你要是有需要，可以问我们拿钱，我们卖房卖血也会供养你，为什么要糟蹋自己去那种地方？真是前世作孽，前世作孽！"

"妈，你们说得太严重了。我只是陪陪酒，又没做什么见不得人的事情。"罗小曼满不在乎地说。

"陪酒？亏你还好意思说出口。那是什么地方，是正经的女孩子该去的地方？你一个没结婚的大姑娘也不怕传出去，将来没人要。我们老罗家几代清白，都毁在你这个不肖女手里。"

“这能怪我吗？”罗小曼被父亲的话激怒了，“谁让你没本事，谁让你赚不到钱？难道你要我一辈子陪你们住在这个鸟不拉屎的鬼地方，受一辈子穷？”

“你你，我没你这个女儿，你给我滚出去！”父亲气得直哆嗦，指着小曼的鼻子骂道。

“放心，我会走，不过不是现在。等我找到落脚的地方，我一刻也不想看到你们！”罗小曼说罢，跑进自己房里，把门反锁，蒙上被子再也不想听父母的唠叨。虽然，她对父母反感，但是也不得不承认进酒吧工作确实欠妥，至少对她的名声是一种损害，如果因为这样而嫁不到好人家，那未免得不偿失。罗小曼决定不再去上班，反正已经学了一阵广告，明天就去找个小广告公司碰碰运气，正正经经有份工作再谋发展。反正，广告圈也有很多有钱人，她打定主意要钓个金龟婿，带她离开这里，让瞧不起她的人好好看看。

决心倒是下了，但是如何实施？罗小曼心中并没有具体的步骤。自从到酒吧工作之后，她就没再去上学，白天大把的时间不知如何打发，只好坐车去中心商圈的大型商场消磨时间。在女装区兜了几个圈子，都未看到可心的服装，小曼便在街上信步闲逛，漫无目的地东张西望。她经过一排沿街的店面，忽然看到一家门脸很小的广告公司门口贴着一张招工启事。因为学了几天广告，因此她一见广告公司就感到亲切，便停下脚步，仔细阅读那张启事，一边在心里比对自己的条件。

“美女，请进来看吧，外面太热了。”一个很斯文的男声说道。

罗小曼循声望去，只见一个俊秀的年轻男士从办公桌前站起身来，正招呼自己进门。

对自己的女性魅力，罗小曼一向很有自信，她傲然走进了狭小的店堂，在一张小小的茶几边坐下，喝了一口那位男士递过来的饮料，便开始四处打量。

这家公司外表狭小，里头还算宽敞，前后有三个狭长的房间，最深处还隔出微型的茶水间和洗手间。

“真是麻雀虽小五脏俱全哪。”罗小曼赞了一声，接着问道，“你是这家公司的老板？”

对方微笑着点点头：“算是吧，反正是小公司，就几个员工，而且都是自家人。我叫刘子均，请问美女芳名？你是来应聘的吗？”

罗小曼被他文绉绉的语气弄得羞赧起来，自觉收敛了豪放随便的姿态，很是淑女地回答：“我叫罗小曼。你们的招聘启事上写着，至少大专毕业，我虽然学过几天广告，但是——”她自觉自己的初中文凭拿不出手，只好闭口不语，转而期待地看着刘子均。她知道自己这副可怜巴巴的样子很能打动人。

果然，刘子均一迭声说道：“不要紧不要紧，学历只是参考，最重要的是个人能力。”

罗小曼一听有戏，不由两眼放光：“真的？你真的愿意录用我？其实我会唱歌还会跳舞，还有——”她刚想说自己很受酒吧客人欢迎，但话到嘴边，觉得此事还是不提为妙，便改了口说，“我交际能力挺强，可以给你拉广告。”

“哈哈哈！”刘子均觉得眼前的小美女既风趣又坦率，他向来喜欢热情率真的姑娘，对罗小曼更有了几分好感，“好啊，我这小公司才刚起步不久，愁的就是客源，如果多几个像罗小姐这样落落大方、美丽动人的员工，还愁没有发展吗？”

“你的意思是，已经录用我了？”罗小曼惊喜地问道。

刘子均以为罗小曼有心前来应聘，听她口音应该蓁城本地人，知根知底比较可信，观察她的年龄，他揣测她至少是中专学历，应该能够胜任文员职位，便含笑点了点头。

“那太谢谢你了！”罗小曼喜出望外，终于找到了一份正经的工作，可以堵上老爸老妈的嘴巴。不过，冷静下来一想，罗小曼产生了疑惑，为什么公司里只有刘子均一个人，该不会是个骗子吧？

刘子均看出了小曼的顾虑，他指指墙上挂的营业执照说：“罗小姐，如果你有什么顾虑，可以去工商局查一下我的登记档案。刚才我说过，这个小公司才开了不久，正在起步阶段，平时我大哥和大嫂还有一个弟弟都在这里帮忙，你算是我对外招聘的第一个员工。希望你不要嫌弃我这里庙小。”

“哪里哪里。”罗小曼窘得连连摆手，“你肯请我，我谢你还来不及，怎么会嫌弃。”说着，脸颊飞上两朵红云。

事后回忆起来，刘子均承认自己录用小曼有点仓促，不过他不得不承认，罗小曼出众的美貌和曼妙的身材，是打动他的重要因素。可以说，他一眼就喜欢上了这个漂亮的姑娘，至于她的身份学历背景，根本不在他的考虑范围内。

“罗小姐，如果你没有异议，明天就请带好身份证来签合同吧。”

“那，你开给我多少钱工资？”罗小曼怯怯地问道，这才是她最关心的问题。

刘子均轻声咳了一下，说：“每个月两千五百元底薪，如果拉到广告还有提成。”

“这么少？”罗小曼惊呼道，刚才的热情一下子冷了大半。

“不好意思，现在公司的状况还不允许我开给你高薪，不过相信以后会慢慢提高待遇。”刘子均赧然。

两千五百元实在太少，还不如酒吧几个晚上的小费。罗小曼失望地想。不过，正当工作薪水肯定不会高。现在工作这么难找，就连宾馆酒店也要招高中生。自己学历那么低，除了这个傻瓜，估计只有超市才会录用自己当售货员，广告公司怎么都比超市体面吧。要不，先答应下来，就当骑驴找马好了。

见罗小曼沉默不语，刘子均以为她后悔了，体谅地说：“罗小姐，如果你觉得不太合适，可以再考虑考虑。”

看来，这个小老板对自己还挺上心，先别急着答应他，钓钓他胃口。罗小曼故意沉吟了半天，才慢吞吞地说：“我回去考虑考虑，明天再答复你，可以吗？”

“当然可以，反正我这里的大门随时为你敞开。”刘子均虽感到失望，态度却依然礼貌。

罗小曼心里乐开了花，怕被他看出自己急切的心思，急忙掩饰说，“我还有事，就先告辞了。”

刘子均点点头，为她拉开了玻璃门，怅然若失地望着她渐渐走远。

回到家里，刘子均温和的态度和俊朗的面容不断在罗小曼脑海中闪回，她仔细回味着他的每一句话、每一个眼神，最后得出一个结论，他喜欢她。看起来，他比她大不了几岁，既然是刚刚创业，应该是毕业不久，虽然暂时没什么钱，但胜在年轻，前途无量。再说，以她目前的情况，配个小老板也算不错了。

由于父母层次不高，周遭的亲友都是斤斤计较、市井气息浓重的小市民，而酒吧的客人则是另一种极端的路数，不是财大气粗、飞扬跋扈，就是颓废冷漠、玩世不恭。她从未见过像刘子均这样儒雅、正派又积极向上的阳光男孩。

罗小曼自小生活在城市的中心地带，精彩奢华的城市生活每天都在向她招手，可她却囊中羞涩。罗小曼不愿奋发图强、锐意进取来力争上游、改变命运，成天希冀凭借自己的美貌走快捷方式一夜飞上枝头。眼下，这么好的机会从天而降，罗小曼决心牢牢抓住。凭她的直觉，刘子均应该没有谈过恋爱，对付这样一个初出茅庐的毛头小子，自己还不手到擒来？当晚，她在胡思乱想中渐渐入睡。

翌日，罗小曼一觉醒来已是日上三竿，她赶紧起床匆匆吃了碗泡饭，便准备去刘子均那里。如何梳妆打扮倒是颇费踌躇，最后她决定朴素一点，就把读书时的纯棉连衣裙套在身上。谁料她比十三四岁时丰满了不少，前胸和臀部被勒得紧紧的，对着镜子照照，仿佛穿了件童装。没办法，她只好翻出一件母亲的连身长裙穿上，来不及挑拣鞋子，踩上一双凉拖，赶公交车去了。

再次见到罗小曼，刘子均一时错愕，再定睛一看，认出是昨天那位艳丽的美女。朴素的衣裙为小曼平添了几分十九岁少女应有的纯情，迷惑了保守单纯的刘子均。

刘子均老家在蓁城郊区，父亲早亡，母亲一个人带大兄弟三个，他是老二。三兄弟中，数他最有出息。考取本硕连读之后，刘子均再没要过家里一分钱。他半工半读勉强完成学业后，又在蓁城文化传媒待了几年，感觉收入不够养家，便跳出来单干。他在蓁城市中心租了几间店面，成立了刘氏广告(海伦广告前身)。店面房屋有点老旧，但胜在价格实惠。大哥刘国权、大嫂霍丽鹃和弟弟刘志杰都在公司里帮忙，大哥和弟弟负责在外接洽生意、监工以及讨债等杂事，大嫂霍丽鹃负责财务，而刘子均自己则负责谈判、签约和设计。眼下，公司业务量正逐步增多，他迫切需要增加人手处理杂务。

“罗小姐，”刘子均问道，“你之前有没有工作经验？”

罗小曼沉吟了一下，说：“我现在还在读书，不过以前曾经半工半读当过服务员。”

“噢，那就是说你现在没有工作，那签合同就好办多了。但是，你的档案是不是还在学校啊？”

罗小曼害怕穿帮，只好小心翼翼地编了通谎话：“我毕业以后档案就进了人才市场，本来我想到大公司实习一段时间再工作，但是实习期间发现自己的专业水平不高，所以没有急着工作，报名参加了一个培训班。等到专业过关了，再找一份稳定的工作。”她不错眼珠地盯着刘子均，观察着他的表情。

刘子均被她盯得不好意思，急忙移开了视线：“没关系，等到签约以后，我帮你把档案转过来就好。”

罗小曼连忙说：“不用急着转档案，我想先试试，如果不能胜任，那我还得继续回去学习。而且我的爱好广泛，还想学习美容和化妆技术，等赚了钱将来自己开一个美容院。”

刘子均对她深信不疑，连连点头：“罗小姐真好学，还很有理想抱负，真是了不起。”

罗小曼虽不懂什么理想抱负，但被他一夸，立刻飘飘然起来，可她依然不忘讨好刘子均这位未来的老板：“我怎么比得上你刘老板，年纪轻轻已经事业有成，拥有自己的公司，真是，额——”她歪着头，搜肠刮肚想找个确切的形容词，“年轻有为！”

“哈哈哈！”刘子均明知她是恭维，还是非常高兴，不过，他谦虚地回答，“我现在还是小打小闹，赚不了多少钱，将来还得依靠罗小姐助我一臂之力呢。”

虽然才第二次见面，可两人相谈甚欢，熟稔地俨然是认识了几年的老朋友。不一会儿，刘子均拿出准备好的合同，给罗小曼签字。

劳动合同上需要注明甲方乙方的地址，当时刘子均还没买房，带着母亲和兄弟们住在公司后面一个小院里，便签上了公司地址。

罗小曼填到地址那栏，忽然停下了笔。小曼家在老城区菜场后边的窄巷里，是父母工厂分的福利房。交通十分便捷，居住环境却太过可怕。没有洗手间，厨房也跟人合用，冬冷夏热，遇到雨天还漏水。过去，工人们的条件都差不多，没有比较，如今有本事的工人不是有了一官半职，便是跳出工厂自主创业，住上新式公寓的不计其数，搬进别墅的也大有人在。想起这点，罗小曼就气得咬牙切齿，都怪自己没有个好爹，就连家庭地址都不敢写上。不过，她没有表露在脸上，嗲声嗲气地对刘子均说：“地址还是不写吧，让我在你眼中保留点神秘感。”

如此美丽的女孩愿意为他工作，刘子均已经感到受宠若惊，哪里还会深究其他。他连连点头，将一份合同收好，另一份交到罗小曼手中，有点歉疚地说：“目前薪水确实有点低，你愿意留下工作我很感激，如果以后公司业绩上涨，我立刻给你加工资。”

罗小曼呵呵一笑，不置可否，她暗想：只怕到时候你这个人连同公司都是我的，还在乎什么薪水。

刚开始，刘子均一直以为罗小曼是科班毕业，后来才发现她肚子里根本没几滴墨水，不但无法胜任广告的文案工作，就连日常谈吐也常常无知到令人啼笑皆非，但是她擅长交际、善于恭维，再加上她确实漂亮，很多客户都吃她这一套，为了讨她欢心跟刘子均的公司签了好几笔订单。同时，罗小曼非常注意处理好她与刘子均家人的关系，对刘子均也体贴备至。刘子均暗恋过师妹凌诗诗，却没有正式谈过恋爱，因此对女人的经验非常之少。读研期间，也不乏女同学喜欢过他，但一打听到他家境贫寒、兄弟众多，又有一个多病的寡母需要赡养，便自动偃旗息鼓。由于没有比较，又与罗小曼朝夕相处，时间一长，刘子均对小曼的感情渐渐升温，很快进入了恋爱状态。

罗小曼除了吃喝玩乐、逛街购物之外没什么别的嗜好，对体育运动也无甚兴趣，唯独游泳还算擅长，那是从前跟阿雄逃课时为了打发时间学会的。而且，泳衣能最大限度地暴露身体的曲线美，每当她看到泳池边的众人向她行注目礼，虚荣心便得到了极大的满足。因此，当刘子均约她出去，问她想玩什么项目，她不假思索地回答喜欢游泳。

每个礼拜，公司都会休息一天，刘子均便租了辆车带罗小曼去游泳。夏天游泳馆比较拥挤，刘子均为人周到，故意选择下午四点左右——大家急着回去买菜做饭的时间入馆，顾客果然大大减少。

在游泳馆的泳衣店，刘子均让罗小曼自己挑选一件合意的泳衣。小曼很快挑中一件色彩鲜艳的橙色比基尼，留下子均付钱，自己跑进了更衣室。

刘子均挑了一条泳裤，换好之后从更衣室出来，小曼早就躺在泳池边的躺椅上等着他。跃动鲜活的色彩衬托出她健康的肤色，窄小的比基尼泳衣凸显出她的丰乳肥臀。小曼冲着子均微微一笑，站起身来，扭动着纤腰跳进一池碧波之中，引来无数艳羡的眼光，刘子均也被小曼充满野性和活力的美丽惊呆了。

“子均，快下来呀！”罗小曼站在泳池里千娇百媚地冲刘子均招招手，其他男客们都向刘子均投来羡慕嫉妒恨的目光。

虽然刘子均并不虚荣，但是环顾整个泳池，还真找不出哪个女人比罗小曼更为出众，他不由沾沾自喜，见小曼已经等急了，赶紧跳下水。

“子均，你看这泳衣好不好看？”小曼故意问道。

刘子均仔细打量了一下，有点为难地说：“好看是好看，但是好像太暴露了。”

“你这土包子！亏你还是广告圈的！”罗小曼不高兴地戳了一下他的额头，“这叫新潮、时尚， 看来你的品位得好好提高。”

刘子均摸摸额头，又尴尬地笑笑，没有和她争论，但内心还是坚持自己的看法。

“你傻站着干嘛，快点和我一起游泳吧。你会哪种姿势？”小曼问道。

“这个，”刘子均更加尴尬，“乡下孩子都在河里学游泳，扶着一个木盆练习，哪顾得上什么姿势不姿势？”

“嘻嘻！”罗小曼半是嘲讽半是得意地笑道，“这点我可比你强，我会标准的蝶泳、蛙泳。”

“是吗？”刘子均赞叹道。

“不信，你看！”罗小曼说罢就在泳池里游了起来，她知道自己引人注目，因此游泳的姿势愈发标准优美，仿佛在表演水上舞蹈。果然，周围一阵叫好声。刘子均也由衷地承认，她游得很不错。

可惜，罗小曼平时缺乏锻炼，才游了一个来回就气喘吁吁，两条胳膊仿佛灌满了铅，每划一下都感到吃力万分。“哎呀！”她忽然感到左脚钻心的剧痛。不好，脚抽筋了！当初阿雄可没有教她如何应对突发状况。罗小曼慌了神，再也顾不上姿势急着游回泳池边，谁知越急越使不上力，整个身体开始下沉，接连喝了几口水。

“救、救、救命啊！”罗小曼惊慌失措，大声尖叫起来。

正在观赏她泳姿的刘子均这才反应过来，急忙游过去，一把抓住她的头发把她拎出水面。罗小曼立刻抱紧了刘子均的脖子不肯松手，嘴里喊着：“吓死我了，吓死我了。”

刘子均被她勒得几乎喘不过起来，费了很大力气才把她的胳膊掰开：“小曼，不用这么紧张，这是泳池，不是大海。”

罗小曼回过神来四下看看，不好意思地松开了手，刚想站稳，左脚又是一阵疼痛：“哎哟，我脚抽筋。”

“是哪一侧？”刘子均关切地问。

“左脚。”

刘子均顾不上害羞，赶紧把罗小曼抱起，放在泳池边上，不待她坐稳，便抓起她的左脚轻轻揉动脚趾，一边问道：“怎么样？感觉好些了吗？”

随着他的按摩，罗小曼感到痛楚正逐渐减轻，不禁感激地点点头，随即一阵羞愧：唉，本想出尽风头，谁知丢人丢到姥姥家了，真没面子。她仔细观察刘子均的表情，发觉他并不在乎自己出丑，才放下心来。看来，这个刘子均对她真不错。

刘子均正全神贯注给她按摩，完全没有理会她曲折的心思，见她恢复正常，便说：“下次再遇到这种情况，不要惊慌，只需把抽筋的脚抱在胸前，轻轻揉动脚趾，就会好起来。”

罗小曼娇羞地瞟了他一眼，乖乖地说：“嗯，记住啦。”

小曼受惊不小，不愿再下水，便坐在岸上看着刘子均游了好一会儿。刘子均外表瘦削，实则十分结实，四肢坚实有力，六块腹肌非常明显，一看就知是长期健身的结果，平时穿着外衣看不出来，这次穿着泳裤才尽显身材。虽然他长得不算很帅，但这么棒的身材也能为他加分不少吧。

罗小曼正在想入非非，忽听刘子均招呼她喝饮料，她顺从地走过去，还帮他拿了一块浴巾。

“子均，游了这么久，休息一会儿吧。”

“不，我还想再游一会儿，要不，你下来陪我一起游。”

小曼吓得连连摇头：“不要了，刚才还没出够洋相吗？”

“哈哈，其实你游得挺好，只是体力和经验不足。这次有我在你身边保驾护航，来吧，尽管放心。”

在刘子均的鼓励下，罗小曼战战兢兢地下了水。刘子均陪在一边，不时扶她一下，小曼这次果然游得顺畅多了。她心里一高兴，便希望跟他更进一步，于是有意贴近子均亲热地说：“谢谢你咯。”她娇媚的表情和肌肤的馨香令刘子均怦然心动，一股热血直冲脑门。他强行克制着冲动，温和地说：“游泳之前先要做些热身运动，然后在泳池里待一会儿，适应水温，这样不容易发生意外。下次要注意了。”

“知道啦，老夫子。”小曼并不知道刘子均心中的惊涛骇浪，以为他不为所动，只好悻悻作罢。

游过泳，已到了晚饭时间。刘子均提出请小曼吃饭。

“不好意思再让你破费呀！”罗小曼假装推辞道。

“不用客气，你帮我这么多忙，我请你吃顿饭也是应该的。”刘子均老老实实地说。

“啊？”罗小曼故意鼓起腮帮，装出一副不高兴的样子，“看来是我会错意了。”

“没有啊。”刘子均以为小曼真的生气了，赶紧解释道，“我就是想请你吃饭啊，跟你再多聊一会儿，增加了解。”

“这还差不多。”罗小曼见刘子均已经完全被她牵着鼻子走，不由满意地笑了。

“你想吃什么？”刘子均又问。

“怎么，连地点都没想好？太没有诚意了。”

“我，我——”刘子均张口结舌，过了好一会儿才说，“其实我已经在日本料理定了位子，就怕你不喜欢？”

日本料理情调不错，看不出，这小子还挺浪漫。

“不会。”罗小曼热烈地响应他，“你定什么我都喜欢吃。”说罢，含情脉脉地瞟了他一眼，刘子均望着她风情万种的双眼，不由神魂颠倒。

日本料理是自助式的，每位两百元。罗小曼第一次来此，一下子点了好多菜，吃得肚子胀鼓鼓的。刘子均却吃得不多，坐在对面笑盈盈地看着她狼吞虎咽。

吃过晚饭，刘子均问：“小曼，你还想到哪里玩？我陪你去。”

罗小曼摇摇头，好久没有玩得这么痛快，又不用考虑费用，她非常满意，只是游泳太耗费体力，她浑身酸软，实在玩不动了。

“那？我就送你回家吧。”

罗小曼心道：这个呆子，你可以提议去看场电影啊，真笨！算了，反正来日方长，有的是亲近的机会。不过，如果让他送自己回家，不就看到了自己破破烂烂的住处，目前可不能破坏形象。罗小曼考虑了一会儿，装作体谅地说：“你的车子是租的，早点还回去可以省点费用。我可以自己打车回家。”

“你一个女孩子独自回去太危险，我可不放心，还是我开车送你回去吧，也不在乎多一个小时的租金。”子均坚持道。

“真的不用了，我自己可以，再说，我也不想这么快就让你知道我住在哪里。”罗小曼笑嘻嘻地答道。

“好吧。”见小曼执意如此，刘子均也不便勉强，”那你路上小心，回到家给我发个短信，报个平安。”

“好啊，明天公司见。”罗小曼挥挥手，刚想转身，又被刘子均叫住了。他从车上拿起一个纸袋，里面装着小曼刚才穿过的泳衣：“这个送给你，以后我们再去游泳。”

“那就多谢啦！”罗小曼对刘子均的表现很是满意，接过纸袋步履轻快地走了。

第八章
大美人钓到小“金龟”

游泳事件打破了刘子均和罗小曼的胶着状态，令他们的关系更近了一步，至少在刘子均心中正式确立了两人的恋爱关系，此后，两人频频约会，感情急速升温。

刘子均在学校就是体育和文艺骨干，不仅擅长各种运动，唱歌跳舞也不在话下。罗小曼对运动虽然不在行，但是小时候经常跟罗母参加工厂里举办的交谊舞会，对华尔兹、恰恰、探戈等国标舞很是内行。她工作过的酒店、酒吧的同事们都好吃好玩，小曼不时跟他们一起去蹦迪唱 K，勉强也算能歌善舞。因此，刘子均和罗小曼在恋爱期间相处得还算和谐。他们经常一起吃饭、唱歌、看电影、游泳，刘子均还常常陪她逛街购物，只要是她喜欢的东西，价格又不贵得离谱，他都会毫不吝啬地买下来送给她，甚至她的家人都托她的福，常常收到刘子均赠送的礼品。在外人眼中，他们已是一对感情稳定的情侣。

不过，来到刘氏广告工作之后，罗小曼的社交范围比以往更为宽广，眼界也相应提高。在她心中，刘子均只是个潜力股，距离套现遥遥无期。在一起越久，想要嫁给他的念头越淡，只是由于身边没有更为优秀的男子出现，而子均又基本能够满足她目前对物质的需求，所以罗小曼的态度还算积极。不过，交往多时，她最多只让他亲吻、拥抱一下，始终不肯进一步亲密接触。她还想待价而沽。待又交往了一段时日，罗小曼就向刘子均提出买车的要求：“子均，你现在好歹是个老板，出去应酬如果没有辆车，多没面子。”

“我有车啊！”广告行业经常需要运送展板和其他杂物，刘子均曾以公司名义购买下一辆一万多元的二手面包车，每逢假日，也曾用它载家人和小曼出去玩过。

“那辆破面包也算车？”罗小曼撅着嘴巴说，“前几天我在街上遇到以前的同事，她长得不如我漂亮却开着一辆小宝马，一问才知道是她老公买给她的。你现在又不是没钱，干嘛要那么省，让人笑话。”

刘子均不紧不慢地说：“人总得从实际出发。现在公司刚刚有点积累，正是需要资金的时候，买一辆小汽车至少十几二十万，每年还得花几万养车，却又装不下什么东西，一点不实用，完全没有必要。”

“怎么没有必要？我上下班都是挤公交，你要是买了车就可以接送我了。”

“你家到这里坐公交就两站路，走路只需十分钟。我租的房子离公司就十几步远，很方便啊。”

“我不管，反正没有车我觉得很没面子。”罗小曼撒起娇来，“你就买一辆好车嘛，哪怕是二十几万的也好啊。”

刘子均被缠得没办法，最终点头答应买辆实用的别克商务车。他并不认为面包车寒酸丢人，只觉车况太差，行车不安全。罗小曼以为刘子均是见风使舵讨自己欢心，顿时喜出望外，抱着他用力亲了几口，亲得他满脸都是红红的唇印。

“你这下总该满意了吧。”刘子均无可奈何地说。

“不满意。”小曼嘟囔着嘴，卖萌道。

“又怎么啦？我的小姑奶奶。”刘子均诧异道。

“换了车，你家里人又该说三道四了。”自从罗小曼正式成为刘子均的女朋友，公司的事她就撒手不管了。不仅如此，还常常在工作时间要求刘子均陪她出去玩耍。陷入热恋中的子均对她百依百顺，不时从公司账上支钱陪她玩乐，公司财务由刘子均的大嫂霍丽鹃掌握，子均和小曼的这种状况引起了她的极度不满，在她的挑唆下，刘家大哥和小弟也经常说三道四，见面常常不给小曼好脸色。

“那你说怎么办？他们要说，你也没法堵住他们的嘴。”刘子均说。

“你这么大人了，为什么还要和兄弟们住在一起？白天在公司见面不算，下了班的行踪都落在他们眼里，时间长了，你这个老总哪里还会有威信？如果是我，早就搬出来单住了。被人管来管去，真没劲！”罗小曼怨气冲天。

刘子均是个实在人，他认为罗小曼说得在理，便很快另租了一处更为宽敞的房屋，让兄弟们带着母亲搬出去住，借口是自己加班应酬经常晚归，会吵到家人休息。反正租金从公司账上支出，两兄弟和大嫂乐得住进大房子，改善环境。

他们搬走之后，刘子均将住处重新布置了一番，才打电话给罗小曼，告诉她这个消息。

罗小曼见刘子均对自己言听计从，大为满意，不过她仍在电话里装腔作势，直到子均承诺请她吃大餐，她才慢吞吞从家里赶了过来。

“子均，你真是神速，这么快就把他们弄走了。”罗小曼打量着房子，开心地说。

“别这么说，他们人多，这里又小，一起住确实不方便，所以我租了个两居室的房子给他们住。”

“什么？”罗小曼难以置信，“你自己住这个小套，让他们住大房子？房租你负责？你是不是有问题啊？”

“你这一连串的问题，我都不知道先回答哪个。”刘子均宽厚地笑笑，“本来我想独自搬出去，但是考虑到我经常要加班，又要陪你，这里不但离公司近，离你家也近，所以我才改变主意让他们搬出去。大哥大嫂和弟弟跟着我起早贪黑很是辛苦，让他们住得舒服点是应该的，亲兄弟不该那么计较，再说，他们还负责照顾妈妈呢。”

哼，你倒是不计较，只怕你兄弟不这么想。他们如果像你这么大方就不会白吃白住白拿你的，背后还对你说三道四。虽然只在刘氏公司工作了几个月，但刘家兄弟的嘴脸，小曼早已看得清清楚楚。大哥刘国权是个粗人，说话做事不经大脑，还爱瞎做主张。但刘国权很怕老婆霍丽鹃，说不定他做事全听霍丽鹃的撺掇。至于子均的弟弟刘志杰，更是个典型的二货加软骨头。本事没有，一肚子坏水，不敢冲锋陷阵，只敢私下黑公司的钱。全家人只有子均一个人是做事的料，其他人根本就是成事不足败事有余。即便如此，这群人还总以为自己很了不起，成天咋咋呼呼、指手画脚，背后却经常聚在一起在数落子均的不是。说白了，大家都觉得自己出力多，分到的钱却跟理想中差太远。可是，这帮貌似十分厉害的刘家人一遇到事情便都成了缩头乌龟，任由子均为他们出头。

不过，工作多年，罗小曼也学乖了不少，这些事情她冷眼旁观看得清楚，却绝对不会在子均面前挑明，毕竟她还不是他明媒正娶的老婆，虽然眼下子均对她不错，但男人的心最容易变化，将来的事情谁知道，何必操那份闲心。小房子就小房子吧，至少也是个独立的空间，不用再费心讨好他的家人，把子均应酬好就足够了。

换一种心情打量这套房子，罗小曼觉得它比刚才顺眼多了。刘家人很爱惜房子，墙壁上的粉色涂料保持完整，看起来气氛温馨。卧室里有空调、彩电，房东还隔出了一个小小的洗手间，抽水马桶、热水器、淋浴设备一应俱全，作为一套出租屋来说，这里算是很舒适啦。

屋里有厨房，刘子均扎上围裙亲自做了一桌子好菜，请小曼品尝。

“原来你说的大餐就是这个啊！”罗小曼的语气充满失望，她还以为子均会带她去大酒店吃烛光晚餐。

“虽然是自己做的，但都是你爱吃的菜，尝尝，绝对不输给大酒店。”刘子均献宝似的将盖在菜肴上的盘子一一揭开。

“哇！”罗小曼不由惊叫起来，有清蒸老鼠斑、帝王蟹、青口……还有很多叫不上名来的海鲜，色香味俱全，令她食指大动，来不及洗手就动手掰了个蟹腿津津有味地吃了起来。

“慢点吃，别噎着。”刘子均给小曼盛了一碗汤，坐在一边笑眯眯地欣赏小曼贪婪的吃相，虽然此时的她与初识时的淑女形象大相径庭，但他还是由衷地喜欢她这副真实又家常的模样。

“小曼，好吃吗？“

“嗯。”罗小曼嘴里塞满了食物，没法说话，只能用力地点点头。

刘子均爱怜地抚摸一下她的头发，又问：“如果你喜欢，我可以每天都做饭给你吃。”

嗯？罗小曼顿时敏感起来，他似乎话中有话，难道想向她求婚？这有点突然，她还没想过如何应对。

吃过饭，刘子均收拾完毕，关了日光灯，点上蜡烛，又打开手机，低低地播放一支轻柔的舞曲，两人坐在餐桌边喝了点红酒，彼此都感觉到一种既浪漫又家常的温馨气氛。

“小曼，我们在一起一年多了吧。”

“是吗？时间过得真快。”

“跟你在一起每分钟都是那么快乐，真希望我们永远在一起，不要分开。”刘子均认真地说。

哈，这个呆头鹅，原来也会说甜言蜜语，真是小看他了。罗小曼心里暗笑。

“每次你回去之后，我都觉得很孤单。”他继续抒情。

“哈，那一大家子陪着你，难道还会寂寞吗？”罗小曼讪笑道。

“那是不一样的感觉。你不明白吗？我需要的人是你，小曼。”刘子均忽然显得有点冲动，他抓起小曼的右手握在掌中，“小曼，你是否愿意跟我共同生活？”

“在这里？”罗小曼惊异地问。

刘子均见她没有拒绝，鼓起勇气说：“当然不是。这里又小又旧，委屈你了。房子的事我已有安排，如果你愿意，我马上就娶你过门。另外，你一直说公司名字太土，我准备改名为海伦广告。海伦是古希腊神话中倾国倾城的美女，你在我眼中就像她那么美。”

“呵呵。”罗小曼眼珠骨碌碌一转，干笑道，“子均，你容我考虑一下可以吗？太突然了，我没有心理准备。”她借机看看表，“哎呀，都快凌晨一点了，我要回家！否则爸妈又要唠叨个不停。”

刘子均通情达理地点点头，放开了小曼的手：“那你慎重考虑一下吧，我是认真的。”

掐指算算，罗小曼离开酒吧已快两年，除了刚进刘氏广告时上下班时间还算正常，在和刘子均恋爱之后，她又恢复了天天晚归的习惯。不过，由于子均出手大方，她经常会拿出千儿八百的钱孝敬父母。父母见她不像正经工作的样子，又开始怀疑起来。对此，她振振有词地解释说自己在刘氏广告公司做文员。只要女儿拿钱回来，罗母便不会多说什么，但是罗父可没那么好糊弄。当晚，他见女儿喝得一身酒气半夜三更才回家，又不跟父母交代行踪，非常生气。他大声质问道：“我问你，你又到哪里去鬼混了？”

“爸爸，你说话文明点。”罗小曼慢条斯理地脱下精致的外套挂好，不紧不慢地说，“我能去哪里鬼混，还不是听你的话正正经经打份工？工作吧，吃吃喝喝应酬在所难免，你干嘛那么认真？”

罗父见她这个懒洋洋的样子就气不打一处来：“打工？你在哪里打工？有本事说出来。你穿得妖里妖气，像个花狐狸，哪个老板瞎了眼会请你？除非是夜总会的老板。”

见父亲如此不留情面、如此刻薄，罗小曼心头火起：“爸爸，你不要狗眼看人低。我的样子怎么啦，好看得很，不知多少男人跪着求我嫁给他。你老啦，跟不上时代了。”

“嘿，我吃过的盐比你吃过的米还多。看上你的能是什么好男人？人家不过想占你便宜。你到时候吃了亏，可别回家冲着我和你妈哭。”

“够啦！”罗小曼忍无可忍，怒吼道，“我知道你看我不顺眼，这也不对，那也不对，我简直受够了。好，我走，我现在就走！”她从床底下拿出上次出门旅游刘子均帮她买的皮箱，把自己的衣服和日常用品胡乱往里面一塞，穿着拖鞋就往外跑。

罗母急忙上前拦住她，劝道：“孩子，这么晚了你到哪里去啊？爸爸说你几句还不是为你好，别闹了，快跟妈妈回家。”

罗小曼用力甩脱母亲的手，恨恨地说：“我知道你们瞧不起我，我还偏要混出个样子来给你们瞧瞧！哼！”说罢，头也不回地跑了。

罗母担心女儿，着急地抹起了眼泪：“都怪你这个老不死的，女儿不是好好的嘛，你为什么把她骂走？如果出什么事，我跟你没完。”

罗父此时确实后悔，但他还是嘴硬：“你让她走，她的心野得很，早就不在这个家里了。你让她出去撞得头破血流，就知道还是自己家好。”

罗小曼一时激愤跑出门外，箱子挺重，她才拖到巷口就觉得力不能逮，就地把箱子放下，坐在上面喘了几口气。她走得匆忙，连外套都没披上，脚上还套着拖鞋，晚上气温比白天降低不少，她双手环抱住肩膀，还是冷得打了几个喷嚏。这么晚了，去哪里过夜呢？住酒店？身上带的钱不多；去投奔刘子均？刚刚才像个骄傲的公主，现在又落荒而逃跑去投奔他？太掉价了吧。唉，真后悔一气之下跑了出来，还撂下了狠话，如今她骑虎难下，没混出样子还真不好意思回家。

思来想去，罗小曼决定去刘子均家里。她为自己打气：有什么可怕的，大不了答应他的求婚，反正目前也没有更好的出路。他有点钱又是个硕士生，长得也体面，最重要的是对她千依百顺，嫁给他不算吃亏，如果拖得太久，说不定到嘴的肥肉被别人抢走了。至于以后，走一步看一步好了。这算是她生命中第一次重要抉择，她在略带凉意的夜风中反复权衡利弊，一时忘记了寒冷。

“美女，你要打车吗？”一辆出租车停在罗小曼面前，司机大声问道。

“要！”罗小曼下定了决心。

司机见搭车的是个大美人，非常开心，不但没有嫌弃车程太近，还很热心地下车为她拎行李。

刘子均睡得迷迷糊糊地接到罗小曼的电话，感到奇怪，不过马上起床，把门打开。一见面，罗小曼便扑到他怀里抽抽搭搭地哭起来，慌得刘子均以为出了什么大事：“小曼，你别慌，出了什么事，慢慢跟我说。”

“我被爸爸赶出来了。”小曼哭得更大声了。

“为什么啊？”刘子均吃惊地问。

“他，他嫌我赚不到钱养家。”罗小曼下意识地撒了个谎，如今她在刘子均面前撒谎已经驾轻就熟。

“这也不能怪你吧。养家应该是男人的事。”刘子均宽慰道，“没关系，伯父以后会慢慢想通的，当然，如果他有什么困难，我肯定会帮忙。好啦，别哭啦，一切有我呢。今晚，你就在这里凑合一下好了，反正还有一个隔出的小房间。”

“子均，你真好。”罗小曼抬起泪眼朦胧的脸颊，抽噎着说，“你放心，我明天就去找房子，不会打扰你太久的。”

“哎呀，小曼，一家人还说两家话吗？你尽管住在这里，有什么需要就跟我说，再也别说要搬出去的话了。”刘子均含情脉脉地抱着小曼的双肩，温柔地说，“其实，只要你点头，我们就是真正的一家人，再也不用分彼此。伯父那里对你有什么误解，也可以由我去解释，一定会让你和你家里人满意的。”

“嗯，让我想想。”罗小曼心头暗喜，又不愿让他那么快得手，便岔开话题，“我困了，想休息了。”

“没问题，你先去洗个澡，卫生间有热水和干净的毛巾。我去给你铺床。”

见刘子均毫无邪念，罗小曼反倒有点失望，她兀自走进浴室，打开水龙头，任热水哗哗地冲刷着自己的身体。嵌在墙上的大镜子蒙上一层水雾，她玲珑的曲线映入其中，充满朦胧的梦幻之美。不知道子均看到自己这副模样该作何反应，罗小曼被自己这个突如其来的念头吓了一跳，随即咯咯地笑起来，有什么不可以，反正很快就要成为夫妻，今晚就把他拿下，免得夜长梦多。

想到这里，她蹑手蹑脚地走到浴室门口，伏在门上往外听了听，见没有响动，便偷偷把门打开一条缝，然后才回去接着洗澡。

“子均，子均。”小曼高声叫道。

“什么事啊？”刘子均循声而来，见浴室门半开，哗哗的水声和沐浴露的香气从门缝里传出，不禁有点躁动。他努力克制住自己，问道：“小曼，需要我做什么？”

小曼嗲嗲地说：“我没有睡衣怎么办啊。”

刘子均诧异地说：“里面不是有浴巾吗？”

小曼见他不解风情，暗自骂他是个榆木脑瓜，只好骑驴下坡道：“裹着浴巾出浴太暴露了吧，我才不干呢。”

“这里只有男式衬衣，我去拿一件给你当睡衣吧。”

“哎，哎。”小曼急叫道，可是刘子均已经转身离开。唉，遇到这种笨蛋真是没辙。此刻，罗小曼忽然有点想念酒吧那些色眯眯的客人，如果子均有他们一半拎得清，也不用她费那么大劲了。不过这样也好，我还有机会跟他讨价还价。罗小曼对刘子均并无多少情义，与他恋爱甚至结婚也不过是一场交易罢了，她要尽可能的让自己的利益最大化。

刘子均身高一米八零，小曼却只有一米六五，刘子均宽大的衬衣把她的好身材掩盖殆尽，幸而，衬衫不够长，刚刚盖过她的臀部，露出两条肉感修长的大腿。罗小曼也不遮掩，就这样甩着湿漉漉的长发走进卧室。刘子均乍一看到她这个造型，不禁目光发直，不由自主地打量着她裸露的肌肤，脸颊渐渐涨得通红。

罗小曼暗自好笑，尽可能地让他享受视觉刺激，等待他的急不可耐。

谁料，刘子均很快转过身去，从衣柜里抱出一床薄被，又把枕头掖好，说：“小曼，我已经帮你铺好床，床单和枕套都是刚换的，你累了一天，早点休息吧。”说完，低着头逃跑似的跑出卧室。

回到自己的卧室，刘子均赶紧关上台灯，爬上床躺下，他害怕自己克制不住，做出什么有违伦理的事。毕竟还没有和小曼正式结婚，如果一时冲动，不仅对不起小曼，也不道德。

刘子均在蓁城农村出生，那里民风淳朴、观念保守，而他正是受这种传统教育长大。随着城市的不断扩张，他所在的村子纳入规划，成为市郊一个区。虽然大城市开放的风气早已吹进他所在的村庄，但他还是坚守着一套传统的价值观没有改变。面对小曼的诱惑，他并非不心动，可他始终抱着负责任的态度，对待自己的恋爱、婚姻、家庭甚至整个人生。

“子均，子均！”

刘子均刚有一丝睡意，依稀听到小曼声调急急地唤他。

难道有贼？他一机灵，赶紧起床，飞速打开房门，没料到小曼正在门口，房门忽然开了，小曼不由自主倒在刘子均怀里。

“小曼，出，什么事了？”温香软玉抱了满怀，刘子均觉得喉头干涩、舌头打结，连话也说不囫囵。

“换了床，我睡不着。”罗小曼顺势紧紧抱住他的腰，向他抛了个媚眼。昏暗的灯光幽幽地打照在她俏丽的脸颊上，刘子均的呼吸越发急促起来。隔着睡衣，他能清晰地感觉到小曼起伏的曲线和饱满的肌肤，不由意乱情迷……

虽然比较仓促，可毕竟是第一次和喜欢的女孩肌肤相亲，刘子均感到欣喜和满足，看着枕畔的小曼，一种从未有过的幸福感弥漫他的全身。

罗小曼闭着眼睛躺在刘子均怀里，心里打着自己的算盘。

“小曼，你在想什么？”刘子均轻轻地吻着她的脸颊，甜蜜地问道。

罗小曼忽地坐起身来，把刘子均推开，委屈地说：“我还以为你是个好人，原来也乘人之危占我便宜。”

“我没有啊！”刘子均急忙辩解，“只要你不反对，明天我就带你回去见家长，然后再去你家提亲，接着我们就正式结婚。”

“哼，谁要听你花言巧语。”罗小曼继续装模作样。

“我真的不是那种人。”刘子均急了，坐起身来把她搂在怀里，“这样吧，我们明天就去领证，这下你放心了吧。”

“看你急的。”罗小曼微微挣扎了一下，想摆脱他的怀抱，“结婚哪有那么容易。我父母辛辛苦苦养了我二十多年，这笔账怎么算？”

刘子均双臂一颤，不由自主地放开了她：“那你的意思是？”

罗小曼见火候到了，便开始提要求：“要结婚，总得有套婚房吧。爸妈辛苦一辈子，你想娶他们的女儿，总得有点表示。”她瞥了一眼子均，趁机观察他的表情，见他不住地点头，心头一喜，接着说，“酒席总得摆个几十桌吧，否则亲戚们会笑话我。还有，我工资那么低，每花一分钱都要算计半天……”

刘子均笑了：“我还以为是什么大事，你放心好了，这些杂事不用你考虑，我会办好。既然你成了我老婆，我肯定会对你好。”

“你准备怎么对我好？”罗小曼不放心，追问道。

“其实，在向你求婚之前，我已经按揭买了一层楼。小区离公司不到一公里，现在正在装修。虽然房子有点旧，但是多层建筑，得房率高，房型也周正。附近医院、商场什么都有，我母亲年纪大了，跟我们一起住在市区比较方便。”

“怎么，你妈要跟我们一起住？”罗小曼可不想有个拖累，急忙问道。

“一层楼有三套房，两套两室两厅，一套三室两厅，足够我们三兄弟住了。”

“还要跟你兄弟们住一起？那多不方便。”

“一家人住在一起惯了，分开会被人说道。再说，我俩住一套大的，他们各住一套小的。弟弟还没结婚，就带着母亲住。”

罗小曼知道刘子均传统观念很强，她无法改变他的家族意识和在她看来纯属多余的责任感。虽然居住条件并不如她理想中那么美好，但是在市区拥有一套三居室的大房子也很令人羡慕了。不过，她得想办法让刘子均在房契上加上自己的名字。万一有一天要离婚，也不至于竹篮打水一场空。

刘子均继续说："婚后你愿意工作就在公司帮忙，如果不愿意可以不必工作，早点给我生个儿子，帮我带带孩子就行。我每月给你四千零花钱，如果你想买什么可以跟我说，我都会买给你。"

罗小曼正愁找不到合适的档口提出房产证的事，闻此赶紧插嘴道："年纪轻轻那么封建，你怎么知道一定生儿子。难道生了女儿，你妈会把我赶出家门？"

"怎么会呢？"刘子均爱怜地抚摸着小曼柔软的长发，"我只是打个比方，生男生女我都喜欢。我妈妈生了三个儿子，经常念叨想要个孙女呢。"

"说得倒好听，万一我生了女儿以后，你变脸了，那我可怎么办才好？除非你给我一个保障。"

"你尽管说，只要我能办到，一定照着去做。"刘子均正色道。

"如果你在我们婚房的房产证上写上我名字，我就放心。这样，即使将来你对我不好，我也不至于带着孩子流落街头。"

"这——"刘子均啼笑皆非。

"我就知道你是虚情假意。"罗小曼佯怒道。

刘子均扳过她的肩头，让她面对着自己，正色道："小曼，如果你跟我结婚，那我们就是一家人，不分彼此，就算你不提，我也会把你的名字加到房产证上。"

"真的？"罗小曼喜上眉梢，想了想，又问，"这三套房子的房产证上都是你的名字？"

"是这样，我全款买了其中一套两居室的房子送给我妈养老，所以房产证上写着她的名字。另外两套都是按揭的，所以只能写我的名字。"

"那贷款谁来还？装修的钱谁出？"罗小曼追问道。

"哈哈！"刘子均笑道，"我是男人嘛，当然是我出，不用你家出一分一毫。"

"不，我的意思是既然你们三兄弟一起住，你已经出了大头，那按揭部分和装修应该由他们出钱吧。"

"他们没提，我也不计较。按揭款从公司账上走，至于装修是简装，三套房子预算二十多万。除了我妈的房间铺地板，其他地面都用地砖，再简单刷个墙就可以了。”

“子均，你怎么这么糊涂。”罗小曼提醒道，“亲兄弟明算账。你一个人包了房款和装修款根本就不公平。不过，这些都小钱，也就算了。你千不该万不该，在其中一个房产证上写你妈妈的名字。说句不好听的，你妈百年之后，这套房子就是遗产，按照法律你们三兄弟都有继承权，你就不怕他们跟你争房子？”

“小曼，你想得太多啦!”刘子均点点她的鼻子，笑着说，“他们是明白事理的，怎么会跟我争我的房子？至于装修，都是自家人，我不计较。再说，他们也没钱。”

罗小曼还想说什么，刘子均打了个哈欠，半开玩笑地说：“怎么，还没当上刘家主妇，就已经开始管我的事了？呵呵。”

话说到这份上，罗小曼不好再多说什么，只得气鼓鼓地说：“谁愿意管你家的破事，我是好心提醒你，不爱听就算了。”

刘子均又接连打了好几个哈欠，困倦地说：“睡吧，小曼，明天我还得上班。有什么事明天再说，好吗？”

罗小曼不愿伤和气，只得随他一起躺下。一番折腾，刘子均累极，很快进入了梦乡，罗小曼却翻来覆去睡不着觉：这个刘子均，居然没发现他的兄弟们一直在拿他当冤大头。他大哥刘国权的老婆霍丽鹃就是公司财务，精通雁过拔毛的本事。他们没钱，骗谁！不过，这是他们刘家的家事，我还是不管为妙，既然刘子均愿意充大方，那我正好趁结婚的机会先敲他一笔再说。

罗小曼扭过头，看着熟睡的刘子均，忽然发现其实这家伙并不精明，反而有几分傻气。她暗想，在商场上打滚的哪个不是老奸巨猾，像刘子均这样的书呆子恐怕永远都赚不到大钱，搞不好还会一败涂地。罗小曼被自己的预感吓了一跳，不过事到如今，后悔也来不及了，先上了他这条船捞一票再说。真到了那一天，料想凭自己的聪明才智，全身而退应该不成问题。

第二天一大早，刘子均一觉醒来，发现罗小曼正伏在他胸前，笑嘻嘻地看着他：“子均，你醒啦？昨晚睡得好不好？”

“好，当然好，还做了一个美梦，梦到娶你做老婆。醒来一看，才发现梦是真的。哈哈!”刘子均是由衷的高兴。

罗小曼甜甜地一笑，摇晃着他的胳膊说：“子均，我们都要结婚了，你是不是该有所表示？我的衣服都是去年买的，不时髦了——”

“小事一桩，等我下班就去给你买个钻戒。不！项链、手镯、戒指全套首饰，再买几套漂亮衣服，我要我的老婆风风光光地嫁给我。”

“这样就算打发我啦？”罗小曼又撅起嘴，“你第一次上我家，总得给我父母送点礼吧。”

“没问题。”刘子均喜气洋洋地伸手摸到自己的外套，从口袋里掏出钱包，抽出一张卡交给小曼，“这是我的信用卡，以后给你使用。我不知道你父母喜欢什么，你看着买吧。”

“子均，你对我太好了！”罗小曼欣喜若狂，使劲抱着他狂吻起来。刘子均抵挡不住她的诱惑，很快陷入了温柔乡。

因为是简装，三套房子很快装修完毕。刘子均将出租屋退掉，带着全家老小搬入了新居。在这里，刘子均与罗小曼正式结了婚，他给了罗小曼父母二十万元彩礼，又在城里和乡下各摆了十几桌酒席，办了两次婚礼，还带新婚妻子罗小曼去房产交易中心把她的名字加上。走出交易中心大门，罗小曼看着红色房产证上自己的姓名，激动得双手直哆嗦，她知道，从这一刻起，她终于摆脱了无产者的身份，拥有了一份可靠的资产，而这一切都和刘子均紧紧连在一起。在那一瞬间，罗小曼甚至感到自己爱上了刘子均，因为他还将给予她更多。

罗小曼就这样成了刘家的一员，可是她似乎并没有把自己当成新房子的主妇，她还跟婚前一样，终日在外游逛，既不做饭也不洗衣，就好像这里是个免费的客栈，当然还附带一个百依百顺的男服务员兼提款机。刘子均工作太忙，没时间顾家，所以小夫妻俩的家务都由刘母代劳。如果儿子回家吃晚饭，刘母就会做一大桌菜，若是儿子不回家，刘母才不耐烦做菜给媳妇吃。罗小曼也不以为意，反正她的一日三餐都可以在外边解决，还能变换着花样到处尝鲜，何必回家看刘母的老脸。刘子均给她的信用卡可以透支三万元，她负责花钱，老公负责还账。罗小曼还时不时要求刘子均带她出游，只要时间允许，刘子均都会照办。婚后没多久，小曼不仅玩遍了周边县市，还将东南亚一带也跑了个遍。如此一来，刘子均的开支大大增加，再加上每月还需还贷，他只好缩减了给刘母的家用。

这样神仙般的日子倒是挺惬意，但是没过多久，刘子均的家人对此开始表示不满。

首先是大嫂霍丽鹃，她见刘母经常为刘子均料理家务，甚至还兼做晚饭，心里很不是滋味。霍丽鹃经常私下向丈夫刘国权抱怨：“都是你老娘身上掉下来的肉，她怎么就那么偏心眼。你是老大，一家之主，她却给老二当老妈子，把他跟那个小妖精服侍得舒舒服服的，我们每天工作得累死累活，回家还得自己打火做饭，哪有这样的道理。”

老大开头还念及刘子均对全家的贡献，不说什么，时间长了，他也开始跟着老婆一起抱怨母亲。弟弟刘志杰倒是没说什么，但是从此以后只要刘母做好晚饭，他必定第一个上桌吃饭。刘志杰饭量大，吃起菜来风卷残云，有时候刘子均晚归，留给他的只有一点残羹剩饭。

久而久之，闲话传到了刘子均耳朵里，子均便劝说小曼自己动手做做家务，免得让人说闲话。

罗小曼冷笑一声：“你妈每天闲着没事做，就算你不给她钱，她帮我们做做家务也是应该的。你妈虽给我们做饭，可伙食费是从你给她的家用里面支出的，我们吃几顿晚饭天经地义啊。你兄弟们的算盘倒是精刮，白住不算，还想白吃，白吃了还要碎嘴，天下哪有这种道理！”

“你小声点，别让人听见。”子均劝道。

“我偏要大声，我就要他们听到。”小曼大吼起来，“ 这是我的家，我想怎么样就怎么样。谁不喜欢听，可以滚蛋！”

刘子均被老婆的气势镇住了，他慌忙息事宁人，不再多说。冷静下来想想，老婆说得未尝没有道理，因此，刘子均再也不主动提起家务这个话题。

大嫂霍丽鹃自然听到了罗小曼的叫骂，她本就有几分心虚，不敢当面与小曼冲突，见子均降不住弟媳，便改变斗争方式，去刘母面前搬弄是非。

“妈，自从子均娶了那个小妖精回家，可跟从前大不一样。以前他是多么孝顺多么随和一个人呐，现在，老婆叫他往东，他不敢往西，这样下去可怎么得了。”

刘母原本与霍丽鹃并不合拍，常常因为家庭琐事闹出龃龉，可她更不喜欢罗小曼，婆媳二人因为共同的敌人变得空前团结起来。

“反正我是看不惯她那个妖里妖气的样子。”刘母表示自己跟霍丽鹃站在同一阵线，“我们老式的女人，结了婚就该有个结婚的样子，哪有像她这样的。结了婚的女人怎么能打扮得像姑娘家那样花枝招展，本本分分在家烧饭带孩子才是正道。”

“就是，你看她既不去公司帮忙，又不肯伺候婆婆你，成天就知道伸手问子均要钱，然后涂脂抹粉、穿金戴银出去勾勾搭搭，真是个败家娘儿们。”霍丽鹃添油加醋道，她左右看看，见四下无人，忽然压低声音对婆婆说，“妈，你看她结婚都这么久了，怎么肚子还是平平的，不见鼓起来，莫不是有问题？”

霍丽鹃知道刘母抱孙子心切，却一时忘了自己至今也无所出。果然，这话刘母不爱听了，她不高兴地白了霍丽鹃一眼：“你不是一样，进门这么久，连蛋也没生一个。小曼还年轻，想生儿子随时都可以，这种事不要拿来胡说八道！”

霍丽鹃脸涨得通红，支吾道：“我这不是每天忙着上公司帮老二，没时间要孩子嘛，妈你早说喜欢孩子，我肯定早点生。”

“说得好听，以前在乡下，还没进城的时候，怎么也没见你怀上啊？”

不能生育是霍丽鹃心头的隐痛，但这个秘密只有她自己知道。因此，只要看到活泼可爱的孩子，她便特别仇视，若是听说有谁生不出孩子，她的心便会感到一阵宽慰。如今，婆婆戳到了霍丽鹃的痛处，她对这个婆婆本来就没有好感，眼下更是增添了几分仇视。

刘母虽然厌恶罗小曼，但她最喜欢刘子均这个二儿子，所以才容不得霍丽鹃抹黑小曼。其实，当初得知子均与小曼交往，刘母曾激烈反对过。

“子均，这个罗小姐长得太漂亮了，尤其一双眼睛像要勾魂似的。你看她穿的衣服，胸口露出这么多肉，裙子那么短，腰身掐得那么细，这样的女人容易招惹是非，娶回家太不放心了。”

“妈，长得漂亮又不是小曼的错。现在年轻女孩子又有哪个不喜欢打扮？如果小曼长相平平，又不会打扮，你儿子我还看不上她呢？”

刘母知道年轻人血气方刚，况且儿子已经被这个罗小姐迷住了，再也听不进她的劝说。不过，作为过来人，她懂得如何约束晚辈，于是，她提出，要刘子均在城里买一套房子，全家人住在一起，彼此有个监督，这样一来，料想这个妖艳的媳妇翻不出什么风浪来。

婚后，罗小曼的种种表现，刘母早有心理准备，但她看得出来，小曼并没有做出什么出格的事情，除了乱花钱，对儿子子均还是很体贴的。因此，刘母可以容忍霍丽鹃乱嚼舌根，却不能容忍她诅咒小曼不能生育。如果真像大儿媳所说，那么老二这一支血脉不就绝了后？

借着吃晚饭的机会，刘母把大儿媳霍丽鹃所说的话鹦鹉学舌了一番。刘母并非故意要挑拨儿媳之间的妯娌关系，而是借此探探小曼的口风，看她是否有生孩子的打算。

“她居然敢这么说我？”罗小曼本来就是个暴脾气，婚前还知收敛一下，如今刘子均的公司业务蒸蒸日上，全家都仰仗她老公过活，她更加肆无忌惮，当场拍了桌子。

“你一个外来妹，横什么横！也不看看你有今天是靠着谁！如果没有我老公，你们全家上街讨饭。”小曼的声音出奇地尖利，她想发飙很久了，只是找不到机会，正好趁着今天为自己多日来不平衡的心态寻找一个出口，“刘老大当初要不是家里穷，会娶你这个打工妹？他以为外来的打工妹吃苦耐劳，又善于生养，娶了你倒像占了多大便宜一样。结果倒好，孩子生不出来，活儿也不会干，成天吃饱喝足了没事干就到处嚼蛆。有种站出来比比，你年轻还是我年轻，我要生孩子还不是随时的事情。我看你是脑子里进水了吧！”

刘母眼巴巴看着罗小曼上下翕动的嘴唇里吐出滔滔不绝的脏话，惊得呆若木鸡。她从不知道，二媳妇小曼是如此泼辣不好惹的角色。刘母脑海中闪过一个念头，老二以后的日子恐怕不会好过，不过，至少，有小曼在，没人敢再欺负老实的子均。这样一想，刘母心里便好受多了。她决定，要催促子均早点要孩子，有了孩子，就能拴住这个厉害媳妇的腿。

此刻，霍丽鹃吓得躲在房里一声不吭，刘国权还算有点血性，几次三番想冲出门去跟罗小曼干架。霍丽鹃死死地拉住他，流着眼泪说：“君子报仇十年不晚，现在我们确实是靠着她老公，你得罪了她以后的日子会更不好过，还是先忍忍吧。”

刘国权虽然粗鲁，但对老婆的话向来不敢违背。他本来也只是做做样子，见老婆这么说，乐得不跟弟媳正面冲突。但他并不知道，霍丽鹃心里已经种下了怨恨和复仇的种子。

大哥大嫂如同缩头乌龟一般不敢吭气，弟弟刘志杰虽然自私自利但只要得到甜头就不会挑事，至于婆婆经过这次应该再也不敢对她指手画脚，老公刘子均更是把自己当成手里的宝，如此一来，整个刘家，似乎都已在她罗小曼的掌控之中。小曼大感得意，从此说话做事比以往更为独断专行，渐渐地，连丈夫刘子均也不放在眼里了。

罗小曼的家人本来并不看好女儿找的对象，他们先入为主地认为喜欢自家女儿的男人多数不是那么正经，不过，他们见过刘子均之后，认为这个女婿看起来很靠谱。

婚后，罗小曼时不时就会回娘家，每次都大包小包给父母和亲戚送礼。吃人家嘴短拿人家手软，亲戚们纷纷开始恭维罗父生了个孝顺女儿，而罗父见女儿洗心革面嫁了个好人家，对小曼的态度也比从前好了很多。

罗母一直很喜欢女婿子均，常去刘家探望，顺便跟刘母聊聊天。或许是受了刘母的影响，近来罗母经常在小曼耳边唠叨，要她早点为子均生个孩子："孩子是什么，是家里的螺丝钉，生了孩子，小夫妻过日子就踏实了。"

"妈，难道我现在过得不好吗？"

"好是好，可是女人老得快，你现在是挺漂亮，一过三十五岁，你老公正是有魅力的时候，可你就是烂菜渣了。他现在是喜欢你，以后等你人老珠黄，又没个孩子，他很快就会爱上比你年轻的女孩。"

"三十五岁还很遥远吧。让我先玩几年再说。"

"你现在是玩得痛快，过几年你就成了高龄产妇，生孩子困难不说，恢复也慢。听妈的话，趁着年轻，早点生，我还能帮你带几年孩子。"

罗小曼考虑过婆婆和母亲的意见，但是，在她眼中，生孩子是件天大的事。不管夫妻未来关系如何，孩子就像一个纽带，将一男一女一辈子联系在一起，就算分开总也分得不那么彻底。更何况，她还没有玩够，不想那么快让孩子困住自己，更害怕生孩子会失去自己的好身材。

还有一点，一直是罗小曼的心病。婚后两年，她更加肯定自己的丈夫刘子均是个好人。可是，小曼内心深处真正需要的是一个能给她无限物质享受和荣耀的有本事有地位的男人，哪怕这个男人的人品并不是那么好。刚结婚的时候，罗小曼真心很满足，可是随着时间的推移，她想要的东西越来越多，但具体想要什么她又说不清楚。直到成为蓁城旅游大使选拔赛的亚军之后，罗小曼心中一直模糊不清的愿景才陡然清晰起来。

第九章

我为选美狂

一转眼，蓁城广告之星大赛海选的日子到了。这场一年一度的选美盛事，在全城人的翘首以盼中拉开序幕。成篇累牍的巨幅选美广告和微信微博的宣传轰炸，令整个蓁城的美少女们均跃跃欲试。海选头一天便盛况空前。

开赛前，对于凌诗诗参赛之事，陈自力的态度反复了多次，他内心纠结矛盾。其实，他很清楚，无论诗诗参选与否，都各有利弊，但是最终，害怕失去诗诗的念头还是占了上风，他再次开始阻止诗诗参赛。

凌诗诗理解陈自力，但理解并不等于赞同，要她放弃选美是不可能的。尽管她不满陈自力的自私狭隘，可上次闹出的风波还令她心有余悸，为了避免正面冲突，她决定偷偷参赛。幸而，白天陈自力必须去公司上班，无法 24 小时“看管”凌诗诗。海选当天一早，凌诗诗假装去医院陪床，其实偷偷溜到了海选现场。由于时间仓促，凌诗诗来不及刻意打扮，只是随意穿了件家常的浅色连衣裙，简单扎个马尾，又稍稍抹了点口红。不过，即便如此，她出众的风采已将现场不少浓妆艳抹的女孩子们比了下去。

“诗诗，你怎么才来啊？你看，这队伍都快排到大街上了。快过来，我帮你留了位置。”同凌诗诗一起参加“旅游大使”选拔赛的苏萌远远朝她招手道。凌诗诗尴尬地笑笑，站到苏萌的身边。凌诗诗喘息未定，苏萌便递给她一张报名表和一支笔，说，“赶紧把报名表填好，海选进行得很快，一会儿就该轮到我们了。”

凌诗诗填好表格，交给工作人员，又回到队伍中。她望着身后的长龙，皱了皱眉头，低声对苏萌说：“要不，我还是排到后边去吧，插队不好。”

苏萌哈哈大笑：“你放心，绝不会有人指责你插队。你仔细看看，这队伍里面陪同参赛的家长亲友远远多过参赛者。像你我这样单刀赴会的，估计是凤毛麟角。”

排在凌诗诗身后的中年人听罢，不觉笑道：“小姑娘说得有道理，我就是来陪赛的，为宝贝女儿做好后勤保障。我女儿长这么大，就连上街买件衣服，都要我陪呢。”

苏萌和凌诗诗笑笑，没有答话。

罗小曼向来自负美貌，力求以最美的面目出现。尽管今天只是海选，她还是如临大敌。广告之星大赛的启事刚刚发布，罗小曼便开始突击健身。丰腴健美是她的特点，但是体重一旦过界，就容易显得肥胖。夺冠的念头支持着懒惰的她在健身房里挥汗如雨，幸而一番辛苦没有白费，运动一个多月，成效十分明显。罗小曼的体型更为紧致匀称，稍有隆起的小腹也平坦了不少。在赛前一个月，小曼还到美发屋烫了波浪长发。她对发型颇有经验，晓得刚刚烫过的头发很不自然，但经过一个月的生长，发型便自然多了，无论是披肩还是盘发两相宜。赛前一周，她开始每天敷一张面膜，务必令自己达到最好的状态。

在海选现场，凌诗诗、苏萌和罗小曼等一干参加过旅游大使选拔赛的美女们碰面了，王思函和蒋梦瑶等人也在海选队伍当中。眼尖的罗小曼还看到了参演电视剧《铁血柔情武则天传奇》时掌掴自己的蔡仪敏。大家都被海选现场一望无际的参赛队伍吓了一跳。虽然早有心理准备，但是如此之多的参赛者，依然令人惊异。有的女孩看起来不过十四五岁，稚气的脸上涂满了脂粉，完全掩盖了清水芙蓉的真面目。

“真是造孽，这么小就被父母送来选美。家长想钱想疯了吧。”罗小曼嘟嘟囔囔。

“你懂什么？”蔡仪敏递给罗小曼一个白眼，“现在九零后、零零后的小姑娘一个个都自我得很，才不会听从父母的安排呢。搞不好是她们自己满脑子明星梦，逼着家长支持她们参赛。”

罗小曼本想反驳，但仔细观察，似乎确实如此。不少女孩不用家长督促，自发自愿地一边排队一边练习才艺，有的压腿，有的吊嗓子，还有的正对着化妆盒补妆，当然，更多是叽叽喳喳闲聊。

天气本不算热，可是小小的市民文化广场聚集了上千号人，显得拥挤憋闷。各路娱乐媒体也来凑热闹，提着长枪短炮对着美女们一阵猛拍。

“观众朋友们，大家好！我现在正在蓁城广告之星海选现场为大家做现场报道。大家可以看到，我身后这长长的队伍便是此次参赛的佳丽，她们来自全城各行各业，有的还在学校求学，那么究竟是什么原因促使她们前来比赛呢，让我们现场采访一下她们——”

一位打扮入时的女记者正拿着话筒站在摄像机前做现场报道，还随机采访了不少参赛佳丽，被采访者有的侃侃而谈，有的却忸怩作态，还有的避让着镜头。

“这么上不了台面，还想参加选美，真是不自量力。”蒋梦瑶在一旁讽刺着胆怯的被采访者，她巴不得被采访的是自己，正好出出风头。

“别吵，快看，那是蓁城电视台有名的女主播珠珠小姐。”蔡仪敏激动地忘乎所以，“我可是她的忠实粉丝，我将来要是能像她一样成功该多好。”

“嘿，原来你蔡仪敏也有偶像啊，可惜她是凤凰，你还是只小麻雀，慢慢熬吧。嘁！”罗小曼终于借机报了刚才一箭之仇，还没等蔡仪敏反击，小曼扭动着身子走到前面去了。

蔡仪敏恨恨地盯着罗小曼，却暂时无可奈何。

“快轮到我们了，还是先调整心情参加比赛重要。”王思函劝道。

蓁城市民文化广场边有家国际影城，海选舞台就设在一号演播厅。主办方设计的巨型背景板遮挡了电影屏幕，前几届广告之星冠军的大幅彩照被做成易拉宝分别摆在背景板两边。照片上的美人们或志得意满，或光彩照人，或含情脉脉、或婉约含蓄，但无论如何，她们都曾经是这个舞台上的胜利者，激励着参加海选的小美女们，奋不顾身地扑进娱乐圈的大染缸内。

海选留给每位参赛者自由发挥的时间很短，表演满100秒，便由10位评委决定参赛者的命运，是进入预赛还是被淘汰，就在于这短短的100秒。

“又不是参加黄金100秒，为什么把时间掐得那么紧？”很多参赛者不满地嘀咕着。

“真无知！”蔡仪敏撇撇嘴，卖弄起来，“有这么多人呐！如果每人想表演多久就表演多久，非得把评委累死不可。原本海选规定的表演时间是一分钟，后来郑总考虑到一分钟还来不及唱完一首歌，所以破例延长到了100秒。”

“多了40秒，还是唱不完一首歌啊。”王思函担心地问。

蒋梦瑶接上话头：“你可以只唱一段，或者只唱歌曲的精彩部分。”

王思函怯怯地说：“我，我记不得歌词。”

“嗤——”众美女不约而同发出一声嘲笑，令原本便战战兢兢的王思函更加窘迫。

凌诗诗轻声细语地安慰王思函道："不用紧张，你只要像平时练习时那样，放松心情就可以了。"

王思函还是一脸茫然，眼中却露出感激的神色。王思函是研究生一年级在读的学生，坊间传说她是郑嵇安和西西女士的私生女，但无人求证过这个传言是否属实。虽然，蔡仪敏打心眼里不愿意相信这是事实，但凭着女人的直觉，她认为郑嵇安确实对王思函另眼相看。这次比赛，尽管不是郑嵇安亲自出面推荐王思函，可只要看工作人员对王思函的客气程度，就知道郑总一定暗地里有所交代。所以，与其说蔡仪敏本能地仇视比自己年轻的美女，倒不如说，她害怕后台强硬的王思函抢走本属于她的桂冠。不久之前海伦公司举办的蓁城旅游大使选拔赛，主办方老板娘罗小曼就是输在了这个娇怯怯的王思函手里。蔡仪敏虽是蓁城文化传媒的资深艺人，但年龄已经不小，眼见年轻的美女宛如韭菜一般一茬茬地冒出来，大有取代她的趋势，她急于抓住这最后一次扬名立万的机会，搏上一搏，争取赢得名气，摆脱眼前半红不黑的状态。

除了蔡仪敏，其他佳丽们也正互相打量互相揣测，对王思函最为关注的还有一位，那就是罗小曼。作为海伦广告的老板娘，她当然知道王思函为何夺得旅游大使的冠军。如果没有郑嵇安在资金、人脉、财力上的帮忙，海伦广告无论如何没有把握承办"旅游大使选拔赛"这样具有一定规模的赛事，也正因为如此，当郑总要求刘子均内定王思函为冠军，子均马上答应下来。

凌诗诗不了解任何内幕，她认为王思函作为在校研究生前来参加比赛，无非是为了增加社会阅历，改变内向的性格。看到王思函，凌诗诗就会想起自己无忧无虑的大学生涯，因此，她对这个妹妹格外关照。

参赛者蒋梦瑶是个中学音乐老师，她是科班出身，能歌善舞，又有文化底蕴，根本看不起与她一起参赛的其他佳丽。对蒋梦瑶来说，她认为自己最失败的选择就是听从父母的安排进了学校教书。中学只重视主课，对副课老师极度忽视，唯有在举办一些文艺活动时，才会想起音乐老师的存在，再加上学校刻板的环境、清高乏味的同事，无一不刺激着她自视甚高的心灵。为了改变命运，她不断参加外界的各种演唱舞蹈甚至选美比赛。旅游大使选拔赛的落选令蒋梦瑶自认为在学校颜面扫地，所以，对蓁城广告之星大赛的三甲，她拼尽全力、志在必得。

海选进行得很快，倏忽间，凌诗诗、罗小曼、蔡仪敏、蒋梦瑶、苏萌等都陆续经过评委团的审核，赢得了进入预赛的资格。唯有王思函如同她事先担心的一样，在现场唱到中途忽然忘了歌词。

西西女士是评委之一，她赶忙安慰王思函："不用紧张，深呼吸一下重新再唱。"

一位音乐学院的教授也在评委之列，他不满地抗议："已经超时了。"

西西女士朝他抛了个媚眼："教授，小姑娘不是故意要忘词，我们应该宽容一点，不要错过一个好苗子。"

另外一位评委帮腔道："是啊，教授，这是平民的舞台，不像你们学院那么严肃认真。"

教授摇了摇头，没再争论。

王思函在西西女士眼神的鼓励下，重新开腔唱歌，不知是因为怯场还是其他原因，她唱到高音忽然劈了岔，再也唱不下去了。王思函料定自己必输无疑，当场呜呜地哭了起来，捂着脸跑下了舞台，飞奔到场外。

凌诗诗等人还未离开现场，正聚在广场上交流比赛心得。凌诗诗见王思函痛哭流涕从赛场狂奔而出，不禁大惊失色，连连问她受了什么委屈。蔡仪敏和蒋梦瑶则交换了一个会心的眼神，明白王思函肯定是发挥失常。又少了一个强有力的竞争对手，蔡仪敏感到十分快慰。

快到中午，日头逐渐毒辣起来，已经通过海选的众美女们纷纷作鸟兽散，只剩下还未参赛的选手们留在原地三五成群，叽喳不停。她们害怕重蹈王思函的覆辙，又深信自己的实力，在众人矛盾的心情中，参选队伍越来越短，而已经表演过的女孩们则带着亦喜亦忧的表情从演播厅走出。

海选过后，又分区域进行了复赛，经过一轮又一轮的筛选比拼， 两万多位参加海选的女孩中，最终只有 38 位进入预赛。这天，全城娱乐刊物以及各网站、短信、微博、微信平台都刊登了预赛佳丽的姓名和简历。

"入选了，我入选啦！"罗小曼兴奋地狂笑道。自从复赛之后，她天天都泡在网上搜寻进入预赛的选手名单，终于被她等到了。

"凌诗诗、蔡仪敏、蒋梦瑶、罗小曼、苏萌、唐语嫣、孟露、陈嘉怡……咦？怎么王思函也入选了？这也太没公理了吧。"罗小曼喊出了声。如果说前几位入选还是实至名归，可那个王思函，就连一首歌都唱不完整，居然也能进入预赛，凭什么？至此，罗小曼对关于王思函的传闻信了几分。

同样为王思函的入选愤愤不平的还有蔡仪敏，不过她比罗小曼有心计得多，她认为王思函入选表面来看是件坏事，但是这样缺乏竞争力的美女入选越多，对自己反而越有好处。蔡仪敏自信，如果靠实力同台比拼，她绝对能胜过王思函。蓁城广告之星大赛比其他选美正规得多，虽然不能做到绝对公平，相对的公平还是能够保证，否则会遭到赞助方甚至媒体和社会各界的口诛笔伐和舆论攻击。料想精明如郑总，断不会为了捧一个扶不上墙的小美女，而置整个公司的声誉和利益而不顾。

预赛名单一公布，入选的佳丽们均喜笑颜开、奔走相告，唯有凌诗诗，虽然入选，却依然愁眉不展。她参选之事本瞒得密不透风，但是预赛名单已经上网，再想隐瞒也瞒不了多久。陈自力一向很关注这些赛事的新闻，这次更甚。凌诗诗忧心忡忡，不知若是他发现，自己该如何应对。

第十章○暴发户酒会炫富

预赛名单公布之后，蓁城广告之星大赛主办方举办了一个大型酒会，答谢此次大赛的赞助商们。主办方要求38位入选佳丽出席酒会，为酒会壮大声势。

凌诗诗接到邀请，便陷入了烦恼，她明白，其他选手一定会精心打扮，盛装出席酒会，可她却没有这个条件。这几个月，凌诗诗把所有收入都拿去给父亲治病，甚至将刘子均送给她的银色晚礼服也送进了当铺。如今，她实在囊中羞涩，根本买不起一件像样的晚礼服。怎么办？问同事借钱？她开不了口；跟陈自力商量？铁定自讨没趣；那么，不参加酒会？很可能会得罪主办方，继而落选。她从未感到如此为难。其实，她并不为贫穷而自卑，衣着寒酸招来的冷眼她也能忍受。如果主办方允许，她甚至愿意穿着家常的服装参加酒会。可是，在那样的场合，身为参赛佳丽穿着便装，显得多么失礼甚至没有教养。

酒会的邀请困扰着凌诗诗，就算在陪护凌父之时，她也常常走神。还是凌母看出女儿心事重重，她屡次旁敲侧击，凌诗诗终于向母亲吐露实情。凌母一听，松了口气，她本以为诗诗纠结于情感问题，所以愁眉不展，不料竟是这样的小事。凌母立刻为凌诗诗支招，要她买来一块布料，委托裁缝按照时尚杂志上晚礼服的式样为诗诗裁剪一件。服装搞定，还缺首饰，凌母提议让诗诗在网上购置了一条仿真特价长款珍珠项链，才花了10元钱，挂在脖子里绝对可以以假乱真。至于鞋子，倒是好办。凌诗诗在现有的皮鞋中挑了双乳白色的高跟鞋，反正长裙一盖，几乎看不到鞋子。发型就更为简单了，凌诗诗隔夜洗过头发便将湿发固定在十几个塑料发卷上。第二天，取下发卷，一头长波浪便自动生成。如此装扮起来，凌诗诗恍然成了童话中的公主。凌诗诗并不知道，她的付出常常让父母背着她暗自流泪。这次她勉力参加选美，更令父母倍觉心酸，他们恨自己作为长辈完全帮衬不了女儿，又害怕她觉察，只能在她面前强颜欢笑。

眼下，一切准备就绪，凌诗诗思考再三，终于想到如何避免被陈自力发现的办法。尽管这件事早晚穿帮，但能多瞒一时也好。她事先把参加酒会的长裙藏在旅行社，待到大家都下班了，她才偷偷回到社里，在洗手间把衣服换上，顺便化了点淡妆，带着网上买下的廉价珠光小手包，披上外套便坐出租车赶去酒会现场。

酒会在蓁城文化传媒旗下的五星级大酒店百老汇举办。凌诗诗怀有几分忐忑踏进百老汇酒店，高跟鞋踩在华丽厚重的地毯上，悄无声息。甫进门，凌诗诗便被大厅内顶天立地的巨型宣传广告震慑住了，还没等她回过神来，身着红色旗袍的礼仪小姐便已巧笑吟吟地迎上前来，操着标准的国际问候语："女士，请问有什么需要我帮忙？"

凌诗诗定了定神，不卑不亢地说："我来参加答谢酒会。"

礼仪小姐一听，估计凌诗诗是参赛佳丽，立刻热情地将她带进三楼宴会厅。虽然凌诗诗告诫自己要沉住气，但是眼前闻所未闻的气派豪华场面，还是令她目瞪口呆。

宴会厅面积之大、装修之堂皇远远超过了凌诗诗的想象。四周摆满了蓁城文化传媒旗下各种产业的宣传展板，公司投拍的影视剧的巨幅海报和旗下艺员的特写照片高悬在四周的墙壁之上。除此之外，大赛赞助商的广告展板也占据了一席之地，最为醒目的便是彪马公司的汽车广告和美高美公司的服装广告展板。主办方还特意在展板上方安装了一排排射灯，在高强度的灯光打照下，这些略显拥挤的广告展板将整个宴会厅衬托得更为奢靡梦幻。

宴会厅中间几十张圆桌一字排开，每张桌上都设着金光闪闪的席位卡，水晶果盘里装满了名贵的水果，紧靠果盘是一只插着鲜花的细长白色瓷瓶。训练有素的服务员们正在领班的指挥下将一些干果小点摆上桌面。大厅的另一端呈回字形摆着几张长方形餐桌，桌上摆放着各色佳肴美酒供宾客们享用。

离酒会开场还有半小时，可是宴会厅内早已宾客云集、热闹非凡。除了参加选美的小姐们搔首弄姿、争奇斗艳之外，还有不少蓁城的头面人物，至于大赛的赞助商更是济济一堂，争相目睹众佳丽的芳容。郑嵇安的公子郑凝最喜欢这种美女如云的热闹场面，他挤在众美女中嬉皮笑脸地散发着自己的名片；美高美服装的总经理黄有德也摆动着肥胖的身子鸭子似的穿梭在美女中间，享受着美女们对自己的吹捧；彪马汽车公司总经理吴家俊却独自端坐在贵宾席，对众美女的搭讪调笑充耳不闻，似乎正在思考什么；小导演孙怀谷混迹在人群中，一边讨好着有可能成为他投资人的富商，一边思忖着借机钓一个美女……

在最初的新奇和惊叹过后，凌诗诗不禁感到一阵酸楚。她想起了正躺在病床上的老父和年迈多病却依然操劳的母亲。朱门酒肉臭、路有冻死骨，眼前这一切是一辈子苦苦挣扎在社会底层的父母闻所未闻见所未见的，即使是凌诗诗也只在电影电视里看到过这种场面。凌诗诗努力平息心中汹涌的不平之气，她明白自己当下的渺小，因此不得不屈从于主办方的安排。罢了，既然暂时无力改变现状，此刻，她唯一能做的，就是调适好心情，融入当下，寻找新的出路。

还剩下五分钟，酒会就要开始，忽然，从大门口涌进十多个身着黑西服、白衬衣，打着领带、戴着墨镜的壮汉……

“这些是什么人，难道是来砸场子的？”罗小曼在人群中找到了凌诗诗，凑到她跟前问道。

凌诗诗见这群人举止斯文，不像社会上的流氓，但不清楚来路，所以缄口不语、静观其变。

只见这些大汉分立宴会厅的红地毯两旁，摆好欢迎的姿势，接着，从大门口走进一位身着中山装、穿着圆口黑布鞋、叼着老式烟斗、留着小胡子的中年人。

众人目瞪口呆地望着这个场面，这时，郑少郑凝站在舞台上的麦克风前，春风满面地介绍道：“女士们，先生们，让我们一起欢迎蓁城文化传媒的老板，家父郑嵇安先生！有请郑总上台宣布酒会开场。”

“哗——”现场一片掌声。

“这个老狐狸，真会出风头。”彪马汽车公司总经理吴家俊暗骂了一声，脸上却依然保持着儒雅的微笑，与众人一起摆手致意。作为本次大赛的首席赞助人，彪马公司的广告展板应该最为突出，但是刚才吴家俊发现，第二赞助商美高美公司的展板无论数量还是尺寸都远超彪马。吴家俊不会当面去质问郑嵇安，在商场打滚多年，他明白这一变化绝不会无缘无故，美高美跟蓁城文化传媒一定有了新的约定。

郑嵇安在掌声中踏着红地毯走上舞台，清清嗓子开始致辞。

罗小曼一边揉着适才拍痛的手掌，一边赞道：“太酷了，简直酷毙了。”

凌诗诗远远看到唐语嫣、蔡仪敏等人走近，知道一场唇枪舌剑难以避免，却又无计可施，只得微笑着冲她们点了点头。

果然，蔡仪敏人未到声已来：“只有那些没见过世面的小市民才会鼓掌鼓得那么起劲。蓁城传媒上下谁不知道郑总喜欢标新立异，每次出场都爱玩个新花样。”

“你骂谁是小市民？”罗小曼见不得蔡仪敏张狂的样子，又跟她杠上了。

“谁是就说谁咯。”蔡仪敏懒洋洋地说，“有一次新片发布会，郑总居然从直升飞机上跳伞空降到舞台上，吓得满场记者尖叫连连，报纸上登了好几天呢。唉，跟你说这个干什么？像你这种素质，郑总是不会喜欢的。”

“你——”罗小曼气急败坏。

还没等罗小曼想好词儿反击，蔡仪敏上下打量了一下凌诗诗，吃吃笑道：“诗诗，你的晚礼服是什么牌子啊，怎么里面连条衬裙都没有？等会儿上了台，灯光一打，在观众眼里你就像没穿衣服一样啦，哈哈哈！”

凌诗诗对蔡仪敏的刻薄贬损早已习惯，不愿与她一般见识，所以一笑了之，没有搭腔。不过，蔡仪敏倒是提醒了她，诗诗决定一直留在灯光昏暗之处，免得强烈的光照令自己曲线毕露。现场记者一定不少，她可不想当今晚的新闻人物。

罗小曼一直观察着蔡仪敏，见她虽然与别人搭话，却心不在焉，眼神经常往舞台上瞟，又发觉蔡仪敏今晚衣着暴露，心里暗暗有了主意。“哈！”罗小曼趁蔡仪敏不备，忽然大叫一声，“外来妹，你穿得那么性感，又目不转睛盯着郑总，一定是希望他看上你！怪不得你经常损我们，原来是怕我们把你比下去，抢走你的郑总啊！”

“你胡说什么！”蔡仪敏仿佛被说中了心事，俏脸涨得通红。

“否认就是承认！不用解释，你那点小心思谁还看不出来。”罗小曼决定痛打落水狗，狠狠出口气。

“各位美女在聊什么呢，这么热闹！”郑少带着吴家俊端着酒杯走来，“为你们介绍一位新朋友，这是彪马汽车公司的总经理吴家俊。”

众美女发出一阵惊呼，罗小曼和蔡仪敏更是堆出满脸笑容，近乎讨好地说：“吴总，幸会幸会啊。”

吴家俊似乎不太习惯这种场面，略有些拘谨，众佳丽七嘴八舌问的各种问题，都由郑少作答。其实，吴家俊本不愿趟选美这趟浑水，无奈近几年公司业绩不佳，汽车的销量一年不如一年，上级集团责令他迅速整改，挽救颓势。此时，蓁城传媒找上门来，要求合作。吴家俊经过详细的市场调查，发现蓁城地处江南，是全国地级市中经济发展的佼佼者，市场前景不可限量。吴家俊思来想去，认为与其花巨资做广告还不如花点小钱赞助选美比赛，更能获得广告效应，便答应与郑嵇安合作。谁知，效果并不如想象中理想，所以吴家俊临时决定，在参赛佳丽中选出几位有潜质和市场号召力的美女，充当公司的形象大使，借助蓁城广告之星的名声，扩大彪马汽车在蓁城的市场份额。

罗小曼和蔡仪敏听郑少介绍了吴家俊计划，更像苍蝇见了蜜糖，围着吴家俊问长问短。蒋梦瑶自恃教师身份，开头有点矜持，可转念一想机会难得，便也加入了向吴家俊献媚的行列。唯有凌诗诗，端着一杯红酒在一旁微笑不语，几乎被众美女挤出圈外。

吴家俊是个正经的商人，不习惯被莺莺燕燕缠绕，他耐着性子跟众美女纠缠着，正寻思如何脱身，无意间注意到一直默默无语的凌诗诗。凌诗诗挺拔颀长的身材、清澈纯情的眼神，和一头没有烫染过随意披散肩头的乌黑长发，引起了吴家俊的兴趣。

“美女，可以认识一下吗？”吴家俊奋力摆脱众佳丽，来到凌诗诗面前。凌诗诗并没有表现出吴家俊想象中的受宠若惊，这更增添了他的好感。他取出一张名片，恭敬地递到诗诗面前，说：“我是彪马汽车公司的吴家俊，很高兴认识您。请问您的芳名。”

凌诗诗刚想回答，忽见众美女纷纷用嫉妒的眼神盯着她，不由打了个冷战。她想：我的目的是赢得比赛，得到奖金为父亲治病，一切与比赛无关的事，还是不要掺和比较好。否则犯了众怒，难保她们不会在以后的赛事中使坏，影响我的计划。不过，不接他的名片似乎也不太礼貌。

凌诗诗郑重地接过吴家俊的名片，淡淡介绍了一下自己，便转身离去。吴家俊见状很是尴尬，郑少见他面露失望，便伏在他耳边说：“凌小姐为人比较低调内向，如果您有兴趣与她交往，我可以代为安排。”

吴家俊心中反感，好好一件公事，被郑少说得像拉皮条似的猥琐，不仅亵渎了人家凌小姐，也让吴家俊今天的举动显得轻贱。不过，他不愿让郑少知道自己内心的真实想法，打了个哈哈，又找了个借口，回到座位。虽然与凌诗诗只有一面之缘，但不知为何，凭吴家俊多年练出来的眼力，他认定这位凌小姐是冠军的材料。只是，他明白选美这种事变幻莫测没有定规。但无论如何，吴家俊希望凌诗诗能够代言彪马公司的新款汽车，新型汽车车身轻盈、款式时尚、色彩鲜艳，正适合都市白领女性，而凌诗诗身上的知性美一定能恰如其分地诠释出这款汽车的开发理念。吴家俊静静地坐着，在人群中寻找着凌诗诗的身影，心里寻思着如何不露痕迹地与凌诗诗进一步接触。

酒会进行到尾声，美高美服饰的老板黄有德忽然宣布，要赠送给每位预赛佳丽一份礼物。

“估计是一套美高美的衣服吧，有什么了不起。”蔡仪敏撇嘴道。

众人纷纷附和：“应该是，黄有德最喜欢把自己公司的服装赠送给女明星了。”

“你要是不喜欢可以送给我。”蒋梦瑶今晚多喝了几杯，有点失态。

38位美女依次走上舞台领取礼品，千姿百态、风情万种的美态令在场的嘉宾大开眼界。

“预赛佳丽就已经如此出众，能入三甲的美女那可是优质中的优质。”

“太美了，如果能把她们中间的一个娶回家……”

“想得美，她们会看上你？”

“哈哈哈。”

“别笑那么大声，这些美女可是我们广告业健康形象的代表，看你们挤眉弄眼的样子，真是猥琐。”有人轻轻呵斥道。

其他佳丽领取礼品之后，均静静地站在台下。尽管心中好奇，但她们都自矜身份，不好意思就地打开礼盒，因为即使现场没有记者，亦有不少来宾掏出手机，争相拍下这难得的美女云集的盛况。唯有蒋梦瑶，酒精似乎消除了她的矜持，她一走下舞台便急不可耐地拆开包装精致的礼盒，一窥究竟：“是金项链，好粗一条金链子！哈哈哈！”

会场里回荡着蒋梦瑶放肆的狂笑声，众宾客克制着情绪面面相觑。蒋梦瑶正抖动着金光闪闪的项链胡言乱语，稍后，她意犹未尽地将项链放到嘴边，咬了几下，眯着眼睛对着灯光看看，接着肯定地点点头，冲着众人说：“是纯金的，相信姐。”

全场静默了片刻，忽然爆发出一阵哄笑。蒋梦瑶不知所措地望着狂笑不止的众人，随即跟着呵呵呵傻笑起来。

郑嵇安、郑凝和吴家俊等人暗暗摇头，料想蒋梦瑶的丑态明天一定会传遍全城，甚至不用等到明天，在这个通讯发达的网络时代，或许此刻蒋梦瑶出人意料的表现已经通过在场嘉宾的手机传输到了城市的每一个角落。

黄有德的想法却跟众人不同，他今晚的赠礼要的就是这个效果，他认为蒋梦瑶非常可爱，远比其他装模作样的美女们真实得多，黄有德甚至考虑，要力捧蒋梦瑶入前三甲。不过，这种念头只是转瞬即逝，当唐语嫣、蔡仪敏、罗小曼等美女经过他身边，尤其是唐语嫣，她接受礼物后，出于礼貌冲着黄有德羞涩一笑，简直让他神魂颠倒。

凌诗诗远远看到蒋梦瑶的失态表现，想要阻止，无奈身在舞台之上，一时分身不得，待到接过礼品，诗诗急忙提着长裙快步下台，冲到蒋梦瑶身边，将她抱住，低声说："梦瑶，我送你回家去吧，你喝多了。"

"谁，谁喝多了，你才喝多了呢！我不知道多清醒。"蒋梦瑶酒醉之后力气特别大，一下就把凌诗诗甩开，陶醉地盯着手中的金项链喃喃地说，"发财了，发财了。"

凌诗诗还想上前搀扶，蔡仪敏忽然用力拉了她一把，厉声说："你让她疯个够，反正丢人现眼的又不是你。"

"就是，就是，这可是不花钱的好戏，机会难得。"罗小曼幸灾乐祸地说。

郑嵇安见蒋梦瑶实在闹得不成体统，便示意左右将她带走，顺势上台宣布酒会结束，转移大家的注意力。

"放心吧，凌小姐。"吴家俊将刚才发生的一切都看在眼里，更增添了对凌诗诗的敬重，"郑总会安排好一切的。"他意欲送凌诗诗回家，又担心初次见面如此唐突，会被诗诗拒绝，正在犹豫中，郑少凑了上来，殷勤地说："凌小姐，我有车，我送你回家好吗？"

"不用了，我自己可以。"凌诗诗推却道。

蔡仪敏见状，急忙抓住机会讨好道："多少女孩子求之不得能搭上郑少的车子，诗诗你怎么这么不识抬举。"说着，她朝郑凝抛了个媚眼，嗲声说，"郑少，我今晚没开车，你可得搭上我哟。"

郑凝不喜欢蔡仪敏，总感到她的眼神飘忽不定，显出满腹心机，不过，当着这么多人的面不便拒绝本公司旗下的艺员，只好点头，并借机对凌诗诗说："你看，蔡小姐和罗小姐也搭我的车回去。这下，你总该放心了吧。"

罗小曼对凌诗诗并无好感，但见蔡仪敏争宠，也不甘落后，急忙一拉凌诗诗，说："诗诗，走吧，别让郑少丢脸。"又对凌诗诗耳语道，"别得罪主办方。"

凌诗诗别无选择，只得求救似的望向吴家俊，直觉告诉她，仅有一面之缘的吴家俊要比油嘴滑舌的郑少可靠得多。郑凝深谙她的心理，不等她开口，立即插嘴道："我有司机，绝不会酒驾。吴总今天应该喝了不少，没法开车了，是否需要请个代驾？”

吴家俊见郑凝如此一说，只得顺势点点头，悻悻看着他拥众美而去。

不一会儿，一辆加长的豪华轿车便缓缓驶到百老汇大门口，郑凝做了个“请”的姿势。蔡仪敏是蓁城传媒职员，曾经坐过这辆豪车，因此见怪不怪；凌诗诗是万般不情愿，无奈之下才登上车；唯有罗小曼，郑少的邀请令她受宠若惊，况且她从未见过如此豪华的大车，坐进后排之后，兴奋地东看西摸，嘴里啧啧有声。碍着郑少在场，蔡仪敏收起了她的尖酸脾气，但是轻蔑的眼神泄露了她内心的不屑。

第十一章
野蛮男友辣手摧花

凌诗诗眼看时间已然不早，若是太晚回去，陈自力又会盘问不休，参赛之事马上就会穿帮，因此她急于回旅行社卸妆，然后赶回住处。旅行社的钥匙太多太大，小包里容纳不下，所以凌诗诗交给了百老汇的礼仪小姐保管，可方才走得太急，她忘了取回钥匙。直到郑凝的车子驶远，凌诗诗才发觉此事。糟了，凌诗诗急得跺脚：郑少的名片早就丢了，她的手机也没存他的号码。如果此时打车回酒店，来回时间太长，到家更晚。眼见夜已深沉，凌诗诗估计陈自力已经入睡，他一向睡得很死，如果她偷偷回到住处换好衣服躺下，应该不至于惊醒他。

凌诗诗事先在大门外听听，里面没有响动，也没有灯光，她忐忑不安的心放下了一半。家门的钥匙放在随身的小包里，她轻轻地打开门，蹑手蹑脚地进了客厅。卧室里传出陈自力响亮的呼噜声，凌诗诗终于放下心来。她原计划换上睡衣就躺下休息，可是此时才闻到自己浑身散发出的烟酒气息。不行，这样一定会被陈自力发觉，还是先去洗个澡比较妥当。

凌诗诗把晚礼服换下，跟小包一起藏在沙发垫后面，轻手轻脚走进浴室，打开了热水龙头。

“诗诗，你怎么才回来，三更半夜还洗澡？”陈自力像幽灵一样出现在浴室门口。

凌诗诗又惊又气，没好气道：“你怎么不敲门？”

“我是你老公，有什么不可以？以前可没这规矩。”陈自力满不在乎地说，热辣辣的目光在诗诗身上扫来扫去。

“快点出去，你太不尊重人了。”凌诗诗嗔怒道。

陈自力无奈，只好退出房门，回到卧室。从前，每晚睡前，陈自力总会和诗诗亲热一番，自从诗诗忙于照顾老父，两人便荒疏了这恋爱的功课。今晚，或许因为意外目睹诗诗淋浴，陈自力感到十分难耐，一见她从浴室出来，立刻上前抱住她，双手开始不安分起来。

“你干什么！”凌诗诗惊呼道。

“你说我要干什么？”陈自力嬉皮笑脸。

“放开我，今天我很累，没心情。”凌诗诗挣扎了几下，“哎呀，你弄疼我了。”

凌诗诗的抗拒令陈自力越发兴起，他喘着粗气吼道：“别乱动！”边说边动手脱她的睡衣。

在凌诗诗的印象中，虽然陈自力有点粗鲁，但像今天这样完全无视她尊严似乎还是头一次，莫非他认为她就是他的囊中之物了，所以才敢为所欲为。凌诗诗羞愤交加，大喊道：“陈自力，快放手！你这个样子，哪里像受过高等教育！”说着，她腾出双手使出全身力气挣脱了他的搂抱，快步跑进了客厅。

陈自力箭在弦上无法控制，想用强硬的手段逼诗诗就范，便追着诗诗进了客厅，一把拽过她，将她摁倒在沙发上，被情欲扭曲的面孔狠狠贴上她的脸颊：“我就不信，今晚还整不服你了。”

凌诗诗一边叫喊一边奋力抗争，无奈陈自力力气太大，她的双手无法动弹。眼看睡衣就要被撕破，凌诗诗集中生智，猛吸口气，用膝盖使劲顶了一下。陈自力吃痛滚到一旁，凌诗诗才得以暂时摆脱了他。

“好啊，你居然敢踹我。”陈自力怒从心起，刚想起身，忽感被什么东西硌了一下。原来，刚才诗诗挣扎时碰歪了沙发垫，露出了藏在后面的晚礼服和小包。

“这是什么？”陈自力好奇心大起，一时忘记了追逐诗诗。

“这是我的东西，快还给我。”凌诗诗见状，情知不妙，赶紧上前抢夺。

“你慌什么？难道这是什么见不得人的东西。”陈自力狐疑道，他联想起诗诗今晚对他的抗拒，觉得这个小包大有文章。

不等陈自力打开小包，凌诗诗便上前一步，抓住了晚礼服。陈自力见她如此心虚，更加深了怀疑。前阵子诗诗吵着要去竞选旅游大使，说是给她爸爸筹集医药费，他便由着她去了。得了季军之后，她又提出要参加蓁城广告之星大赛，还是借口为了她爸。他苦口婆心地劝她，这些比赛不过是有钱人为自己寻找玩物的花样罢了，多少女孩子奋不顾身地投入，结果哑巴吃黄连有苦说不出。凌诗诗却反驳，自轻自贱的女孩哪个圈子都有，况且毕竟是少数，多数女孩都是洁身自好，凭自己的实力闯出了一片天。她还反问陈自力，为什么凡事总往坏的方面想，为什么从来不积极地看问题。陈自力说不过凌诗诗，但坚决反对她参加选美，尽管诗诗最终听从了，可这些事足以证明，诗诗已经不是从前那个温顺的小绵羊，开始变得不安分起来。

想到此处，陈自力一把推开凌诗诗，迅速打开小包，翻找起来。包里有个精致的礼盒，盒中赫然是一条金光闪闪的项链。

好啊，这下可被我抓到了把柄。陈自力觉得问题严重，他举着项链，愤怒地问："你哪来的钱买这么贵重的东西？说！是谁送给你的？"

凌诗诗轻蔑地看一眼陈自力，整理了一下被他弄皱的睡衣，说："这是我的东西。你随意翻动别人的东西是侵犯人权，你懂不懂？"

"呸！你是我老婆，我管你什么人权，快点说，到底是哪里来的，否则我要你好看。"陈自力瞪着血红的眼睛。

"你弄错了，我还不是你的老婆，就算是你老婆，你现在这样子，我也会跟你离婚！"

这个可恶的坏女人，肯定是背着他跟哪个老板搞在了一起，否则，她怎么会有这么贵重的东西？怪不得她要去选美，原来是想傍上大款，干这种勾当。陈自力怒不可遏，他无法想象纯洁可爱的诗诗怎么变得如此龌龊、如此背信弃义。他今天倒要看看，她究竟还有多少肮脏的秘密？陈自力把小包倒过来，包里所有的东西都掉在沙发上，他仔细地一样样翻拣，可除了那条项链，再也找不出其他可疑的物品。

陈自力瞥了一眼凌诗诗，发觉她已经换好了衣服，坐在餐桌前定定地看着他，那目光冰冷得可怕。陈自力还不甘心，又把视线落在那件晚礼服上，他拿起衣服仔细检查，没发现异样，又凑到鼻端闻了一下，衣服上沾满了雪茄和酒精的气味。

哼！陈自力不由勃然大怒，他一把把晚礼服撕成两半，扔在凌诗诗脸上，气急败坏地揪住她的衣领，骂道："臭女人，这下我看你还嘴硬。"陈自力的唾沫几乎喷到凌诗诗的脸上，她甚至能清晰地闻到他的口臭。凌诗诗厌恶地别过头，他却用力抓住她的下巴，把她的脸扭过来面对着自己，"这上面沾满了别的男人的味道，你肯定跟别人有了关系！说，把你那些丑事都给我交待清楚。你今天要是不给我全都说出来，我一定不放过你。"

他居然认为她是这种人？他居然用这么下流的语言来侮辱她！凌诗诗原本平静下来的心情倏地泛起了火苗，她本想息事宁人，向他好好解释一下，现在被气得简直不知说什么才好，过了好一会儿，她才歇斯底里地喊道："你流氓、混蛋、法盲，你根本不是人！"

"啪！"还没等凌诗诗喊完，她便被陈自力一拳打倒在地。她挣扎着爬起来，继续骂道："陈自力，我真是瞎了眼睛，怎么看上你这种蛮不讲理的恶棍？我以后再也不想看见你，我要跟你分手！"

真是三天不打，上梁揭瓦！老话说得一点没错，这样的女人不打不行！陈自力不由分说，上前就给了凌诗诗几巴掌，"分手？你想得美！你敢走出这个家门一步，我打断你的腿！"

"不许打我的脸！"凌诗诗尖叫起来。

陈自力抓住凌诗诗的长发，将她拖起来，拳头如雨点般落在她身上，他边打边骂："我就打你的脸，我让你再去勾引男人，我打死你！"

经过陈自力一顿拳打脚踢，凌诗诗几乎失去了反抗能力，她只能蜷缩在地板上，用双手护住了脸颊。

过了好一会儿，陈自力似乎打累了，放开诗诗，踉跄着倒退了几步，坐倒在沙发上。说时迟那时快，凌诗诗飞快地从地板上爬起来，打开大门，冲进了夜幕之中。

夜晚的蓁城繁华依旧，在月色迷离、灯红酒绿的夜晚，都市里的人们都在没心没肺地纵情享乐，丝毫无人理会神情哀怨、步履蹒跚的凌诗诗。如果说，上次陈自力动手还情有可原，那么这一次就是明知故犯。其实，只要陈自力耐心观察，就会发现印在礼盒外面的一行小字——美高美服装公司赠品，蓁城广告之星大赛选手惠存。但是，他甚至连仔细看一眼，或者听她解释的机会都不愿给予。凌诗诗不知道自己究竟做错了什么，要遭到他如此狠毒的殴打。回忆起陈自力刚才凶恶的眼神，仿佛她不是他枕畔的爱侣，而是不共戴天的仇人。她实在难以想象，过去那个老实勤勉、温柔体贴的男孩怎会变成今天这般可怕的模样，她不知道这种野蛮的打骂、恶意的羞辱到什么时候才是一个尽头。

凌诗诗漫无目的地走在城市繁华的街头，缤纷灿烂的霓虹灯束铺天盖地向她涌来，令她感到万般伤感。她筋疲力尽地走在光怪陆离的灯影下，木然而无措：了断的时候到了，这次她必须和他分手！可是，为什么她的心依然无法停止疼痛？似乎并不是因为爱，是幽怨、愤懑、委屈、哀伤……还是别的什么，她一时无法厘清。拐过街角，一家酒吧五光十色的招牌几乎晃花了凌诗诗的泪眼，她不由自主地停住了脚步。

第十二章

酒吧偶遇落难美女

郑凝的豪华汽车分别将凌诗诗和蔡仪敏送到目的地，车上还剩下罗小曼。刚才碍着蔡仪敏，罗小曼不好意思开口，她期期艾艾的表情落在郑少眼里，他以为罗小曼动了春心，不由暗自得意，自以为体贴地开口道：“罗小姐，您是否愿意赏脸吃个宵夜。”

“嗯——”罗小曼沉吟不语，倒并不是出于矜持，而是因为她的本意是想向郑少打听袁少峰的消息。自从上次通过电话，她便与袁少峰失去了联系。面对郑凝的邀约，她当然千肯万肯，但是她还算有点头脑，她知道郑、袁两公子是同母异父的兄弟，如果应允了郑凝，恐怕会激怒袁少峰。

“其实，我——”

郑凝笑笑，鼓励道：“罗小姐你但说无妨，只要需要我帮忙，我一定义不容辞。”

罗小曼可不知道，郑凝这个花花公子，每天都会向无数美女许下这样的诺言。她感激地望向他，鼓起勇气问道：“其实，我想打听件事，不知袁总什么时候回来？”

“这？”郑凝意外之余又有几分失落，他懊恼自己表错情会错意，也暗怪罗小曼太不懂事，让他在司机面前失了面子。不过他很快调整心情，发出一阵掩饰性的大笑。

“我这个老弟何德何能，让你这样的大美女成天惦记着，真是有福啊。”郑凝敷衍了几句，又装作潇洒地拍拍小曼的肩膀，“放心吧，预赛那天他会回来。”

罗小曼高兴地点点头，又觉惭愧：“其实我很愿意跟您去宵夜，只是——”

“没关系啦，我没那么小气。”郑凝耸耸肩膀。

罗小曼见已经到家，赶紧向他道声感谢，才跳下车去。

“郑先生，您不送罗小姐上去？”司机问道。

“她老公在上面等着呐！”郑凝收起笑脸，恢复了真实面目，“哼，一个已婚的黄脸婆也敢跑来选美，还以为自己是纯情玉女，本少爷请她宵夜是给她面子，不识抬举！”

“不必跟这种女人一般见识。”司机劝道，“再说，她跟唐小姐一起参赛，难保不传点什么风声到唐小姐耳朵里，影响你们的感情，也影响唐小姐的比赛状态。”

司机口中的唐小姐就是参赛选手唐语嫣，唐家与郑家是世交，而郑凝和唐语嫣也已经秘密交往了几年。他俩的保密工作做得很好，就连善于捕风追影的娱记们也毫不知情。

罗小曼没有走远，站在巷子里目送郑凝的车子远去，才恋恋不舍地转身回家。其实，她很想答应郑少的邀请，要知道他是蓁城文化传媒的少东家，帅气又多金，如果被他看上，那可是千载难逢的好机会……可惜，他是袁总的哥哥，夹在两兄弟之间，这关系可不好处理，如果因此得罪了袁总，又没笼络住郑少，她就鸡飞蛋打一场空了。唉，鱼和熊掌不可兼得。

罗小曼一边胡思乱想，一边打开门走进客厅。

“你去哪儿了，怎么天天这么晚回家？”刘子均端坐在沙发上，正在等着罗小曼。自从罗小曼参加选美之后，每天一大早便涂抹得花里胡哨地出门，老晚才带着一身酒气和烟味回家。

“你这不是明知故问吗？参加选美肯定应酬很多啦。”罗小曼满肚子懊恼和遗憾，回到家冷不丁看到刘子均一张冷脸，更觉不爽。

“你既然有了家庭，就得有个老婆和主妇的样子。你每天早出晚归，简直把家里当成了酒店。最近家里和公司发生了很多事，你关心过没有？”刘子均愤然质问道。

“哎呀，好了不起啊，什么酒店？是铂尔曼还是百老汇？至于公司，就那几只三脚猫，你一个人还搞不定？别来烦我了，好累啊。”罗小曼伸了个懒腰，把皮包往沙发上一扔，不满地嘟囔着，“今天遇到个暴发户，送给我们一人一条金链子。喊，又不是镶钻石的，搞得像莫大的恩赐一样。如果不是为了留个好印象给主办方，这种破玩样儿我才不稀罕。”

“小曼，你不要岔开话题，今天我们要好好谈谈。”

“你真啰嗦。谈？有什么好谈？不就是你那些个大道理，我听得耳朵都长老茧了。人家都有自己的男人为自己忙前忙后张罗选美的事情，我没人帮衬就算了，你还成天拖我后腿，到底安的什么心？”

“我是你丈夫，当然是为你好，害怕你吃亏上当。再说，我刘子均也不是养不起老婆的人，你想要什么，我哪样没有满足你？你又何必再去跟那些初出茅庐的女孩子们争一点蝇头小利呢？”刘子均苦口婆心地劝道。

“蝇头小利？就算几十万一辆的汽车你能买给我，但与蓁城传媒签约的机会甚至国际大导演的片约你能为我争取到吗？如果可以，我马上退出选美。”

“你为什么这么固执呢？我说过多少次了，娱乐圈绝不是你想象中那么简单……”

罗小曼不想再听刘子均废话，她知道这样的争论不会有结果，所以，还没等他说出个子丑寅卯，她便先声夺人道：“别再诸多借口了。说白了，你就是自私，害怕我入选之后就把你甩了。”

“你——”

“告诉你，我的事你最好不要管。你别以为我现在没地方可去，惹恼了我，别怪我无情无义。”说罢，罗小曼一扭头，趾高气昂地跑进了浴室。

“好，我让你去疯！以后，我再也不管你了。”刘子均本怀着一腔火热的情意，希望说动老婆回心转意，却被罗小曼连珠炮似的抢白浇得心头骤冷，可他摸透了老婆的脾气，知道如今说什么都是白搭，只得一摔门，离开了家，到外头透透气，纾解自己满腔的怒火。

蓁城的夜生活异常丰富，刘子均从家门口往西，走过一个街口，便是蓁城著名的酒吧一条街，每到夜晚，无数红男绿女聚集此处，有人为了寻找乐趣，有人为了排遣寂寞，有人为了猎艳，还有人是为了借酒浇愁。刘子均就属于最后一种。

近来，无论是在事业还是感情上，刘子均都有一种举步维艰的感觉。前几年，刘子均靠着高炮业务赚了不少，买房买车又办选美大赛很是风光。但是，海伦广告毕竟基础薄弱，传统广告业又不景气，随着业务量的紧缩，公司财政开始吃紧。刘子均已将获利颇丰的高炮卖掉，将资金回笼，却只够维持公司的日常开支，没有实力再谋转型。在这个关头，刘子均多么希望深爱的妻子能够陪在他身边，虽说不能起到什么实质性的作用，至少也是一种精神鼓励。不过，目前看来，这应该只是一种奢望。

当刘子均走进卡露内酒吧时，一群年轻人正在舞池中央群魔乱舞，重金属音乐山呼海啸般冲击着他的耳膜。酒吧老板为吸引各阶层顾客可谓费尽心机，整个酒吧分两层，中空设计。一楼加长加宽的吧台内外装上了大面积的钢化玻璃和射灯，陈列其中的各种酒类散发出诱惑的幽光，晶莹剔透的玻璃杯整齐划一地倒置在空中的杯架上，吧台后方便是能同时容纳几百人蹦迪的大型舞池。沿着金属质地的镂空扶梯向上，呈回字型排列着几十个圆桌，供不喜喧哗的客人饮酒交谈的同时，隐蔽却又居高临下地感受酒吧的迷幻气息。

“先生，请问您几位？”一位漂亮的女服务员扭动着腰肢上前问道。

“就我一位。”刘子均一边回答，一边打量着酒吧，想挑个理想的座位，他本想选择二楼隐蔽的圆桌，却发觉那里都被喁喁私语的情侣们霸占了。

“先生，我建议您坐在吧台边上，酒保和服务员可以陪您聊天，否则独自喝闷酒未免太寂寞了。”

刘子均不忍拂了对方一片好意，再说，他今天就是来买醉的，坐在哪里都一样，便点点头，在服务员的引领下在吧台边坐下。

“先生，您喜欢哪种口味的鸡尾酒？”调酒师殷勤地问道。

刘子均不懂鸡尾酒，生意场饭局上喝的不是啤酒、白酒就是红酒，不过，他不想在这里露怯，依稀记起大学时代听说过的一种鸡尾酒“长岛冰茶”，便让调酒师炮制一杯。

调酒师点点头，不一会儿就将一杯现调的“长岛冰茶”推到他面前。刘子均喝了一大口，感觉一股热流直冲喉咙顺着食管向下，胃部开始烧灼起来。他本以为鸡尾酒的酒精度不会太高，没料到口感如此火辣，看来酒劲也不算小。很好，今天他就要一醉方休，放纵一回。刘子均刚把杯子举到唇边，目光忽然定住。斜对面吧台的拐弯处，一个漂亮女孩正自斟自饮，她很快喝完了面前的一排鸡尾酒，打了响指又叫了一排。

刘子均呆呆地注视着她，觉得她十分面熟。这个美女服饰简单，发型凌乱，面容也有几分憔悴，但依然无损她清丽典雅的美貌，她的目光柔曼飘忽，可那朦胧美妙的眸子深处却似乎隐藏着刚毅和野性。

“凌诗诗！”一个名字从刘子均大脑中倏地跳出，对，就是凌诗诗。可是，在刘子均的印象中，温和内敛的她绝不是流连夜店的嘻哈一族，怎么会？

刘子均正待上前询问，忽见几个打扮得奇形怪状的年轻男孩凑近了凌诗诗。

“美女，一个人喝酒太寂寞了，哥哥来陪你玩玩。”

“小姐，你皮肤好白好细，来，让我摸一下。”

几个臭小子围着凌诗诗挤眉弄眼，爆发出一阵淫笑。

“快走开，否则我叫保安了。”凌诗诗怒道。

“嘿，新鲜。”一个黄毛怪叫道，“老子出钱来这里玩，把个妹还要保安批准，这还有没有天理？”

“就是，走吧小美眉，别假装正经了——”说着，一个爆炸头上前想搂住诗诗。

“快住手！”刘子均急忙跳下高脚吧椅，走了过去，那几个小子肆无忌惮的言行令他生气。

“你小子装哪门子大尾巴狼啊？”黄毛目露凶光，瞪着刘子均。

“她是我女朋友，你们还不快滚开。”刘子均不想跟他们多费唇舌，又瞥了一眼凌诗诗，见她已经陷入半醉状态，便大着胆子撒了个谎。

“是她男人怎么不跟她坐一起？”一个卷毛跃跃欲试地挑衅道，倒是刚才那个爆炸头连忙上前拦住意欲动手的卷毛，劝道：“算了算了，满场子都是来找乐子的，美女多得是。这小妞已经有主了，咱们别惹事。”这群人才骂骂咧咧地离开。

刘子均长吁了一口气，没想到几个毛头小子挺好对付，他还以为今晚难免会有一场恶架要打，倒是捏了一把冷汗。见他们走远，刘子均赶紧上前探视凌诗诗。

凌诗诗并没有喝醉，见刘子均意外出现，她既不惊喜也不冷漠，只是冲他微微一笑。昏暗的灯光难掩她苍白憔悴的脸色，就连她的笑容似乎都隐含着难以言喻的忧伤和哀怨。

刘子均无意探求凌诗诗的隐衷，不过，对于她的愁绪，他隐约能够猜到几分。像凌诗诗这样如花似玉的美丽女孩，正停留在恋爱的季节，爱情如同无所不在的空气，弥漫在她青春的年轮里，除了为情所困为情所苦还有什么值得她伤怀？而他，则在社会和岁月的双重打磨下，变得成熟粗粝，再也不会为几缕爱情的春风所动了。

不过，在这个酒意醺然的夜里，不知为什么，刘子均特别渴望对着这个他曾经暗恋过的女孩，一吐心中的块垒。即使，对于他们彼此而言，对方一度成为陌路人。

酒吧里忽然安静下来，适才震耳欲聋的音乐声偃旗息鼓，轻柔妙曼的舞曲如流水般流淌到酒吧的每一个角落，令这里顿时具备了一种恬静的魅力。刚才欢歌劲舞的男女在瞬间调整了状态，一对对亲密地依偎在一起，在迷离梦幻的灯光下翩翩起舞。

刘子均把头靠在椅背上，在诉说的同时慢慢咀嚼着自己往昔的生活。他惊异于凌诗诗的平静，但她倾听的姿态令他逐渐放松下来，内心的块垒渐渐失去了锋芒。

忽然，刘子均听到一阵裂帛般的哭泣声，令他霎时从自己的思绪中抽离，他有些惊慌失措，他不知道自己哪里冒犯了面前这个脆弱多情的美人儿。

凌诗诗被刘子均的倾诉触动了痛处，再加上适才仓促喝下的鸡尾酒开始作祟，望着眼前忽明忽暗的灯影和纵情欢乐的男女，她忽然忘记了自己为何要到这里来买醉？是为了一个曾经深爱却又不值得托付的男人？为了命运多舛的老父？还是为自己进退维谷、难以自主的境遇？就连那些伴随她踏上选美之路的坚定信念和美好梦想，此刻都渐渐模糊起来。

周遭的客人都向刘子均投来不满的眼神，似乎责备他不该冒犯身边这个如此可爱柔弱的姑娘。刘子均朝众人尴尬地笑笑，低声问服务员能否给他一个单独的包间。服务员露出一副心领神会的表情，立刻在前边引路，而他则扶着步履不稳的凌诗诗跟在后边。他并不惧怕众人异样的眼神，只是在这个通讯发达的社会，他害怕有好事者认出凌诗诗是本年度蓁城广告之星的热门选手，将她此时的情态拍下传播出去，影响她的形象。

二楼长廊尽头便是一排包间，大小不等，可供客人饮酒作乐、唱歌助兴甚至促膝谈心。

刘子均扶凌诗诗在沙发上坐下，服务员应刘子均要求送来一些热水、毛巾和饮料便自觉地离去，并小心地掩上了门。

“诗诗，你先擦擦脸。”刘子均递给凌诗诗一块热毛巾，还为她倒了杯热水。此时，凌诗诗在刘子均的劝说下，情绪已经平复了不少，她用热毛巾缓缓擦着脸，一边抽抽噎噎地简要诉说了自己的遭遇。

刘子均缓缓吐出一口气，与他猜测的八九不离十，不过除却陈自力的暴行令他讶异和愤怒，凌诗诗屡次参加选美的理由更出乎他的意料，她娇弱小巧的形象在他心目中陡然高大起来。

城市不是伊甸园，男人和女人求生一样艰辛不易，而女人更多了一层不安全感，尤其是凌诗诗这样才貌双全又清高自矜的女孩。刘子均为她的际遇唏嘘，暂时遗忘了自己目前并不乐观的处境。

曾经，刘子均是一个理想主义者，把爱情想象得如此完美，没有瑕疵，没有功利、没有私心、没有怀疑，但是婚后他才发现，自己实在是幼稚可笑。植物可以雌雄同株，随着同一方向和频率随风摇曳，不需妥协、不需互动，而人类则必须依靠男女双方的协调和同步才能完成产生感情和制造生命的过程。所以，他想象中的爱情即使存在，也只能存在于人们的意念和理想之中。尤其是娶了小曼之后，他更深刻地感受到婚姻是一面照妖镜，将梦想中神秘美好的女神打回原形的法器。他和罗小曼，凌诗诗和陈自力，就像贴错的门神、配错的鸳鸯，彼此的相遇只能说是巧合但肯定不是命运的恩赐。凌诗诗和陈自力肯定是一种孽缘，那么他和小曼呢，他们的婚姻似乎已经徒具躯壳，与幸福快乐无关。对小曼的包容令他觉得疲惫，他常常想就此放手，等待自己的婚姻自然解体，尤其是命运让他再次遇到凌诗诗这个纯良又美丽的女孩，他真想不顾一切，去追寻属于自己的幸福。但是他的良知又制约着他，提醒他克制和坚持。刘子均愈想愈觉烦乱，招来服务员，一连喝下不少闷酒。

凌诗诗并不知道刘子均心底的千回百转，见他讷然不语，埋头喝酒，她感到一丝凉意顺着血脉渐渐扩散，但是她把那伤感极力压制在心底，向他展开一个体谅和宽慰的微笑。

刘子均注意到了凌诗诗的表情，他沉吟半晌，借着酒劲小心翼翼地提出了自己的建议："诗诗，你看这样好不好？你别再回到陈自力身边，他实在是个危险人物。我为你租一套公寓住下，直到你选美结束。"

见凌诗诗惊异地盯着他，刘子均急忙解释道："我并没有别的意思，只是同情你的遭遇，害怕你再受伤害。"

"不，不，我怎么能无缘无故接受你的帮助？"凌诗诗连连摆手，"我自己会想办法。我——"她忽然意识到，离开了陈自力，自己几乎无处可去，不由语塞。

"诗诗，如果我说，现在需要你来我的公司工作，你是否就会接受我的帮助。当然，并不一定是现在，可以在你成名之后。我相信我的眼光，如果没有意外，你一定能进前三甲。现在，你就是我投资的潜力股。只是到时候，只怕你不愿意屈就来我这个小公司呢。"

"子均——"凌诗诗见刘子均用心良苦，感动得无语。

"那，我就当你答应了！"刘子均见凌诗诗默许，有几分高兴，继而他又皱起眉头，思索了一会儿，道，“如果你几天不回去，陈自力一定会去纠缠你的父母，这点我们不得不防。这样，明天我就帮你父亲转院，然后在医院附近租一个房子，你和你母亲一起住，彼此也有个照应，所有费用都由我来负责。只有这样你才能彻底摆脱你那个野蛮男友，专心致志地参选。”

“可是，可是他会去旅行社找我。除非我把工作辞掉。但是，万一我落选了，又没了工作，我该怎么办？我用什么来还债？我可不愿无端接受你的恩惠。”

刘子均苦笑一下，他知道凌诗诗是个有骨气的姑娘，看来要说服她无偿接受他的帮助不是一件容易的事。酒劲有点上涌，他的头脑仿佛不受控制，很难集中精力。考虑良久，他才问道：“诗诗，你现在还能否胜任广告设计。”

凌诗诗不假思索地回答：“当然可以，我可有专业的学位。”她还想说，当初她便是听从他的建议，才攻下了广告专业，不过，想了想，还是忍住了。“我一毕业就进了广告公司，要不是陈自力反对，我根本不可能改行。其实，旅行社的工作经常涉及到广告设计，一些推广活动的策划和宣传册的制作都是由我负责的。”

“那再好不过。”刘子均抚掌笑道，“公司只有我一个设计师，我正愁忙不过来。明天开始你就算是我公司的正式员工。只是你现在身份特殊，为了避免引起不必要的麻烦，我们暂且不对外公布。我给你配一台电脑，你在家完成设计工作，在网上传给我。如果需要现场勘测，我再来接你出去。你看这样安排合适吗？”

凌诗诗见刘子均考虑得如此周到，不禁哽咽：“子均，我真不知道该怎么报答你，我——”

刘子均望着她的眼睛，真诚地说：“其实我不是什么圣人，我承认对你有好感也有歉疚，但更佩服你的勇气和孝心。可惜我已经有了家庭，虽然小曼不是什么贤妻良母，但我依然希望她可以回头。所以，我只能作为你的校友、你的大哥来帮助你，希望你不要有什么心理负担。”

凌诗诗绯红了脸颊，她欣赏刘子均的坦率和正直，不由对他产生了更多的好感：“可是，我爸爸的医药费和房子的租金，不是一笔小数目——”

“哈哈哈。”刘子均豪爽地大笑道，“跟你能为公司创造的效益比起来，这些支出就显得微不足道啦。”

“子均，谢谢你。”凌诗诗克制着自己的情绪，但眼中还是漾起一层水雾，“谢谢你对我的鼓励，我一定不会辜负你。”

走出酒吧，夜已深沉，路上行人稀少，料想再敬业的“狗仔队”也已回去休息，再加上刘子均的允诺，凌诗诗感到无比的轻松愉悦。刘子均伴着她走在午夜的街头，脚步略有踉跄，不时触碰到她的身体。凌诗诗有点局促不安，她以为子均想跟她亲热一番，不由心中一热。虽然多年不曾往来，但她清晰地感受到彼此那份朦胧的情愫还在，尽管少许有点陌生感。可是，如今他已是有妇之夫，不复自由之身，如果他想借机与自己保持暧昧关系，那未免太小看她凌诗诗。

想到此处，凌诗诗正色道："刘总，我该回家了。太晚回去，爸妈会很担心。跟陈自力分手的事，我也得早点告诉他们。"

刘子均被冷风一吹，清醒了不少，见凌诗诗似乎对他有所误解，本想解释，话到嘴边，却打算转换话题。他斟酌了一下，说："诗诗，我有件事跟你商量。最近有个县级市食品行业的老总找到我，他正申请工业旅游示范点，要我帮着做个产品宣传画册。我本打算明天自己开车去他的工厂一趟，既然你已经决定来帮我，那么我想请你陪我一起去。一来，彼此有个照应；二来，你可以尽早熟悉工作。你看可以吗？"

凌诗诗脱口而出："为什么不让罗小曼陪你去？"

女人真是奇怪，总是喜欢跟假想敌一较高低。刘子均无奈地解释道："罗小曼忙着选美，根本不关心公司的事情。我家人头脑比较简单，动辄就会将商业机密泄露出去。如果你觉得不合适，可以不跟我去。"

凌诗诗没再多问，但还是紧张："我现在还没有正式辞职，明天就跟你去谈生意，似乎名不正言不顺。"

刘子均说："既然你决定辞职，就不要再拖泥带水，发一封辞职信给公司即可。如果被旧同事知道了你的下落，陈自力肯定会再次找上门。其实，即便你成了选美冠军，也不过是个虚衔，等明年的三甲出炉，你就过气了。至于拍戏拍广告就是碗青春饭，你又不是学表演出身，在这行很难出头。明天，我会对客户说你是我的朋友，跟着我积累一点工作经验。你如果不趁着年轻多学习多历练，以后的日子恐怕不会好过。"

凌诗诗认同刘子均的观点，光靠旅行社那点死工资，连生活都成问题，更谈何赡养父母？参加选美本就是赚快钱的权宜之计，谈不上什么前途。广告是自己的专业，现在子均主动给她机会，能在赚钱的同时磨练技术，何乐而不为？

刘子均提过的食品工厂所在的县级市就在蓁城辖下。第二天，刘子均开着他的别克商务车载着凌诗诗，20多分钟后就到达了目的地。邀刘子均前来的老总姓高，30岁出头，穿着朴素，也不摆架子，亲自到工厂门口迎接他们。看得出来，他跟刘子均非常熟稔，一见面就连拍子均的肩头：“好小子，都带上女秘书了，有进步啊！”

刘子均倒是不尴尬，落落大方地说：“高总，你可看走眼了。这是我校友，学校的高材生。今天我才是她秘书，给她打下手。”

凌诗诗初始还怕高总认出她是选美佳丽，见高总神情自然，料想是个不爱看八卦节目的企业家，这才放下心来。她心知刘子均故意抬高她的身价，暗自感激，但嘴上却敷衍道：“哪里，哪里。高总才是高手，年纪轻轻就已经事业有成，我们差得远了。”

大家都是年轻人，场面上的话应付几句，便急着切入正题。高总将他们带回办公室，路上顺便简单参观了厂区。

厂区大概有十几亩土地，各项设施完备。这是一家成熟的食品加工厂，以做西式点心为主，全市都有该品牌的食品连锁门店。目前，高总新开发了一种传统中式点心，叫做杏花乳香饼，正在推广之中。

来到高总办公室，他拿出几本画册交给子均：“这是当地几家广告公司设计的，我总觉得缺了点什么。但我是外行，不懂设计，所以请你这位大公司的行家前来指点一下。”

刘子均翻了翻产品简介，又仔细端详着画册，皱起眉头。整个画册光线暗淡，布局凌乱，没有设计感，明显是敷衍之作。他一抬头，发现高总期待地看着他，便说：“你们做的是传统食品，传统中又有新意，但是画册随意将几个主打产品的图片一摆，很难产生过目难忘的广告效果。”

高总眼睛一亮：“到底是专家，那么你看该如何改进？”

子均说：“现在传统食品很多，比如五芳斋粽子、苏州豆腐干、高邮咸鸭蛋等等，关键在于打出独特的品牌，避免同质化经营。那么，就得充分挖掘产品自身的特点，再加上合理的平面设计、构图，才能达到醒目、难忘的效果。”

子均喝了口水，顿了顿：“目前，港式早茶和西式下午茶的概念已经深入大众，而这种传统乳香饼属于中式茶点，这就是它的定位。从设计上来说，茶点，必须有茶来搭配。”

高总不太认同，指着图片提醒道：“难道这个茶壶不算合适的搭配？”

刘子均微微一笑：“元素已经存在，却没有善加应用。图片需要给人直观的感受，告诉大众你想表达什么。这本画册上只有冷冰冰的一个茶壶，令读者不明白设计者的意图。”

高总恍然大悟：“有道理，接着说。”

刘子均说：“首先茶壶上方应该加上腾腾热气，表示这是一壶热茶，并非仅仅是个摆设；四周再加上几个茶盅，表示三五好友相聚；在图片的显著位置摆上一盘杏花乳香饼。”他想了想，又说：“整个画面颜色需要调亮，尤其是乳香饼。饼身三种颜色，代表紫薯、牛奶、鸡蛋的紫、白、黄，更需PS处理，令其色彩对比鲜明。这样一来，不仅表现出色香味俱全，更突出乳香饼不同寻常的营养价值。”

“对，对！”高总不住地点头，“佩服、佩服，你一下就说到了重点。”

说话间，刘子均见凌诗诗沉吟不语，便问道：“诗诗，你有什么意见？”

凌诗诗被打断思绪，却并不慌乱，不紧不慢地说：“在封面图片的一角，可以加上一个乳香饼的横截面，展现内部的构成，也表示乳香饼被咬过一口，给人一种垂涎欲滴的感觉。”

“妙啊！”高总一拍桌子，“就这么定了。”

凌诗诗忽然感到自己说得太多，有点喧宾夺主，赶紧补救道：“我只是抛砖引玉。一个画册不是只有一副图片，整体布局和文案还得听刘总的意见。”

刘子均说：“你说得非常到位，细节问题我还没顾得上考虑，看来今天带你来对了。”

转眼到了吃饭时间，高总热情地留下他俩在食堂的小包间里吃顿便饭。说是便饭，七菜一汤，外加一瓶白酒。

刘子均对吃并不讲究，但宴席如此丰盛，表现出高总对他俩的重视程度，令他十分欣慰。席间，刘子均和凌诗诗就画册的设计继续商讨，双方都比较谦逊，言语间互相补台。

高总在一边哈哈大笑：“都是自己人，就不要互相吹捧了。你们两位都是专家，大公司出来的高手就是创意非凡，这个画册交给你们制作绝对错不了。”

刘子均赶紧表态，一定会尽心尽力将画册做得满意，还夸高总年少有为，宏图伟略，将工厂经营有方。

好话人人爱听，如此半是表态半是吹捧的言语令高总十分开心，借着酒意，他开始滔滔不绝：“我从小就对中国传统点心情有独钟。建厂初期本打算以中式点心作为主打产品，但是经过市场调查，发现中式点心已经式微，其高热量、口感单一、营养价值低的特点让人望而却步。无奈之下，我才以西点起家。如今，工厂完成了原始积累，我这才可以分散出精力和财力来实现我的最初设想。杏花乳香饼的特点在于营养、低热、便捷，符合现代人的健康饮食理念。我真心希望乳香饼推广成功，并不仅仅为了利润，更是希望能借此改变西点占领食品业半壁江山的局面。”

高总的表白令刘子均和凌诗诗在感到意外的同时深受感动。他们第一次意识到，面前的高总并不仅仅是个商人，更是一位与他俩一样在生活重压之下依然心怀梦想的热血青年。两人不约而同地站起身来，真心诚意地向高总敬酒。刘子均需要开车无法饮酒，便以茶代酒。

凌诗诗说：“高总，我虽然是广告人，但是对旅游业略有了解。据我所知，我市还没有工业旅游示范点，您的工厂应该已经具备申请的资格。如果申请成功，那对产品的知名度和销售额大大有利。”

高总眼睛一亮：“凌小姐高见啊！我正有这个打算，只是找不到合适的人选来帮我操办。”高总满饮了一杯，接着毫无隐瞒地将工厂未来的发展方向告知两人，他还有意跟他俩长期合作，邀请他俩设计制作第一批景区导视系统。

包间里有点闷，服务员走进来打开了窗子。

冷风一吹，刚才微微发热的头脑开始冷静下来。刘子均暗自思忖：导视系统需要实地测量，费时费力，还是先将画册做好，再商量其他。

想到此处，刘子均不及与凌诗诗商量，便婉拒了高总。高总并不勉强，补给凌诗诗一张名片，希望与两人保持联系。

吃过午餐，刘子均便急急带着凌诗诗打道回府。路上，子均询问凌诗诗“横截面”的创意从何而来。

凌诗诗略带羞赧，说：“我虽然不是走南闯北的导游，但旅行社工作确实让人见多识广。我曾经见过一种日本老式电话卡，上面印着简单的点心广告。一只可爱的小狗正在幻想吃这种点心，圆圆的点心被咬成月牙型，一下子勾起了我的食欲，所以……”她顿了顿又说，“其实世人都曲解了广告的含义，以为广告就是煽动购买欲的载体，其实广告是一门复杂的艺术，优秀的广告创意不仅能最大限度地表现产品的特色和内涵，也能充分展现出产品制造者的意图甚至是理想，还能激起顾客充分享受产品的欲望。”

听了凌诗诗这番话，刘子均暗自佩服：人们往往以为女人的成功来自于漂亮的脸蛋，其实优秀的女人确实具有非同寻常的智慧和灵感。他看好凌诗诗的思路，更欣赏她的机敏，不由感叹道："看来，你是个天生的广告人。"

凌诗诗不解："我只是灵机一动罢了。"

刘子均说："有时候，灵感就在电光火石一闪间。问题是，它不会平白无故降临，而在于日常不经意的积累。可是，这种积累是否能产生质变，就因人而异了。有些人努力了一辈子都不会产生这种火花。诗诗，我真是对你刮目相看！"

刘子均的夸奖带给凌诗诗不小的成就感，这么多天的压抑委屈似乎一扫而空。可见，唯有精湛的专业技术才是力量与尊严的保障。凌诗诗心情稍缓，便恢复了以往的活泼，撅嘴道："光说有什么用，也不来点实际的。"说完，她便开始后悔，脸刷的红了。这句话，是她和刘子均曾经的隐语。

刘子均没有说话，车里安静地仿佛能够听到彼此的呼吸。两人都在静静回味着这句无心之语带给心灵的甜蜜震颤。

回到蓁城，时间尚早，刘子均提出给凌诗诗购置新装。凌诗诗明白，自己的衣服实在太过落伍，在周围莺莺燕燕、珠光宝气的选美环境中太不和谐。还记得在学校时，无论吃饭、逛街，子均总是抢着付钱。刘子均在单亲家庭长大，经济并不宽裕。凌诗诗二十岁生日前夕，看中一条施华洛世奇的项链。一千多元的标价对学生来说简直就是天文数字。可是子均瞒着她去了工地，搬了两个星期方砖，硬是凑够钱买下她梦寐以求的项链。当她看到子均满手的血泡，忍不住失声痛哭，在心中悄悄发誓一辈子跟他在一起，永不分离。此情可待成追忆，年少的誓言是如此不堪一击。凌诗诗抚摸着藏在衣领中的项链，心中酸涩不堪。

刘子均为凌诗诗挑选了几套套装和休闲装，见她拒不接受，他只得劝道："广告行业常常需要跟客户接触，再说，你现在还在参加选美，穿着太寒酸会被人鄙视。"

回到车里，刘子均拿出高总签发的定金单据："高总给了两万定金。我知道你手头紧张，但最近我也急需用钱，所以，先分给你八千。等我拿到其他生意的尾款，再多分给你一部分。"说罢，他数出一叠钞票交给了凌诗诗。

凌诗诗狐疑地看着刘子均，以为这就是他支付给她的房租和凌父的转院费。刘子均接着说："你爸转院的事，我已经托朋友办好了，你赶紧回去办手续。另外，我已经让中介帮你找好房子。以后，你自己出行要注意，别再让坏人缠上了。"

凌诗诗感动之余，甚感惭愧，责备自己"以小人之心度君子之腹"太不应该。

不过，她还是忍不住发问，既然他的公司业务已经上了轨道，为何拒绝赢得更多利润的机会。

刘子均解释道：“我公司小，流动资金少。工业旅游示范点是大项目，需要垫付资金，万一资金链断了，公司的其他业务就没法开展了。你别看我办过不少大活动，那都是有蓁城传媒在背后撑腰，所以目前还是跟着蓁城传媒这条业已成熟的大船比较稳妥。”见她不信，刘子均耐心分析：“就拿这本画册来说，无论印数多少，利润都十分微薄。唯一的价值，就是推出我们的设计，让外界承认我们的创意，借此打响名号。等到做出品牌，积累了大量资金，才谈得上永续发展，那时就不愁没有大生意做了。”

尽管刘子均言之有理，但凌诗诗总觉得他的理念较为保守，但是眼下，她自身难保，也不便反驳于他，只得默默无语。

第十三章 ○ 热门选手花边新闻甚嚣尘上

预赛之前，38 位选手应主办方要求集聚蓁城酒店进行为期一个月的集训。凌诗诗需要照顾老父，每天早晨准时参加训练，训练完毕便离开，回到父亲身边。

刘子均兑现了他的诺言，为凌父办了转院。院方很快安排专家会诊，接着为凌父动了手术。凌父脱离危险之后，凌诗诗向父母哭诉了陈自力的暴行，他们气得老泪纵横，一致同意她与陈自力一刀两断。

目前，凌诗诗一家三口住在刘子均租下的离医院不足五百米的一套两居室中。把住处收拾完毕，凌诗诗长吁一口气，此时她已经为刘子均工作了几个星期，公司每月支付给她交通补贴和餐费。所以，她暂时不用为生计发愁。

刘子均的帮助令凌诗诗感到温暖和依靠，她的生活从此安定下来，整个人变得神采奕奕，每天的训练似乎也特别顺利。但是，好景不长。这天，凌诗诗刚踏进训练房，便感到气氛异常，似乎每个人都在观察她的表情，打量她的目光也很奇异。凌诗诗微笑着向同伴们打招呼，她们才表情怪异的转移视线，凌诗诗暗自纳罕。

当天是形体训练，大家的心不在焉却很明显。训练间隙，佳丽们不停地窃窃私语。凌诗诗心头掠过一阵阴影，她们谈论的对象似乎就是自己。

喝水休息的时候，蔡仪敏走到凌诗诗身边，挂着神秘莫测的笑容肆无忌惮地上下打量她一番，尖利的目光似乎穿透了凌诗诗的训练服，令凌诗诗感到透不过气来。

“凌诗诗，从前大家还以为你是什么清纯玉女呢，真看不出来啊，怀过孩子身材还能保持得那么好。呵呵。别太拼命了，这个时候不好好保养，会落下一辈子的病根。”

“哈哈哈。”周围爆发出一阵哄笑。

凌诗诗骤然遭此侮辱，顿觉热血上涌，但她明白此时情况未明，不可造次，她极力克制愤怒，礼貌地反问道：“敏姐，你是不是弄错了？我完全不懂你在说什么。”

“别装啦！你男朋友是不是叫陈自力？”蔡仪敏眼中闪着叵测的光芒。

凌诗诗脑中嗡地一声，尽管她并不知道具体事由，但她明白一定发生了什么可怕的事，否则蔡仪敏绝不可能提到陈自力的名字。凌诗诗努力保持镇静，思绪飞速旋转，她不敢奢望凭一己之力控制事态，但至少要问个究竟，再做打算，主意一定，凌诗诗解释道：“这是我的私事。再说，我跟他早已分手，现在没有任何关系。不知道你从哪里听到这些传说。”

“哎呀，你紧张什么？哪个少女不怀春？我们都懂的。”蒋梦瑶凑到跟前搭腔道，嘴角浮现出幸灾乐祸的笑意。

这时，女孩们的目光都集中在凌诗诗身上，脸上几乎都挂着与蒋梦瑶相似的表情，只有王思函和罗小曼等人默不作声地望着凌诗诗，目光中似乎还有些同情的成分。

凌诗诗捕捉到这一点，急忙快步走到王思函身边，把她拉到角落里问道：“思函，你告诉我，到底出了什么事？”

王思函瑟缩着说：“姐姐，我真的不知道啊，我只知道，她们从早上就开始议论你，说你，说你——”

“说我什么，你倒是告诉我啊？”凌诗诗急道。

“说你为了参加选美，搭上有钱的老板，甩了同居很久的穷男友。”罗小曼不知从哪里冒了出来，插嘴道。

凌诗诗宛若被当头一棒，顿时呆住。王思函见凌诗诗表情可怕，差点被吓哭，忙不迭挣脱了诗诗的手，跑了。罗小曼拍拍凌诗诗的肩膀，半是调侃半是安慰道：“诗诗，你现在成了我们中间最火的一个，全城的娱乐杂志都在谈论你。”

下午的训练凌诗诗哪里还有心思，她跟教练请了假，便飞速跑出酒店，到报亭买了一份《蓁城快讯》。纵然心急火燎，她还是害怕娱记偷拍，不敢站在大街上翻看娱乐新闻。她从包里掏出一副墨镜，遮挡住大半张脸，匆匆拐进街角一家肯德基，在角落坐下，才大着胆子翻看杂志。《蓁城快讯》以特大字体登载着——“蓁

城广告之星大热门 玉女凌诗诗背后的男人”。

“天哪！”凌诗诗几乎无法控制自己内心的震动，低低地惊呼了一声。她扶住桌角，沉住气，逐行逐句地看完了报道。杂志上说，一向以知性玉女形象示人的凌诗诗因为贪慕虚荣而走上选美之路，得到预赛资格后，她为了筹集参赛经费，搭上了有钱人的公子，抛弃了未婚夫，为了摆脱未婚夫，她甚至不惜……

凌诗诗紧盯着杂志渐渐哆嗦起来，简直就是无中生有！到底是谁这么恶毒地中伤她？她何曾为了虚荣而参选？更何曾搭上过别人？她瘫坐在靠背椅上，泪水喷涌而出。

“小姐，小姐，你没什么事吧？”餐厅服务员见凌诗诗如此模样，关切地询问道，倒是让凌诗诗感受到一点人情的温暖。她霍然醒悟过来，这是公共场所，不能失态。

“你、你好像是？”服务员又惊又喜道。

凌诗诗见她认出自己，急忙起身，冲她微微一笑，快步走出了大门。

是陈自力，一定是他！凌诗诗疾步走着，心中乱成一团，仿佛塞满了杂草。这个混蛋，一定是找不到我才恼羞成怒，向娱乐杂志爆料故意抹黑我，想害我落选。

凌诗诗愈想愈气，像充满怒气的皮球快要爆炸，冲动之下，她找了个僻静处拨通了陈自力的手机。

“诗诗，你去哪儿了？我找了你好多天。”陈自力在电话那头又惊又喜。

“你别跟我装蒜。我问你，你为什么要向娱乐杂志爆料，捏造一些子虚乌有的事情来污蔑我？”凌诗诗羞愤交加。

“出了什么事啊？”

“哈，你装得可真像！可惜，我再也不会相信你的表演了。你去街上随便买一份娱乐杂志看看，铺天盖地都是我的负面新闻，如果不是你干的，还会是谁？”

“原来是这件事啊？嘿嘿。”陈自力的笑声中带着诡计得逞的快意，“如果我不这么做，你会打电话给我吗？我爱你啊，诗诗，你快回来吧，我离不开你。”

“爱我？这不是爱，是自私的占有欲。你为了让我回心转意，居然不惜伤害我、侮辱我！你有没有想过，以后我怎么见人?我的父母又会有多么伤心？”凌诗诗不禁哽咽。

“谁让你一声不吭就跑了，连那两个老不死的也跟着不见了。”陈自力在电话那头愤愤道，“不就打你几下，你犯的着玩失踪吗？打是亲骂是爱，你懂不懂啊？”

凌诗诗哑然失笑，天下居然有如此不讲道理的极品男人，怎么就被自己碰上了？罢了罢了，权当自己运气不好，她不愿纠缠下去，直截了当地说：“这么说，你承认了？是你告诉记者我为了追逐名利而参赛，也是你污蔑我搭上了有钱人，还怀过孕，是不是？”

“如果你没搭上别人，为什么甩了我？我是跟记者说我们同居了好多年，但我从没说你怀过孕。不信，你可以去问蔡仪敏小姐？”

“这跟她有什么关系？”凌诗诗心中一凛。

“我到处找不到你，就到蓁城文化传媒公司去打听你的去向。刚好碰上记者正采访蔡仪敏小姐，她一听我是你男朋友，就赶紧让记者给我做个访问。我想，我要是告诉大伙儿你已经跟我住在一起，那就不会有人再打你主意。蔡小姐可真是个好人——”

陈自力还在滔滔不绝，凌诗诗却默默挂了电话，她眼前浮现出蔡仪敏那张冷酷却美艳的脸，顿时感到一股凉意从脊梁上泛起，寒彻骨髓。虽然骂过陈自力，出了口气，但他那么自以为是，不可能认错更何谈改过？出乎她意料的是，这件事的幕后推手居然是蔡仪敏。可是，知道了真相又如何，我又能拿蔡仪敏怎么样？凌诗诗呆站在原地，思来想去许久，发觉考虑这些纯属多余，还是思考一下如何面对眼下的局面才比较实际。

刚回到住处，凌诗诗的手机就响了起来，她下意识地拿起一看，是刘子均来电。凌诗诗不假思索按下接听键，刘子均的关切立刻顺着听筒传来：“诗诗，今天的娱乐新闻你看到了吗？”

“看了。”凌诗诗使劲忍住眼泪，捂着话筒小声说。

“怎么会弄成这样？我猜是陈自力那小子干的。他不甘心失去你，所以故意造谣？”听诗诗不吭气，刘子均急道，“你还好吧？是否需要见一面？我们好好商量一下？”

一股暖意泛上心头，继而流向凌诗诗适才僵冷的四肢百骸。刘子均的关怀令她痛到麻木的心缓缓恢复了知觉，她何尝不想靠在他胸膛痛哭一场，将所有的委屈发泄一空，任他出头露面为她摆平一切。可是，她知道她不能。在这个紧要关头，她不能任性。刘子均是有妇之夫，若是掺和进来无异于引火烧身，再说，她已接受他的帮助良多，若是连这种尴尬事都得依赖他摆平，就算旁人不会轻视于她，她的自尊也不会允许她再次摇尾乞怜。

“不，不要。”凌诗诗恢复了冷静，理智地说，“现在正是风头上，难保没有娱记跟踪我，如果拍下你我在一起的照片，那我真是跳到黄河都洗不清了。”

“可是——”刘子均虽佩服凌诗诗大事临头的镇定，却依然放心不下。

“别担心，我不会服输的。只要我自己行得正站得直，这些不实报道打不垮我。他们越是要看我笑话，我越是要争口气。”

大话刚一说出口，凌诗诗就觉后悔。这不是件小事，不是说解决就能解决的，涉及到很多复杂的问题，若是没人出谋划策帮她撑腰，想顺利进入决赛可是难上加难。唉，早知今日何必当初，冠军还没当上，已经惹得一身麻烦。凌诗诗几乎后悔当初参加选美的决定，如今倒是骑虎难下。若是退出会被人斥为做贼心虚，可继续参赛又感觉寸步难行。

一想到此，凌诗诗心中更加烦乱，便挂了电话，站起身来，信步走上阳台。

小区环境优美，花影扶疏、草木深深、小虫唧唧、萤火点点，在月光下宛若仙境。夜景虽美，凌诗诗却无心欣赏。其实，她十分想念刘子均，尽管她明白，刘子均未必能给她实质的帮助，但是此时，能一吐心中块垒的，也唯有他了。

胡思乱想间，凌诗诗忽然瞥见路灯下面隐约有人影晃动：难道是小偷？她随即打消此念，不不，小偷怎会在明亮的灯光下现身？她仔细一看，那人的身形仿佛是刘子均。

凌诗诗按住狂跳的心脏，蹑手蹑脚地虚掩上房门，急急下楼。果然是刘子均！他不敢直接上门探望凌诗诗，便在楼下悄悄守候，期望能见她一面。凌诗诗一阵感动，很想马上扑进他的怀抱，但顾忌良多，还是极力克制激动的心绪。

刘子均说：“这里不是说话的地方，我们到远处走走。”拉着她走到小区南面的公园，找个长椅，擦拭干净，并排坐下。在这样的非常形势下，他担心直截了当的措辞伤到敏感的诗诗，因此他酝酿了半响，才拐弯抹角地开腔道：“诗诗，再次遇到你很突然。不是在公众场合，就是喝得醉醺醺的，之后我们又忙着工作，一直没有机会跟你好好聊聊，叙叙旧。”

刘子均亲切的语气触动了凌诗诗的愁肠，她控制着内心的波动，语气却不乏酸楚：“本来我不想再提从前的事，但既然你想叙旧，那我只好旧事重提。从前你是我的学长，我们曾经无话不谈，关系如此亲密你尚且跟我断了联系。如今，你是我的老板，我的衣食父母，又帮了我那么多忙，我更不敢随便叨扰。况且，你已经有家有室、事业有成，而我负面新闻缠身、前途叵测，跟你哪里还有旧可续？”

“诗诗，你这样一说真让我无地自容。”刘子均惭愧之余大为尴尬，说话也结巴起来，“既然今天你把话说开了，那我就开诚布公，请你听听我的解释。”

见凌诗诗不语，刘子均才壮起胆子说道：“我承认，当年是我的错，我不该一毕业就音讯全无，惹你伤心。可是，创业初期，我遇到太多难以想象的困难，心情极度苦闷，自问没法给你一个好的生活环境，所以疏远了你。其实，你毕业之后，我偷偷去找过你，见你有了新男友，我以为你过得很幸福，便没再打扰你，我也没怪你，毕竟我们之间从来没有过承诺。后来我遇到了小曼，她长得漂亮，又帮了我不少忙，所以我不知不觉就跟她好上了。可是，现在她似乎变了，未来恐怕还有很多变数，这一点我与她应该心照不宣，但是，我不会主动跟她分开，毕竟，我还是爱她的，组成一个家庭也很不容易。”

刘子均的解释合情合理。对于他们这样毫无背景的草根来说，生活更是不易，要在激烈的竞争中谋得一席之地，必要的谋略和彼此的帮衬必不可少。作为一个男人，事业肯定排在第一。凌诗诗联想起自己的境遇，虽然心里依然不是滋味，但还是表示理解：“其实，你不必跟我解释。我今天的境遇也是咎由自取，又有什么资格要求你为我守身如玉。你选择她并没有错。”

对凌诗诗的通情达理，刘子均既感意外又在意料之中，他并没有过多纠缠于这个话题，而是关切询问：“诗诗，过去的事已经过去，并不重要，眼下最关键的是你的前途。这件事八成是陈自力搞鬼，他不会轻易放手。你到底打算怎么办？是继续选美还是放弃？”

不提则已，提起此事，凌诗诗满腹委屈宛若决堤的洪水喷涌而出，她再也无法忍耐，扑倒在刘子均怀中呜呜痛哭起来。若不是顾忌夜深人静，她真想尽情宣泄，将心中的愤懑、不甘、隐忍和悲伤用泪水冲刷干净。

“是蔡仪敏指使陈自力干的。子均，其实我一直在硬撑，我真想找个地洞钻进去，再也不用面对这些恶意中伤。可是，我不能就这么认输，我没有错！你说，你说我究竟该怎么办？”

刘子均一下慌了神，赶紧扯开话题柔声安慰道：“诗诗，你别伤心了。不管这件事结果如何，我都会始终如一地相信你、支持你。其实，我一直都不能忘记你，即使结了婚，也常常回忆起我们从前的快乐时光。能够重新遇到你，我真的很高兴，一颗心好像有了着落。”

凌诗诗发泄了一阵，很快止住了眼泪，她伏在他怀中，听到他年轻的心脏正砰砰跳动。她相信他说的都是真心话，可是，他们曾经的一切已经时过境迁，未来会怎样，她心中一片茫然。

刘子均见凌诗诗平静下来，才开始诉说自己的计划：“事情已经发生，我们无计可施，不过不能束手待毙。今晚，我一直在想着你今后的规划。”见凌诗诗杏眼圆睁，他急忙解释道，“你放心，我不会反对你参加选美。目前尽管遇到困境，但并不表示没有出路。只是，这次风波更让人看清娱乐圈的残酷，今天你是大热门，明天就可能是人家的脚底泥。你广告专业的底子不错，但毕竟荒废了多年。而且，从你这阵子的工作表现来看，距离专业人士还有差距，所以建议你在参选的同时，加强广告专业训练，这样万一落选，你还可以凭过硬的技术吃饭。如果你愿意，我马上想办法为你找个技术上的尖子，让你拜师，跟着实习一阵。”

凌诗诗惊异地望着他：“你的意思是，要赶我走？”

刘子均赶紧解释道：“我绝对没有这个意思，可现在的娱记无孔不入，早晚会挖出你我的关系，虽然我们之间清清白白，但人言可畏，万一曝光，对你的伤害更大。况且，我的公司太小，你跟着我不会有前途。”他帮她擦掉泪水，温柔地说，“你抓紧时间学习，将来做出成绩，圈内会抢着要你。若是你选美成功，那更是相得益彰，就算失败，也有条后路可走。我打算推荐你进蓁城传媒实习，可你现在是选美佳丽，所以不宜走郑嵇安的路子，免得再惹出事来。当然，即便我去找他，他也未必会卖我面子。没什么好处的事，他向来是不会尽力的。蓁城传媒制作部的顾老业务水平很高，无论是平面设计还是影视制作都是一把好手。我跟顾老关系不错，明天找他谈谈，如果他愿意收下你，那就最好不过了。你认为如何？”

凌诗诗抬起一双泪眼望着子均：他居然为她考虑得如此周详，可见他还念旧情。但子均的想法只是想法，实施起来有相当的难度。且不说顾老是否愿意教授技术，蓁城传媒是否愿意接受她实习还是个问题。蓁城传媒实力雄厚，想上门学习者不计其数，她这个菜鸟不知能否拼过那些名校毕业的少年高手。

刘子均劝道：“没必要想得那么复杂，事在人为，努力至少还有一半希望，不努力就只得坐以待毙。我相信你的实力，假以时日必有所成。”

话虽如此，凌诗诗依然担忧，她与顾老非亲非故，他为何要接受她这个学生？

刘子均笑道：“顾老有点暴躁，但个性耿直、心地善良。他早就通过选美认识了你，你这样一个落难美女去求他，他绝不会见死不救。明天是周末，我带你去顾老家找他去。”

第二天一早，凌诗诗简单洗漱一番，来到与刘子均约定的地点。子均早已等候多时，他把凌诗诗带到顾老家楼下，把事先准备好的果篮往她手中一塞，叮嘱道："跟顾老说话要谦虚一点，记得随机应变。"

凌诗诗有点胆怯："你不跟我一起上去？"

"一起上去不太方便，反而不好开口。我已经帮你打好招呼。别害怕，就当去见大学的导师。"

凌诗诗无奈，只得独自上楼。顾老家是老式小区，没有电梯，还好他住在二楼，并不甚高。敲响他家门，凌诗诗心中七上八下、忐忑不安。

一位富态的中年太太打开大门，见来客是个漂亮的年轻女孩，盘问许久，才放她入内。高高大大的顾老不修边幅，顶着一头鸡窝似的乱发，马马虎虎套着拖鞋。拖鞋破了个洞，一个大脚趾俏皮地露头呼吸新鲜空气。

凌诗诗向顾老自我介绍了一番，便切入正题。中年太太是顾老的妻子，凌诗诗与顾老谈话期间，她一直坐在一边旁听。听闻凌诗诗的来意，还未等顾老表态，她便抢着回答："我家老顾只是平头百姓，吃公司一碗饭，凡事听公司调遣，你这事他做不了主，你自己去找领导。"

凌诗诗无言以对，顾老则一言不发。凌诗诗只得鼓起勇气再次恳求："顾老，您是技术尖子，您说一句话，比别人说几十句都管用。我只是在您手下实习，并不是正式竞聘，烦您跟部门主任说说……"

顾夫人不悦地打断她："我家老顾就是个搞技术的，别的事情不管。他身体不大好，要好好休息，你请回吧！"

这就等于下了逐客令，凌诗诗忍气吞声，跌跌撞撞跑下楼梯，一见子均，忍不住泪眼婆娑。刘子均一迭声问谈话结果。凌诗诗失望地摇摇头。他又追问谈话细节，她擦了擦眼泪，一五一十地复述了一遍。子均这才长出了一口气，怜爱地说："你呀，就是太脆弱。顾老不表态，是碍着他夫人。如果要拒绝你，他大可以直截了当。我看这事儿能成，不信，等上班后，我们去他办公室，看看他的态度。"

听子均一分析，凌诗诗回忆起顾老的表情，似乎对她并不反感，反而有几分同情的意味。她不由燃起一点希望，却仍然叹了口气："想当个实习生都那么难，以后还不知道有多少求爷爷告奶奶的事，做人真是没意思。"

刘子均劝道："千万别灰心丧气，在这个社会上，想成事都不容易，就算是名利双收的郑总监，也有很多不得已需要求人的时候。成王败寇，过程不重要，成功之后，自然会受人尊重。"

道理确实如此，落实到个人头上，那滋味可并不好受。凌诗诗默默无言。

或许是刚刚换了住所，还不适应，再加上娱乐报刊对凌诗诗穷追不舍，令她思虑过多，好几个晚上都未睡踏实。这天，凌母带着凌父去复诊，凌诗诗刚想在家补个觉，门忽然被砰砰敲响。她只得起身，门还未全开，刘子均便挤了进来：“快，快梳洗一下，顾老找你过去。”

“真的？”凌诗诗又惊又喜，用最快地速度穿戴整齐，又掏出口红，抹一点遮住苍白的嘴唇。

“走吧，走吧，已经够漂亮了。”子均催促道。

时间尚早，偌大的办公室只有顾老一个人。他为两人各倒了杯水，然后直截了当对凌诗诗说：“子均跟我说了你的情况，你很不容易。我也是平头百姓的儿子，知道草根孩子的苦楚。你跟着我学习没问题，我再帮你向公司申请一些补助，如果不够生活，我还可以介绍给你一些小活儿，赚点外快，你看怎么样？”

凌诗诗和刘子均喜出望外，他们对视了一眼，又赶紧挪开视线。没有料到事情如此顺利，顾老如此通情达理，凌诗诗感动得想哭，想说几句感谢的话，却怎么也说不出口。她忽然站起身来，郑重向顾老鞠了个躬，把顾老吓了一跳。不过，顾老是个不善言辞的人，他向凌诗诗简要讲解了手头的工作，便让她回去准备：“你现在需要参加选美培训，就不用每天坐班。有事的话，我会提前给你打电话。”

凌诗诗不明白顾老的意思，迷惑地看着他。

顾老只好把话挑明了，和蔼地说：“我这也是为你打算，学技术有的是机会。现在你应该一门心思拿个选美名次，到那个时候，别说实习，就算想当个正式工也不是难事。”

凌诗诗感到一阵温暖，喉头哽住了，望着顾老说不出话来。

由于刘子均为自己铺好了后路，凌诗诗对待选美成败的心态放松了不少。第二天，她照常去酒店参加训练。虽然，她心理上并不能完全释怀，但依然保持着应有的风姿和微笑，向大家打招呼。

众美女见凌诗诗若无其事的模样，不禁有些奇怪，讪讪地冲她笑笑，原本聚在一起窃窃私语的几对不由自主分散开了。

这个时候，蔡仪敏不知从哪里冒了出来，她皮笑肉不笑地对凌诗诗说：“呀，诗诗，你真是要钱不要命啊，现在这个时候还来训练，应该回家好好休息啦。”说罢，爆发出一阵狂笑。她的笑声令大家的目光又一次集中在凌诗诗身上。

凌诗诗恨得银牙紧咬，但她明白，自己千万不能动怒，否则就会给人落下口实，她知道大家都在观察她的反应，希冀从她的一举一动中捕捉到玄机。

好吧，你既然非要步步紧逼，我就算不跟你一般见识，也必须自卫，否则真是太懦弱可欺了。凌诗诗心念一转，抬起头笑呵呵地回答："敏姐，谢谢您的关心，不过，我认为您比我更需要保养和休息呢。"

蔡仪敏勃然变色道："什么意思？"

凌诗诗微微一笑，大声说："前几天美容老师才教过，25 岁以后，女人就开始衰老，需要好好保养。虽然您才刚满 25 岁，可不能掉以轻心啊。至于我嘛，过几年再保养也不迟。"

凌诗诗的话音刚落，现场响起一片嗤笑，罗小曼和蒋梦瑶笑得最响。

其实，蔡仪敏已经 27 岁，为了参加选美，她谎报了年纪。料想主办方是自家公司，不会有人戳穿她的秘密，可她也因此对年龄问题特别敏感。平时大家聊起这个话题，她从不敢接茬。此刻，凌诗诗算是戳到了她的痛处。蔡仪敏是个小心眼的女人，性格睚眦必报。她瞪了凌诗诗一眼，又瞟了瞟罗小曼和蒋梦瑶，眼中射出怨毒的光芒。君子报仇十年不晚，蔡仪敏可等不了十年，此刻已开始寻思如何报这一箭之仇。

待到下课，凌诗诗匆匆离去，一来她急着回家照顾父亲，二来不想在是非之地久留，当然，她更加害怕陈自力找上门来纠缠于她。谁料，一出酒店，凌诗诗便与等候在门外多时的娱记们狭路相逢。她暗暗叫苦，几乎想要退缩，但是，娱记们已经举着长枪短炮和录音设备涌上前来。

退缩不是办法，早晚要面对他们，还不如拿出勇气，坦然面对。凌诗诗暗自为自己打气，她整理一下头发，摆好姿势，展开甜美的笑容，任他们拍照。

"凌小姐，请问最近关于你同居又堕胎的负面新闻是否属实？"一个女记者尖刻地抢先提出问题。

"对不起，我没有听说过那样的传说。"凌诗诗镇定地答道。

"陈自力是不是你的男友？你们同居多久？"又一个娱记抛出"炸弹"。

"我们性格不合，早已分手。"凌诗诗认为与其遮遮掩掩，倒不如大方承认，减少别人的好奇心。

"可是陈自力先生不是这么说的，他说你为了选美抛弃了他，还打掉了和他的孩子。请问你是不是有了新的目标，所以才——"

凌诗诗微笑一下，对着镜头说："我充分相信陈先生不会这样无中生有，因为那些都不是事实。我相信公道自在人心，没有必要做多余的解释。"

"凌小姐，请问你参选期间的各项花费从哪里来？"

"请问你的新男朋友是何方神圣？"

“我一直在工作，自然有收入，不需要依靠任何人——”

尽管凌诗诗镇定自若、对答如流，但是面对娱记们一轮又一轮逼供式的追问，毫无底线地追根究底，凌诗诗渐渐头昏脑胀，无法招架。

“滴滴滴”马路对面一辆别克商务车按响了喇叭，凌诗诗见刘子均正从驾驶室探出头向她招手，正欲过去，又担心节外生枝，不由进退两难。这时，商务车的自动门缓缓打开，罗小曼冲了出来，跑过马路拉住凌诗诗，并用皮包挡住自己的脸：“诗诗，快走吧。”她使劲拽着诗诗跑过马路，一边大声对记者们说：“凌小姐无可奉告，你们就别再打听人家的私事了。”

娱记们见罗小曼也是参赛佳丽，便围着她噼里啪啦一阵乱照，还有人横穿马路，冲着车子和刘子均猛拍了一阵。

待小曼和诗诗钻进汽车，刘子均一踩油门，一溜烟地跑了。

“这些娱记可真厉害，跑得比我还快，也不怕过马路被车撞死。”罗小曼愤愤不平。

“谢谢你，小曼。”凌诗诗真诚地说。

“谢什么，这些人就知道欺软怕硬，你那么老实软弱，他们就偏偏写你。”

“其实，也不能怪他们，大家混碗饭吃，都不容易。”凌诗诗有感而发。

“诗诗，你不是发烧了吧。他们把你写成这样，你还帮他们说话。”罗小曼用手摸了摸诗诗的额头。

“小曼，别闹了。让凌小姐回家好好休息吧。”刘子均见老婆越说越不像话，只好开口。

“嗨，女人说话你不要插嘴。”罗小曼不满道，又向凌诗诗介绍，“诗诗，这是我老公刘子均，你们应该见过吧。”

“嗯。”凌诗诗礼貌地点了点头，她克制着心中的轩然大波，保持着正常的表情。她不禁猜测刘子均是否故意借此机会为她解围，还是只是巧合。唉，人家正牌老婆就在身边，他是何意图已经不再重要，反正自己绝对不会做已婚男人的玩物，还是仔细考虑一下以后该怎么应对八卦周刊记者吧。凌诗诗眉头紧锁，她有一种预感，这场绯闻风暴才刚刚开始……

第十四章
“好男人”的事业情感双重危机

预赛已经迫在眉睫，每位佳丽都承受着巨大的心理压力，吃不下、睡不好、患得患失、胡思乱想成为通病。原本，在38位进入预赛的美女中，才貌双全的凌诗诗最有希望进入决赛，但是如今，有关她的花边新闻甚嚣尘上，令她的前景扑朔迷离。除了少数佳丽为她发出兔死狐悲的感叹，幸灾乐祸的占绝大多数。

不过，罗小曼倒是为数不多真心同情凌诗诗的选手之一。因为，罗小曼的老公刘子均如同凌诗诗的前男友陈自力那样，也曾坚决反对小曼参赛。他们大吵了几次，一直不理不睬冷战着，不过，罗小曼与凌诗诗的境况区别很大。凌诗诗与陈自力还未结婚，双方是独立的个体，对陈自力诽谤凌诗诗这件事，除非报警或上法庭，否则凌诗诗没有任何方法制约陈自力。

而罗小曼与刘子均结婚几年，尽管家庭财富都由刘子均创造，但因为一纸婚书的保护，罗小曼不费吹灰之力就可以分走老公一半身家。如果刘子均跟她硬来，她大可以离婚，那吃大亏的可不是她罗小曼。罗小曼暗自为自己的聪明沾沾自喜，幸亏当时坚持领了结婚证，就连房产证也加上了她的名字，否则她的腰板可没现在这么硬朗。

当然，比起凌诗诗那个不成器的前男友，罗小曼的老公刘子均好歹也是企业家，虽然目前遇到困难，但在世人眼中，肯定比眼高手低、夜郎自大的陈自力要好上一百倍。尽管如此，罗小曼并未因为刘子均的强烈反对而放弃选美，欲望无止尽，她对自己眼下拥有的一切并不满足，她还想凭借自己的绝色容颜向生活要求更多。

冷战了好长一段时间，见罗小曼并没有和解的意思，刘子均才明白，如果继续反对老婆参赛，她很可能真的跟他离婚。

事实上，刘子均并不是个多愁善感的男人，但是眼下的局面令他困惑。他自问身上没有部分80后男人浮夸懒惰的缺点，亦步亦趋地遵守着世俗和传统对男人的要求和规范，成家立业、本本分分，努力让爱人满意。有夫如此，妻复何求？其实，平心而论，刘子均并不认为罗小曼是个合格的妻子，而她对婚姻的不甚珍视，也令他对她的爱意大打折扣，尤其是，凌诗诗再次出现之后。刘子均很想知道，这是不是每个已婚男人的纠结：当婚姻已经残破，爱情已经褪色，还是否应该努力维持着世人眼中完整的家庭的躯壳。

不过，迷惑归迷惑，对刘子均来说，财产的损失还是其次，罗小曼是他美好的初恋，就算伊人改变了嘴脸，他却依然珍惜两人的情缘。他常常说服自己，凌诗诗不过是他少年时暗恋过的幻影，虽然这个幻影再次变得真实，可他只能将凌诗诗当成学妹、当成搭档、当成亲人，不可以越雷池一步。这种克制让刘子均痛苦：一边是责任，一边是爱情，纠结与矛盾如影随形。事实上，他常无法自控地将凌诗诗与自私任性的罗小曼放在一起比较。这样的比较仿佛是另一种形式的思念，宛若细小隐秘的虫子不时啃啮着他千疮百孔的心灵。

过了一阵子，连刘母都看出刘罗二人的夫妻俩关系出了问题。刘母虽然不喜欢罗小曼，但还是希望儿子家庭完整、婚姻稳定，于是，她开始旁敲侧击地提醒子均处理好跟老婆的关系。

刘子均当然不愿失去老婆，再加上母亲的压力，只好强迫自己接受了罗小曼选美的事实。他改变了态度，主动做出和解的姿态——接连几天早早回家，做好宵夜，等待晚归的妻子。终于有一天，罗小曼回来得比往常稍早，见刘子均还在等她，倒是有些过意不去。她见老公主动示好，不由心中窃喜。

“小曼，我做了好多你喜欢吃的。累了一天，饿了吧，快坐下，我们很久没有享受二人世界了。”刘子均和颜悦色地说。

罗小曼却并不打算给刘子均好脸色。自从两人结婚以来，她吃喝用度都依赖于老公，尽管他从未居功自傲，凡事都随她的心意，可难免对她诸多干预，令她自觉矮他一头，心中常常不爽。现在，刘子均倒过来求她，令她很有成就感，她计划借此机会把老公彻底降服。

罗小曼故意不正眼看他，甩掉皮包，伸伸懒腰，踢掉高跟鞋，一边走向浴室一边说：“有什么事明天再说吧，今天我实在太累了。”

“可是我有重要的事跟你说啊。”刘子均把她乱丢的皮鞋和内衣收拾好，态度依然温和。

“你怎么这么不体贴老婆？我训练了一天，浑身腰酸背痛，哪里有心情听你唠叨。”小曼很是烦躁。

“那好，那好！”刘子均不想住在隔壁的母亲听到罗小曼的大嗓门又为他担心，只得低声下气地说，“待会儿我帮你按摩一下，给你解解乏，怎么样？”

“这还差不多。”

夫妻俩上床之后，刘子均使尽浑身解数为老婆服务了一番，见她似乎已经满意，才小心翼翼地赔笑道：“小曼，明天你训练结束后，我来接你如何？”

“到时候再说吧！”

“下周一是我们的结婚周年纪念日，你忘了吗？我下周要出差，明晚有点空闲，我想跟你好好庆祝一下。”

“嗯？”罗小曼皱皱眉头，心里却乐开了花，看来，这家伙根本离不开我。既然你那么有诚意，我就给你一次机会表现表现。

“好吧，不过，我后天才有空。以后你有事得预约。”罗小曼的语气还是那么生硬，心里却已经在盘算，如何借纪念日大敲他一份厚礼。

刘子均哭笑不得，他第一次听说与自己的老婆吃饭还需要预约，但是，他不想破坏今晚的好气氛，只得委曲求全答应下来。

到了约定的那天，刘子均早早将工作交托给刘国权夫妇，便匆匆离开公司，去取预定好送给罗小曼的礼物。

霍丽鹃见刘子均离去，才凑到刘国权跟前，小声说：“你家老二简直被那个败家的小妖精迷昏了头，前几天他才从账上支了几万块钱，今天又支了三万多。他难道不知道，现在生意难做，我们为他拼死拼活才赚几个钱？”

“好啦，你少说两句。小心被人听到，又惹出事来。”刘国权闷闷地吸着烟。虽然制止了老婆，但他对弟弟的不满同样与日俱增。这阵子生意很淡，上个月好不容易接到一个制作展板的生意。依刘国权的意思，展板和承重架可以使用次等材料，反正表面上看不出来，还能节省成本。但是，刘子均坚决不同意，认为会砸了公司的招牌。刘国权跟他争论，他还当着员工们的面呵斥了刘国权，令刘国权很没面子。

在刘国权的心目中，并不认为刘子均正确，反而认为二弟仗势欺人，不把他这个大哥放在眼里，存心丢他刘国权的脸。因此，刘国权跟老婆霍丽鹃商量，就按自己的计划使用廉价材料，接着在合同和账面上做点手脚。当然，这中间的差价进了刘国权夫妇的腰包。对此，霍丽鹃高兴得眉开眼笑，把老公好好慰劳了一番。

从前，霍丽鹃屡次劝说老公“有权不用过期作废”，应该利用刘子均对他这个大哥的信任好好捞上一笔。“等你二弟将来娶了老婆有了儿子，信任了外人，你就是想捞也捞不着了。最后，别落得个被二弟扫地出门的下场。”霍丽鹃经常对老公耳提面命。但刘国权顾念子均给自己工作又提供住房，总也下不了这个狠心挖二弟墙角，这次，他终于破了例。

霍丽鹃美滋滋地夸奖老公：“你这榆木脑瓜终于开了窍。以后，咱们夫妻联手，等挣够了钱，也回家开个小店，不是比待在这里看弟弟弟媳的脸色要好得多？”

刘国权尝到了甜头，从此一发不可收拾，跟老婆狼狈为奸，寻找一切机会，中饱私囊。

刘子均对亲兄弟信任有加、从不设防，而眼下他正努力修复夫妻关系，又得分出精力顾及凌诗诗，完全没有发觉刘国权夫妻吃里扒外的行径。

来到金店取到礼物，刘子均开车直奔罗小曼所在的酒店。把车停好，他一看时间还早，便下车买了一份《蓁城快讯》。从前，他并不关心娱乐新闻，自从老婆参加选美之后，他便养成了看娱乐周刊的习惯。今天，他想看看有关凌诗诗的负面报道是否减少。

一边读报，刘子均一边在心中提前预演一遍今晚的“议程”，希望借此机会挽救摇摇欲坠的婚姻。

下午的训练四点结束，晚上的课程七点才开始。酒店提供免费晚餐，也允许大家外出吃饭。等到四点半，罗小曼才施施然走出酒店大门。

刘子均急忙把车开上斜坡，不劳门童动手，亲手打开车门，将罗小曼让进车内。

“我在铂尔曼酒店的西餐厅定了位子，你不介意吧？”刘子均客气地征求老婆的意见。

“随你啦。”罗小曼还是那副女皇般的拽样，仿佛他是她的仆人，她连眼皮都懒得抬起来。

“耶？怎么回事？怎么又有那么多记者围在门口。”罗小曼忽然大叫起来。

刘子均这才发现，酒店门口挤满了捧着摄像器材和话筒的娱记。门口不好停车，酒店也不会允许他们进去骚扰众佳丽，他们只得候在大门口守株待兔。

“一定是在等那个倒霉的凌诗诗。她的前男朋友真不是个东西。”罗小曼表现出难得的义愤填膺，倒令刘子均高看了她一格。

“原来你也讲点朋友义气啊？”刘子均调侃道。

“哼！”罗小曼用鼻子表示了情绪，“凌诗诗人不错，可我跟她也没啥交情。只不过，蔡仪敏那个坏女人成天针对我，我拉拢一个是一个，一起对付蔡仪敏。”

“噢。”刘子均顿时大失所望，还以为老婆转了性，看来根本没变，仍旧自私自利自我。不过，他并不想反驳老婆，那样只会徒增口舌。他开着车子好不容易冲出娱记们的包围圈，心中却掠过凌诗诗纯真善良的面影：不知待会儿她如何面对娱记们的诘问。刘子均不禁为凌诗诗担心起来。

“别走，在路边停下。”罗小曼命令道。

“这里不能停车。”

“我让你停下就停下，不就是罚点款吗？你又不是给不起？”

刘子均不知道老婆想玩什么花样，只得在酒店对面停车，一边左看右看，害怕忽然从哪里冒出交通警察开张罚单。

“瞧你那胆小的样子，别东张西望了。往那儿看！”罗小曼指指酒店大门，“好戏快要开场了。”

果然，过了几分钟，便出现了凌诗诗被娱记们追逐盘问的场景。

“哈哈哈，”罗小曼不知出于什么心态，在车里大笑起来，“真没看出来，这个凌诗诗外表娇怯怯的，居然还挺有胆识。”

刘子均观察了一会儿，发觉凌诗诗开始招架不住，有心帮忙，又不想露出痕迹，便提醒老婆道：“你不是想拉拢她吗？现在正是好机会。”

“对啊，瞧我这记性。”罗小曼一拍脑袋，赶紧打开车门，冲着凌诗诗大喊起来。

娱记们紧跟凌诗诗，奔向了刘子均的商务车，不分青红皂白就噼里啪啦一阵猛拍，有个娱记不怀好意地大声问道：“罗小姐，你是否知道你先生跟凌小姐是校友？刘先生当着你的面主动接凌小姐回家，难道你不介意吗？”

娱记们一听，这可是从未爆出的猛料啊！他们赶紧七嘴八舌地询问刘子均此事是否属实。

刘子均见罗小曼狐疑地看着自己，急忙向记者解释道：“我不清楚凌小姐毕业于哪个院校，她是我太太的朋友，送她回家也是我太太的意思。”

话筒转瞬又对准了罗小曼和凌诗诗。

“刘太太，刘先生和凌小姐的校友关系你事先知道吗？难道你真的这么大度？完全不介意？”

“凌小姐，最近你的前男友说你被神秘富豪包养了，请问这个富豪是否就是刘先生？”

刘子均见他们越说越离谱，涨红脸大声抗议道：“简直是无中生有！人家凌小姐还是没结婚的大姑娘，你们怎么可以这样诬蔑她？”

见老公如此维护凌诗诗，罗小曼不由醋意横飞，却又不便发作，她扭头对娱记们说道：“我的男人我了解，他就是喜欢怜香惜玉，我就权当他学雷锋做好事，扶贫积德了。老公，是吧？”说罢，她迅速摇上了车窗，冲着刘子均发话道，“开车！到了前面转弯口就放她下来。”

尽管凌诗诗有所准备，心中还是一阵绞痛。见罗小曼咄咄逼人，凌诗诗本想反击，却忽然哽咽，她好不容易克制住眼泪，争斗之心也消失了一半：罗小曼强横并非毫无道理，风水轮流转，她强己弱，受人欺侮只怨自己无能。现在的自己，身无长物，连工作都成问题，哪里还有资格与人争一日之长短。事已至此，苦恼无益，唯有总结经验，再接再厉，才是上策。

见凌诗诗眼中含泪隐忍不语，罗小曼反倒有几分心软，她其实并不相信老实的凌诗诗会跟自己那不解风情的老公有什么隐情，只是恼恨自己刚才不但没出到风头，还丢了脸面。

车子拐弯后，见没有娱记尾随，凌诗诗坚持要下车，无论罗小曼夫妇如何挽留，她都不肯继续充当电灯泡的角色。刘子均便没再勉强，待凌诗诗下车，他就按原定计划，载着老婆来到铂尔曼酒店的西餐厅。这里的西餐价格昂贵，因此客人并不多。刘子均观察老婆神色如常，便带着她在事先订好的靠窗座位坐下。桌上点了蜡烛，刘子均又点了一首小提琴曲，两人在轻松愉快的氛围中开始用餐。

头盘冷菜过后，刘子均说：“小曼，我经过慎重的考虑，决定全力支持你参加蓁城广告之星大赛。我会发动身边的亲戚朋友，组成你的粉丝团，来为你助威。”

罗小曼抓起花瓶中的一朵玫瑰，嗅了嗅，才不紧不慢地说：“老公，你的态度为什么改变得这么快啊？”

“呵呵，”刘子均有点尴尬，“以前我确实保守了一点，其实都21世纪了，选美比赛遍地开花，你虽然跟我结了婚，但毕竟还年轻，出去锻炼一下，长长见识也没什么坏处。”

虽然，答应小曼参赛只是权宜之计，但刘子均的话也不乏真诚。罗小曼不由一阵感动，说：“如果你早这么想不就好了，不过，现在也不晚。谢啦，有了你的支持，我对自己更有信心了。

“来来，我们干一杯，预祝你成功卫冕。”子均举起酒杯。

“你开车怎么能喝酒？”

“我找了代驾，没问题的。来，干了。”两人在烛光中轻轻碰杯，刘子均一饮而尽。见小曼情绪良好，他打好腹稿，继续道：“老婆，既然已经进入预赛，那就得全力以赴，争取夺得冠军。否则，万一失去决赛资格，那就太丢人了。”

“那是当然，我能搞得定。”虽然嘴硬，罗小曼心里还是暗自打鼓。从前子均激烈反对，万一她选美失利，还可以推说是老公拖她后腿，如今，刘子均已经大包大揽，她的心理压力却加重了不少。这正是刘子均希望达到的效果。

基于对老婆的无限了解，刘子均认为罗小曼根本不适合进娱乐圈。她属于胸大无脑型的美女，自私自利、贪慕虚荣、见财忘义，完全不能把握自己，若是安安分分做个家庭主妇，这辈子或许还算平稳。一旦她选美成功，虚荣心定会膨胀到无以复加，早晚会惹出不可收拾的祸事。但是，刘子均不得不承认，罗小曼的相貌身材确实出色，这是选美最重要的本钱。现代社会节奏太快，对一个人的评价多凭粗浅印象，几乎没人有耐心来考验一个萍水相逢的美女是否具备真正的内涵，选美比赛更是如此。不过，美女至少得看起来有内涵。所以，尽管罗小曼缺乏教养、言行无状，可她有一点小聪明，善于在陌生人面前掩饰自己，还擅长交际迎逢，往往给短暂接触的人留下美好的印象，这一点对她入围十分有利。

为了家庭的稳定和谐着想，刘子均做了妥协，不再反对老婆参选，但是从长远来看，若是小曼获奖，对他们婚姻的前景一定有百害而无一利，对她自己来说也未必是件好事。所以，刘子均决定以退为进，表面支持她，稳固夫妻关系，实则加重她的心理压力，令她无法正常发挥从而落选。如此一来，或许小曼的人生之路不会出现大的偏差，而他们的婚姻也能得以维系。刘子均不知自己的计划是否能够成功，但无论如何，他真心希望老婆可以回归正途，与他携手到老。

这时，乐队奏起了一首熟悉的歌曲，身着晚礼服的女歌手站在华丽精巧的小舞台上娓娓说道：“下一首歌是刘子均先生送给太太罗小曼女士的结婚周年礼物，请欣赏。”说罢，她轻启朱唇唱了一首《最浪漫的事》。

在西餐厅吃饭的客人们都被刘子均精心安排的节目所感动，纷纷鼓起掌来。罗小曼随意跟着拍了几下手，勉强笑了笑，心想：这个死鬼，不会打算就拿一首歌来糊弄我吧。哼，搞这些花样有什么用，不如来点实际的。

罗小曼细微的表情逃不过刘子均的眼睛，任他再木讷，再对女性没经验，好歹恋爱结婚几年，也算有所长进。

“老婆，你看，这是我送给你的周年礼物。”刘子均微笑着，从包里拿出一个包装精致的礼盒。

罗小曼见状，脸上才算有了点笑容，急忙伸手接过来，迫不及待地拆开包装，嘴里还嘟囔着：“这么大，看样子不是钻戒——”

刘子均暗叹一声，无言地望着自己这“讲钱不讲心”的老婆，又一次想起了凌诗诗。如果坐在对面的是诗诗，绝对不会是这副嘴脸。虽然，他明知在此时此刻，不应该再想起其他女性，却依然不由自主地将凌诗诗和罗小曼对比起来。

“哇！”

刘子均被老婆的大呼小叫吓了一跳，猛然收回了思绪。

“算你还有良心。”罗小曼发觉礼物是一条白金项链，吊坠上镶着一颗近 1 克拉的钻石，不由眉开眼笑，待凑近仔细一看，又撅起嘴嘀咕起来，“钻石倒是挺大，可惜不是整颗，而是群镶款。老公，你真小气！”

“虽然是群镶，但主钻有 50 分呢，不算小了。再说，这是今年的最新款。来，我帮你戴上。”刘子均强忍心中不悦，离开座位为老婆系上项链。这款首饰花掉了四万多元，几乎是凌诗诗全家一年房租的总和，谁料老婆还不满意，刘子均不由暗自嗟叹。若不是为了家庭着想，他又怎愿意在公司的艰难关头花如此巨款博红颜一笑？

罗小曼享受着老公服务的同时，不忘拿着珠宝说明书仔细查看。“哎呀，这颗钻石虽然不大，但净度很高，成色也很不错呢，还是香港的名牌。”罗小曼又高兴了起来，“老公，谢谢你噢。”

总算没有白费力气，刘子均这才放下心来。

“老公，你好久没有送礼物给我了。”罗小曼掏出化妆盒，一边在小圆镜里打量着项链，一边说，“你还记不记得，以前你刚开始追求我的时候，几乎每天都会送礼物给我。”

老婆甜蜜的话语和美丽的笑脸，令刘子均回忆起了恋爱的时光，那确实是一段美好的岁月，他情不自禁地说："小曼，只要你愿意，我们每天都可以像恋爱时那样开心。妈妈念叨着，让我们生个孩子，有了孩子，一个家就圆满了。孩子会给我们带来更多的欢乐。"

罗小曼的笑容倏地僵在嘴边。刘子均没有注意到老婆的"晴转多云"，依然沉浸在自己编织的美梦中。

"怪不得你大献殷勤，原来想变着法子劝我退出选美。"罗小曼阴阳怪气地说。

刘子均顿时清醒过来，慌忙解释："冤枉啊，我绝对没这意思。"

"没有？你当我不知道你打什么算盘？一旦怀孕，别说选美，就连正常的社交活动我都没法参加。"

"我真的没这意思。我只是展望一下我们的未来罢了，你千万不要多心。你不愿意做的事，我什么时候勉强过你？"

"算你识相。"罗小曼的语气缓和下来，高深莫测地笑笑，"老公，我希望你以后都像今晚这样通情达理，否则，我可真的不理你咯。"

"嗯，你先专心选美，以后的事情以后再说吧。"刘子均顺水推舟道，心情却瞬间沉入了谷底。

第十五章 小曼负面消息缠身

“真是风水轮流转，前几天凌诗诗被娱记追着满街跑，今天就轮到罗小曼了。”

“就是，那天我见罗小曼当着娱记们的面把凌诗诗接走，就知道坏菜了。这娱乐记者哪得罪得起？活该罗小曼成为今天的头条。”

“嘻嘻！这杂志上说，罗小曼以前在酒吧当过陪酒女，不知道她有没有顺便做过那个……”

“待会儿你问问她，不就知道了？”

“去你的，这种事，有谁会承认——”

佳丽们交头接耳、窃窃私语，凌诗诗不由为罗小曼感到担心。不知何故，今早全城的娱乐报刊都以头条大幅刊登了有关罗小曼的负面消息。娱乐记者实在是神通广大到可怕的地步，几乎将罗小曼的老底全都翻了出来。

八卦杂志上说，罗小曼从前是个酒店服务员，因为与客人勾三搭四而被开除。她失业之后无路可走，便到一家酒吧当了女招待，后来不知耍了什么手段，钓到一个金龟婿，就是海伦广告的老板刘子均。虽然报道没有公开指名道姓，但标题是“蓁城选美热门选手揭秘”，这便锁定了参加广告之星大赛的佳丽们。报道上的人物姓名写作“罗某曼”、“刘某均”，类似几天前关于凌诗诗的报道——将凌诗诗写作某L姓女选手，再附上简历。对号入座实在太过容易。

这些八卦新闻，罗小曼一早便看到了。她那位极力融入市民生活、比蓁城妇女更加热爱八卦的大嫂霍丽鹃每天都买《蓁城快讯》。当霍丽鹃骤然看到罗小曼的花边新闻，简直心花怒放，马上嚷嚷得全家甚至左邻右舍都知晓了。这件事对刘家上下而言无异于一场“地震”。

“妈，你看看，老二居然娶了这种女人进门，亏他还拿她当个宝贝似的供着。”霍丽鹃把周刊拿到刘母跟前，挑唆道。

“唉，唉。这丢人可真是丢大了。”刘母捶胸顿足哭道，“子均，妈妈年轻守寡，一把屎一把尿把你们几个拉扯大，再辛苦，也没有做过一点有辱刘家的事。”

“就是，我早就觉得这个女人邪门，妖里妖气不是东西。老二，今天你要是不把她赶出家门，你就不是个男人。”刘国权怒道。

唯有小弟刘志杰没有落井下石，还帮罗小曼辩白了几句。无非是不能相信娱乐新闻，八卦杂志为了经济效益总是夸大其词，歪曲事实来博取眼球。

虽然，罗小曼名义上是刘志杰的二嫂，可年纪却比他还小。刘志杰向来游手好闲，又喜欢赌博，当初罗小曼为了在刘家站稳脚跟，可没少给过他好处。除却这一点，罗小曼的美貌活泼也甚合刘志杰心意，他甚至暗自想过，将来要娶一个像罗小曼那么风情万种的艳女。

刘子均是哑巴吃黄连有苦说不出，不过，他受过高等教育，见多识广又较为理性，因此并不完全相信周刊上所说。况且，老婆踏足娱乐圈伊始，他便料到这种事迟早会发生。因为早有心理准备，刘子均的反应倒是比较平淡。眼看家人联合起来攻击小曼，他认为自己作为小曼的丈夫，在这个关头有责任保护妻子。此时，刘志杰恰到好处的帮衬，让刘子均找到了突破点。他立刻抓住弟弟的话头劝导母亲，说娱乐圈风风雨雨很平常，这种报道就是一阵风，刮过去就没事了。现代人很开通，都知道娱乐杂志最喜欢胡乱刊登不实消息，传出去没几个人相信。

见两个儿子口径一致，刘母虽然将信将疑，但总算安静下来。她擦擦眼泪说：“老二，老婆是你自己娶的，你可得好好管教她，不能让她做出丢人现眼的事情，辱没刘家的名声。”

“妈，你放心吧，我会处理好的。你要是跟小曼照面，就别再提起这件事了，免得大家尴尬。”刘子均一边答应着，一边向小弟使了个眼色。刘志杰会意，跟他走出门外。

刘子均掏出一沓钱交给志杰：“小弟，妈最喜欢你。你说的话，她会听。我公司事情忙，顾不到家，你二嫂又忙着选美，现在出了这件事，我更是焦头烂额。这几天你就别去公司帮忙了，也不要到外面瞎逛，留在家里陪着妈妈。等到这件事情平息了，你再忙自己的事。这钱你收好，偶尔陪妈妈出门买东西用得上。”

刘志杰点点头，接过钱没再说话便进房间开导母亲去了。

罗小曼早听到了霍丽鹃的叫嚷，趁着刘家人聚在刘母屋里争执的时候，她上网查看，发现网络上铺天盖地都是自己的负面新闻，不由瘫坐在椅子上，放声大哭。哭了一会儿，她忽然意识道，这个时候绝不能让亲戚看笑话，赶紧捂住嘴，一边竖起耳朵聆听隔壁的动静，一边忍不住小声啜泣起来。

刘子均回到家里，见罗小曼这副可怜相，不由动了恻隐之心。尽管他心里有无数问号，却打消了质问老婆的念头，温和地劝道："小曼，出了这种事，我知道你心里最不好受。但是，我百分之百信任你，支持你！不过，这对选美肯定会产生一定影响，若是你继续参赛，说不定这些新闻会愈演愈烈。不过，是否继续参赛，还是由你自己决定。"

原本，罗小曼害怕丈夫质问她那些前尘往事，正忐忑不安，见刘子均如此和颜悦色，她非但不感激，反而认为丈夫软弱可欺，态度不由变得强硬起来，先声夺人道："这是我自己的事，不用你管。都怪你没有本事，老婆让人欺负成这样，你都摆不平！哼，要你这样的老公有什么用？你走，你给我走——"她把一个枕头扔到刘子均身上，指着门外大声喊道。

刘子均本就窝着火，见小曼这样的态度，更是气恼，可他理解老婆的心情，不想火上浇油伤害到她，便控制着怒气，温柔地说："小曼，你现在心情不好，我不跟你计较。这样吧，你先休息休息，平复一下情绪再做打算。公司还有很多事，我先去上班了。"不等罗小曼回答，刘子均便匆匆离开。此情此境，他不知该如何面对老婆，更怕自己情绪失控，会瞬间爆发。一走了之虽然窝囊，可未必不是当前最佳的办法。

见老公出门，罗小曼刚才强装出来的气势霎时消失无踪，她仿佛泄了气的皮球，一下倒在床上。

怎么办？怎么办？到手的金钱和名气就要丢失，她不甘心，真的不甘心。罗小曼沉浸在痛苦之中，双手无意识地将被套扭成了麻花。此刻她真切地意识到，比起家庭的破裂、舆论的指责，她更在乎利益的得失。不过，她并未完全绝望，依然抱着一线侥幸：或许这件事的后果并没有自己想象中那样严重。凌诗诗不也闹出过新闻，主办方也没拿她怎么样。可是，娱记们盘问凌诗诗时的凌厉攻势，她可是亲眼所见。她自问没有凌诗诗那样的胆识，想起今后将要面对的局面，罗小曼患得患失又胆战心惊。

冷静下来想想，这些往事除了她自己之外，几乎无人知道，除了阿雄。阿雄？

罗小曼一激灵，倏地从床上坐起身来。难道是阿雄恨她当时不告而别，如今又风头正劲，所以坑害她？不大可能，她跟阿雄又没有深仇大恨。难道是蔡仪敏在使坏？听说上次凌诗诗事件就是她一手炮制的。对！肯定是蔡仪敏。罗小曼猜测着：蔡仪敏没有扳倒凌诗诗，那天又见凌诗诗上了自己的车，她一定是害怕凌诗诗与自己结成同盟对付她，所以先下手为强。真是个恶毒的女人！罗小曼恨得咬牙切齿。可是就算明知是她又能如何？老公刘子均是一介书生，自顾尚且不暇，根本没有能力助老婆一臂之力。那么，就这么算了？不，绝不！我罗小曼可不是橡皮泥任人拿捏，我一定要报这个仇。

罗小曼苦思冥想，在脑海中努力搜索着：此时到底哪尊大神可以帮助她解决问题？蓁城文化传媒的郑氏父子是最佳人选，可是自己跟他们几乎没有私交，如何开得了这个口？美高美的黄有德对自己有点意思，可他似乎是个老滑头，对每个美女都很热情；那么，孙导？他倒是很热心，只可惜能量太小……对了！罗小曼眼前一亮，怎么把袁总给忘了。朋友中间似乎只有袁总最靠谱，对她也最为关照。不过，如今她遇到的事并不光彩，不知袁总是否愿意伸出援手。罗小曼只有瞬间的迟疑：顾不来那么多了，就当搏一把。

罗小曼立刻翻出袁少峰的电话，调整好自己的情绪，按下拨出键。

“喂？”电话那头传来袁少峰略带磁性的声音。

罗小曼紧张极了，她极力控制着自己发抖的嗓音，温柔地说：“袁总，你能听出我是谁吗？”

“哈哈，小曼啊，你装神弄鬼做什么啊？你的声音我怎么可能听不出来。”

听到袁少峰爽朗的笑声，罗小曼七上八下的心放下了一半，声音也恢复了以往的甜美：“原来你还记得我啊，我还以为你从欧洲回来就看不上我这土包子了。”

“我的大美女怎么会是土包子？太谦虚了。我一回来就看到你的大幅玉照刊登在各大娱乐报刊上，你红啦！”

罗小曼心头一凛，一时分不清楚袁少峰是否故意嘲讽于她，但即便如此，她也只能厚着脸皮请求他的帮助：“这个时候，你还有心情调侃，我现在都成了热锅上的蚂蚁，就盼着你这位无所不能的大少爷为我解围了。电话里说不方便，我们约个地方面谈可以吗？”

“噢，美女相邀，我当然恭敬不如从命啦。你说个地方，我来接你。”袁少峰爽快地说。

看来有戏，他的态度不像会袖手旁观。罗小曼一阵雀跃，赶紧顺势说：“还是我自己去吧，就到丽晶酒店的咖啡厅见面吧。”

“好，不见不散。”

待罗小曼匆匆赶到丽晶酒店，袁少峰早已等候在此。他见小曼用墨镜和草帽全副武装的模样，不由笑了起来：“美女，你打扮成这副模样，比先前还要引人注目，适得其反啊。”

“我都快愁死了，你还笑话我？”罗小曼一边解下“装备”，一边娇嗔道。

“为什么？就为了那些新闻？”

“你不是明知故问嘛！”罗小曼说到伤心处，露出一副泫然欲泣的表情，“袁总，我完了，你说我以后可怎么办啊？”

“你不必那么悲观，事情并没有你想象得那么坏。”

“不，现在到处都是我的负面消息。评委们恐怕不会对我有什么好印象，我没希望了。”罗小曼低下头，呜呜地哭起来。

袁少峰见罗小曼楚楚可怜的样子，护花之心顿起，他抽了一张纸巾递给她：“杂志上说你在酒店和酒吧做过事，虽然有些暗示，但并不能证明是否属实。只要你自己不承认，别人也拿你没办法。不过，你是有夫之妇，这个时候，如果你搞不定你的老公，闹出什么离婚的新闻，那可就等于变相承认了那些报道属实。所以，现在最关键的，是你老公的态度。你无论如何都要把他稳住。”

“我老公顶什么用，他连屁都不敢放一个。”罗小曼继续哭诉道，“我知道，你说这些只不过是在安慰我。与其落选，我还不如自己主动退赛。”

“那你就中了人家的圈套！”袁少峰点起一支雪茄，慢悠悠地说，“只要你老公不带头搞事，就算是主办方也拿你没办法。这种绯闻真真假假，有谁说得清？在娱乐圈还有不少人为了搏眼球搏出位，向娱记自爆隐私，你这点新闻算什么？”

“真的？”罗小曼睁大了泪眼。

“我在娱乐圈混了这么多年，有什么事没见过。你这件事，肯定有人背后搞鬼，而且一定是参赛的佳丽。不过，你要挺住，坚持到比赛结束，不要让希望你倒霉的人看笑话。”

“袁总，你这么一打气，我安心多了。可是，如果报刊继续登我的新闻怎么办？”

“哈，适当炒作反而会为你增加人气和知名度。你置之不理就好了。”袁少峰沉吟了片刻，又说，“我也认识几个娱记，我可以帮你打听一下究竟是谁在搞你。顺便跟他们打个招呼，希望那些八卦报刊别再咬住你不放。”

“太好了，我真不知道怎么感谢你。”罗小曼毫不顾忌众人的目光，一个箭步冲到袁少峰面前，半跪半立，感激地说，“你真是我的大恩人，我的福星，我一定不会忘记你。”

罗小曼流露出的真诚感激令久经“沙场”的袁少峰有几分感动，他拍拍她的手背，鼓励道：“小曼，有我在，不用怕！你绝对有条件夺冠，我相信自己的眼光。现在最重要的是，你要保持平和的心态和记者、其他佳丽们周旋。私下里，你必须全力以赴为比赛做准备，一旦入了前三甲，等于名利双收，再也没人敢小看你！到了那个时候，娱乐杂志想访问你，还得排队！”

罗小曼虽然依然心虚，却大受鼓舞。袁少峰又拿凌诗诗做例子，教给小曼一些应对记者的技巧和应付赛事的方法。两人交谈到傍晚，才离开咖啡厅。

第十六章
娱乐报刊穷追猛打

尽管罗小曼在凌诗诗之后爆出更为香艳的“内幕”，可舆论的焦点并未从凌诗诗身上转走。娱记们千方百计寻找凌诗诗和罗小曼，希望能从她们身上挖到更大的“猛料”。如今，凌诗诗和罗小曼每天都提前结束训练，乔装打扮从后门悄悄地溜走。

凌诗诗比罗小曼多一重顾虑，她不仅要逃避娱记的跟踪，还得避免陈自力的纠缠。另外，凌诗诗心底有层隐忧：如果刘子均资助她的事情曝光，情况将会变得更糟。

最近的娱乐版面相当热闹，王思函系西西女士私生女的传闻也被娱记翻出大肆炒作，但终究不如凌诗诗和罗小曼的绯闻那么香艳刺激。近来，就连《蓁城商报》《蓁城快报》的娱乐版也开始讨论凌、罗双姝的粉色新闻。

这些讨论开始仅限于纸媒，后来蔓延到网络，继而在市民们的微信中辗转，大大增加了蓁城广告之星大赛的知名度。到预赛之前，街头巷尾、网上网下，几乎都在讨论这次赛事，有人甚至怀疑是主办方故意爆料炒作以提高关注度。愈近决赛八卦愈多，其他佳丽也相继传出被包养或是整容的新闻，而罗小曼俨然是38位佳丽中最受争议也最为世人关注的一位，其次才是凌诗诗和王思函……这为她们的生活带来了很多不便和烦恼。神通广大的娱记们甚至查到了她们的住址和电话，追问她们各种隐私问题。

“凌小姐，请问你是不是因为嫌弃男朋友穷困潦倒，所以才把他一脚踢开？”

“哈，我很佩服您的想象力，我想我没有必要将自己的隐私公之于众，请您理解。”

“请问你是在哪家医院做的手术？你不觉得扼杀一个小生命非常不人道吗？”

凌诗诗终于被激怒了，她几乎忘了自我控制，冲口而出：“那是造谣中伤!我不会做这样的事，过去、现在、未来都不会做。”

“凌小姐，你不要激动嘛!”

凌诗诗这边火药味甚浓，罗小曼的处境也好不到哪里去。

“罗小姐，请问你与过去酒吧的客人还有联络吗？”

“罗小姐，有位整形医生展示了你整容前后的照片，暗示你为了进酒吧工作吸引大豪客上钩，花大价钱请他为你整容。请问你对此怎么看？”

“我不懂你在说什么。”罗小曼按照袁少峰教给她的口径回答。

“你假装不懂吧。报纸上都登了，你从前工作过的酒吧叫卡露内，你在里面的艺名叫琳达。”

“都是无稽之谈，是人家嫉妒我热门，故意编出来抹黑我的。我身正不怕影子斜!”

“罗小姐，你别动气，如果你认为周刊报道不实，你可以上诉告他们诽谤啊。”

“你放心，我保留追究他们责任的权力，如果没什么事，就到这里吧。再见。”

“喂喂，罗小姐，最后一个问题——”

几乎同时，凌诗诗和罗小曼接到了蓁城广告之星大赛主办方打来的电话，要她俩去一趟。

凌诗诗尽管紧张，却并不胆怯，她没做亏心事，不怕筹委会的诘问。罗小曼可没那么坦荡，她一边诅咒着娱乐周刊一边怀着忐忑的心情来到了蓁城文化传媒总部。

凌诗诗和罗小曼被带进了蓁城文化传媒有限公司大型活动部，主办方筹委会办公室就设在这里。

一进门，罗小曼便打了个哆嗦。办公室空调散发出来的冷气太过充足，令穿着无袖连衣裙的罗小曼直起鸡皮疙瘩。凌诗诗倒是镇定自若，礼貌地与接待她们的负责人贺艳红打了个招呼。

贺艳红是个年近四十的女士，长得还算漂亮，打扮得也十分新潮，只是骨子里透着一股俚俗之气。见凌诗诗和罗小曼进门，她依然端坐在老板桌后面的转椅上，只是稍微欠了一下身子。

“坐吧。”贺艳红懒洋洋地挥挥手，声音里带着烦躁。

凌诗诗和罗小曼对视了一眼，战战兢兢地在桌对面坐下。

“今天为什么叫你们来，你们应该心知肚明吧。”贺艳红举起左手，仔细地欣赏着指甲油的颜色。

哼，装什么蒜，我就不信，你能把我吃了。罗小曼看不惯贺艳红轻狂的样子，却不得不忍气吞声，默默点点头。

凌诗诗没说话，也没有表情。

贺艳红继续装腔作势了一阵子，才将目光移到她俩脸上，上下左右扫视一番，皱了皱眉头：“我负责这个选美不少年头了，像你们这样刚进入预赛就新闻满天飞的选手还是第一次见到。”

这是什么话！往届选手西西女士、丁谣、李明浩还有个叫陈莎莎的，哪个不是因为绯闻闹得满城风雨？罗小曼在心里默默顶撞道，却不敢出言反驳。

“虽然八卦杂志喜欢捕风追影，但是空穴来风未必无因，你们也该好好检点一下自己。”贺艳红的语气渐渐严厉起来，“蓁城广告之星大赛是一项正规健康的选美赛事，选出来的广告之星必须能够代表蓁城广告业的形象。不是你们这样随随便便的人能够胜任的。”

什么意思？罗小曼打了个哆嗦，难道她想剔除我们的比赛资格？

“贺小姐。”罗小曼怯怯地唤了一声。

“叫贺主任。”贺艳红厉声纠正道。

“是，是，贺主任，那些杂志都是乱写的，我根本没做过那种事。”罗小曼结结巴巴地解释道。

“做没做过只有你自己知道，口说无凭。”贺艳红毫不留情面。

“贺主任，我觉得您这么说话是不负责任的。”一直没有开腔的凌诗诗忽然正色道。

贺艳红吃惊地望着凌诗诗：“你这是什么态度？你就用这种态度跟我说话？”

“贺主任，我敬您是负责人，所以忍耐到现在。但是，我不得不表明我的态度。”凌诗诗面若寒霜，语调却很平和，“我初出茅庐的时候遇人不淑，以为男友可以跟我共度一生。但日渐成熟的我发现我们在性格和价值观上都有很大不同，所以选择分手。他也许是一时激愤，向媒体说了几句不当之辞，不料却演变成如今夸张无稽的丑闻。最近的不实报道已经对我的身心造成严重伤害，可我并未因为这个而给主办方添任何麻烦。但是，您作为主办方负责人，在没有调查清楚事情真相的情况下，不仅不努力维护选手的声誉，安抚选手的情绪，反而出言尖刻无礼。请问，这是主办方应有的态度吗？您这么做，不仅伤害了我们，也损害了蓁城文化传媒的形象，更违背了贵公司举办选美的初衷。”

望着凌诗诗侃侃而谈的淡定神情，罗小曼目瞪口呆，心里暗自佩服。

“好啊，你还敢狡辩。”贺艳红被凌诗诗一番顶撞，下不了台，瞪起眼睛，一拍桌子，大声喊道，“你，你你就不怕被取消比赛资格？”

“我没有犯错，更没有触犯大赛条例！如果谁敢取消我的比赛资格，我们就法庭上见。”凌诗诗见贺艳红如此无礼，更不愿与她废话，直接站起身来，“贺主任，如果没有别的事，那么，我失陪了。”

凌诗诗退出贺艳红的办公室，顺手把门带上，留下面面相觑的罗小曼和贺艳红。罗小曼的心狂跳着，她多想学凌诗诗那样一走了之，可她就是这样一个色厉内荏的角色，只敢对百般迁就她的老公刘子均指手画脚，遇到骄横如贺艳红之流，她只得退缩。罗小曼呆呆地望着贺艳红，一动不敢动，仿佛等待着最终的判决。此时，罗小曼适才的义愤已经消失，代之对凌诗诗的怨恨。凌诗诗啊凌诗诗，你倒是出了口气，万一眼前这老巫婆迁怒于我，那我可被你害惨了。

过了半晌，贺艳红还是没有表态，她冲罗小曼挥挥手：“走吧。”

罗小曼不知贺艳红是何意思，又不敢细问，只好垂头丧气地走出她的办公室。不行，不能坐以待毙，罗小曼清醒过来，赶紧打电话约袁少峰见面，商量对策。

袁少峰告诉罗小曼，他正在百老汇酒店的咖啡吧喝茶，罗小曼立刻打车过去。还未坐稳，罗小曼便气急败坏地把她们与贺艳红的对话鹦鹉学舌了一番。袁少峰为罗小曼叫了一杯冰淇淋，让她消消火。

“我估计问题不大。”袁少峰沉吟道，“看不出这个凌诗诗倒是个狠角色，讲话句句在理。你们确实没有什么实质的行为违反大赛章程，所以，他们奈何不了你们。”

“可是，贺艳红是这次比赛的负责人，她现在肯定恨死凌诗诗了，很可能顺带恨上了我。她会不会跟评委打招呼，示意他们给我低分。”

“这种可能性肯定是有的。”

“啊？”罗小曼狠抓几下长发，捂住脸，表情快要崩溃，“我再也受不了了！

难怪阮玲玉当时会去自杀。那些娱乐记者每天跟踪我，我婆婆和大嫂她们每天给我脸色看，我老公嘴上不说，心里一定很不爽，现在，就连大赛负责人都被我得罪了，我还有什么希望。袁总，我看我还是退赛吧。”

哈，居然把阮玲玉都搬出来了，这是哪儿跟哪儿啊。袁少峰哑然失笑，看着罗小曼失态的样子，他摇摇头，严肃地说：“你说话小声点。现在你已经不是当初那个名不见经传的家庭主妇，而是街知巷闻的新闻人物，你的一言一行都要跟你自己的形象相匹配。”

“我不要当新闻人物，我要自由。”

“胡说！”袁少峰低声斥道，“我在娱乐圈里混了那么多年，什么风浪没见过，你这点事儿实在不算什么。现在，你一定要坚持，放平心态，专心训练。眼下，最重要的就是参加预赛。”

“可是那些娱记总是盯着我，叫我怎么安心？他们弄得我都快神经衰弱了。我要去告他们，告到他们不敢再骚扰我为止。”罗小曼捏紧了拳头大声说。

“你能胜诉才怪！他们又没有指名道姓，你对号入座，正中他们下怀。他们可以借此扬杂志的名，你倒好，那点事儿真变得街知巷闻了。”袁少峰放缓了语气，“你既然求到我头上，我就不会袖手旁观。你应该相信我，不管发生什么事，你都要泰然处之，不要因为情绪而影响比赛。夺冠才是最重要的事！明白吗？”

罗小曼终于安静下来，用力点了点头。

第十七章

预赛前的明争暗斗

预赛迫在眉睫，38 位佳丽的集训也进入了尾声，课程安排比以往更为集中，主办方根据佳丽们的薄弱环节调整了部分课程，做了一些强化训练。为应付形体训练、交际与演讲以及各种突击的才艺训练，最后一个礼拜，美女们的体力和精力已消耗到了极致，大脑中再也容不下选美之外的事情。娱乐报刊上轰轰烈烈的桃色新闻狙击，也暂且告一段落，转而讨论预赛的准备工作，譬如会邀请哪些评委，评委不是富商就是名人，论娱乐价值，可远比这些崭露头角的无名佳丽们要高得多。

最后几天，主办方安排所有佳丽去指定地点购买晚礼服，量身定做旗袍。大赛章程对服装早有规定，晚礼服和旗袍属于正装，必须由主办方统一协调制作；泳装由主办方提供，款式均为比基尼，虽然颜色可以自选，但供选的颜色就那么几款，全凭自身眼疾手快了；运动装和裙装可以由选手自带，但是必须经过主办方事先审核，确保没有撞色。

晚礼服的款式繁多，足够大家挑选，但是颜色选择却大有讲究。有经验的佳丽都知道，若是选了亮色，在镜头前就会较为出挑，典雅的深色虽然是社交界的宠儿，却是镜头中的大忌，活生生埋没了生动的青春气息，显得像嫁不出去的老姑婆。所以除了红黄粉白几种鲜艳的色彩是大家争夺的目标外，做了闪光处理的银、灰、蓝等也是大家颇感兴趣的色彩，剩下的黑、绿、青、紫等黯淡色彩，几乎无人问津。

“你们喜欢亮色，我偏就中意墨绿色。”13 号汪美婷身材微胖，她率先选了一件礼服，换好之后，站在镜子前左顾右盼，“这件礼服很衬体型呢。”

“是啊，”凌诗诗说，“其实服装颜色要根据自己的肤色而定，亮色不一定好看。如果皮肤黑，亮色反而突出了自己的缺点。”

“说得倒好听，那你怎么不挑件深色的？”蔡仪敏抢先把一件性感的红色晚礼服抓在手里，嘲讽道。

“那我就选黑色。”凌诗诗挑了件黑色晚礼服进了试衣间。待她从里面出来，佳丽们“哇”地一声炸开了锅。

“好漂亮啊，显得皮肤好白，腰好细。”

“那是，”店员骄傲地介绍道，“这是意大利时装的新款，引进中国时考虑到东方女性身材较为扁平和娇小的特点，进行了细微的调整。后背和裙摆还是镂空蕾丝设计，露出光洁白皙的后背和修长笔直的美腿，若隐若现，令人遐想。还有前胸是中国风的盘扣设计，前襟部分设计了一个很深的V字，令胸部的美丽弧度得以最大限度的展现。这位小姐皮肤细腻白净，胸部也很丰满，这套礼服就像为她量身定做的。”

凌诗诗双颊绯红地看着镜中的自己，对这款礼服很是满意。

“早知道，我也选黑色。”蒋梦瑶酸溜溜地说。

“得了吧，就你那张黑漆漆的猪皮，穿上估计都找不到人了。”蔡仪敏插嘴道。

蒋梦瑶不服气，反唇相讥道：“你皮肤很白吗？我怎么觉得你往唐语嫣身边一站，像是非洲佳丽。”

“哈哈哈。”众佳丽一阵狂笑，但双手却没有停下。

“你看看你们，七手八脚、你争我夺，不像参加选美的美女，倒像是菜市场里争抢特价菜的大婶大妈。”贺艳红粗着喉咙叫道，“放下，都给我放下，再抢，就把衣服都扯坏了。你，就说你，凌诗诗，把衣服脱下来，快点。”

“为什么啊？诗诗穿那件很好看。”汪美婷不解地说。

“这不是好不好看的问题，是公平问题。”贺艳红说，“你看，礼服就这么几种，谁轮上不称心的颜色都不高兴，对吧？所以，你们现在按照号码排好队，按着衣架上礼服的顺序，挨个挑一件。”

几位已经将中意的礼服抢到手的佳丽不高兴了，一起反对：“我们已经挑好了，换来换去多麻烦。如果她们不愿穿深色，那大家就穿同色系好了。反正比赛的时候是单个展示，又不会站在一起。”

“嘿！典型的个人主义，自由散漫。”贺艳红打心眼里讨厌这群年轻妖娆的小美女们，但苦于没有机会收拾她们，便趁机给她们上起课来，“要有大局意识，懂不懂？大家都穿得艳丽，单个看，是漂亮，可这么站在一起，花花绿绿的，这成什么了？我们的节目成什么样了？一个字，难看。”

“嘁！”罗小曼微哼了一声。

有人在私下议论：“表达能力那么差，居然还能当上大赛负责人，不知道是郑嵇安瞎了眼，还是她走了后门。”

“看她徐娘半老风韵犹存的样子，说不定噢。”

一阵窃笑。

蔡仪敏清楚贺艳红的来头，不敢多嘴，害怕得罪了她挑选不到满意的礼服。蔡仪敏用力挤出一个微笑，向贺艳红道：“贺姐，我们几个都已经挑好，放回去重来一遍，太费事。要不你让剩下的妹妹们挨个领取吧，我们就算了。”

蔡仪敏以为，同是一个公司的同事，贺艳红至少也会给她几分薄面，谁知，贺艳红油盐不进，一副公事公办的模样，还刺了蔡仪敏一句：“如果换成是你，你愿不愿意选别人挑剩下的礼服？将心比心嘛！快点，过来排队。”

蔡仪敏碰了一鼻子灰，感到大失面子，心不甘情不愿地走进队伍。大家见蔡仪敏这样的大姐级人物也被奚落，再没有人敢随便吭声。

凌诗诗参加海选时，穿得是自制的晚礼服，因此，眼前这些华贵典雅的晚礼服已令她非常满意，至于什么颜色，她无所谓。凌诗诗是 6 号，她轮到一件闪光面料的银色晚礼服，与当初参选“蓁城旅游大使”时刘子均赠送的礼服颇为相似，穿上之后，宛若国际一线明星，气派非凡、美不胜收。凌诗诗暗自祈祷这款礼服能为她带来好运。11 号蔡仪敏的晚礼服是白色，她还算满意。

轮到 12 号罗小曼时，居然是刚才蔡仪敏挑中的红色晚礼服，小曼开心得差点跳起来。“太好了，这么出挑的颜色，评委一定对我印象深刻。”

“哼，小心你穿不下，肥婆。”蔡仪敏刻薄地说。

罗小曼较为丰腴，但离肥婆的距离还很遥远，幸而她忙着试穿礼服，没有听到蔡仪敏的讥讽，否则难免又一番唇枪舌战。

20 号蒋梦瑶轮到了凌诗诗试穿过的黑色晚礼服，也很高兴，因为她的深色皮肤需要更幽深的色彩来反衬，才会显出少许亮色。

轮到 18 号王思函时，却是一件款式平淡无奇的藏青色晚礼服，令她看起来瞬间老了十岁，再加上她个子不高，一双美腿被略长的裙摆遮盖殆尽。王思函是小孩心性，有什么不高兴都摆在脸上，马上拉长了脸，翘起了嘴巴。

在去定做旗袍的路上，罗小曼注意到，贺艳红故意带着王思函坐在后排。罗小曼赶紧朝蔡仪敏使了个眼色，蔡仪敏虽然与罗小曼不睦，但一致对外，还颇有默契。蔡仪敏的座位靠近后排，她故意走到车尾部，坐在蒋梦瑶身边，假装跟她聊天，其实支棱着耳朵细听后排的动静。

“贺阿姨，我不要这件，你给我换！”王思函说。

“众目睽睽之下给你换礼服，那肯定不能服众。不过你不要担心，待会儿我跟旗袍师傅说好，帮你做件最漂亮的旗袍。”

“不嘛，我就要换，旗袍哪比得上晚礼服重要。”

“好好好，我的小姑奶奶，我来帮你想办法。”

蔡仪敏听了一会儿，便回到罗小曼身边。

“嘿，情况怎么样？”罗小曼急着问道。

蔡仪敏双手一摊，做出一副无可奉告的表情，大脑却飞速地运转起来：现在可以肯定，王思函肯定有强大的靠山，这样，冠军宝座又多了一个人竞争。她不想告诉罗小曼真话，暗自盘算着如何不动声色地把王思函踢出局。

罗小曼以为蔡仪敏没有听到，不由嘟囔道：“还以为你有多了不起，一点小道消息都打探不到。哼。”

“暖，那个王思函认识贺艳红，待会儿去做旗袍，贺艳红肯定偏袒她。”

“不像吧，也许贺主任只是安抚她一下，毕竟王思函挑到一件最难看的晚礼服。”

“你们别胡思乱想了。”蔡仪敏假装公正，“贺主任怎么会是偏私的人呢，你看，她对我这个同事都一视同仁。我们都应该相信，这个比赛的每个环节都是公正公平公开的。”

“两面派！”有人暗骂道。

旗袍在一家叫做“梦幻剪刀”的老店制作，所有佳丽轮流让师傅丈量尺寸。蔡仪敏的视线一直没有离开贺艳红，在轮到王思函之前，贺艳红果然凑到师傅耳边叽叽咕咕了几句……

蔡仪敏托着腮沉思了一会儿，计上心来。她走到贺艳红和王思函身边，假意帮着参考裁剪的纸样。贺艳红充满敌意地盯着蔡仪敏，害怕她出言挑衅。

蔡仪敏心中暗笑：我才不会傻到跟你们当面冲突，老女人，看我不玩死你。

“贺姐，我怎么说都是演员出身，可以帮你参考一下，什么样的款式更适合思函。”蔡仪敏亲热地说。

“对啊，让敏姐姐看看，贺阿姨给我挑了这件，我觉得很漂亮，你认为怎么样？”王思函头脑简单，相信蔡仪敏出于一片好意，赶紧拉着她问长问短。

王思函是个学生，稚气很浓，为了增加她的女人味，贺艳红为她挑选了一件改良版的低胸长款旗袍。

蔡仪敏左看右看，说：“这个，这个好像不太适合思函。”

“哪里不适合？”贺艳红见蔡仪敏质疑自己的眼光，语带讥诮地说，“人家王思函年纪轻，有的是露的本钱，不像有些人，都老黄瓜了，还在那里刷漆。”

蔡仪敏见贺艳红指桑骂槐，怒从心起，不过，她告诫自己小不忍则乱大谋，努力按下心中的怒气，故作真诚地说：“我说句实在话，小妹你别生气。你的胸部还没有发育成熟，这类低胸装确实不太适合你。你个头中等，但胜在腿长，一双长腿被长长的下摆遮住，岂不是可惜？”

王思函看看纸样，又在镜中端详一下自己的身材，轻叹了一口气，微微点了点头：“那么，敏姐姐，我穿哪一款比较合适呢？”

蔡仪敏见时机已到，赶紧说：“我画个纸样给你，如果你觉得好看，就照着做。如果不喜欢，那就算了。”于是，她凭着自己的记忆，大略画了一件旗袍。前襟遮挡得很是严实，但到胸部以上位置分叉为两条绸带，打个蝴蝶结固定，这个款式非常适合胸部娇小的女性，是蔡仪敏从时装书上看来的。

“哇，真好看！”王思函不禁叫道。

“穿上身更好看。你胸部中间的神秘之处在旗袍前襟开叉处若隐若现，不知能迷死多少观众。”蔡仪敏亲热地贴着王思函的耳朵说道，“旗袍的下摆要弄短，刚刚过臀即可，突出你的曲线和长腿。”

王思函小鸡啄米似的点头，完全把贺艳红甩在了一边。蔡仪敏虽然担心得罪贺艳红，但眼下为了消除王思函这个劲敌，也顾不了那么许多了，反正贺艳红不是评委。蔡仪敏知道，按照惯例在预赛之前还有个评委和选手的见面会，到时候她只要抓住机会和评委们搞好关系就行。

整个培训过程中，除了最重要的歌舞表演，就是姿容仪态和谈吐技巧。其实，如果比赛仅论美貌，众佳丽实在不相伯仲，就算比唱歌跳舞等才艺，不少人也能勉强过关，可是选美比赛中的问答环节才是重点，所占分值最大，这个项目考验的是智慧和应变能力，不是仅有一张漂亮的脸蛋就能轻易过关的。往届比赛，不少美若天仙的少女就在主持人咄咄逼人的追问下花容失色、乱了阵脚，铩羽而归。今年的佳丽，较往届容貌更美、年龄更小，知识学养更为不足，除了凌诗诗、蒋梦瑶等少数几个正牌大学毕业生，多数佳丽如同罗小曼那般，没读上几年书便早早走上社会，可谓虚有其表、胸无点墨，人生经验更是欠缺。所以，主办方应众佳丽要求，委托西西女士为众美女重点讲解比赛中的答题技巧。

西西女士勉强算是科班出身的主持人，经过多年的历练，口才早已非同寻常，她在课上将自己的舞台经验倾囊传授给了众佳丽。大家认真听着她的讲课，一边不停地发问。西西解答了半天，觉得口干舌燥，便想早点结束讲课，这时，王思函问了一个问题。

"老师，听说这次的主持人是金超凡，行内都称他金姥爷，口才可是主持界出了名的，经常在综艺节目中问得嘉宾们张口结舌，大出洋相。我怕——"王思函忽然意识到失言，急忙调整道，"我们面对他那些刁钻古怪的提问应该如何应对呢？"

最近看过娱乐新闻的佳丽，对西西与王思函的关系心知肚明，大家噤声，静观西西女士如何解答。西西女士本可以私下辅导王思函，但不知哪路娱记将她和王思函的关系大白于天下，她反而不敢在赛事结束之前与王思函频频见面，因此，上课成了她们最好的接触机会。西西女士不愿放过任何一个为宝贝女儿答疑解惑的机会，便打起精神，装出一副神采奕奕的样子答道："相信王思函的问题也是在座各位都想知道的问题。其实，面对金姥爷这样的强敌，你们首先要做到一点，那就是心中有数，不慌不忙，hold 住全场。"

"说得容易，做起来可难呢。"蔡仪敏说。

"对，对你来说或许很难，但对别人来说未必如此。"西西女士反感蔡仪敏的无礼，马上反戈一击。

"金姥爷固然久经沙场、经验丰富，也算得上是学识渊博、口若悬河，但是，他毕竟是个人，人就有弱点。"

"什么弱点？"众佳丽闻此来了精神，纷纷问道。

西西女士微微一笑，慢条斯理地说："喜欢美女就是他的弱点。"

哗，大家笑场。

"别以为我在说笑，虽然金姥爷在娱乐圈已经混了不少年头，但是遇到年轻美丽的女孩子，他依然会犯多数男人都会犯的毛病。当然，尽管他会怜香惜玉，但并不表示他会口下留情，这就看你们如何应对了。”西西女士开始切入正题，“你们刚刚上台，他会与你们闲聊几句，接着才是正式提问。答题之前这几十秒就是最关键的时刻。如果有人有本事驾驭话题的走向固然好，若是失败，也无妨，记住要努力赢得他的好感，令他不忍心让你们难堪，这样就算在答题时有所失误，他也会帮忙圆过去。”

西西女士这番话表面上是说给大家听的，实际上主要是针对王思函定出的方案。知女莫若母，王思函的性格西西女士最为清楚。西西明白王思函绝没可能在智慧和气势上压倒老金，唯一的补救方法就是装可怜，博取金姥爷尤其是观众们的一致好感，才有胜算。要知道，答题虽然占分比很高，但未必答得好，分数就高，大众总是容易同情楚楚可怜的弱者。在往年的比赛中，咄咄逼人的优秀女孩落选，作可怜状的弱智美女入三甲的并不在少数。

“西西女士，金姥爷一般会提出什么问题来刁难我们啊？”

“金姥爷并不是故意刁难你们，他所做的一切只是为了显示出他的水平和权威，也为了保住他金牌主持人的位置。只要你们善于应变，即使侥幸占了上风也给足他面子，他一定不会让你们下不了台。”西西女士自信地回答，“而且，金姥爷的问题固然刁钻，也是事先准备好的，总有规律可循，来来去去就那么几个套路，是否能够过关，就看你们各人做的功课和悟性了。”

蒋梦瑶举手发问：“说了半天，您还是没有告诉我们，他会提什么问题啊。”

西西女士眼中的厌恶之情一闪而过，可她不愿给佳丽们留下不良印象，只得耐着性子回答道：“我不是孙悟空啦，不能变成虫子到他肚里看看他究竟问什么问题。如果蒋小姐有兴趣，不妨亲自约金姥爷喝喝茶，讨教一下。”

“我可以吗？”蒋梦瑶惊喜地问道。

“真是个弱智，这种智商也来选美。”蔡仪敏扭过头跟另一个佳丽嘀嘀咕咕，其他女孩们都捂嘴偷笑。

“请问，如果是您来提问，您会问哪些方面的问题呢？”一直默默不语的唐语嫣罕见地开腔问道。

西西女士知道，唐语嫣是郑家悄悄力捧的对象，不敢怠慢，只好收起傲慢的表情，谦恭地回答道：“我当然没有资格上台提问啦，不过，若是我，我会选择一些社会热点问题，来考验大家的应变能力，当然，从中也看出答题者的价值观和世界观。”

这些话都是郑嵇安事先教会西西女士在记者招待会上说的，被她用来糊弄了唐语嫣一把。

唐语嫣比较单纯，听西西女士这么一说，若有所思地点了点头，没有再发问。

西西女士害怕唐语嫣不满意，又补上了几句：“建议大家回去看看历届的大赛视频，还可以找一些金姥爷主持的活动视频观摩一下，熟悉他的风格，做到知己知彼百战百胜。”

“嗯嗯。”众佳丽认为西西女士讲得颇有道理，纷纷表示赞同，几个好学的美眉还拿出事先准备好的小笔记本写下西西女士的每一句话，以便回去照样训练。

预赛之前，蓁城文化传媒要求38位佳丽出席两项活动，一是为大赛拍摄一个宣传广告，二是参加评委见面会。评委都是主办方现在或未来的客户，主办方举办这些活动表面上看是为参赛佳丽们制造舆论声势，扩大影响，实则是最大限度地挖掘她们的剩余价值，为公司的利益服务。

不得不承认，美女们经过一个时期的训练，比当初参赛时老练了不少，再加上多次参加酒会的经验，对这次的评委见面会，众佳丽可谓驾轻就熟。

评委见面会定在下午茶时间，地点在铂尔曼酒店的花园，参加见面会的除了38位预赛佳丽，其余便是广告电影艺术圈的名流大咖、影视明星、金牌制作人等，甚至国际知名导演余征也在评委之列，蓁城文化传媒掌门人郑嵇安的手腕着实令人叹服。

参赛佳丽们非常重视评委见面会。西西女士说过，第一印象最为重要，若是给评委留下印象甚好，日后交往起来会很顺畅。美女们不求与评委们深交，只求在参赛时能给出个不错的分数足矣，所以，大家各显神通，务必打扮得花枝招展赴会。家境富裕的美女们直接招来专业的形象设计师打理妆容服饰；小康之家的女孩们赶到美容院设计发型，又逛遍全城的商场、百货公司，买来最时髦的衣裙鞋袜；就算是家境普通的姑娘们，或租或借，也要披挂上阵，为自己赢得相对良好的眼缘。

评委见面会前夕，阴雨连绵，到了正日，天气忽然放晴，气温不冷不热，令参会人员均心情愉悦。

大赛负责人贺艳红按照议程为郑嵇安父子、众佳丽和与会人员作了介绍，几位重要嘉宾致辞结束后，见面会便开始了。说是见面会，其实是个轻松随意的酒会加下午茶会，大家可以自由选用喜欢的茶点和酒水，边吃边谈，随意攀谈结识。面对这些仅在电影电视中见过、甚至是久闻其名的大咖们，美女们难免拘束和紧张，有个别没见过世面的，甚至惶恐地说不出话来，像插蜡烛似的站在原地，一动不动。当然，不少美女颇有交际手腕，不仅毫不怯场还应付自如，譬如小演员蔡仪敏、音乐教师蒋梦瑶、海伦广告的老板娘罗小曼、家中开着桑拿馆的陈嘉怡还有其他几个较为外向甚至热情奔放的女孩子们……她们几乎是整个会场最为活跃的人物，凌波微步、衣袂飘飘穿梭在西装革履、衣香鬓影的嘉宾中间。

蔡仪敏在无人处偷偷吃了一点东西垫垫空虚的胃部，接着举着一杯香槟，开始了又一轮的搜索。适才，她刚与本次活动的赞助商美高美服饰老板黄有德攀谈了几句。蔡仪敏早期曾为美高美公司拍过平面广告，所以与黄有德算是有几分交情。现在，她又盯上了新的目标——跟罗小曼相谈甚欢的方舟影业副总袁少峰。

罗小曼正含情脉脉地看着袁少峰，不时吃吃偷笑，冷不防蔡仪敏插了进来。

“袁总，你还认得我吗？”蔡仪敏嗲嗲地问道。

“就连铁血女皇武则天见了都得下跪的王皇后，我怎么能不认得呢？”袁少峰凑趣道。

“呵呵呵，你真坏。”蔡仪敏发出一阵浪笑，完全无视罗小曼仇视的目光。

袁少峰是方舟影业的少东，这件事人尽皆知，而实际上，这家影视公司的实力并不强大，说白了，袁少峰充其量就是个男演员，根本入不了蔡仪敏的法眼。但是，不久前，蔡仪敏得知，袁少峰在他母亲帮助下远赴欧洲，接拍了一位外国名导的新片，说不定即将爆红，成为一线明星。因此，蔡仪敏态度大改，故意接近袁少峰，希望能得到他的提携。

“袁总，演戏累不累啊？”蔡仪敏打定主意要和袁少峰攀谈一番，套套近乎。

“这个因人而异吧，喜欢就不觉得累。”袁少峰笑笑。

“那是，谁不知道袁总是真正的艺术家，开影视公司也是为了兴趣，绝不是为了金钱。”蔡仪敏故意投其所好，不停地恭维道，趁着他高兴，赶紧提出要求，“请你有机会提携一下我这个籍籍无名的小角色，让我在你的电影里跑跑龙套，露露脸——”

“啊哈，漂亮的蔡小姐即将成为蓁城广告之星，我家的小庙怎么供得起你这样的大佛呢？”

“哎呀，这蓁城广告之星可不是谁都有资格当的，不过，像你这样不是评委胜似评委的青年才俊随便为谁说一句好话，顶得上别人说十句啦。”蔡仪敏半是调侃半是认真道。

袁少峰会意，呵呵笑起来。罗小曼努力附和笑了几声，不料笑声太假，显得古怪，逗得周围几位对蔡仪敏心怀不满的佳丽们哈哈大笑。

“听说这个袁总是电影明星，大赛的表演嘉宾，还是郑总的亲戚。人家认识这样的大人物，肯定能入三甲，我们是没希望了。”

“哼，什么亲戚，是郑总的前女朋友跟别的男人生的。”

“你们小声点，人家毕竟是郑少的弟弟，惹恼了人家，对我们没好处。”

“嘿，有什么了不起。”

“你还别泛酸，有本事，你也去交际。看人家唐语嫣，平时不言不语，这不也在放下身段讨好评委。”有人朝餐台那边努努嘴。

不远处的取餐台边，唐语嫣正专心致志地为一位老者选取点心。

“陆叔叔，蛋挞太油腻，对身体不好，换成绿茶饼好不好？”唐语嫣柔声细语道。

“好好，小嫣长大了，也懂事多了。咳咳。”老者话音未落，咳嗽了几声。

“哎呀，是不是呛到了？”唐语嫣关切地问，“我叫服务员给你倒杯温水吧？”

“那就麻烦你了。”老者满脸欣慰。

“那个老头子是谁？”罗小曼见老者衣着高雅、器宇不凡，赶紧问道。

“是上市公司贤达药业的董事长——朱家诚。听说是上届大赛的赞助商，本次大赛的评委会副主席。”有人低语道。

“天哪，唐语嫣认识这样的大人物，还不是赢定了。”有人掩嘴惊呼道。

“那可不一定。”罗小曼暗道，她嫉妒地望着唐语嫣，又扭头看看袁少峰，他身边又聚集了不少美女，正热烈地交谈着，“小白脸就是靠不住，我不能吊死在一棵树上。”罗小曼不愿服输，她往嘴里狠狠塞了几片全麦饼干，端起一杯鸡尾酒，鼓起勇气，走进人群。从前在海伦公司，罗小曼并未结识到多少富商大咖，说到底还是公司实力不够，高攀不上，但是她并不泄气，先挑脸熟的打了几个招呼，又跟已经相识但交情并不深厚的郑少、黄有德还有孙导聊了一会儿加深印象，接着又把目光锁定到名导和明星身上。

说句实话，酒会现场的女士个个都是貌美如花，再加上精心打扮，每一位都酷似明星。而罗小曼对女明星们的了解均来自于电视，如今，面对面地将她们一一辨认，还真是有点难度。她的目光在会场里逡巡，寻找着自己的目标，忽然，她被一位气质高雅、美貌绝伦的女士所吸引。这不是人称“不老女神”的钟楚红吗？钟楚红是香港的资深女星，嫁入豪门就息影，直到近来丈夫病殁才再次重出江湖。罗小曼的心一阵狂跳：这么大牌的女星都出马了，可见主办方对本次大赛的重视。外来的和尚好念经，拍好钟楚红的马屁，让她为自己说句话，肯定比大陆女星管用。主意已定，罗小曼调整好情绪，堆出一脸热忱的笑容，走上前去。

“钟女士，您好。我叫罗小曼，从小看您的电影长大的。能在这里见到您，实在是太激动了。”

罗小曼全然不顾对方诧异的表情，热情地拉起“钟楚红”的手，端详着称赞道，“哎呀呀，您的皮肤保养得真好，又细又白，真看不出您的真实年纪。我往您身边一站，人家还以为您是我姐姐。”

“哪里，我年纪大了，不能跟你们小姑娘比。我——”“钟楚红”谦虚道，却明显被罗小曼的恭维打动，露出笑容。

“不老，一点都不老。我记得小时候看您和发哥主演的《纵横四海》，就被您的美貌迷住了，心想长大以后一定要像您一样当个大明星。今天，我终于见到了童年时的偶像，而这个偶像看起来还是那么年轻美丽，真是奇迹啊。”没等“钟楚红”说完，罗小曼又叽叽呱呱说了一通，好不容易等她停下，“钟楚红”插言道：“谢谢你的夸奖，可是，我不是什么钟楚红啊。”

“啊？”罗小曼的笑容僵在脸上，随即恢复了正常，“不好意思，可能是我弄错了，但是我确实在电影中看到过您。”

“哈哈，我的确参加过早期蓁城广告之星的评选，但是最后退赛了。电视剧我倒是投拍过，却从来没有在大银幕上露过脸呢。”

“额——”罗小曼张口结舌，一时不知说什么来圆场。

“在生活的大舞台上，您可是经常露脸，时时光彩啊。”袁少峰不知从什么地方冒了出来。

罗小曼惊喜地望着他，用目光感激他为自己解围。

“妈妈，我来为你做一下介绍，这是参选的佳丽罗小曼小姐。小曼，这是我的母亲，丁谣女士。”袁少峰笑呵呵地说。

“啊！原来您就是袁总的母亲，怪不得那么漂亮，一点也不输给大明星钟楚红，难怪我会弄错了。真是不好意思。”罗小曼急忙见风使舵。

“你赞我妈妈漂亮，她高兴还来不及，怎么会生气？是吧，妈妈。”袁少峰搂住母亲的肩膀打趣道。

丁谣慈爱地看着儿子，关照了几句，又冲小曼点点头，便走到会场的另一边去了。

“哎呀好险，幸亏是你妈妈，要不然，我可糗大了。”罗小曼擦了把冷汗，冲着袁少峰娇声道。

“没关系，你表现得很好！没有一位资深美女会为被误认为是明星而生气的。”袁少峰安慰道。

“皮特，你好啊。”一位身着阿玛尼休闲装的中年男士，走过来跟袁总打招呼。

“这位就是国际大导演余征。”袁总在罗小曼耳边低语一句，立刻迎上前去，和余导互相拍着肩膀，仿佛久未相见的老朋友。

“余导，我可是您的粉丝呢。”罗小曼急忙冲上前去，希望在余征面前有所表示。

“哈哈，谢谢。”余征奉承话听得多了，并不以为然，转过脸问袁少峰，“皮特，听说上个月你和好莱坞的汤姆士导演签了合约？”

“啊，那件事啊。”袁少峰露出一点羞赧之色，“他邀请我在他的科幻新片里客串了一个外星人角色，电影已经杀青了。戏份很少，不值得一提的。”

“能在好莱坞大片里露个脸是很不容易的事。”余导若有所思道，旋即又问，“你有没有兴趣支持一下我的新片？”

“余导，听说您的新片《买房战争》正在物色女主角，我给你推荐一个女演员怎么样？”袁少峰接过话头，半是玩笑半是认真道。

“哦？”余导来了兴趣。

“远在天边，近在眼前啊。”袁少峰指指罗小曼，“罗小姐有一定的演艺经验，长得更是没话说，您可以考虑一下她。”

余征上下打量一下罗小曼，打着哈哈道：“罗小姐可是未来的蓁城广告之星，有的是机会和前途啊。”

罗小曼见余征不肯表态，正想说几句表现一下自己，忽然发觉余征的眼神从她头顶掠了过去，停在自己的身后，她不禁奇怪，转身看个究竟。

“美女，对，就是您，请留步，能聊聊吗？”余征大声道，“对，就是您。”他绕过罗小曼，直接走到凌诗诗面前，从衣袋里掏出一张名片，递给凌诗诗。

“我是——”

“我认识您，您是国际大导演余征。”凌诗诗正与彪马车业的吴家俊交谈，见余征主动与她攀谈，激动地声音微微有些发抖。

“美女，您的形象气质与我新片《买房战争》的女主角非常吻合，我很想请您赏脸到我的片场试镜，不知您意下如何？”

“可是，我从来没有演过戏啊？再说，我还不是比赛冠军，只有冠军才有资格演主角啊。”凌诗诗有点尴尬。

“没有关系，没有演戏经验更好，一张白纸，更容易塑造形象。说句实话，大家推荐给我很多女演员，但我认为她们身上并不具备女主角那种清新淡雅淳朴的知性美，这种美在这个社会中已经很难寻觅到。但是，我一见到您，就觉得这个角色非您莫属。虽然，直到此刻，我还不知您的姓名年龄。”余征不顾众人惊异的目光，侃侃而谈。

“小曼，别介意，艺术家都这个脾气。”袁少峰捅了捅一脸沮丧的罗小曼，悄声安慰道。

罗小曼抬起头看看周围讥诮的目光，瞬时醒悟过来：不，我不能认输，我不能让人看扁，我绝不能输给你们！她重新振奋起来，使劲挤出一脸讨人喜欢的笑容，凑到凌诗诗和余导身边：“余导，您一见了诗诗，就把我给忘了。我是诗诗的好姐妹，您把主角给了诗诗，给我一个小角色露露脸也好啊。”她扭头可怜巴巴地看着凌诗诗，“诗诗，你有了机会提携提携姐姐我啊。姐姐对你可一直很不错。”

凌诗诗尴尬极了，急忙摆手道：“余导只是让我去试镜，是否能成功还是个未知数。是不是，余导？”

余征本不喜欢罗小曼浑身的俚俗之气，见她如此勇往直前、不怕丢脸，倒是对她产生了几分敬意，便笑眯眯地说：“罗小姐，只要你愿意，也可以跟凌小姐一起来试镜，几个配角还没有定下来，你应该有机会。”

“真的吗？太好了！”罗小曼欣喜若狂，忽见袁少峰在朝她挤眉弄眼，这才想起正事，赶紧压低声音补上一句，“余导，您说话可得算数。这次比赛，我也仰仗您啦！”

“这个，我可做不了主——哈哈。”余征实话实说，周围爆发出一阵笑声。

罗小曼虽屡次受挫，却也不乏收获，胆子也锻炼得更大起来，她积极地周旋在满场的嘉宾间，宛若花蝴蝶一样四处飘飞为自己拉票赢得机会。蔡仪敏、蒋梦瑶之流看得目瞪口呆，却不得不佩服罗小曼的勇气。

凌诗诗不喜欢跟人争抢，却总有宾客喜欢接近她，待到大导演余征向她抛出橄榄枝，她更是成了酒会上的明星。尤其是孙导、黄有德之流趋名逐利之辈，几乎像苍蝇见了蜜糖，围着凌诗诗嗡嗡嘤嘤转个不停。出于礼貌和自己的前途考虑，凌诗诗不得不和他们斡旋，幸而吴家俊宛若护花使者般不离左右，否则，她恐怕无法招架。

至于其他资质相对平庸，而智慧胆识又嫌不足的佳丽们，间或几位稍有交际手腕的，被酒会上的宾客看中在不远的未来娶回家中做了贵妇，剩下的除了靠边站当壁花做陪衬，也别无他法了。

第十八章

看不见硝烟的美丽战争

蓁城广告之星大赛于本周五晚上八点开始。正是大家紧张工作了一周需要休息的夜晚，在电视机前看看佳丽们的表演，养心又养眼，可算是蓁城人最经济实惠的娱乐方式。近几年，大赛的影响已经辐射到周边县市，几乎整个江南都在热切关注这场选美盛事。

预赛在百老汇大酒店宴会厅举办。舞台和会场早已准备就绪。清晨 6 点，38 位佳丽按时来到后台排队轮流化妆。主办方安排了 4 位化妆师，即使如此，完成全部妆容也需到下午 2 点左右。

比赛的压力令不少美女吃不下睡不着，再加上每天高强度的形体训练，大家的面容都憔悴了不少。不过，经过化妆师几个小时的妙手回春，在那一张张美丽的面孔上再也看不出一丝一毫的疲态。

下午 3 点，所有的演职人员全部到齐，彩排正式开始。说是彩排，实则是赛前预演，共进行三场，每一场间隙有十分钟的休息调整，供导演提出意见，让大家及时整改。在规定的时间内，各位佳丽需要更换 10 多套服装出场，譬如晚礼服、旗袍、泳衣、便服、运动服以及配合大赛暖场演出的多套陪衬服装，完成每次出场规定的动作并且配合镜头作少量即兴的演出。虽然，训练期间已经彩排多次，但是如此大阵仗的正式预演还是头一次。一开始，佳丽们因为对整个流程的生疏，再加上心情紧张配合得不够默契，在后台不是来不及更衣就是错穿别人的衣服，出场时不是抢拍就是慢了，你冲我撞、手忙脚乱，接着彼此埋怨，闹出不少笑话。

导演举着喇叭站在台下不住地呵斥着出错的佳丽，贺艳红则板着面孔不停地帮腔。如此一来，美女们的心情愈发紧张，到了第二场彩排，有人一上台就失去了方向，迷迷糊糊乱转一圈，有的甚至遗忘了台步和需要完成的动作，如机械木偶一般乱走一气，还有人躲在后台不敢出场，被同伴们猛地一推，才趺趺撞撞地闪进舞台……

“天哪，这个样子待会儿怎么比赛？怎么表演？真是一代不如一代！想当年……”

“行啦行啦！”导演皱着眉头打断贺艳红的抱怨，“现在说这些于事无补，我也不想追究你这个负责人平时是怎么训练她们的。当务之急，是安抚好她们，帮助她们尽快进入状态。明白吗？”

贺艳红不满地瞪了一眼导演，只好将满腹牢骚压回肚里。

“唉！那个谁？你走台步为什么直挺挺的，像僵尸一样！快点往左走，那是右边，不是左边！”导演忽然举起喇叭大喊。

“糟啦，18号晕倒啦！”

一个人影咕咚一声倒在舞台中间，伴随着一声尖叫，众美女乱成一团。

“别吵，淡定！淡定！”贺艳红大吼着，奋力爬上舞台拨开人群上前探视。刚才她的目光一直围着王思函打转，因此，最先发觉王思函晕倒的就是她。

王思函本就是个娇娇女，胆子小、身体弱，正儿八经上台预演实在难为她了，这不，被导演大声一骂，当即六神无主，多日来的疲累劳顿一并发作，立刻倒地不省人事。

贺艳红赶紧叫工作人员把王思函抬到后台放在躺椅上，又叫人给她冲了一杯糖水，灌了下去，掐几下王思函的人中，她才悠悠醒转。

“好点没有？要不要送你去医院。”贺艳红压低嗓子用肉麻的声音关切地问。

蔡仪敏混在人群中，冲着蒋梦瑶挤挤眼睛，蒋梦瑶随即假装打了个哆嗦，学着贺艳红的腔调低声笑道：“她这个语气让我起一身鸡皮疙瘩。”

导演也赶到了后台，大声问道：“那个小姑娘没什么事吧？”

贺艳红听到他的声音，气不打一处来，借题发挥道：“导演，你不是指责我没有安抚好这些参赛选手吗？现在大家都看到了，究竟是谁把王思函吓得晕了过去？究竟是谁让预演不能继续？”

“好了，你不要吵了！如果吵架能解决问题，那我从早跟你吵到晚，你还是组织大家各就各位，继续彩排吧，时间不等人。”导演自知理亏，息事宁人道。

“哼！”贺艳红嘴里嘀咕着，“要是王思函有个三长两短，你担待得起吗？”

说罢，她扭过头，当面对王思函时，又换成了另一副和颜悦色的嘴脸，“18 号，你身体太弱了，要不就退出比赛吧。反正你年纪还小，可以明年再参加选美。”

“不不，”王思函连连摆手，挣扎着坐起身来，“我没什么问题，我要继续彩排，晚上就要预赛了啊。”

“那好吧，我叫个外卖，送点粥给你吃，补充一下体力。”

贺艳红对王思函的关照如此明显，众佳丽都看在眼里，虽然大家都默默无语，但各自怀着心思。蔡仪敏见蒋梦瑶正看得入神，向她使了个眼色。蒋梦瑶会意，尾随着蔡仪敏来到楼梯的拐角。

“太偏心了，那个贺艳红这么明目张胆，真让人生气。”蒋梦瑶见四下无人，开始愤愤不平。

“这个你可羡慕不来，人家自有好爸爸好妈妈保驾护航。只怕连选美冠军的宝座都是人家的囊中之物呢。”蔡仪敏添油加醋地说。

“那怎么可能？众目睽睽之下，他们敢公开搞关系、走后门？”

蔡仪敏哈哈一笑：“我的蒋老师，你是不是在学校待久了，变傻了？王思函实力如何，有目共睹，可人家一样过五关斩六将跟我们站在同一个舞台上。既然预赛都能进，拿冠军又有什么不可能？”

“可是，她唱歌老跑调，跳舞动作僵硬，说话声音像蚊子叫，我就不信观众都是瞎子，看不出来她根本不配当冠军。”

“说你天真，一点不假。唉，观众就是看个热闹，内行才看门道。再说，我们这是选美，王思函的才艺水平究竟如何，根本不是重点，只要够美又有后台不就行啦！至于美不美嘛，没有绝对的标准，反正是各花入各眼。”

“照你这么说，这个冠军，她是拿定了？”蒋梦瑶气急败坏地说。

“那可不一定。”蔡仪敏卖着关子，“既然是比赛，就有各种不确定因素。”

“你倒是快说呀！还有哪些因素？”

见蒋梦瑶期待地看着自己，蔡仪敏故意慢条斯理地说：“比方说，她不小心在舞台上摔了一跤，又比方说，衣服的带子不小心脱落什么的，这些情况在以往的比赛中又不是没出现过？如果在观众面前犯下重大的失误，那就是神仙也帮不了她了。”

“噢。”蒋梦瑶恍然大悟。

“哎呀，你看我这张嘴，该打，我跟你说这些不着边际的话做什么。”蔡仪敏咯咯笑道，见蒋梦瑶若有所思的模样，不由在心底发出一声冷笑。

“各选手注意，请大家归队，归队。继续参加彩排。”导演在喇叭里高喊着。

凌诗诗跟着大家一起回到舞台，苏萌捅捅她的胳膊悄悄地说：“那个王思函肯定是因为节食才晕倒的，我亲眼看到她为了保持身材，吃完盒饭就去厕所把东西都吐出来，恶心死了。”

“是吗？前几天我也看到她在吐，不过我还以为她有了呢。”跟在凌诗诗身后的罗小曼插嘴道，彩排时她跟凌诗诗的站位靠得很近。

凌诗诗参赛是为了赢得奖金为父亲治病，前阵子又遭到舆论攻击，压力大到前所未有，胃部始终呈饱胀状态，一看到食物便想呕吐，因此，她非常理解王思函的心情。不过，预赛迫在眉睫，并没有时间供她多做解释和伤怀，音乐再次响起，凌诗诗立刻随着大家一起投入到新一轮的彩排中去。

彩排进行过几轮，不知不觉舞台下聚集了不少观众。预赛之前，会场是封闭的，观看彩排的一般都是与主办方交好的演艺行当人员。比如袁少峰，他虽不是评委，但作为新生代的偶像明星被邀在预赛中参加暖场歌舞表演。从前，袁少峰比较看好罗小曼，可观看彩排之后，他对相貌出众、风情万种的蔡仪敏留下了深刻的印象，他认为蔡仪敏也有入三甲的希望。

对蔡仪敏行注目礼的还有主办方的老板，蓁城广告公司总监郑嵇安。他本不想过来凑热闹，但禁不住儿子的软磨硬泡，只得陪儿子前来视察彩排效果。从前，郑嵇安并未特别留意过蔡仪敏，此次见她在彩排中才艺出众，眼波流转妖媚动人，倒是对她产生了兴趣。

蔡仪敏本待在预赛上大显身手，但见老板亲自出马视察，连忙使出浑身解数表演，以期引起老板的注意。显而易见，她的目的达到了，至于袁少峰对她的垂青，则算是意外的收获。

“今晚八点，与您相约百老汇。”晚上八点，熟悉的广告语再次响起，音乐声四起，蓁城广告之星预赛正式开始。

虽说只是预赛，但是郑嵇安依然将之办得隆重热烈，在宣传造势方面下了一番工夫。除了本城的各大娱乐报刊记者，另有一些主流媒体以及政界、商界名流也前来捧场，令赞助厂商对蓁城传媒的实力愈加信服。当然，本次比赛的赞助方事先都已收到主办方赠送的入场券，分坐在离舞台最近的席位，鲜花美酒早已布置妥帖。观众席中间则是买票入场观赛的城中富贾，要知道，每位上千元的票价，并非等闲之辈可以承受。亲友团位于观众席最后方，不少选手的家人自费购置入场券，分送给亲友，打着荧光棒和姓名牌为自家女儿加油鼓劲，壮大声势。

一群青春靓丽的美少女，身着礼仪小姐的服饰在现场迎送宾客。小导演孙怀谷混迹在观众中，贪婪地注视着这一张张美丽的面孔，忽然，他留意到，这些女孩不少是在海选中落选的佳丽。他奶奶的郑嵇安，可真会做生意。孙怀谷一边打心底叹服一边盘算着如何在这次选美中钓上美女又能赚点小钱。对他来说，进入前三甲的美女太高不可攀，但是趁她们还没飞上枝头、春风得意之前揩点油水，还是可以做到的。

至于那些没有机会和能力进入现场观赛的观众们，则可以通过电视，观看蓁城广告之星大赛的实况直播。电视台早已派出记者摄像，联线现场。

为了响应号召，与往届相比，本次预赛稍显朴素，却不乏隆重。在开场歌舞结束之后，省略了冗长的致辞直接进入比赛环节中的第一项才艺表演。因为人数众多，佳丽们必须合作表演，以三四人为一组。主办方为突出王思函，安排她进行独唱。按照蔡仪敏的预计，王思函在这个场次就很难过关，结果却出乎她的意料，王思函居然面不改色地唱完了整首歌，这让为王思函伴舞的蒋梦瑶、苏萌等人都心怀不忿。

蔡仪敏眉心一皱，糟了，居然被王思函过了关。现在，只能将希望寄托在蒋梦瑶身上了，不知那个蠢女人准备好了没有。

才艺表演之后就轮到问答环节，最后才是服装展示。在一段暖场歌舞之后，身材发福却依然风度翩翩的蓁城“名嘴”金超凡——金姥爷，带着他的搭档艺名小叮当的汪皓出现在舞台上。预赛环节的问答同样由于时间关系设置得较为简单，每位佳丽只有一分钟甚至三十秒的时间。

王思函、罗小曼、唐语嫣等人轮到的问题比较简单，用一句话总结一下最难忘或者最糗的事是什么，她们发挥平平却也无大错。

轮到凌诗诗的时候，小叮当忽然要求由他提问。金姥爷笑而不语，默许了他的要求，这个插曲当然是主办方预先安排好的。小叮当清清嗓子问道：“凌小姐，请问您心目中的结婚对象是个什么样的人？给您十秒作答。”

凌诗诗不假思索地回答：“理解我的人。”

小叮当微微有点错愕：“我以为凌小姐会回答是有钱人。”

观众一阵哄笑。

刘子均和全家正在家中观看现场直播，他心知小叮当来者不善，暗暗为诗诗捏了把汗。

果然，小叮当继续追问道："相信观众朋友们都记得，预赛之前，凌小姐的前男友向娱记爆料，说您为了参赛经费搭上有钱人而抛弃了他，似乎与您今天所说的择偶标准有所不同吧。对此，您能用20秒解释一下吗？"观众席上响起了一片嘘声。

刘子均的大嫂霍丽鹃在电视机前嘀咕道："参加选美的女人，有几个是好东西。子均，我看她跟你媳妇是一路货色，万一以后你要再找老婆，可要睁大眼睛。"

"你少说几句，乌鸦嘴！"刘国权呵斥老婆道。

刘母虽然没说什么，但看得出来，她支持大儿媳的说法。刘子均知道他们恨乌及屋，也懒得跟他们多做解释，眼下，他最为关心的是凌诗诗如何应答。

"不需要解释。"凌诗诗镇定自若地回答。

小叮当一愣，随即问道："能解释一下原因吗？"

凌诗诗对着镜头绽开一个甜美的微笑："我相信理解我的人，一定像我一样是个简单的人。他当然会明白，在这个世界上，做个简单的人并不简单。"

"说得好！"刘子均的心仿佛被重锤了一下，不由自主地喊出声来。

"这种风凉话谁都会说。"

"那你也来说说看。"

"行啦，看下一个的表现。"观众席上低语声不断，掌声却热烈非凡，不少人都从心底佩服凌诗诗的机智，有人开始怀疑那些有关凌诗诗的娱乐新闻的真实性，当然，也不乏不以为然的观众，认为这只是一场作秀。

轮到罗小曼上场时，她故意迈着猫步风情万种地走上舞台中央。小叮当汪皓与她是旧相识，带头鼓起了掌，而众人被她的艳光所吸引，掌声四起。

金姥爷微微一笑，不动声色地递给小叮当一个责怪的眼神，便开始向罗小曼提问，他提出一个非常普通的问题："罗小姐，你最喜欢做的是什么事？"

若是罗小曼回答旅游和看电影，或许这个问题就轻易过去了，可她认为这些回答太过大路货，无法给评委留下深刻印象，便灵机一动答道："我最喜欢看书。"

"哇！"金姥爷和观众们同时发出惊呼。坐在台下的郑嵇安苦笑着摇了摇头，预感罗小曼要出洋相。电视机前的刘子均心里也打起了鼓，他虽然不支持老婆选美，但是内心深处毕竟还是帮着小曼，眼见她自动钻进陷阱，也爱莫能助。

霍丽鹃故意嚷嚷道："哎呀，我们的弟媳上了电视可真是漂亮，听说待会儿还要穿着泳装上场呢。"

刘母不解地问："什么叫作泳装？"

"妈，你真是老糊涂了，就是那种光着膀子露着大腿的背心和裤衩，游泳时穿的嘛。"

"哼！"刘母沉下脸，站起身兀自回了卧室。

见母亲离开，刘子均虽想看比赛的结果，但孝心还是占了上风，回房陪伴母亲去了。失去了冷嘲热讽的对象，刘国权夫妇甚感无趣，也不好意思赖在老三家的客厅，便一起回了自己家。唯有老三还抱着电视，看得不亦乐乎。

金姥爷追问道："罗小姐的回答，真是令我们大家肃然起敬，那么您喜欢看哪一类的书籍？"

罗小曼想了想回答："历史书。"

台下又是一阵惊呼，金姥爷更是两眼放光，用极其恭敬的语气问道："噢，这位漂亮的女士真是美貌与智慧并重啊。请允许我再冒昧问一个问题，您喜欢看哪个朝代的史书。"

罗小曼见他穷追不舍，隐约感到不妙，却已骑虎难下，只得硬着头皮答道："唐朝。"

"能给我们举个例子吗？或者推荐一本您正在阅读的史书。"老金步步紧逼。

罗小曼冷汗直冒，心里清楚不答是过不了关的，只得横下一条心，说："《铁血柔情》。"

"额——"金姥爷假装擦了把汗，"恕我孤陋寡闻，这《铁血柔情》是一本什么样的历史书？"

罗小曼一直牢记着西西女士的话，要先发制人，hold 住全场，便假装自信满满地大声说："您怎么连《铁血柔情武则天传奇》一书都不知道？这是中国古代唯一的女皇武则天的传记，还被拍成过电视剧，我还参加了演出呢。"

哈哈哈。观众席上爆发出一阵震耳欲聋的笑声，人们被逗得东倒西歪、乐不可支，有几位反应较慢的评委甚至将刚喝到嘴里的水喷了出来。预赛的气氛几乎达到了顶点。

而在电视机前观战的观众们同样被罗小曼逗得笑到抽筋，现代都市生活节奏如此紧张忙碌，人们迫切需要开怀一笑来放松心情，观看选美节目是最为廉价的娱乐项目，而罗小曼这出人意料的回答，更令近千万观众感受到这个节目带来的超乎寻常的乐趣。

金姥爷比较善于克制，他用纸巾擦擦笑出的眼泪，点头示意罗小曼离开。随即又与小叮当插科打诨了一阵子，接着款款走下舞台。预赛进入最后的服装展示环节。该环节结束，再表演一个大型歌舞，预赛结果就该出炉了。

罗小曼自认为问答失利，愀然不乐，回到后台便哭丧着脸。其他佳丽都幸灾乐祸，希望她就此落选，唯有凌诗诗劝慰道：“不要为打翻的牛奶哭泣，问答已经结束，不会再重来一次。但是如果你继续这个表情面对待会儿的服装展示，那才真是没希望了。”

蔡仪敏已经换好衣服，走近说道：“凌诗诗，你就不要猫哭耗子假慈悲了，换了你是她，估计这会儿也笑不出来。哈哈。”说罢，趾高气扬地走了。

罗小曼讨厌蔡仪敏，认为凌诗诗说得有理，急忙调整好状态，又跟凌诗诗叽叽咕咕几句，赶紧开始更衣。

苏萌见凌诗诗被蔡仪敏抢白，便凑近道：“你别理她，这女人心肠比蛇蝎还毒，小心吃亏。”

稍后，凌诗诗的登台引起了一阵热浪。凌诗诗柔美颀长、玲珑有致的身材兼具有东方女性的娇小纤弱与西方女性的健美性感。与其他佳丽抢镜的服饰相比，她并不出众的衣着反而令观众的注意力愈发集中于她的个人魅力。台下的掌声和欢呼一浪高过一浪，可凌诗诗却似乎全然没有听到，全神贯注地沉浸在自己的表演中，她静若处子的表情与轻灵冷峻的眼神显现出一种圈内少见的凛然不可侵犯的冷艳，在五光十色的灯光和动感十足的音乐声中宛若女神降临人间。即便是那些见惯美女的娱乐圈人士亦禁不住热烈鼓掌。凌诗诗这种略带矜持的神情，反而激发起他们欲探究竟的微妙心情。

主持人的解说适时响起，观众席上欢声雷动，但是，郑嵇安和袁少峰等人却十分冷静，完全不为台上这位计划之外的靓女所动。

王思函展示的旗袍便是蔡仪敏推荐的意大利晚礼服的变异版，鲜艳的色彩衬托出王思函细腻的肌理和青春的萌动，两根丝带绕过她并不丰满的胸部，在颈后打了松松的蝴蝶结，若隐若现的沟壑为青涩的王思函平添了一份女性的风情和韵致。王思函沉浸在音乐声中，正陶醉于众人艳慕的眼光，冷不防灯光瞬间变暗，在强弱光线交替的瞬间，她只觉得脖子后面一凉，似乎有人解开了她脖颈后的蝴蝶结丝带，而后背的旗袍下摆，又被谁在暗中踩了一脚。旗袍的料子很滑溜，还没等王思函反应过来，整件礼服以迅雷不及掩耳之势滑落下来。当灯光亮起之时，王思函几乎半裸在大庭广众之下，她一把抓起旗袍捂住前胸，大声哭泣着跑进了后台。

台下西西女士脸色唰的变得苍白，她的眼睛紧紧盯在王思函的身上，要不是顾忌记者，她恨不能立刻起身追到后台探视王思函。

“赶快切换画面！”导播在调度室气急败坏地大叫，虽然镜头已经及时转到别的佳丽身上，但依然有不少观众从直播镜头里看到了王思函的丑态。现场的评委和嘉宾素质较高，极力控制着自己的表情，不想在镜头前失仪，但是后排其他佳丽们的亲友团可就没那么客气了。

“哈，那个18号王思函好像是个太平公主啊。”

“就是，这种货色也来选美？”

“现在什么都能造假！如果旗袍没掉下来，你们啥也看不到，谁会知道她是飞机场？”

“11号蔡仪敏长得倒是挺漂亮，就是海拔太高了点，跟我不搭。”

“哈哈，武大郎看上潘金莲啦？当心一包砒霜送你上西天。”

“20号蒋梦瑶气质挺不错，说不定能当冠军。”

“得了吧，蒋梦瑶是我孩子的音乐老师。别看她在台上像个乖乖女，上课时凶得要命，我家孩子几次被她吓哭了。”

“我看，还是6号凌诗诗和12号罗小曼比较有冠军相。”

刻薄的评论引起了新一轮的哄笑。电视机前的观众们也没有放过这个评头品足、肆意一饱眼福的机会，反正无人干涉，乐得发挥娱乐至上的精神。有人边看比赛，边顺手将自己的评论和对赛事结果的猜测发到大赛的官方微信平台。电视荧幕下方滚动播出着观众们或调侃、或贬损、或褒扬的点评。刘家老三志杰一个人霸着电视机看得津津有味，一时兴起，掏出他的Iphone5S连发几条微信，为二嫂罗小曼加油鼓劲。刘国权夫妇躲在自己卧室，也在收看比赛的直播。刘子均虽陪着母亲说话，心却已飞到了赛场，不过，他知道，蓁城传媒一定会在事后将预赛视频放到网上，反复播出。

待母亲睡下，刘子均赶紧跑到书房，打开电脑，回放预赛视频。选美向来是比较赚钱的项目，但在时代飞速进步的如今，选美比赛的赚钱方式已经转型，若是仅仅依靠电视台播出，那还得支付大笔播出费，而短信平台的投票也已落伍，因为，投票的收入归移动和电信公司所有。唯有蓁城传媒自己的网站才是主办方的主要生财平台。从表面来看，观众都是免费观看，其实，受众群体越多，广告资源就越大。本次大赛的赞助方除了采用传统广告方式在比赛现场和电视上投放广告，主要的广告都投到了蓁城传媒的网站。蓁城传媒之所以能从传统的广告公司及时转型，又始终站在行业的尖端，与其老总郑嵇安锐意进取、与时俱进、求新求变的思维模式密不可分。

刘子均记挂着比赛，部分原因是为了罗小曼和凌诗诗，但更多的是为了揣摩蓁城传媒的商业运作模式。预赛的盛大场面令刘子均暗自哀叹：人家郑嵇安是外来的和尚，在本地无甚根基，但是十年功夫，将从前的蓁城广告公司经营得风生水起。其实，郑嵇安当年初来蓁城时，有关他的风言风语不少。他私生活的瑕疵倒是其次，主要是他做起生意来不择手段、永不满足。对错姑且不论，尽管圈内对郑嵇安指责和鄙夷声一直不曾间断，可如今，即便再挑剔的行内人说到他都不得不翘起大拇指，叹一个“服”字。也不能责怪人们市侩，每个时代，总有一个衡量成功的标准，金钱不是唯一却是一个相对公正客观的标尺。做生意赚不到钱不一定因为没能力，可能赚到钱尤其是大钱的却一定是个能人，当然哪方面的能力另当别论。

反观自己，管不住老婆不说，就连兄弟也不齐心，公司发展举步维艰。想要转型吧，资金又欠缺。从前，刘子均总是认为，自己出身农村，在蓁城没有过硬的人脉关系，这是他创业的硬伤和缺陷，但是人家郑嵇安又有何倚仗？所以说，落实到个人头上，还是个能力问题。当然，也不用妄自菲薄，刘子均反省自己的弱点在于书生意气，讲义气，容易轻信别人，又狠不下心肠厚不起脸皮，这些都是商场上的大忌。刘子均是A型血，据说这个血型的人群相对客观理性，善于正确把握自己，他认为自我评价还算中肯。视频中的掌声将他的思绪拉回现实。他拍拍脑袋：想多了，还是看比赛要紧。

38 位预赛选手千姿百态地妩媚亮相之后，最后一场演出开始，此时，评委们的分数都已交到工作人员手中，统计过后再由公证人员检视，待表演结束，预赛结果就会出炉，只有 10 位选手能够进入决赛。

长达 7 分钟的大型歌舞表演终于结束，大幕缓缓拉开，一道追光打照在主持人金超凡身上，他在公证人员和工作人员的陪伴下，缓缓走到台前，接过公证人员手中的信封，向公众宣布比赛的结果。

38 名佳丽屏息凝神，静待结果的揭晓，凌诗诗、罗小曼虽有充分的信心入围，但事到临头依然不免忐忑；蔡仪敏知道自己作为公司代表，必定入围，比较笃定，而设计除掉了王思函这样背景强大的劲敌，更令她心花怒放、神采飞扬；蒋梦瑶紧张地盯着金姥爷手中的信封，她对自己的美貌和才艺信心十足，却担心因为草根身份没有背景而被剥夺决赛的机会。其他佳丽们虽然摆好最美的姿势，迎接着今晚的结果，笑容却微微有几分僵硬，毕竟，这是决定命运的时刻。

金姥爷打开信封，将印在红色信笺上的决赛名单一一读出。被点到姓名的佳丽在众人的艳慕和掌声中款款走到台前，凌诗诗、罗小曼、蔡仪敏、唐语嫣、苏萌、蒋梦瑶等人均在十强之列，不过，除了以上几位还算出色，剩下的则都是长相和表现平平的女孩了，这让现场内外的观众们大跌眼镜，微信平台上有人大喊爆冷门！不过，这些议论很快就被大赛十强诞生的热烈场面淹没了。娱记们和部分观众突破保安的重围，举着相机和手机对着十位美丽绝伦的佳丽们“咔嚓咔嚓”拍个不停。

佳丽们努力做出各种妩媚的表情，使劲睁大眼睛减少眨眼的次数，一边兼顾着仪态，希冀以最美的姿态出现在报端、电视和网上。

对于这个结果，最开心的莫过于十强选手的父母家人，她们的亲友团立刻呼朋引伴带着大队人马直奔定好的酒店或酒吧宵夜庆祝。对主办方来说，这意味着又一批摇钱树的诞生，他们继续着紧张的工作状态，马不停蹄向媒体发布消息的同时，联络着客户和赞助商商量下一步计划。而影视娱乐圈的各路人马则出于不同目的，在赛事中各自锁定不同的目标，准备先下手为强，挖到潜力股。

刘子均本想接罗小曼庆祝一番，无奈打不通她的手机。他以为老婆按照惯例跟主办方一起庆功，便不再自讨没趣。其实 ，罗小曼早已从酒店后门溜出，与袁少峰一起去邻市的一家酒吧庆功，料想狗仔队还不至于那么神通广大。

郑嵇安带着儿子郑凝向蔡仪敏表示祝贺，蔡仪敏趁机向年龄相仿的郑凝拼命放电，可惜郑凝记挂着唐语嫣，应酬了几句便匆匆离开。蔡仪敏无奈只得转而接受郑嵇安的邀请，登上他的豪车一起庆祝去了。

唐语嫣的父母料到女儿会入选，早已定好了酒店包间，待预赛一结束，便把唐语嫣接走，一起同行的还有唐家未来的女婿郑凝。只是，为了不影响决赛结果，唐语嫣和郑凝一直没有公开恋情，在这个节骨眼上，更要处处小心。

吴家俊满面春风迎向凌诗诗，邀请她一起宵夜：“凌小姐，恭喜你顺利晋级进入决赛，可否给我一个为你庆祝的机会？”

凌诗诗知道，彪马车业是这次比赛最大的赞助商之一，她能够入围十强，除了自己实力出众，还有赖于吴家俊对她的青睐有加，可她心里记挂着父母，婉言拒绝道：“不好意思，吴总。其实，应该由我请您吃饭，好好谢谢您。可是，我父亲身体不好，我母亲年纪也大了，我实在放不下心。现在已经很晚了，我想赶紧回家看看。”

吴家俊有点失望，却并不愿给凌诗诗留下一个自私霸道的印象，况且，他较为欣赏凌诗诗的孝心，因此，他坚持将凌诗诗送回家中，还嘱咐她好好休息，才驾车离去。

凌父早已休息，凌母还在等着女儿，尽管已经困得直打瞌睡。凌诗诗把好消息告诉了母亲，母亲虽然高兴，却高兴地很有节制：“诗诗，你有了出息是好事。但是，妈不要你那么辛苦，只要咱们一家人平平安安过太平日子就比什么都好。”

“妈，我不累。你们养我那么大，我应该报答你们。时间不早了，您早点休息。晚上，我来陪着爸爸。”

“我知道你孝顺，可是——唉！”凌母抚摸着女儿如花的面庞，不由自主叹了口气：“诗诗，当初妈妈同意你去选美，其实并不是为了钱。自力那孩子眼看是靠不住的，妈私心里希望你多出去抛头露面，可以找个好对象。倒也不必多么有钱有势，只要知冷知热就好。可是现在你入了前十强，就等于成了小明星。人怕出名猪怕壮，你踏入了这个圈子，以后风言风语少不了，妈真是为你又高兴又害怕啊。”

其实，凌诗诗何尝不懂母亲的心情。自从单枪匹马参加选美，无助凄凉的心境不时泛上凌诗诗的心头，她也很想有个坚实的肩头可以依靠，哪怕只是片刻。可是，这种煎熬不该由长辈来承担，自己独自面对已经足够。凌诗诗急忙温言软语安慰了母亲一番，哄她睡下，才回到自己的房间。

待到洗过澡卸过妆，凌诗诗坐在卧室的梳妆台前，端详着自己镜中的素颜，心潮起伏。她很想给刘子均打个电话，让他分享她此时的喜悦，又怕引起罗小曼的误解，只得作罢。此时，凌诗诗还不知道，刘子均与罗小曼的夫妻关系从今晚开始几乎降到了冰点。

手机忽然唱起歌来，凌诗诗吓了一跳。她没钱换智能手机，还使用着最初的老式手机，铃声特别响亮。她怕吵醒父母，急忙用枕头把手机捂住，偷偷看了一眼，是陈自力的来电。她感到一阵厌恶，本不想接电话，可铃声偏偏响个不停，无奈之下，她只好按下接听键。

“诗诗，是你吗？”陈自力在那边大剌剌地问。

凌诗诗哼了一声，算是回答。

“我在电视上看到你了，恭喜你进入了十强。嘿嘿。有没有时间出来，我帮你庆祝一下，好久没见你了。”

“不用了。”凌诗诗压低声音说，“我最近很累，没空。”

“哎哟，我的大小姐，这还没当上冠军，就臭屁起来了。”陈自力不高兴地说。

凌诗诗不想跟他废话，但是，决赛在即，她担心他做出什么过激的举动影响她参赛，只得耐着性子道，“真的不用了，我又要照顾爸爸，又要训练，每天都很累，你就让我休息休息，等到决赛结束再说，好吗？”

“吃个饭又花不了你多少时间，我们谁跟谁啊，你就不要再摆谱了。你住在哪里，明天我来找你，顺便看看伯父。”

凌诗诗见陈自力又开始胡搅蛮缠，知道跟他纠缠下去也没有什么结果，便简单地说：“今天太晚了，我要休息了。再见。”说罢，便直接关了手机。

凌诗诗以为，只要自己态度坚决，陈自力便会知难而退，谁知，陈自力居然四处打听，找到了她决赛培训的场所——郊外的星期八生态农庄。当着众记者和佳丽们的面，凌诗诗不便与陈自力撕破脸，便只得上了他的车子回到了两人同住过的公寓。两人照例又是一番争吵，凌诗诗早就知道陈自力本性难改，本不打算久坐。她见陈自力依然蛮横固执，便拿起皮包，准备马上离开。谁料，陈自力将大门反锁，嘴里叫嚣着："今天，我还偏不让你走了，把你锁在家里，看你还敢离开。"

凌诗诗了解陈自力的个性，不由大惊失色。她冲上前扭了几下门锁，果然被他反锁住了。眼看陈自力瞪着斗大的眼睛步步紧逼，凌诗诗害怕他又动手，慌忙用皮包护住脸颊，趁其不备躲进了卫生间，将门反锁住。

"开门，开门！"陈自力在外面乒乒乓乓地踢门。老式的木门和旧锁根本不堪一击，眼看陈自力就快破门而入，凌诗诗急得像热锅上的蚂蚁，可整个卫生间只有一扇老式的窗子，她探出头比划了一下窗口，直径勉强能容她通过，窗子下面打横悬着一道铁质的横梁状物体，似乎是供水电工攀爬的过道，直通房屋另一侧的安全梯。凌诗诗一咬牙，先把皮包扔上横梁，再抓住窗子的上沿，跨上了窗台。她大半个身子刚刚探出窗口，陈自力已经撞破了门，冲了进来，唬得凌诗诗加快速度，手脚并用，爬上了横梁。

"诗诗，你要干什么？快点下来。"陈自力快步跑到窗口，冲着凌诗诗吼道，作势要爬出窗子。

凌诗诗见状吓得不轻，她急于摆脱陈自力的追赶，赶紧侧过身子，目测了一下到达安全梯的距离，开始往那边挪动。凌诗诗身体轻巧，平衡性又好，很快走到了横梁中部。

"凌诗诗，你快点下来，有话好说。"陈自力大喊大叫，待要追赶，又没有胆量，只得在窗前张牙舞爪，"妈的，居然跟老子来这套。"

凌诗诗不管陈自力如何叫骂，兀自向安全梯挪动着身体。此时，楼下已聚集了不少看热闹的路人，冲着凌诗诗指指点点，几个闻讯而来的居委会大妈仰头看到空中的凌诗诗，吓得几乎晕了过去。

"诗诗，我同意，我同意你去选美还不行吗？你快点下来吧，别再丢人现眼了。"

"我跟你早就毫无关系，别再自作多情了！"凌诗诗略微停顿了一下，反唇相讥。人群中又发出一阵惊呼。

陈自力正要回答，忽然敲门声响起。

“谁啊？”陈自力没好气地问道。

“我们是警察，还有物业的人。有人报案，说你们家有人要跳楼。”

“谁吃饱了没事胡说八道，这是我们的家务事，根本不关你们的事。”

“人还站在窗外，居然说没事？快点开门，再不开门，我们就撞门了。”

陈自力无奈，只得走出去把门打开。刚一开门，两个警察和几个物业人员便一拥而入，冲到了卫生间的窗口。

“小姐，有话好好说，快点回来。不要想不开。”一个年长的警察向凌诗诗喊道。

凌诗诗扭头冲着这边笑了笑，继续往安全梯走去。

“姑娘，你赶紧回来，这个铁梯子年代久了，不结实，你别一不小心掉了下去。”物业经理帮腔道。

凌诗诗明显听到了物业经理的喊话，皱着眉头犹豫了一下，开始往回挪动。

“你慢着点，稳住。不行的话就停下，我们叫消防人员过来救你。”警察继续喊道。

凌诗诗咧咧嘴摆了摆手。这个时候，屋里又挤进了不少人，将陈自力围得水泄不通，向他打听着凌诗诗跳楼的原因。

“那个美女是你女朋友吗？她为什么要跳楼？”

“小子，你女朋友好像是这次进入十强的蓁城广告之星啊。要是我，还不当菩萨一样供着，你真欠扁。”

陈自力耳边充满了七嘴八舌的议论和质问，根本无从招架，他只得无力地解释了一遍又一遍：“我们就吵了几句，她没想跳楼。”

凌诗诗终于回到了窗口，两个警察一人抓住她一边手臂，帮她返回屋里。他们本想将两个年轻人带回派出所询问，但见凌诗诗没有大碍，又属于恋爱纠纷，便就地了解一下事情的原委，对陈自力重点批评教育了一番，就开着警车打道回府了。

凌诗诗害怕陈自力纠缠不休，趁着警察教育陈自力的当口，偷偷溜到了楼下，正想寻找出租车离开，忽然听到有人唤她。

“凌小姐，您差点把我的魂都吓没了。”

凌诗诗扭过头，只见一个胖墩墩的男子正和自己搭讪，似乎有点面熟，又想不起在哪里见过。

“我是孙怀谷啊，孙导演。我们在酒会上见过，这么快就把我给忘了。”

经过一番提醒，凌诗诗才恍然大悟，抱歉地说：“对不起孙导，我，哈。”她不知该如何解释，也不知孙导为何会出现在此处，只得尴尬地笑笑。

“嘿，这里不是说话的地方，我的车停在那边，我先送你回去，边走边说吧。”

凌诗诗沉吟一下，又回头看看，真怕陈自力追上来，便点头同意了。

孙怀谷见凌诗诗点头，开心得很，连忙屁颠屁颠地在前面引路，带凌诗诗走向他的私家车。孙怀谷与陈自力一样，在蓁城广告之星的决赛培训基地蹲点了好几天。他的目的是游说这些初入娱乐圈又刚进入十强的美女们为他拍戏，因为此时，她们的身价还不甚高，一旦定了冠亚军，那他便无钱问津了。孙怀谷采用逐个击破的方法，已经和好几位十强佳丽签下了演艺合约，偶有几个不同意签约的，也已被他探知住址。提供决赛佳丽的住址信息给娱乐杂志，是他另一项生财之道。孙怀谷盯上凌诗诗好多天，一直没摸清她的底细，今天，他跟踪陈自力的车子来到这里，却没想到遇到了惊险一幕。适才，他已经用手机将整个过程拍下，正盘算着卖给哪家杂志更加划算，忽见凌诗诗出现，顿感喜出望外，急忙上前大献殷勤。当然，孙怀谷绝对不会告诉凌诗诗这些内幕，只是借口自己恰好路过罢了。

凌诗诗惊魂未定，直到孙怀谷启动汽车离开此地，她才长长地舒了口气。

“诗诗，无论遇到什么事都不能想不开啊。要是真出点什么事，你这花容月貌可全都白瞎了。”

“啊？您误会了。其实——”凌诗诗脸红了，赶紧将事情的原委解释了一遍。“你看，我一急就昏了头，要是早想到报警，也不会闹出这么大动静了。”

“就是，你现在已经是新闻人物、蓁城的明星。如今可是自媒体时代，要是刚才的过程被什么人拍下来放到网上，那些娱乐记者哪里还会放过你？”

“对啊。”凌诗诗经他提醒，深为自己的鲁莽懊恼，“孙导，你说我现在该怎么办？”

“嘿嘿，”孙怀谷本是故弄玄虚，见美女上钩了，心里的得意劲儿就别提了，

“你先别急，以我老孙在娱乐圈打滚多年的人脉积累，一定能帮你摆平。”他瞥一眼凌诗诗，见她泫然欲泣的表情楚楚动人，不由蠢蠢欲动起来。他继续添油加醋道：“诗诗，我可真佩服你的胆量。方才，我站在楼下往上看，见你仿佛被风一吹就会飘走的样子，急得差点没晕过去，又不敢大喊大叫，怕吓坏了你，只好打了110报警。”

“原来警察是你叫来的，真是谢谢你了。”

凌诗诗感激的语气令孙导大感振奋，他不由自主地将毛绒绒的胖手放到了凌诗诗的腿上：“诗诗，不用感激我。像你这么美的姑娘，哪个男人见了都会想帮一把的。”

凌诗诗蓦然清醒过来，原来孙导根本不是什么正人君子，是趁人之危占她便宜来了，她急忙正色道：“孙导，请您放尊重点！”

孙导并不死心，摇动着三寸不烂之舌：“诗诗，别这样。你只要肯跟我，我的戏都让你做女主角，包你三年之内就成为本城最红的明星。”孙导这番花言巧语是其“必杀技”，不知在多少美眉面前施展过，几乎战无不胜，说着，他便意欲将那张鼻涕虫一般腻呼呼的胖脸凑近。

“停车！”凌诗诗吓得一声大叫，孙导一激灵，不由自主踩了一脚刹车。凌诗诗赶紧拉开车门，匆匆跑了。

孙导还想追上挽留，眼见凌诗诗上了出租车，只好灰溜溜地离开。凌诗诗这次学乖了，害怕孙导跟踪，让出租车在住处附近兜了几圈，眼见确实没有“尾巴”，才敢下车。

第十九章 刘老板后院起火

为了缓和与罗小曼的夫妻关系，私心里也想见凌诗诗一面，刘子均主动来到星期八生态农庄，接培训结束的老婆罗小曼下课。但是，车子开到市中心，老婆突然指指市中心的莎乐美广场："就在前面让我下车！"

"时间不早了，你还去逛街？"刘子均不满道。

"参加选美嘛，多买几套衣服少不了的。"罗小曼嗲嗲地说。

"参赛服装都是主办方提供的，再说，你的衣服已经多得摆不下了！"刘子均嘀咕着，"咱们先回家吧，我有话跟你说。"

"不嘛，我不回家！"小曼开始耍赖，"我才不高兴对着你那些土里吧唧的家里人呢。"

"你——"刘子均气结，还未等他将车停稳，老婆已经刷地拉开车门，跳了下去。他待要阻止，手机响了，一看是家里来电，刘子均再顾不上小曼，急忙接听，电话里传出弟弟刘志杰急吼吼的声音："出大事了！老大被警察抓了！"

刘子均寻思着：老三平日里不声不响，很少气急败坏。这次老大肯定是捅出篓子了，否则老三怎会如此慌张？不知老大究竟犯了什么事，真让人担心！不过，事到如今，急也没用，他定定神，问道："到底怎么回事？拣要紧的说。"

刘志杰没读过几年书，语言表达能力差，再加上电话那头很是吵闹，还夹杂着女人的哭叫声，完全听不清楚他在说些什么。子均只好说："行了，先别慌，等我回来再说。"

刘父早亡，抛下刘母和三个儿子，刘子均是老二。母亲靠着种地和捡破烂把三兄弟拉扯大，如今的身体就像是残破的风灯随时都有熄灭的可能。刘老大国权从小就帮着母亲干农活、做家务，还懂得把家中仅有的吃食让给弟弟们，或许是因为营养不良，也可能过度的农活抑制了他的生长，刘老大的身高不足1.65米，由于家里穷、拖累多，老大在很长时间内都找不到对象，他的性格渐渐变得十分暴躁，动不动就对人挥拳相向。后来，刘子均托人好不容易介绍了外地来的农村姑娘霍丽鹃跟刘国权结了婚，才算稳定下来。至于刘老三，白白净净像个文弱书生，其实斯文的外表下一肚子算计。唯有老二刘子均，精明能干还仗义疏财，从小就是村里的孩子王，也是大人们交口称赞的对象。刘子均创业之后，一家人顺理成章地在他公司帮忙。

海伦广告除了接洽常规的业务，逐渐有实力承办一些小型的活动。前年名噪一时的蓁城旅游大使选拔赛就是由海伦广告举办的，刘子均也在一夜之间成为蓁城广告传媒圈的新贵。刘子均发迹以后，买了一层楼，安排全家老小同住，一楼还有个车库，就充作公司的仓库。也许是树大招风，刘子均又有几分书生意气，尽管老婆罗小曼、大嫂霍丽鹃还算精明，但她们学历太低水平有限。诸多因素加起来，海伦广告的业绩不仅没有进步，反有倒退的迹象。

这几年，蓁城传媒大老板郑嵇安没少扶持刘子均，最近，经郑嵇安的介绍，刘子均好不容易接下了一个户外广告，加班加点完成了任务。今天本该他亲自去收款，为了接罗小曼，便安排大哥前去。料想是熟人的生意，不会有什么问题。谁料，大哥居然被抓了起来。凭直觉，刘子均感到此事一定与收款有关，只是不知中间出了什么纰漏。

待刘子均赶回家中，只见大嫂和弟弟都聚在母亲卧室里，哭哭啼啼没完没了。刘子均不由瞪了霍丽鹃一眼，心道：大嫂啊大嫂，你明知母亲年纪大了，经不起打击，还一出事就惊动她老人家，真是不孝！又恨弟弟，年纪不小遇事还扛不起大梁，没出息！不过，仔细想想，也觉得情有可原，毕竟出事的是至亲，自己又不在家，大嫂和弟弟不找母亲拿主意，还能找谁？

刘子均叹了口气，自感责任重大，急忙询问他们究竟出了什么事。大嫂霍丽鹃抢着告诉刘子均事情的原委。上午她陪着刘国权去对方广告公司索要户外广告的尾款，对方借口展板质量不好，不肯给钱，要刘子均过来说话。刘国权见对方不给钱，认为他们存心赖账，就跟对方吵了起来，一时兴起还砸了对方办公室，打伤了一个负责人。

刘子均一听打伤了人，顿觉事态严重。他一迭声地质问道："你在现场为什么不拦住他？当时为什么不打电话给我？那个人伤得怎么样？”

霍丽鹃不高兴地说：“国权发起火来你又不是没见过，几个男人都拉不住他，何况是我？”她见刘子均面色不善，自忖救出丈夫还得仰仗于他，只好缓和语气解释道，“其实，那人也不能算是国权打伤的。他俩相互推推搡搡的，那人不知怎么就跌倒在地，头撞在茶几上，见了血。”

事情到了这个地步，还在狡辩，还在推卸责任！刘子均原本烦躁的心中陡然生出几分怒意，不禁狠狠瞪了大嫂一眼。霍丽鹃目光闪烁，偏过头去，不愿与他对视。刘子均疑心大起：不对，事情肯定没有她所说的那么简单。这单生意是郑嵇安介绍的，对方看在郑总的面子上对自己一向礼遇有加，怎么可能无缘无故扣住尾款不给？难道——刘子均似乎猜到了什么，瞬时浑身发冷。

“大嫂，你跟我说实话，我们的展板到底质量如何？”刘子均正色问道。他事务繁忙，这批展板除了设计工作由他亲自完成，从报价到用料甚至监工都由刘国权夫妇操持。刘国权曾经向子均提过“为了节约资金，可以以次充好，反正客户看不出来”，被刘子均严厉训斥了一顿。

刘子均相信，对方绝对不会无缘无故地拒付款项，那么唯一的可能就是刘国权背着他偷工减料，展板真的出了问题。

“嗯，这个……”霍丽鹃冷不防被他一问，吞吞吐吐说不出话来。

刘子均观察她的表情，便猜到了真相，他气得一拍桌子，厉声说：“嫂子，你们胡涂啊！我说了多少遍，质量才是硬道理，不管公司怎么困难，也不能偷工减料啊。现在我真的不晓得，你们背着我还干了些什么？”

刘母听子均这么一说，赶紧质问霍丽鹃：“丽鹃，咱们给人做活儿要凭良心。你们怎么能做出这种事？现在国权被抓了，你，你闯了大祸啊！”

霍丽鹃见全家人矛头都指向自己，非常不满，尖声道：“被抓的是我的老公，你们全家人还好好地坐在这里，怎么反倒怪起我来了？我和国权这么做是为了谁啊，还不是为了公司，为了这个家好。狗咬吕洞宾不识好人心！”

刘子均勃然大怒，呵斥道：“我一向敬你是大嫂，所以对你的所作所为睁只眼闭只眼。到了现在这个份上，你居然还说出这种话，亏你自诩为我们刘家的人。公司是什么状况，你这个财务应该最为清楚。这笔生意对我们来说有多重要，难道你不明白？你口口声声为了公司，那么，我问你，那些所谓节约下来的资金现在在哪里？到底是在公司账上，还是你自己的腰包里？”

霍丽鹃毫不示弱，大声反驳道："我和国权再怎么说也是刘家的人，钱在我和国权的腰包里，总比你拿出去倒贴罗小曼那个养不熟的小妖精好。二弟，说句不好听的，她以后还说不准是谁家的人呢！哼！"

"那倒也是。"刘母点了点头，赞同道，"子均，你哥哥和大嫂没有功劳也有苦劳，就算拿了点钱也是应该的。"

"妈，居然连你也这么想？"刘子均见母亲如此糊涂，气得跌坐在椅子上，一时无语。母亲直到现在还以为儿子非常能干非常有钱。其实，海伦广告的主要业务依然是平面设计或者旅游展馆设计，这些工作不仅单一而且薄利，还琐碎而繁杂，牵扯了刘子均大量精力。近来因为大环境的变化，客户们纷纷紧缩印刷和设计资金，而蓁城辖区内各景区多数都已成功创建五A级景区，不需要再做展馆，这样一来传统广告的客源大大减少。因此，但凡有点头脑的广告商都纷纷谋求转型。刘子均不是不想转型，实在是既无人脉又无经济实力，只能仗着仅有的一点设计底子惨淡经营公司，保住一家老小的饭碗。

刘母责怪了霍丽鹃几句，霍丽鹃便跳着脚唾沫飞溅地讲个不停，嘴角鼓起了两堆白色的沫沫。对这个嫂子，刘子均从没有过好感，自私自利不说，还伶俐多嘴、自以为是。再瞥一眼自私又无用的弟弟，他正缩在母亲背后不敢吭声。

"够啦，都给我闭嘴。"刘子均大吼道，他感到胸腔内的怒火快要喷薄而出：为了这个家，他几乎操碎了心、跑断了腿，可是谁又念及他的一点好处，谁又能主动为他分担一点责任？遇到顺境，人人都争做功臣，抢着享受胜利果实，遇到困难，个个都是缩头乌龟，只会为自己开脱。

刘子均缓缓吐出一口气，待自己的心情平复，才开口道："妈，大哥的事情我一定会想办法，你不用着急上火，注意自己的身体。至于嫂子，你马上把财务资料整理一下，后天交给我。以后你就在公司管管内勤，所有的账单报表，拿给我签字之后，再发出去。"

全家人安静下来，静听刘子均的安排。他们信服刘子均的能力，因为，他向来是全家的主心骨。从前遇到的困境比眼下更大，他不也带领着大家挺了过来？

刘子均渐渐冷静下来仔细思索，认为听信霍丽鹃一面之词太不靠谱，他决定先去拜访客户摸清状况，展板返工还是赔偿总会有个说法。至于伤者，需要马上探视和安抚，顺便了解伤情，赔礼道歉是肯定的，该赔偿的医药费、营养费、误工费一分不能少。听大嫂的口气，伤得应该不重，一般情况下只要伤者不再闹腾，相信大哥会被从轻处罚。

听了刘子均的分析，刘母首先松了口气，她最关心的就是长子的处境，其他都是次要。

“大嫂，烦你先给我支点儿钱，跟我一起去客户那边赔礼，再买点东西去医院看望伤者。你态度好点，去陪个礼，料想人家不会难为你一个女人。”

“凭什么要我出面？你才是老板，我们国权也是为了公司才进去的。”

刘母见霍丽鹃推诿，不禁骂道：“亏你好意思说出口？别以为我不知道，要不是你在背后挑唆，老大那么老实的人，怎么敢偷工减料，闹出今天的事端？现在老大被抓了，你倒在乎起脸面和钱来了？早知今日何必当初。”

见全家人都针对自己，霍丽鹃暗忖好汉不吃眼前亏，不情不愿地说：“公司账上没多少钱了，最多拿出两万。”

两万？刘子均刚刚遏制的火气再次窜上心头：从前，海伦公司每年的纯利润就近百万，如今虽然不济，总不至于仅剩这点儿钱。看来，财务权明天就得收回来，这个女人是再不能信了。刘子均板起面孔，厉声道：“你是要老公还是要钱？如果你还在乎大哥，就把你们贪的私房钱都给吐出来赔上。如果这次你再不自觉，别怪我跟你翻脸。如果进入司法程序，法律可是不容情的。”

霍丽鹃向来以为刘子均软弱可欺，这次见他像是要动真格的，不禁打怵，只好嗫嚅着问究竟需要多少钱。

刘子均本不打算让霍丽鹃自掏腰包，但考虑到不借此机会敲打她一下，她就不长记性，便说：“需要多少得看客户和伤者的态度来定。你先拿四万出来，其余的等我谈妥再说。”

霍丽鹃被逼无奈，只得带上银行卡，跟着刘子均一起去客户方。对方总经理姓王，他一见霍丽鹃，便露出不悦的神色，但是碍着郑嵇安的面子，对刘子均还比较尊重。王总见刘子均带着大嫂上门赔礼，忙不迭地让座泡茶。刘子均见状，心放下了一半，赶紧询问伤者的状况。

王总说：“刘总，咱们之间的生意倒是好说，我看你是个实在人，估计也是被人蒙骗了。”说着，瞟了一眼霍丽鹃。霍丽鹃一肚子怒火，却不敢发作，毕竟老公的命运还掌握在人家手里。王总继续说：“展板你们带回去重做，一周之内完成，我就既往不咎，更不用你们赔偿。”还没等刘子均表态，他又接着说，“但伤者，我可不敢保证他像我这么好说话。”

刘子均和霍丽鹃对视了一眼，感到惊讶。他们估摸着王总刚才只是客气话，不好意思直接谈钱，才把伤者抬出来，目的还是想借机多要点赔偿金。

刘子均拿出路上匆匆购买的礼物，递给王总："王总，这件事是我们的责任，该我们赔偿的，我们绝不敢有半句怨言。只是，伤者那里，还求您帮我们说说好话。毕竟，我大哥还在拘留所关着呢。"

王总搓着手为难地说："不是我不肯帮忙，而是这个伤者是个关系户，我都要敬他几分。被你哥哥打伤后，他的家属已经找过我们兴师问罪。所以，医院那边，还是得您亲自出马。这个礼物您拿回去吧。"

刘子均以为王总故意摆谱，但见他表情真诚，不似作伪，心里不由凉了半截。这王总也算是个厉害角色，尚且对伤者如此忌惮，看来对方来头不小，要是对方不依不饶，那大哥可就要吃大亏了。刘子均转过脸望向霍丽鹃，她也是一脸惶惑，眼巴巴地等着他拿主意。刘子均想了想，自己跟伤者完全搭不上关系，反而王总还能出面帮着他说说话，如今只有抓住王总这个救命稻草了。

刘子均赔上笑脸道："王总，您看，我跟对方不熟悉，贸然上门求他放过我大哥，一旦话不投机，可能把事情弄僵。还是请您先出面，带着我们一块儿去，在现场帮我们说说好话，斡旋一下。我们绝不会让您白白帮忙的。"他把礼物往王总那边推了推，又从口袋里掏出一个信封，"一点小意思，请您收下。拜托您了。"

"不不不。"王总见到信封，就像看到烫手的山芋，根本不敢伸手来拿。"刘总，咱们是朋友，帮助朋友是应该的，不需要这样。真的！我当然愿意带你们去医院，也一定会帮你们说话，但是，是不是有效果，我不能打包票。"

刘子均见王总执意不收，不由一阵感动，难得商场上还有这样的实在人，不管他出于什么目的，帮人帮到这个地步，已属不宜。经过一番推让，刘子均到底还是将礼物留下了。王总害怕刘子均再提出什么非分的要求，赶紧叫上司机，带上刘子均和霍丽鹃直奔医院。

凌诗诗来电话的时候，刘子均正在医院。他身边十分嘈杂，隐约听凌诗诗说手机丢了，只好用公用电话给他来电，其他的再也听不清楚。刘子均忙着跟伤者家属谈判，匆匆跟诗诗约定一起晚饭，便挂了电话。

到了医院刘子均才知道，差点又被大嫂骗了。伤者满脸青肿，轻微脑震荡，右腿还骨折了。看样子，他被大哥狠揍了一顿，绝不如大嫂说的跌一跤那么简单。

刘子均一边在心里抱怨哥嫂，一边向伤者说尽好话，反复承诺赔偿一切损失，霍丽鹃也点头哈腰向伤者反复赔礼道歉，伤者终于点头答应不再追究大哥的刑事责任。刘子均这才放下心来，他明白，这种轻伤，只要伤者不追究，大哥最多被拘留几天就会被释放。出了医院的大门，霍丽鹃便开始骂骂咧咧，骂王总滑头，又骂伤者难缠，还责怪刘子均太过大方，怎么能轻易答应赔伤者那么大笔钱？公司账上已经入不敷出，到哪里去找钱？

刘子均明白大嫂不会拿出更多的赔偿，其实，他早就决定从自己的储蓄中提钱出来赔偿给伤者。这几年，刘子均虽然赚了不少，可买房还贷、装修、家用负担不小，幸好他生活节俭，稍稍有点积蓄。至于大嫂，他懒得跟她废话。刘子均牵挂着凌诗诗，晓得若是没有急事凌诗诗绝不会轻易给他打电话。于是，他赶紧让大嫂回家向母亲汇报，自己则开车往凌诗诗的住处驶去。

途经商厦，刘子均下车为凌诗诗买下一个苹果手机，白色的。刘子均猜想身为 90 后的诗诗应该会喜欢这款时尚靓丽的智能手机，因为他的弟弟刘志杰也有一个黑色的同款，那小子成天抱着手机不是打游戏就是上网聊天，对它爱不释手。给凌诗诗买手机的念头由来已久，她已经贵为蓁城广告之星前十强选手，应该拥有一个与身份相匹配的手机，可因为经济拮据她一直使用着老式笨重的旧款。巧了，今天她丢了手机，应该没有理由拒绝自己的馈赠。刘子均付过款，见时间还早，又为诗诗挑了个新款皮包——她现在使用的皮包也是寒酸旧款。如果不是生意不景气，刘子均还曾计划给凌诗诗买一辆十万以内的小汽车代步，不过，他明白，像凌诗诗这样清高自矜的姑娘是不会无缘无故接受别人帮助的，就连他赞助她参赛和租房的钱款，她都一五一十打了欠条。

挑选皮包的时候，刘子均想起老婆罗小曼。小曼有上百套衣服和与之相配的皮包、高跟鞋，塞满了几个衣橱还在拼命地购物。与她相比凌诗诗真是太过简朴了。不知何故，一旦念及老婆，刘子均就感到不是滋味。似乎从恋爱伊始，他便为满足老婆的物质欲望拼命赚钱，但是到头来，老婆却还成天与别的男人混在一起，简直把老公当成透明的。待到选美结束，他定要找罗小曼好好谈谈，问问她究竟有何打算，否则自己简直就是天下第一傻瓜了。

刘子均开车驶到凌诗诗的住处楼下，见她戴着大墨镜和鸭舌帽站在路边张望，似乎已经等了不少时候。他心里一紧，急忙掏出手机，见离约定时间还有十分钟。还好，没有迟到。他警惕地环顾四周，确认没有娱记，就将车子缓缓停在凌诗诗面前。

刘子均事先在一家咖啡馆订好了包间，与凌诗诗一前一后进入坐定，两人才放下心来。

“现在似乎得了娱记恐惧症，到哪里都怕被跟踪。”凌诗诗不好意思地笑笑，摘下墨镜和帽子，整理着凌乱的刘海。她刚经历一番生死攸关的惊吓，明白自己此时的形象绝不会好看到哪儿去。

适才回家，父母见凌诗诗衣衫不整、发型凌乱，已经问长问短一番。凌诗诗真想扑进母亲怀里痛哭一场，可若是父母得知她今天的遭遇，非被吓出病来不可，绝不能再刺激他们。可是，她满心的悲伤和忧惧亟需一个出口。那么，致电吴家俊或是任何一个向她殷勤示好的男子？不，他们不过是爱她最美的一面，一旦遇到一点风险便成了缩头乌龟。凌诗诗翻遍脑海里所有的号码，竟然找不到一个可以倾心吐胆哭诉一番的对象，直到脑海中跳出一个并不特别亲近却值得信赖的名字，她才跑到楼下，拨通了公用电话。刘子均那头很是喧哗，两人简单说了几句，电话就断了线。凌诗诗虽不知详情，但她相信他一定会来。

凌诗诗今天没有化妆，脑后简单扎了个马尾。学生时代的牛仔裤和T恤穿在她身上略显紧绷，抑制不住的青春活力令刘子均微微心旌神摇。许久不联系，他发觉自己对凌诗诗愈发牵挂，似乎老婆罗小曼在婚姻生活中的缺位，令他有了精神出轨的理由。不过，他清楚地知道，自己对凌诗诗除却欣赏、同情或许还有那么一点男人对美女天生的好感，别无其他。至少，在婚姻存续期间，他会努力克制。他无法将圣洁的凌诗诗与婚外情这样暧昧的字眼联系起来，他也不会允许自己的道德履历上有任何的污点。

见刘子均目不转睛地盯着自己，凌诗诗的脸刷地红了，举止也变得不甚自在。刘子均觉察到自己的失态，连忙拿出为她购买的礼物，放到桌上。

“诗诗，你的手机和皮包都太旧了，让人看了笑话，我给你买了新的，你试试？”刘子均借着送礼掩饰道。

凌诗诗刚想开口婉拒，忽然有人敲门，原来是服务员前来为他们点菜。不知是否是凌诗诗敏感，她感觉服务员目光锐利地在她脸上扫了两下，那目光令她很是不爽。

待服务员出去，凌诗诗才开口道：“无功不受禄，我说什么都不能收。再说，我已经接受过你很多帮助。”

刘子均正兴致勃勃地拆开包装，乍听凌诗诗这么一说，不由大为尴尬，手也僵在半空。尽管如此，诗诗的表现还是让他欣喜，他早就料到诗诗不是个贪财的女孩，但是眼下，如何让她收下礼物，倒是要费一番唇舌。他考虑一下，说："诗诗，尽管名义上，你是蓁城传媒的实习生，但是事实上，你已经开始为我公司工作，就该听从公司的安排。你现在不仅仅代表你个人，而是代表蓁城广告之星应有的形象。"

凌诗诗笑道："难道广告之星非要奢华亮相不可吗？"

刘子均苦笑了一下："诗诗，跟你一起选美的女孩子们哪个不是竭尽全力打扮得花枝招展，你真的有点落伍。"说罢，他便感到后悔，害怕凌诗诗不悦，急忙补上一句，"其实，现在拥有像样的皮包和苹果手机，只是一个都市白领的正常配置，实在与奢华沾不上边。你难道没有注意，就连刚才那个点菜的女服务员使用的也是苹果手机啊。"

凌诗诗不忍辜负刘子均一番心意，只好拿起礼物仔细端详。她对崭新的皮包很是满意，害怕手汗弄脏了皮面，没有细看便放回了纸袋。接着她又研究起了手机。白色苹果手机体积轻巧、外观炫目，宽大的屏幕闪闪发光很是拉风。

"我猜你们90后会喜欢这款。本想帮你办好入网，但是开机需要指纹验证，所以，还是你自己去营业厅办理吧。"刘子均见凌诗诗满意，不由松了口气。

凌诗诗见过手机广告，知道这款手机价格超过5000元，那可是她一个半月的工资，全家几个月的伙食费。如果说2000元出头的皮包她还勉强能够接受，这款手机对她而言太过昂贵，她实在受之有愧。

"皮包我确实需要，就不跟你客气了。但这手机实在太贵重了，你还是拿回去吧。对了，小曼姐一直嚷嚷着要换手机，你可以拿去送给她。"

提到罗小曼，刘子均便气不打一处来。罗小曼是个典型的苹果控，每次苹果手机一出新款，她便把旧手机抛弃，吵着要买新的，弟弟刘志杰就是跟她学坏了。刘子均不禁有点怨恨凌诗诗，这个时候，提罗小曼做什么，扫兴。

刘子均加重语气道："诗诗，这些东西是海伦公司赞助给你，不是我个人的馈赠，所以请你收下。帮助你树立美好形象，也是为了海伦公司未来的利益和前景着想。"

凌诗诗依然诚惶诚恐："我不一定能够夺冠，更不一定能帮上你的忙，一下子收公司这么多的东西，实在过意不去。"

刘子均心中暗叹：若是换了罗小曼或许根本看不上这两样东西，难得凌诗诗还如此淳朴，更令他刮目相看。他耐着性子鼓励道：“诗诗，我知道你不爱虚荣。可是此一时彼一时，既然已经进入决赛，那就得全力以赴，为自己更为家人搏一个好的未来。你不要有压力，但要坚信自己的实力。这样才能赛出水平，赛出风采。即便不能夺得冠军，也让整个广告圈见识到你的实力，或许机会就此源源不断。你看，我们不就是通过选美重逢的吗？”见凌诗诗若有所思，似乎被他说动，刘子均又道，“与你的大好前途相比，这些小小的东西又算得了什么？你大可以加倍挣回来再还给我，对不对？”

“对！”凌诗诗见刘子均执意如此，也就不再拒绝，重重点了点头。她蓦然记起约刘子均见面的初衷，赶紧插嘴道，“感谢你对我的信任，可今天发生了一件大事，不知对决赛是否会有影响。”

“什么事？”刘子均紧张起来。

凌诗诗涨红了脸，将自己和陈自力、孙怀谷之间的纠葛合盘托出。

刘子均听完，蹙起了眉头沉吟许久才说话：“孙导不过是试探你，既然知道你无心就会罢手，不会动真格跟你过不去。我倒是觉得陈自力既可笑又可怕，你不过是他前女友，就算是他老婆，他也没有资格限制你的人身自由、干涉你的选择。现在他就敢如此嚣张，万一你们结婚，说不定他会用更狠辣的招数来对付你。不过，这是你的私事，要看你自己的意思。”

凌诗诗急忙表态道：“我跟他早就已经一刀两断，是他单方面不停地纠缠我。”

“如果你决心分手，那只需彻底避开他就好。陈自力还会去培训基地蹲守，决赛前你尽量别出门，培训也不用再去，反正课程都是重复的，你待在家里就可以完成。这么做的好处是避免跟陈自力当面冲突。”刘子均想了想，又说，“万一狭路相逢，你千万要镇定，不能跟他独处，更不能再上他的车子。但是你的态度要平和，千万别再像今天那样弄得满城风雨。”

“可是，今天的事会不会被娱记乱写？”凌诗诗心有余悸。

“他们要乱写，你也无计可施。其实，外人怎么说怎么看，根本就不重要。只要你自己力争上游，有了本事有了地位，到时谁也不敢小看你。”刘子均一口气说完，拿起茶杯喝了一口，补充道，“诗诗，你是个有志气有骨气的姑娘，我看好你！你可千万别让我失望。”

“嗯！”

刘子均的一番劝导令凌诗诗心头的阴霾一扫而空，她似乎又重新找回了勇气和希望，不过她并不知道，此时的刘子均不过是故作轻松坚定，他早已陷入家庭和事业的泥沼之中。

蓁城广告之星的决赛日期，定在预赛后的第40天。罗小曼进入十强后，凭着美貌和风情可算得上炙手可热，再加上袁少峰拜托一批娱记朋友们在各种娱乐报刊上不断发表吹捧的文章，罗小曼这个名字赫然与凌诗诗、蔡仪敏这两位“大热门”并列成为大众预测的三个冠军人选。就连罗小曼自己也能清晰地感受到，她正逐步走向成功。其实，与丰厚的奖金相比，罗小曼更看重的是成为明星之后万众瞩目的虚荣，虽然之前她的明星梦受挫，但袁少峰的帮助和报端的吹捧又将她的自信心高高地鼓胀起来。

可是，尽管有袁少峰的大力推荐，可碍于演艺经验不足，外加文化水平不高，罗小曼在试镜时屡受打击。导演们纷纷指责她装腔作势、矫揉造作，除了一张美艳的脸孔之外毫无演技可言。还好，袁少峰对罗小曼一直保持着耐心和体贴，他在自己主演的电视剧中，为她安排了一些无需演技的跑龙套角色，让她感受剧组的氛围，顺便观摩别人的表演；拍戏的间隙，袁少峰耐心为罗小曼讲解剧本……袁少峰认为，这些演艺经验不仅对罗小曼未来的演艺之路有所帮助，更能在最短时间内迅速提高她在选美决赛中的表现力。

其实，无论罗小曼是否具有演技，她已是蓁城目前毋庸置疑的当红明星。因为，她作为选美十强佳丽与袁少峰的密切交往已经成了娱记们最好的绯闻素材。看到铺天盖地的报道，罗小曼甚至有几分自鸣得意——身为有夫之妇，她居然能俘获像袁少峰这么优秀的男人。袁少峰一掷千金的豪爽和无微不至的关怀令罗小曼神采奕奕，娇艳更似从前，早把老公刘子均抛到了九霄云外。

对罗小曼的种种，刘子均可谓忧大于喜。眼下，不少客户都打趣他娶了一个明星老婆，但他清楚老婆喜新厌旧、拜金虚荣的本性，他预感罗小曼又会闹出什么新的事端。

刘子均的担心不无道理。袁少峰与罗小曼因为选美走到一起，如今又经常在同一部戏中耳鬓厮磨，增加了不少亲密接触的机会。尽管罗小曼只是跑龙套的，但剧组成员都很有眼色，早看出袁少峰对罗小曼超乎寻常的关照，经常自觉不自觉地为他们留出空间单独相处。有个编剧甚至促狭地在电视剧《凌云山仙剑传奇》里临时加了一场戏：罗小曼扮演的无名小仙女被妖魔打下悬崖，法力无边、英明神武的男主角飞身扑下悬崖营救，怀抱小仙女一起跌倒在飘飞的云朵中，四目款款相对，情到浓处缠绵一吻。这场戏在摄影棚拍摄，白云和悬崖可在后期制作时用特技手段贴上。男主角袁少峰只需一次又一次抱住小仙女，跌倒在厚厚的垫子上，完成戏份即可。

两位演员相当投入，袁少峰与罗小曼的倾情一吻，吻得难分难舍如入无人之境，导演和四周的摄制人员都被他们的激情吸引，忘记了喊停，只有摄像机沙沙的声音悄然作响。

待到这场戏结束，满脸红晕、头发散乱的罗小曼才如梦初醒，羞涩地拢着早已凌乱的发型，在袁少峰的搀扶下从垫子上起身。从此，袁少峰对待罗小曼更为温柔体贴，望向她的眼神也格外多情。两人毫不避讳地同进同出，罗小曼沉浸在“爱情”的甜蜜中，几乎忘了还需参加蓁城广告之星决赛。

蓁城是个地级市，圈子并不甚大，罗小曼的绯闻很快传得人尽皆知。刘子均当然看到过关于老婆的报道，从前他还能自我安慰只是炒作手段，假装不是十分在意。但是，预赛才结束三个礼拜，不少客户开始暗示刘子均管好老婆，刘母和霍丽鹃也成天拿着娱乐周刊嘀嘀咕咕个没完。不过，霍丽鹃碍于老公刘国权还被关着，自己又被刘子均收回了财权，不敢太过放肆，心中却甚是不忿，巴不得罗小曼给刘子均弄顶绿帽子戴戴。而刘母则终于忍不住追问儿子，八卦报刊上所说是真是假？刘母还翻出老账，每天给儿子脸色看。

刘母的抱怨让刘子均心烦意乱。而罗小曼的行踪比以往更为诡异，仿佛家庭对她而言不再有任何约束和价值，她与袁少峰接连不断的绯闻更是令刘子均颜面扫地，时时感到窝囊恼火。“离婚”的念头开始不时泛上刘子均心头。可是，“离婚”是个庞大的工程，不到万不得已，刘子均下不了狠心。尽管他对老婆最近的表现极度不满，但作为一个传统的男人，他依然不愿相信罗小曼会做出实质性的越轨之举。他没有轻举妄动，只是开始暗暗留意罗小曼的行踪，同时对她更加细心体贴。其实，在内心深处，刘子均对老婆还是抱有一丝幻想，希冀奇迹发生，老婆迟早会被他的真心打动从而倦鸟知返，毕竟，组成一个家庭并不容易。

但是，刘子均的幻想落了空。随着决赛日期的临近，罗小曼与袁少峰的绯闻愈演愈烈，就连身边的邻居也开始对刘家人指指点点，大有三人成虎之势。刘子均终于忍耐不住，一天，待罗小曼回家之后，他先是主动帮她脱外套，拿皮包，见她心情不错，才装作轻描淡写地问她：“老婆，最近娱乐杂志上很多新闻谈到你，你知道吗？”

罗小曼换上睡衣，正准备洗澡，听得老公试探，心里咯噔一下。她早料到会受到老公的质问，但眼下听他的语气，似乎并不敢得罪她，这让她暗自得意，大胆地将早就编好的谎话讲了一遍：“老公，这些都是新戏的宣传方式，上映前不搞些噱头就没人关注。你不会连这个都不懂吧？”

“是吗？像你这样还没出名的小演员也有人借你来炒作？”刘子均露出怀疑的神情。

罗小曼一阵心虚，看来刘子均并不傻，不过，这阵子的屏幕生涯虽然不长，却让她学会了怎么做戏。她一扔手里的梳子，抢先发作道：“你这么说就太伤人了吧。我好歹也是广告之星前十强，拥有一定的知名度，难道不够新闻价值？”

“别偷换概念，你明知道我不是这个意思。”

“我知道，说来说去，你就是不相信我，认为我在外面搞七捻三。哎呀，老公，随着我演艺事业的发展，以后这种绯闻是家常便饭，如果你连这点都忍受不了的话，我们趁早散伙，省得三天两头吵架。”罗小曼害怕刘子均追问下去，自己露出马脚，急忙一伸懒腰，向浴室走去，“我累啦，洗澡睡觉，有话明天再说。”

“明天你还要出门？剩下几天就是决赛，培训早就结束，你演的那个电视剧也已经杀青了啊。”刘子均最近经常留意八卦杂志，因此对与罗小曼相关的动态了解得很是清楚，就连袁少峰所开汽车的型号和牌照，他都了若指掌。

不知罗小曼是不想听还是没听清，她一边打开水龙头一边懒洋洋地说：“明天还要补拍一场室内的戏。”

“我陪你去吧，反正明天公司没什么事要处理。”刘子均站在浴室门口，观赏老婆往姣好的身体上抹着浴液。

见丈夫紧跟着自己，罗小曼心里涌上一阵厌恶，她拿起花洒喷向刘子均，叫嚷着：“快出去，有什么好看的。你还是看紧你那个赚不到钱的小公司，别一不小心，把全家人的饭碗给打破了。”

“你——”老婆刻薄的言语气得刘子均眼冒金星，却无可奈何。自从参加了选美，又跨入了演艺圈，罗小曼的眼界比以往大了数倍，满眼皆是金银财宝、浮华世界，自然不会再把自家这个举步维艰的小公司放在眼里。刘子均甚感男人的自尊受到极大的打击，再也没有心情与老婆温存，默默无语地回到了卧室，倒头便睡。只是，想起明天自己的枕边人又要公开与其他男人在众目睽睽之下卿卿我我，他心如刀绞。罗小曼很快洗完澡，一上床便睡着了。唯有刘子均翻来覆去，一夜无眠。

事实上，罗小曼在刘子均面前虽巧舌如簧，坚决否认她和袁少峰的绯闻，可实际上，她早已感受到袁少峰对她异乎常态的关怀。除了帮助她制造舆论声势，又给她演戏的机会增加知名度、磨练演技，每天拍完份内的戏，袁少峰都会开车带着罗小曼出去兜风，接着吃遍全城内外所有特色饭店；闲来无事，袁少峰还会陪罗小曼购物，当然都是由他买单。不仅如此，他还赠送给她各种名贵的珠宝首饰和名牌衣服。袁少峰含着金钥匙出身，生性浪漫多情，出手之阔绰，情趣之丰富，是草根出身、白手起家的刘子均完全不可比拟的。罗小曼原本便是水性杨花的虚荣女人，在袁少峰如此强大的攻势下，她已经把持不住自己。她明白，只要袁少峰稍有暗示，她便会立刻投进他的怀抱。但是，毕竟，罗小曼还是有夫之妇，且选美决赛在即，她不得不顾忌外界和亲友们对她的议论，因此响应袁少峰的态度有点犹豫不决。但是，袁少峰却不管不顾。

决赛隔天晚上，袁少峰开车带着罗小曼参加了一个社交酒会，所有宾客都是他在演艺界的朋友。袁少峰把朋友们一一介绍给罗小曼，罗小曼发现他们不少都是演艺圈里有名有姓的人物。大家围着罗小曼恭维着她的美丽，令她开心得飘飘欲仙，不知不觉喝下很多酒，朦胧之中，罗小曼似乎感觉选美冠军的宝座不是那么重要了，只要傍着袁总，名利、地位一切都会随之而来。

酒会结束后，袁少峰提出开车带罗小曼到郊外散散酒气，她欣然从命。醉眼朦胧的小曼似乎没注意到，袁少峰今晚滴酒未沾。已经过了午夜，公路上的车辆很少，袁少峰的敞篷车风驰电掣畅通无阻。

当晚的月色很美，漫天的星星仿佛镶嵌在墨色丝绒上的宝石，超炫。袁少峰将车门打开，又取出矿泉水，打开盖子，喝了一口，再递给小曼。罗小曼媚眼如丝地盯着袁少峰，嘻嘻笑了起来："你真坏，我怎能喝你喝过的水？难道你不怕被娱记偷拍到。"

袁少峰洒脱地笑笑："公众人物是没办法拥有私生活的，这就是成名的代价。让他们随便拍吧，我希望全世界都知道，我喜欢你。"

"啊？"罗小曼第一次听到袁少峰如此直露地向她表白，不由满心欢喜，嘴上却说，"你们男人的一张嘴永远是哄死人不偿命的。"

袁少峰一把抱住罗小曼，表白道："小曼，难道我为你做了这么多事，你还在怀疑我对你的诚意。我对你是一片真心，日月可鉴。”

罗小曼见他如此，心里暗喜，却半推半就道：“如果我和你的关系曝光，公众肯定会对此议论纷纷。”

“哈哈，人不风流枉少年。这个道理你都不懂？”袁少峰大笑道，“至于公众，你以为他们不知道我们的关系？他们越是指责你越是证明你倍受关注。等到有一天，无论你做什么，也无人关心的时候，说明你已经过气了啊。”

“可是，可是我是个有夫之妇。”

见罗小曼还在装腔作势，袁少峰暗自好笑，他直截了当地说：“如果你爱你老公，今天你就不会跟我来到此地。结了婚，不代表没有权利再做选择，你完全可以选择是否和他继续生活。小曼，你要相信，我是真的喜欢你，否则，我怎么会在你身上花那么多钱和精力。”他伸手按下车上某个按钮，座位的椅背刷地倒下，车里立刻铺满了银色的月光，微凉的夜风吹得小曼脸颊痒痒，仿佛袁少峰温热的鼻息拂在唇边的感觉。她不再试图挣扎，任自己沉醉于醺然欲醉、缠绵迷离的夜色之中……

罗小曼并不知道，她与袁总在野外突破了底线尽情欢愉的时候，待到凌晨仍不见老婆回家的刘子均再也坐不住了，直奔方舟影业寻找老婆。

袁少峰的方舟影业在蓁城市区一个商业写字楼里，离刘子均家不远，可楼下值班的保安说，公司早就打烊。刘子均还不死心，上楼查看一番，公司里黑灯瞎火铁将军把门。他怀疑罗小曼和袁少峰在里面鬼混，便拿出手机拨打罗小曼的手机，侧耳细听，里面并没有传出手机铃声，这才颓然下楼。

保安见刘子均一副垂头丧气的模样，倒是有几分同情：“老兄，你就是不相信我的话。这么晚了，楼上那么丁点大的地方，罗小姐和袁总怎么可能留在这里？”

刘子均听他的口气，似乎知道什么，急忙问道：“兄弟，你一定知道袁总常去哪里宵夜，能不能告诉我？”

保安哭笑不得地说：“他是有钱的少爷，想去哪里怎会跟我这个小保安汇报。我劝你还是回家去吧。现在是凌晨两点，说不定你老婆已经在家等你了。否则，这个时间，他们在做什么，你用脚趾头都能想出来。我在这里当差好多年了，袁总的女朋友换了不计其数，可像你这样三更半夜来找老婆的还是头一次遇到。想开点吧，兄弟。”说罢，保安用力拍了拍刘子均的肩头。

刘子均尴尬极了，男人的尊严简直一扫而空，可他认定保安知道袁总的去向，非要他交待不可。保安被缠得心烦，只得透露了一个重要信息：袁总在蓁城城东有一个演艺学校，招收怀揣明星梦的年轻人。学校里面设有摄影棚和休息室，24小时不分昼夜地使用。如果袁总和罗小姐还在工作，那极有可能在那个地方。刘子均大喜过望，掏出一包香烟谢了保安，急忙驾车往郊外驶去。

去城东的主干道只有一条，当刘子均驶至三环，忽见袁少峰的敞篷车呼啸着迎面而来，副驾驶座上的分明就是自己的老婆罗小曼。刘子均猛打了一把方向盘，将车子横在路上。袁少峰见状紧急刹车，险些撞上。

见刘子均从天而降，罗小曼不禁目瞪口呆，她发觉老公脸色铁青，更加害怕，心虚地望向袁少峰。

袁少峰却十分镇定，似乎是处理这类情况的老手，他态度自然地跟刘子均打了个招呼："刘总，这么晚了，你还来接小曼，真是个好老公。"

"小曼是我的老婆，我接她回家最正常不过，反倒是袁总您，居然还记得小曼是有夫之妇啊。"刘子均讥讽道。

此时，罗小曼已经缓过神来，恢复了常态。后天就是决赛，她可不想在这个时候节外生枝，急忙跳下车子，走到老公身边，嗔怪道："我不是说过，补镜头比较费时，不用你来接我吗？怎么你还是来了？"

"你为什么这么怕我来？是怕我撞破你的好事吗？"刘子均气愤地说。

"看你在说些什么啊？让外人听了笑话。我和袁总今天一直在他的片场拍戏，刚刚才收工回来，连宵夜都没来得及吃呢。"罗小曼不愿让袁总尴尬，所以竭力诡辩道，又扭头对袁少峰说，"不好意思，既然我老公来了，那我坐他的车回去。辛苦您啦！"她一边朝袁少峰使眼色，一边主动坐上了刘子均的车子。

袁少峰见罗小曼主动做出和解的姿态，也不再多说，向刘子均点了点头表示告辞，随即开车离去。

回家的路上，刘子均和罗小曼各怀心事，一路脸色阴沉、默默无语。过了好一会儿，刘子均才开腔道："小曼，为了家庭的稳定，我有个要求。"

"说！"

"选美决赛之后，无论结果如何，请你离开演艺圈回到家里当个贤妻良母，我又不是养不起你。"

"你要我在家当黄脸婆？"罗小曼终于忍不住尖叫起来，"我现在就告诉你，这不可能！我刚刚才有点知名度，美好的前途在向我招手，我怎么可能半途而废？

我知道，你就是自私，把我看做你的私人财产，不许我有一点点发展。”

“发展？你所谓的发展就是陪着那个什么袁总？”刘子均渐渐激动起来，“你不知道，现在外面到底怎么议论你跟袁总的关系，你有没有考虑过我的感受？从前你说你要打通宵麻将，夜不归宿也就算了，今晚却被我撞见你跟他在一起，你怎么解释？你实在是太过分了，我的忍耐是有限的。”

“你这么说什么意思？”罗小曼毫不示弱，“你不就是怀疑我跟袁总有染？捉贼捉脏，捉奸拿双。你有证据吗？外面人是嫉妒我走红，故意中伤我，你也帮着他们一起来侮辱我？你还是不是我老公？还算是个男人吗？”

“正因为我是个男人，所以才忍受不了自己的老婆被人指指点点、说三道四！如果你坚持要继续拍戏，我也不拦着你，但是以后不准你再跟那个袁总一起演戏。”

罗小曼惊异地望着刘子均，仿佛看到一个天外来客：“哎呀，你真以为你老婆是什么大明星，想接戏就接戏，想拒绝就拒绝？告诉你，没有袁总，我在演艺圈里什么都不是。离了他，你去给我接戏？再说了，我跟什么人来往是我的自由，即便你是我老公，你也不能干涉我的自由。”

刘子均对小曼一向忍让，如今见她明明理亏还气焰逼人，不由火冒三丈，但他依然极力克制着情绪，尽量平和地说：“小曼，我跟你夫妻好多年，我一直都很珍惜我们之间的感情。我不希望因为一个外人，而破坏了我们好不容易建立起来的小家庭。你再考虑考虑，对女人来说，家庭难道不是最重要的吗？”

“够了，什么家庭，不就是你跟我两个人吗？别再拿那些大道理来压我。每个人都有追求自己理想的权利，难道为了家庭就该放弃一切、放弃自我？”罗小曼冷冷地说，“我累了，不想再跟你吵架。这样吵也吵不出什么结果来，我看，我们先分开一阵子，冷静冷静再说好了。”

刘子均瞥了一眼小曼，见她美丽的面孔上笼罩着一层冰冷的寒霜，心中被狠狠地刺了一下。他终于惊觉，虽然，今天的罗小曼并未像以往那般轻易说出“离婚”的字眼，但是她的表情、她的行为、她所有的一切都在告诉他，眼前的她再也不是从前那个娇俏可爱、收到一点礼物便无比满足的罗小曼，她的灵魂已被俗世的铜臭完全熏染，不知不觉中变成了另一个陌生而可怕的女人。

尽管刘子均对老婆诸多怀疑与揣测，却一筹莫展。并不仅仅因为他没有实质的证据，更重要的，是他心有余而力不足。这天，刘子均下班回到家中，见全家人都坐在母亲家的客厅，似乎在等他回来。刘母和霍丽鹃眼睛通红，正不住地擤鼻涕，似乎刚刚哭过。

“二弟，你大哥估计是出不来了。”霍丽鹃可怜兮兮地说。

刘子均烦躁地抛给大嫂一个白眼，这么大人了也不知道克制情绪，明知母亲年纪大了受不了刺激，还总惹母亲伤心，公事又帮不上忙，简直就是成事不足败事有余。不过，考虑到大哥还在拘留所，大嫂有点情绪也情有可原，刘子均还是耐着性子安慰了她们几句。

“二弟，你不知道，那个被打伤的人又出幺蛾子了，他要求增加赔偿金，否则就赖在医院不肯出来。”

“怎么回事？那天不是都说好了吗？”刘子均一惊。

霍丽鹃看了看刘母，委屈地说：“我就说二弟太老实了吧，那天是跟伤者说好了赔偿金额，可是口说无凭啊，你应该用纸笔白纸黑字记下来，要他签字画押。现在，人家改口了，说自己被打成了脑震荡，这里疼那里疼。医生要给他检查，他就哼哼唧唧地说头晕站不稳，大家都害怕担责任，现在根本没人敢碰他。”

“太过分了，这不是讹诈吗？”刘子均气愤地说。

“就算是讹诈，你拿他也没办法，谁让老大真的打了他呢。他还说，如果不给钱，他就上法庭告我们公司违约在先，老大又故意伤人，让他蹲监狱。二弟，要是国权他真的进去了，留下我这弱女子一个人，可怎么办呐？”霍丽鹃说着，又哭了起来。

刘母一听大儿子有可能会坐牢，立马嚎哭着，抱怨刘子均道：“我就说嘛，要是在乡下本本分分地种地，不就什么事都没有？爬得越高，跌得越重，我那可怜的儿子啊，还指不定要受多少苦呢。”她边哭边拍打着霍丽娟的背，爱怜地说，“孩子，真苦了你了。”

她苦？这根本就是他们夫妻惹出来的事！刘子均心道，听母亲不分青红皂白的口气，似乎自己吃苦受罪为这个家操碎了心都是应该的，其他人就受不得一点委屈。唉，算了，母亲年纪大了，何必跟她一般见识，还是想想如何解决眼前的困境才是正事。刘子均自我开解了一番，开始整理思绪。伤者毕竟是占理一方，若是真闹上法庭，不管怎么宣判，对大哥都很不利。况且，如果事情闹大，对于公司的声誉也有很大影响，至于请律师打官司这些杂事所耗费的精力金钱更是无法计算，所以，还是照价赔偿来得省心。他深吸了一口气，问霍丽鹃：“现在到底要多少钱赔偿？”

霍丽鹃偷看了刘子均一眼，见他脸色稍缓，说："那个人说要，要20万。"

"多少？"刘子均以为自己的耳朵出了毛病。

"20万。他们说，只要给足钱，就不会起诉，立马出院，从此再也不找我们麻烦。"霍丽鹃说，说罢，她又看了一眼刘母。

刘母边哭边帮腔道："子均，你就给他们吧。不就20万吗，我们家这三套房子就值上千万呢。要是实在没钱，卖掉一套不就结了。"

刘子均见弟弟刘志杰一直呆坐一边，没有吭声，便问道："老三，你的意见呢？"

刘志杰迟疑了一下，看了看霍丽鹃，才说："哥，要不，咱还是给钱吧。"

钱，又是钱，仿佛自己就是免费提款机。刘子均几乎吼了出来："你们说得倒是轻巧，20万，要做多少设计多少展板才能挣回来。何况现在公司状况并不见佳，我重做那批展板，又花了不少钱，到哪里去凑出20万现金？"他喘了口气，又冲着母亲说道，"妈，这房子虽然值钱，但是按揭买的，我每个月还得还给银行一大笔钱。再说，房子是我们现在唯一的固定资产，卖了就再也买不回来了。你以后养老怎么办？"

"其实，也不一定要卖房子。"霍丽鹃期期艾艾地说，"楼下仓库不是还囤着一批画吗？我就不信还不值20万。"

刘子均警觉起来，这个女人真不简单，居然把脑筋动到了那批画上。仓库的确囤积了一批油画，那是刘子均向一些有成名潜质的画家买来收藏的，买下的时候很便宜。如今，其中几位画家确实成名了，画作的价格也上涨不少。但是，离他最终的预期还差得远，更别提其他依然籍籍无名画家的作品了。现在卖掉，根本不是时候。

刘子均把这层意思跟母亲一讲，母亲立刻捶胸顿足地大叫起来："你又不肯卖房又不肯卖画，那老大就吃定官司了。你太狠心了，那可是你的亲哥哥啊。哎呀，我不能眼睁睁看着儿子去坐牢，我不活了，我不活了。"

刘子均又急又气，但见母亲眼泪汪汪伤心欲绝的样子，还是把想说的话吞回了肚子里。唉，卖了就卖了吧，要是不卖，手头确实没钱。

"好了，别闹了。我答应还不行吗？明天我去把那几幅已经涨价的画作拿出来，其他的就别动了。"

刘母和霍丽鹃立刻破涕为笑，霍丽鹃高兴地说："妈，这下可好了，我老公有救了。"

刘子均很清楚，刘母是霍丽鹃特意请来的大神，目的就是逼他卖画。不过，他不是傻瓜，他明白霍丽鹃此举的目的并不单纯。事情是他们夫妇惹出来的，善后却要刘子均全权负责。霍丽鹃不愿出钱却想落个好名声，真够狡诈的。 看来，对这个嫂子，他以后要多加防备才好。

回到自己家中，老婆照例还没回来，冷锅冷灶，令人灰心丧气。但刘子均终于得到了片刻的安宁，他走进卧室，独自躺在床上，静静地思考公司的未来。一个公司光靠“输血”肯定不行，要学会“造血”才有生机。思来想去，他认为其实一切无非就是一个“钱”字闹的，如果能重新找到突破口，把生意纳入正轨，不愁不能改变眼下被动的局面，未来的前景还是光明的。问题是究竟如何才能找到生意的突破口呢？

第二十章 小导演魂断片场

凌诗诗逃跑之后，陈自力像发疯似的打她手机，一直是关机状态，其实她的手机早在那天的混乱中丢失了。过了几天，凌诗诗的手机停机了，她为了摆脱他的纠缠，更换了号码。陈自力没有办法，又打电话给主办方查找凌诗诗的下落，主办方以为他是小报记者，冷冷地回绝了他的要求。无奈之下，陈自力只好再次向朋友借车，每天到选美培训基地去蹲守。

无聊的日子里，他也曾与朋友相约喝酒，希冀借酒浇愁。可朋友们受不了他祥林嫂般的诉说与酒后无状的丑态，应约几次后便敬而远之。事实上，朋友只是生活的补充和点缀，并无义务随叫随到、有求必应。每个人都有自己的责任和难处，解决之后，才有精力兼顾其他。陈自力本不是善于处理人际关系的人，从不懂得站在客观的角度考虑问题，更不会自我审视。从前，凌诗诗是他生活中的润滑剂，也是他的情感寄托，她离开之后，生活向陈自力露出了真实的牙齿。朋友们的耻笑和孤立令陈自力愈发感到落寞和焦虑。

其实，他无法适应没有凌诗诗的日子，却并不明白问题出在哪里。他时常感到茫然无措，甚至感觉被人群所遗弃。所以，他只好逐渐将生活重心转移到了寻找凌诗诗这件事情上。陈自力开始对工作三天打渔两天晒网，引起了老板的不满。

同事多少知道他和凌诗诗的往事，好心劝导他："阿陈，天涯何处无芳草，何必单恋一枝花。凌诗诗那样的美女，不是你我这种凡夫俗子消受得起的，你还是趁早回头是岸吧。"可陈自力毫不理会同事的好意，反而觉得受到了嘲弄，激烈地反驳道："诗诗绝对不是那种虚荣的女人，她跟了我那么多年，现在只不过是生我的气，暂时不理我。你等着，我一定让她乖乖地回来求我跟她结婚。"

同事见陈自力如此自以为是，把好心当成驴肝肺，便不再与他多费唇舌。现代社会节奏如此之快，人人疲于奔命，谁有工夫理别人的闲事？背地里，公司同事们都在偷偷嘲笑陈自力“癞蛤蟆想吃天鹅肉”。他们并不理解，当一个人的生活失去了支点，便会寻找寄托，陈自力的寄托就是寻回凌诗诗。所以，在外人眼中陈自力固执透顶、自不量力，可对他本人而言，这种状态未必没有满足感。寻回凌诗诗的过程愈曲折、愈艰难，他的成就感便越发巨大。

陈自力在培训基地外守候了几天，都不见凌诗诗的踪影，不禁有点气恼，但依然不愿放弃，继续蹲守在会所大门外，希望能发现线索。与他一起蹲守的还有大批娱乐记者，不少人以为陈自力是他们的同行，见他天天来此，也不以为忤，还常常与他搭讪。

这天，又值下午培训结束时间，美丽的决赛选手们鱼贯走出会所的大门，正当娱记们的注意力被美女和接送她们的名车牢牢吸引之时，陈自力在人群中发现一个熟悉的身影——孙导。

陈自力不知道孙导的名字，但是他认得孙导肥胖的身材。就是这个武大郎，那天在陈自力家楼下趁乱把凌诗诗接走了。陈自力已经在门口守了好几个小时，又热又累又渴，加上多日来遍寻不着凌诗诗积累的怒火，正愁无处发泄。孙导恰到好处的出现，发酵了陈自力的激烈情绪。他一个箭步冲过去，揪住孙导的衣领，逼视着他怒喝道：“胖子，你说！你把凌诗诗藏到哪里去了？”

孙怀谷正全神贯注盯着不远处的佳丽们，盘算着这次将哪一个落单的小美女骗到他的片场试镜，冷不防被人一把提了起来，对方灼热的口气几乎喷到他的脸上。孙怀谷第一个反应就是那些被他勾搭过的有夫之妇的老公找上门算账来了，不由吓得魂飞魄散。

孙导个头矮，被人高马大的陈自力揪住了衣领悬在半空，立刻觉得呼吸困难，脸刷地涨成了猪肝色：“兄、兄弟，有话好说，先，先把我放下。”

“快说，凌诗诗在哪里？”陈自力稍稍松了松手，仍然怒视着他。

孙怀谷喘了口气，终于认出了陈自力：“啊？你，你不是诗诗的男朋友吗？连你都不知道她在哪儿，我怎么会知道？”

孙怀谷说的是实话，但陈自力听来却像是一种示威。妈的，老小子，不给你点厉害瞧瞧，你拿我当病猫。陈自力头脑一热，刷地一拳挥了过去，孙怀谷的鼻子立马喷涌出两股鲜血。

“哇！那边有人打架！”有个娱记发现了这边的动静，大队人马立刻扑将过来，噼里啪啦拍起了照片。

“别拍，别拍。”孙导用手捂住脸，害怕眼下这副丑态上了娱乐杂志，以后没脸见人。

“胖子，你少装蒜，我那天明明看到她上了你的车。快点把凌诗诗交出来，否则我要你好看。”

“我真的不知道啊。”孙导哀叫着，连连躲避陈自力的攻击，“她中途就下车了，之后再也没见过她。”

“你拿老子当笨蛋？还敢骗人。你明明就把她给包了，是不是？否则，怎么会那么巧，你出现在我家楼下。快说！我打到你说为止！”陈自力的拳头雨点般落下，孙导的脸颊很快肿得更像猪头，门牙被打落了两颗，其他部位也挨了不少拳脚。

“别打了，再打要出人命了。”有个女记者尖叫道，几个男记者已经作势想将陈自力拉开，但见他来势凶猛，轻易不敢上前，唯恐吃亏。

“警察来了，警察来了！”

大约过了十多分钟，警车呼啸而至，下来几个孔武有力的警察，上前架住了陈自力。

“放开我，放开我！他抢了我女朋友！”陈自力狂性大发，一边挣扎一边叫道。

“他就算抢了银行也轮不到你来教训，国有国法，你懂不懂？”警察严厉地训斥道，“走吧，都跟我们去派出所，把事情经过说说清楚。”

孙导原本躺在地上捂着流血不止的脸颊哎哟个不停，听警察说要去派出所做笔录，吓得一骨碌从地上爬了起来，“唉，警官，我跟他认识，他可能对我有点误会。你看，我这不是好好的，没事，没事。”孙导害怕将事情闹大，坏了他的财路，急忙为陈自力说好话。

“打成这样还说是小事，你可真是宽宏大量。”警察讥诮道，“在公众场所打架，影响恶劣，不管为了什么，都跟我们走一趟吧。”

见警察丝毫不肯通融，孙导怨恨地看了一眼陈自力，只得乖乖地跟着上了警车。

第二天，整个蓁城娱乐报刊的头条都刊登了这条消息，不过，娱记们并不知道事情的原委，否则凌诗诗又将成为街头巷尾的议论对象。

虽然，陈自力在派出所被警察教育了一顿，又勒令他向孙怀谷道了歉，但他始终未曾打消对孙怀谷的怀疑。陈自力坚信，孙怀谷就是凌诗诗的新男友，将她金屋藏娇起来。否则，凌诗诗不可能消失得那么彻底。为了查到凌诗诗的下落，陈自力暗自决定，改变目标跟踪孙导，摸清他的巢穴，再作进一步打算。

此时，陈自力由于旷工和打架，已经被公司开除。失去了工作的他，把怒火全都倾倒在孙导头上，若不是指望顺藤摸瓜找到凌诗诗，他早就想要动手再将孙导暴打一顿，以解心头之恨。过了几天，陈自力终于在培训基地的门口再次等到了孙导。孙导在家养了几天伤，但脸部依然淤痕难消，便戴了个大墨镜遮掩。陈自力躲藏在自己租来的车子里，用网上购买的望远镜监视着孙导的一举一动。

孙导并不知道有人跟踪，他今天前来的目的倒是并非为了钓“美人鱼”，而是来接女朋友蒋梦瑶去晚餐。陈自力认得蒋梦瑶，却并不知道蒋梦瑶与孙导的关系。在寻找凌诗诗未果的无聊日子里，他几乎看遍了近期所有的八卦周刊解闷，间接了解到了所有参赛佳丽的基本情况，包括三围尺寸、身高体重、个性爱好甚至家世背景。本次参赛的佳丽中，外地美女占了一半。本城佳丽除了少数几个名门闺秀之外，多是小家碧玉。蒋梦瑶虽然一直标榜自己是蓁城人士，但看娱记挖出的资料，她的家世背景与陈自力最为相像。她的父母皆为土里刨食的农民，无视独生子女政策，在生下三个女儿之后，终于得了一个男丁，家境自然不会太好。蒋梦瑶是长女，凭自己的努力跳出龙门，考进了音乐学院深造，经过一番周折留城当了中学老师。天生丽质难自弃，她对现状诸多不满，企图借助选美改变命运。

孙导接近蒋梦瑶有自己算盘，他本想借她广告之星十强选手的新鲜劲儿为自己的新戏做宣传，顺便利用她的明星梦为他免费拍摄几部低成本电视剧便作罢。但蒋梦瑶却认为孙导好歹是个导演，强过身边木讷清寒的男教师群体，便趁机把他套牢，成了他的正牌女友。两人这段缘分可谓阴差阳错、各怀鬼胎，这些，都是日后孙导在陈自力的胁迫下说出来的。

经过几天的跟踪，陈自力摸清了孙怀谷的底细。外表光鲜气派的孙导虽然顶着导演的名头，实际上处在娱乐圈的底层。除了一辆二手车，他唯一的产业便是郊外租来的小片场。孙导日常的工作除了跟风热门题材拍一些低成本的电视剧之外，就是四处物色还未出名的美女，充当免费或廉价演员。当然，片场日常的设备都是租来的，工作人员的工资也经常拖欠。请不起人写剧本，孙导便亲自操刀，没人拍摄，孙导自己上阵顶上……说来奇怪，就这么一个外表破破烂烂、经费左支右绌的小片场，却经常有电视剧可拍，资金来源令人生疑。不过，据说圈里不少导演都是这个状况，孙导还算是比较体面的一个。陈自力经过耐心观察，还发现一个有趣的现象：每天工作人员下班之后，会有不同的美女光临此处。

这一点令陈自力确定，孙导吃喝拉撒以及其他公私事务都在片场解决。如果凌诗诗已经投奔孙导，那么她只能躲藏在片场里面。只是有一点，陈自力不大明白，那些美女究竟是来试镜还是所为其他？若是其他？她们究竟看上孙导什么长处？

又观察了几天，陈自力对片场外围环境更加熟悉，估摸着时机成熟，便准备进入片场探个究竟。下午，他瞅准孙导驾车外出时，戴了顶鸭舌帽，大模大样走近片场。

“先生，您找谁？”门口有两个保安，挡住了陈自力的去路。

“我，我是孙导的朋友。来找他谈点事。”

“孙导现在不在，您跟他约好再来吧。”保安充满警惕地打量着陈自力。陈自力这才发现，片场的入口和过道处都安装了摄像头，他懊悔自己的鲁莽，不由自主地将帽檐往下压了压。但既然来了，现在就走未免惹人怀疑，陈自力硬着头皮道：“我跟他约好的，可能他忘了。能让我进去等他回来吗？”

两个保安对视了一眼，年长的那个温和地说：“这样吧，我给孙导打个电话，如果他同意，我就放您进去等他。这里是拍摄重地，害怕有人进去捣乱，所以请您别见怪。”说罢，他拿出了手机。

陈自力大惊失色，害怕穿帮，急忙装作接电话的样子，支支吾吾开溜，回到车里。

还没走远，便听到两个保安得意地对话：“哈，被我识破了。看他那样儿，肯定是个娱记。”

另一个奉承道：“就是，这种小伎俩，被您一吓唬，就露了馅，真是个菜鸟。哈哈哈。”

陈自力碰了一鼻子灰，回到车上，甚感恼怒，咕噜咕噜灌下一瓶水，火气才稍稍缓解。他安慰自己道，这趟也没白跑。安装那么多摄像头，里面一定有古怪。待到夜晚，工作人员都撤退，再进去一探究竟也不迟。

陈自力不敢走远，只能窝在车里，饿了就吃饼干，渴了就喝瓶装水，如此这般一直待到半夜。他估摸着片场应该收工，才将自己重新武装起来，小心翼翼地靠近。白天的两个保安不在原地，但是片场的大门紧闭，根本没法进去。陈自力有几分沮丧，却没有气馁，他顺着围墙慢慢绕到他从未去过的片场后部，他估计一定会有后门。果然不出所料，后边的围墙上有一扇低矮的小门，但是，当他伸手一推，发觉又是铁将军把门。怎么办？辛苦了这么多天就这么白白放弃？陈自力心有不甘，他围着片场转了一圈又一圈，终于找到了突破。后门左侧的围墙比起其他方位来得低矮，只需爬上相邻的大树，就可跳进围墙内。或许是因为片场的顶棚是密闭的，看似安全，因此工作人员没有在这一侧的围墙上安装防护网。陈自力人高马大又身手敏捷，爬树对他而言不过是小菜一碟，他脱下球鞋，将鞋带系在一起，挂在脖子上，光着脚爬上临近的大树，再将球鞋穿上，抓住树枝轻轻一荡，便跳进了围墙。双脚落地那一刻，陈自力心中狂喜：诗诗，我来啦。

外表神秘莫测的片场其实是个黑漆漆的大棚，或许是因为有了围墙的防护，孙导才掉以轻心，当然也可能是为了省钱，大棚周围几扇都是普通木门，虽然上了锁，可只需用铁丝捅捅，很容易就能打开。陈自力小心地躲避着围墙上的摄像头，打开一道木门，闪身挤了进去。大棚里面黑咕隆咚，伸手不见五指，陈自力只好掏出手机，借着微弱的光线，查看里面的情形。里面分隔成许多个摄影棚，每个摄影棚都有不同的道具和布景，当然也有一两个是空的。忽然，一个人影在黑暗中出现，陈自力吓得汗毛竖起，低吼一声：“谁？”

对方一动不动。

陈自力壮着胆子，再次问道：“是谁？再不说话老子不客气了。”

对方还是不动。陈自力借着微光慢慢靠近一看，原来是个塑料模特，这才松了一口气，颓然坐倒在地上。找了半天，连诗诗的影子都不见，他真想冲着黑暗大吼一声。忽然，似乎有一点声响传来，他竖起耳朵，凝神细听。无奈，声音太远，听不分明。陈自力精神大振，赶紧站起身来，循着声音的来源寻找过去。

靠得越近，声音越清晰，似乎是十分嘈杂的背景声，偶尔夹杂着一点女性娇柔的说话声。难道里面还在拍戏，陈自力一惊，随即又否定自己的想法。若是拍戏，光线一定十分明亮，但是声源处似乎是一个房间，并未关门，射出一点淡淡的光线。

陈自力好奇心大起，他预感自己离谜底不远了，便加快脚步，走到门口，偷偷向里面张望。这一看不要打紧，惊得陈自力目瞪口呆，手机也不由自主掉在地上。手机落地的响声惊动了独自在房间里的孙导，他循声望去，只见一个巨大的黑影堵在门口，情知不妙，发出一声大叫，跳起身来，就想夺路而逃。

陈自力正望着房间里不堪入目的视频发呆，但见孙导想跑，急忙冲上前去一把将他揪住，正对着自己。

“是你！”孙导与陈自力打了个照面，发出一声惨嚎。

“是我！没想到吧。”陈自力嘿嘿冷笑了几声，拎着孙导的领口，指着视频说：“说!这是怎么回事？”

孙导被陈自力抓了个现行，害怕吃眼前亏，只好哆哆嗦嗦地一五一十交待清楚。原来，仅仅依靠现有的资金，孙导根本无法拍出像样的电视剧，可是不拍片便没钱赚更无法在演艺圈立足，所以孙导想出了一个缺德办法，在更衣室装上摄像头，拍下女演员们更衣的镜头。孙导这人别的本事没有，作为星探的本事可是一等一的，被他相中的女演员，多半会迅速蹿红。他在对方将红未红时上门，哄来拍片，录下更衣的镜头。待对方红了，再将视频拿去勒索，对方为了前途多数会照价给钱。

“妈的，你可真是下流无耻到了极点。”陈自力狠狠地扇了孙导几个耳光，“要是她们不肯给钱呢？”

“别打别打！”孙导哀叫着，“其实我这招也是跟别人学来的，这才刚开始，没讹到几个钱，所以暂时还没遇到不给钱的主儿。您要是喜欢，就都拿去，我不收您钱。”

“去你的！你以为谁都像你这么无耻？”陈自力冲着他肥胖的肚子用力踢了一脚，孙导疼得蜷缩在地上。

“我再问你，你到底把凌诗诗藏到哪里去了？”

“哎呀，我冤哪。我真的不知道你女朋友去了哪里？对啦，明天就是决赛，凌诗诗肯定会出现，你可以去比赛现场找她啊！”

“奶奶的，老子做事要你教！”陈自力恶狠狠地说，“明天？明天赛场千人百眼，我还没近她身估计就被保安轰走了。要是今天我不找着她，阻止她参加决赛，明天万一她得了冠军，我哪里还有机会跟她复合？”陈自力越说越气，揪住孙导的手渐渐加重了力气，“你们这些有钱人，吃饱了没事做，搞出这些选美的勾当，欺骗良家妇女，真不是东西！”

“兄弟，这真不干我的事。你看我也是蝇营狗苟混碗饭吃，哪里算什么有钱人？凌诗诗那样的大美女，找什么样的不好，会跟我？”

“还跟老子装蒜！”陈自力见孙导满嘴跑火车，就是拒不交代，不由怒从心起。陈自力举起拳头，作势要打，厉声道，“快说，否则我打死你。”

孙导见状吓得抱住了自己的头，大声叫唤道："别！别！你看，我连我自己的老底都兜给了你，还有什么不能说的？我这里就那么大点地方，哪里能藏得住一个大活人呢？不信，你可以自己找找去啊。"

陈自力瞪了孙导一会儿，认为他说得有理，不像说谎。陈自力的直觉也告诉他凌诗诗确实不在这里。那么多天的努力又一次付诸东流，陈自力顿感浑身乏力，失去了刚才的劲头。孙导虽然捂着头部，但一直偷偷观察陈自力的表情，见陈自力不言不语站在原地发呆，心道此时不逃更待何时，猛地鲤鱼打挺从地上跳起来，像只皮球似的往隔壁滚去。

陈自力蓦然醒过神来，紧追过去。大棚四通八达，陈自力又不熟悉地形，要是让孙导跑了，可真别想再追回来。孙导跑得匆忙，加上心慌意乱，一不留神扑通摔了一跤。陈自力忽地一声扑将过去，将孙导压在身下。孙导使出吃奶的力气拼命挣扎，混乱中冲着陈自力的鼻子就是两拳。陈自力吃痛，松开了手，孙导挣脱他的控制，一边向前爬行一边放开嗓子大喊："救命啊！杀人啦！"绝望的叫喊声在空荡荡的片场回荡，显得分外瘆人。事实上，这荒郊野外又有围墙遮挡，根本不可能有人听到孙导的呼救，但是慌乱之中，陈自力已经昏了头脑。近来女友的失踪、朋友的冷眼、失业的苦闷再加上多日来的奔波劳碌令他的心理承受能力到达了极限，陈自力本无意伤害孙怀谷，寻找凌诗诗无果，却撞见孙导丑事，他已打算将孙导交给警察。但见此刻的孙导如此狡黠奸险、贼喊捉贼，勾起了陈自力心中的新仇旧恨、熊熊怒火。他再次扑倒孙怀谷，愤怒的铁拳接连不断地落到了孙导头部、身上："我让你叫，我让你喊……"开头，孙导还挣扎几下，渐渐地，倒在地上不再动弹……

第二十一章
且看到底花落谁家

预赛到决赛虽然只有短短40天，但是10位决赛佳丽同感这是一生中最漫长的40天。轮番广告轰炸、各种公开的造势活动，经过一段时间的铺垫，蓁城广告之星大赛决赛再次成为全城瞩目的焦点。数百万观众守候在电视机前欣赏这场选美盛事，比赛现场则挤满了争睹佳丽风采的富商巨贾以及新闻界人士。

决赛地点依然定在蓁城传媒旗下的五星级酒店百老汇宴会厅。宴会厅中空设计，高度相当于两层楼。大型活动部的工作人员负责现场布置。舞台后面有个不大的化妆间，10位佳丽挤在里面稍嫌拥挤，因此主办方为选手们另外安排了两个房间做休息室。只是，似乎大家更愿意挤在狭小的化妆间闲聊。这是最后的关头，紧张的情绪弥漫整个房间。美女们化妆完毕之后无事可做，只好东拉西扯拼命聊天来缓解自己的压力。

“喂，你们看到没有，那个罗小曼是坐袁总的车子来的。难道报纸上说她婚外恋是真的？”

“袁总又不是比赛评委，你管它是真是假。真多事。”

“听说，袁总跟郑少是同母异父的兄弟，说不定对比赛结果会有点影响。”

“我相信比赛是公平的！之前我还听说王思函是主办方郑总的私生女呢，结果怎么样，照样——”苏萌做了个“砍”的姿势，扭头冲着蒋梦瑶说，“瑶瑶，我说得对吧。”

蒋梦瑶却显得心不在焉。今天早上她接连给男友孙怀谷打了几个电话都没人接听。她本想致电片场，又怕人家取笑她是个醋坛，只好作罢。这个死鬼，不知道又在哪里鬼混？蒋梦瑶恨恨地想，对苏萌的问话充耳不闻。

“哇！唐语嫣，这都什么时候了，你还有心思看书？”蔡仪敏蹑手蹑脚走到唐语嫣身后，猛地抽走了她手中的小说，大声把书名念了出来，“《买房战争》？这不是余征导演要开拍的电影的小说原著吗？”蔡仪敏警觉起来，瞪着唐语嫣道，“怎么，难道你是内定的冠军？”

唐语嫣不好意思地笑笑：“我紧张得透不过气来，所以看书解解压。万一，我是说万一，待会儿余导作为评委向我提问，我也不至于答不出来。情节挺曲折的，要不要借给你看看？”

“我才没有你这大小姐的闲情逸致呢。”蔡仪敏把书扔回给唐语嫣，转过身四下看了看，“咦？怎么不见凌诗诗？”

“估计是公交车晚点了吧。”苏萌回答道。

“哈哈哈。这个凌诗诗，参加决赛还那么寒酸，也不懂打个出租车，真是太掉价了。”

本次决赛，压力最小的就属罗小曼了，自从搭上了袁少峰，她对自己的演艺之路充满了信心。选美就是为了踏入娱乐圈，既然已经得到了机会，那么决赛名次对她而言反倒没那么重要。罗小曼对着镜子为自己补了补妆，要不是顾忌满屋子佳丽，她开心得差点哼个小曲儿。与此同时，罗小曼的手机在包里唱起了歌。一定是袁少峰打来的，罗小曼一脸幸福地滑动接听键，嗲嗲一声：“喂？”

“你是罗小曼吗？”一个陌生的男声，嗓音很明显经过了伪装。

罗小曼以为是娱记，倏地警觉起来：“你是谁？有什么事？”

“这个你不用管，我传给你一张截图，你看过再说。”对方说完，就挂了电话。

“喂？喂？什么呀？神经病。”罗小曼以为是恶作剧，咕哝了几句，忽听手机叮地一声，收到一条短讯。她疑惑地打开一看，顿时吓得呆若木鸡、浑身冰凉。图片上一位身材火辣的美女正在更衣。虽然有些模糊，但是很明显更衣的美女就是她罗小曼。

罗小曼呆立了半响，猛地醒过神来，抓起手机，跑进了楼梯，见四下无人才哆哆嗦嗦地拨通了刚才那个电话，压低嗓门道：“你，你到底是谁？居然敢偷拍我？你想做什么？要钱吗？我可以给你。”

对方嗤笑一声，简短地说：“现在开始，你闭上嘴，听我说。我不要钱，只要你帮我做件事。放心，只是一件小事。事成之后，我就把你的照片删掉。”对方顿了顿，还不容罗小曼回答，便继续说道，“现在，你到一楼大堂的男洗手间去，最右侧的洗手台下面用胶带粘着一包药粉，你把它倒进凌诗诗的水杯里，就可以了。”

“你，你想毒死凌诗诗？”罗小曼惊惧交加，“这可是犯法的。”

“放心吧，我没那么蠢。那不过是泻药，让她没法参赛就行。”

罗小曼的大脑飞速运转起来，判断着这么做的利弊。“我怎么知道你会不会一而再再而三地威胁我？”她终于想到了一句电影里的对白，学着说。

“嘿，你倒变得聪明起来了。我告诉你，你别无选择。决赛快开始了，如果你十分钟之内搞不定这件事，我就把照片发给各大娱乐杂志。我不怕你报警，反正到时候满街风光的是你。”

“等等，千万别发。”罗小曼急急喊道，“我是女的，怎么能进男厕？”

“一楼的洗手间基本没人使用，你取个东西只需十几秒，不会有人看到的。”

“但是，到处都有监控。”

“我踩过点，男厕门口没有。就算有，你也可以借口太紧张，所以走错了。就这样，我开始计时了。”对方啪地挂了电话。

罗小曼放下手机，发觉手心里都是粘腻的冷汗。她搜肠刮肚回忆着到底在哪里被拍下了不雅照，却始终不得要领。她纠结着是否将此事告知袁少峰，讨个主意，转念一想：这么丢脸的事怎么能让袁少峰知道，万一袁少峰误会她作风放荡，那她浑身是嘴也解释不清楚。看样子，对方并不是什么大奸大恶之徒，也许是凌诗诗的死对头也说不定。那么，就照做一次吧，碰碰运气再说。罗小曼横下一条心，一看时间已经不多，又不敢乘坐电梯，只得狂奔下楼。一楼男洗手间果然是个死角，不在监控范围内，罗小曼隐蔽在角落里四下窥视一番，确定里面没人，才大着胆子溜了进去……

凌诗诗由吴家俊开车载着送到了酒店。因为需要给父亲做饭，她成了最后一个到达现场的选手。这几天昼夜温差大，加上身心疲惫，凌诗诗的嗓子似乎有点发炎，她害怕上场后声音嘶哑，因此一进化妆间，就为自己倒了杯热水，泡上胖大海开嗓。

“凌诗诗，快过来化妆，就剩下你一个了。”化妆师不高兴地喊道。

“噢，来了。”水太烫，凌诗诗还来不及喝一口，便坐到门口的化妆镜前，任由化妆师摆弄。

罗小曼见机会来了，趁着大家不注意，幽灵一般晃到凌诗诗的茶杯边，将一包泻药倒了进去，接着，装作若无其事的样子走出了化妆间。手机准时响起，罗小曼赶紧向对方汇报任务已经完成。对方满意地笑起来，说："罗小姐，你放心，我一定信守承诺。"挂了电话，罗小曼不敢马上回到化妆间，在外溜达了一会儿，顺便平复忐忑不安的情绪。

距离决赛开始还剩下半个小时，众佳丽望着墙上的挂钟一分一秒地走动，只觉坐立不安，心脏砰砰乱跳。

"妈的，太折磨人了。该死的比赛快点开始吧，比完了，该怎样就怎样，再也不用受这份罪了。"蒋梦瑶忽然开口道，她把平时教师的修养抛得一干二净，满嘴脏话令人掩耳。众佳丽被她逗得嘻嘻哈哈笑成一片，就连一向矜持的唐语嫣也加入了嬉笑的行列："为了保持身材得到名次，我妈妈几个月都不准我吃荤菜，嘴巴里都淡出鸟来了。今晚之后，我要好好地吃一大碗红烧肉，最肥最油的那种。"

此时，罗小曼走了进来，她警惕地观察一下大家的表情，见没人识破她的丑行，这才放心，找了把椅子靠边坐下。罗小曼干坐了一会儿，满心烦乱无处发泄，忽然从包里掏出了一支香烟，开始吞云吐雾。在她的带动下，美女们纷纷问她讨要香烟，争相吸了起来。

蔡仪敏惊异地望着这个场面，讶异大家的放浪形骸。似乎决赛在即，成王败寇立刻就有定论，众佳丽再不用勾心斗角、虚与委蛇，反而放开了心怀、坦诚相见，气氛难得地和谐愉悦。

化妆间通风设备不佳，招架不住几支烟枪齐发，变得烟雾腾腾。蔡仪敏对烟敏感，忍耐了几分钟，便剧烈咳嗽起来。此时，凌诗诗已经化妆完毕，回到自己的座位，正准备喝口水润润喉。罗小曼紧张地盯着凌诗诗的动作，没注意到自己的香烟快烧到手指。

蔡仪敏越咳越大声，她刚刚伸手想把化妆间的门打开，便被化妆师喝止："不能开门，要是烟雾飘到舞台上，被娱记们发现你们都在抽烟，那真是个大笑话了。"

凌诗诗见蔡仪敏越咳越凶，几乎咳出了眼泪，急忙端着自己的杯子走近，递到蔡仪敏面前："敏姐，这是胖大海，你先润润喉吧。"

蔡仪敏感激地看了凌诗诗一眼，就着她的手便想喝水。冷不防听到罗小曼大喊一声："不能喝！"

蔡仪敏狐疑地瞪着罗小曼问道："为什么？"

罗小曼当然不能道出真情，只得支支吾吾地解释道："你用别人的水杯，不太卫生了吧。"

凌诗诗连忙解释道："这杯子我每天都洗，今天我还没喝过水。"

蔡仪敏扫了凌诗诗几眼，又望向罗小曼，突然露出恍然大悟的神情："我明白了，罗小曼，是你故意害我。"

罗小曼以为蔡仪敏得知了真情，吓了一跳，紧张地挤出一丝笑容："看你，说到哪里去了。我怎么会害你呢？"

"你还不承认！"蔡仪敏指向空中，气势汹汹地说，"你早知道我气管敏感，受不了烟味，所以你故意诱导大家一起抽烟，让我当场发病，待会儿比赛出丑，是不是？你真是居心叵测，我怎么早没看出来呢？"

"不会不会，我相信小曼不是这种人。"凌诗诗赶紧劝解道。

罗小曼连连摆手，争辩道："我抽烟是为了减压，别人问我讨烟，如果我不给，不是显得太小气了吗？"

"哈，你别狡辩了。如果你不是存心的，为什么不让我喝胖大海润喉，你就是怕我嗓子恢复了，待会儿跟你争冠军。"蔡仪敏一把抢过凌诗诗的杯子，咕嘟咕嘟喝了个底朝天，示威似的向罗小曼亮了亮杯底，"我偏不让你得逞。"

"行啦，别吵了。时间到了，要上场了。"贺艳红的大嗓门在门口响起。众佳丽围观蔡仪敏和罗小曼的嘴仗太过入神，反倒缓解了即将上场的紧张情绪，被贺艳红一提醒，立刻醒悟到，最为关键的冲刺时刻来临了。大家即刻散开，各自进入备战状态。

在蓁城广告之星大赛熟悉的主题曲中，厚重华丽的大幕缓缓拉开，10位决赛佳丽第一轮亮相完毕，分立两侧。主持人金超凡和小叮当汪皓走上了舞台。与预赛相比，决赛的舞美布置更为绚丽多彩。齐齐亮相的10位美女，在错落有致的灯光打照下，显得风情万种、美不胜收，立刻引爆全场喝彩，声浪之高几乎完全淹没主持人的开场白。

为了增加节目的观赏性，决赛将问答环节放在最后。之前就是例行的多轮服装展示、才艺表演和现场歌舞。

佳丽们迈着猫步在舞台上来回走动，竭尽全力展示天使面孔和魔鬼身材，一路搔首弄姿、烟视媚行，以期给评委和观众留下深刻印象。虽然决赛会评出名次，但是毕竟众美已入十强，即便落选也不再是籍籍无名的马路天使，因此，佳丽们的精神面貌和心理状态都很热情亢奋，几位力争上游的大热门选手更是使尽浑身解数，希望勇夺冠军。

按照惯例，第一轮裙装表演，可由佳丽们自选服饰。

罗小曼出场宛若一团火焰，热力四射。袁少峰请专人为她打造出妖冶魅惑的艳女形象，用定制的紧身皮短裙和吊带背心辅以张扬夸张的彩色妆容最大限度地展现罗小曼丰满迷人的身材和野性十足的气质，给人惊艳刺激的视觉效果。

唐语嫣的美貌无甚特点，性格也平和温柔，为了令她独树一帜，造型师建议她选择少数民族服饰，强调“民族风”。因此，唐语嫣上场时身着改良版的傣族服饰，保留其突出女性身体曲线之美的紧致风格，将原本的短袖改为汉服中的宽袖，圆领改为韩服中的V领，又加上蝴蝶结状的打褶设计，掩盖唐语嫣肩膀和胸部线条不够圆润流畅的缺点。唐语嫣的表演矜持优美，赢得了评委们的一致好评。

蔡仪敏紧随其后亮相舞台。她自费花大价钱聘请知名设计师，用透明和闪光面料，再辅以价格不菲的镀金和水钻装饰，为她裁剪出独一无二的长款礼服。当她款款走上舞台，衣料下若隐若现的神秘玉体与佩饰折射出的迷离光芒，营造出如梦如幻的意境。然而，尽管蔡仪敏表演卖力，观众的反应却令她很是失望。或许是因为她的展示太过新奇出色，令观众们瞠目结舌，几乎忘记了鼓掌。待到大家反应过来，凌诗诗已经正式出场。

尽管凌诗诗并不缺乏“秀色”的本钱，但赛前经过反复思量，她最终决定剑走偏锋，走阳光少女的纯情路线。她的提议遭到了造型师的质疑，主办方也认为，选美不是拍青春偶像剧，观众多为成熟男性和追梦少女，部分是家庭主妇与老年人，白领女性与少年男子的占比最小。凌诗诗的选择无异于抛弃了主要市场，很可能因此落败。但是，凌诗诗还是坚持了自己主张。

白色蕾丝无袖上衣清雅别致，橙色蓬蓬裙赏心悦目、夺人眼球，衬托出凌诗诗修长光洁的双腿和纤细健美的腰肢，而凌诗诗的表演则将江南美女的含蓄与西方少女的奔放巧妙地融合在一起，配合她弹性十足的台步和空灵清新的风姿，蓬勃激昂、健康向上的青春气息和生命之美瞬间撞开了观众们的心门，就连评委和主持人亦感目眩神迷，不由自主地屏息凝神。一时间，几乎所有的娱记都举起了相机，争前恐后地记录下这难得一见的纯美身影。观众们的掌声此起彼伏，大家都高叫着凌诗诗的名字，不许她回到后排。

如此震撼的效果出乎所有人意料，也令已经走完首秀静立后排的众佳丽感到嫉妒和难堪。蒋梦瑶抛给蔡仪敏一个惊异的细微表情，而蔡仪敏则稍稍偏过头，用眼神暗示蒋梦瑶：凌诗诗这个强劲对手，一定要除掉。

事实上，蔡仪敏与蒋梦瑶早在预赛便结成同盟。蔡仪敏看准了蒋梦瑶没有后台，无论如何也无法夺冠，便利用蒋梦瑶的嫉妒心铲除了王思函。由于时间仓促，来不及对付实力不凡的凌诗诗和罗小曼，让她们进入了决赛，成为了蔡仪敏和蒋梦瑶二人的心腹大患。所以，在决赛之前，蔡仪敏就与蒋梦瑶商量好，由蒋梦瑶对付比较难缠的罗小曼，而单纯的凌诗诗就留给蔡仪敏自己来收拾。至于唐语嫣之流，蔡仪敏认为她们还很嫩，充其量拿个季军，不足畏惧。但是，蔡仪敏的如意算盘在第二轮走秀中落了空。当她展示完服装袅袅婷婷地回转身体，忽然感到腹中绞痛，瞬时豆大的汗珠直冒，疼得她差点昏厥过去。糟了，着了道了。蔡仪敏暗叫大事不妙，一边向迎面而来的蒋梦瑶使眼色，一边咬紧牙关往回走去，但脚步明显有些凌乱。好不容易挨到后台，蔡仪敏赶紧跑进洗手间，一坐下便无法起身。腹泻多次后，她才稍稍缓过劲来，赶紧给蒋梦瑶打电话。蒋梦瑶在后台不见蔡仪敏，急得团团转，幸好此时有一场歌舞表演，不用即刻上台。她接到蔡仪敏的来电，用最快的速度跑进了洗手间。

“敏姐，你怎么样了？”蒋梦瑶扶着几近虚脱的蔡仪敏问道。

“妈的，着了那个凌诗诗的道了。真没想到，她看起来正经，居然干出这种事。一定是她在我喝的水里放了泻药。”蔡仪敏咬牙切齿地说。

“凌诗诗不像是这种人吧。我在她身边看得真切，那水是她准备自己喝的，见你咳得厉害，她才给了你。”蒋梦瑶疑惑道，“对了，你准备喝那水时，罗小曼神色不对，没准儿是她干的。也许，她想给凌诗诗下药，结果不巧被你喝了。”

“哪有那么巧合的事，她俩关系一直挺好。”

“那可说不准，没准儿罗小曼跟咱俩动了一样的心思，不愿让凌诗诗拿冠军。不过话又说回来，凌诗诗长得漂亮，又能歌善舞，保不齐冠军非她莫属。”蒋梦瑶揣测道。

“少在这儿长他人志气灭自己威风。”蔡仪敏气急交加，恶狠狠地说，“我看，两个女人都不是东西，搞不好是她俩唱着双簧下了个圈套，等我往里头钻呢。不行，我绝不能让她们得逞！”

“可是，你现在这个样子，还能比赛吗？”蒋梦瑶似笑非笑地问道。此刻，她的心情十分矛盾，一方面她为自己即将失去盟友而难过，另一方面又庆幸少了蔡仪敏这样的劲敌。纠结了一会儿，连蒋梦瑶自己都不明白，究竟自己是站在哪一边。

蔡仪敏对蒋梦瑶的心思洞若观火，她冷笑一声，低声道：“你别犯浑，就算我上不了台，你也当不上冠军。我劝你最好一心一意跟我合作，按原计划把罗小曼和凌诗诗弄走，否则，人家吃肉，你连汤都喝不上。别忘了，王思函可是被你撂倒的。”

蒋梦瑶瞥见蔡仪敏怨毒的眼神，不由打了个寒噤，她立马想起，自己的把柄落在蔡仪敏手里，如果不与她合作，说不定蔡仪敏会马上将她抖出来，那个时候，自己可就真的一无所有了。

蒋梦瑶正在思想斗争期间，蔡仪敏又捂着肚子跑进了厕格，临走前，她催促蒋梦瑶：“快去，赶紧完成你的任务。她们想看我死，没那么容易。”

蒋梦瑶在洗手间站了一会儿，觉得无趣，战战兢兢回到后台。罗小曼的目光有意无意地扫了过来，碰巧与蒋梦瑶的相撞，两人各怀鬼胎，俱是心头一凛，急忙错开眼神。蒋梦瑶心知罗小曼有了防备，要在如此短暂的时间内令她失误，也不是件容易的事，还是等蔡仪敏回来再做计较。

第三轮出场的音乐很快响起，蔡仪敏在最后一秒出现在舞台上，向观众露出灿烂的微笑。这一轮展示之后，便是各人的才艺表演，接着再集体出场一次，便进入问答环节。蔡仪敏猜测罗小曼早有防备，蒋梦瑶独自在舞台上很难找到机会，便在洗手间想出一个一箭双雕的办法。

这一轮是便装展示，各位佳丽在环绕舞台两圈之后，需要交错队伍再走秀一次，整个队形呈X状。因为决赛佳丽人数较少，所以在队伍最后会有10位舞者压阵。两支队伍变换队形之时，蒋梦瑶刚好排在罗小曼身后，与另一队伍中的蔡仪敏有片刻的交错，这个时候，队形会稍显凌乱。为了电视画面的美观，两队佳丽交汇之时，灯光会调暗几秒，以免观众看出破绽。经过成百次的彩排，佳丽们已经配合默契，每个时间点都掐得恰到好处。蔡仪敏的计划是，趁着灯光昏暗的片刻，假装抢拍，轻轻推一把蒋梦瑶。蒋梦瑶的高跟鞋足有十公分，一定无法平衡，刚好撞倒排在前面的罗小曼。当然，这个计划十分冒险，万一灯光恰好亮起或是自己把握不住平衡，那蔡仪敏便等于失去了决赛的资格。思来想去，蔡仪敏决定铤而走险，因为除此之外，她实在想不出任何办法可以万无一失地扳倒罗小曼。至于蒋梦瑶这个笨蛋，待自己夺冠之后多提携她也就罢了，谅她不敢说出实情。短短一分钟，蔡仪敏心头已千回百转，她打定了主意，便死死地盯住罗小曼，准备动手。

走到第二圈，蔡仪敏的腹中又开始绞痛，她不敢露出忧容，努力保持着微笑，踏着音乐的节拍，宛若安徒生童话中每走一步就像在刀尖上跳舞的人鱼公主。才过了十几秒，汗水便湿透了蔡仪敏的衣衫。“3、2、1”蔡仪敏忍着剧痛在心中默数，队形开始变换，灯光缓缓变暗。蔡仪敏瞅准时机，上前一步，仿佛不经意般撞了蒋梦瑶一下。蒋梦瑶原本就满腹心事，灯光骤然暗淡，她还来不及调整步履，只觉后背一股推力，她身不由己地向前跌去。

“啊!”队伍中一声尖叫，只听扑通一声，观众席也开始发出骚动。

五秒之后，灯光骤亮。导播立刻从视屏中发现了现场的异样：“切，快切换画面。”说时迟那时快，电视镜头立刻插播了一则珠宝广告，现场的工作人员也迅速上前处理突发事件。很快，无论是观众席还是舞台都恢复了平静。但是，坐在前排眼尖的观众还是亲眼目睹了刚才一幕：20 号佳丽蒋梦瑶失足掉下了舞台。千钧一发之际， 6 号佳丽凌诗诗使劲稳住失去平衡的 12 号佳丽罗小曼，因此，罗小曼只是跌倒，没有摔下舞台。

“妈的，这两人肯定是一伙的。”蔡仪敏见凌诗诗奋不顾身救下罗小曼，更加肯定了自己的想法。虽然没有扳倒罗小曼，但是她在舞台上摔倒算是失误会被扣分，冠军肯定是没指望了。现在只剩下凌诗诗成了蔡仪敏最强劲的对手。蔡仪敏面不改色继续走着台步，仿佛没有看到刚才的一切，却暗暗想到了一个毒计。

回到后台，蔡仪敏再次跑进了洗手间。后台，佳丽们兀自更衣，罗小曼则抚着胸口，回想刚才那惊险一幕，不由后怕。

“那个蒋梦瑶不知怎么搞的，糊里糊涂就往我身上撞过来。诗诗，幸亏被你抱住，否则掉下舞台的人就是我了。”罗小曼感激地说。

“别这么说，大家互相帮助是应该的。”凌诗诗一边加紧更衣一边皱着眉头担忧道，“不知道蒋梦瑶伤势如何。那么高的舞台，掉下去一定很疼。”

“你还是先担心你自己吧，尽操心别人。”唐语嫣已经换好衣服，拿出一张预先准备好的押题答案做最后的温习。

“临场抱佛脚有什么用啊。人家金姥爷提出的问题怎么可能被你猜到。”苏萌一边让化妆师整整发型，一边嘀咕着。

罗小曼休息片刻，见没人再关注自己，时间也不等人，便抓紧站起身加入更衣的行列。

接下来是才艺表演，歌舞是音乐教师蒋梦瑶的最强项，如今她失足掉下舞台，已被主办方紧急送往医院，不少佳丽稍稍松了口气。越是临近最后的关头，大家越是乌眼鸡似的相互较劲，少一个强劲的对手当然不是坏事。

罗小曼唱歌跳舞均属玩票水准，便选了一首调子不高的流行歌曲。凌诗诗的节目是一段草裙舞，现场有大批主办方安排的伴舞人员，与他们一同载歌载舞十分考验选手的实力。草裙舞的最后一个亮相动作需要众人托起凌诗诗，在空中旋转一周。凌诗诗刚刚跳上众人的手臂，只觉得肩后一痛，似乎被刀片轻轻划了一下，上衣的肩带即刻断了。凌诗诗暗叫不好，猜测肯定是被某个伴舞人员暗算了，但她临危不乱，一个空翻从几十双托举的手中跳至舞台，在翻身的瞬间，她紧紧抓住了肩带。最后，以侧身一字步的造型为舞蹈收尾。全场都为她高超的舞技所折服，爆发出雷鸣般的掌声。

回到后台，凌诗诗并未声张此事，独自跑进洗手间对着镜子检查肩部。果然，肩部被细小的刀片划了一道口子，伤口并不明显，看来对方并不想伤她，目的只是让她当众出丑。究竟是谁要害自己？凌诗诗百思不得其解，她自问安分守己，从未与人结怨。如果说，刚才蒋梦瑶的失足是场意外，那么她的受伤便是不折不扣的人为。凌诗诗忽然闪过一念头，难道，蒋梦瑶也是被人推下舞台的？她仔细回忆着当时的情形，站在蒋梦瑶背后的似乎是蔡仪敏，难道这一切都是她干的？联想起从前蔡仪敏怂恿陈自力向娱记爆料抹黑自己，凌诗诗不由打了个寒噤：如果真是蔡仪敏指使的，未免也太可怕了吧。难道冠军的宝座真的如此重要，值得蔡仪敏不择手段来争取？凌诗诗甩甩头，极力将纷至沓来的恐惧和猜疑撇在脑后，她真想打电话给刘子均，让他帮着分析一下形势。但是，凌诗诗明白，时不我待，十分钟后，才艺表演就会结束，决赛将进入问答环节。此刻，能够依靠的人只有自己而已。

袁少峰再次作为决赛的演出嘉宾走上舞台做了表演。接着，金姥爷和小叮当便闪亮登场。

问答这关依然是不少选美佳丽的梦魇。此刻是决赛现场，金姥爷更不会放任何佳丽轻易过关。

“蔡小姐，请问你平时有什么嗜好？”金姥爷笑容满面地盘问着蔡仪敏。

蔡仪敏清楚地记得预赛之时，罗小曼为了搏出位做出“高大上”的回答，结果被嘲笑得体无完肤的情形，因此，她决定真诚应对。

“嗯，我喜欢遛狗。”

“哈哈，有趣的爱好。那么，我想问问，你平时是如何与狗狗沟通的呢？”金姥爷促狭地追问道。

若是蔡仪敏能够把握问答的要点，只需简单表现出自己充满爱心即可，可她偏偏剑走偏锋，回答道：“您放心，我跟狗狗的沟通绝对比跟您的沟通省心得多。”

台下爆发一阵哄笑，蔡仪敏语出惊人希冀引起关注的目的已经达到，却失尽了金姥爷的欢心。要知道，金姥爷可是备受尊重角色，如何能容一个小丫头如此放肆调侃。不过，他并未当众露出不悦的神色，只是轻描淡写道：“看来，身为人类的蔡小姐似乎与狗狗的共性更多。”

台下的观众报以热烈的掌声，赞叹金姥爷的幽默睿智。而蔡仪敏并未听出金姥爷话中的讥讽之意，施施然转身下台。接着轮到罗小曼上场，罗小曼受惊之余，反而暂时忘记了神秘电话的威胁，深呼吸几下，上台去了。她前脚刚走，贺艳红便风风火火走到了后台。

“凌诗诗，你与唐语嫣调换一下最后出场的造型。把你的公主发饰和衣裙都拿出来吧。”贺艳红用不容置疑地口吻说。

“为什么啊？”不只凌诗诗，现场的佳丽们对此都表示不解。

主办方为了令节目视觉效果别出心载，在决赛培训时请来专业造型师根据10位佳丽的气质容貌特点，为她们各自设计了一个人物造型，计划在决赛尾声向观众献宝。蔡仪敏身材高挑、容貌出众，她的造型为埃及艳后，极尽奢华；而罗小曼的造型则是玛丽莲梦露；凌诗诗与唐语嫣颇有清纯高贵的公主范儿，但造型师认为唐语嫣脸型偏圆，气质比较普通，所以将她定型为曾经风靡一时的还珠格格，而将凌诗诗设计成白雪公主。按照各自的造型，大家已彩排过几百次，台步也早已熟练，如今临时提出调换，凌诗诗很是不满，可她明白自己人微言轻，无法改变主办方的决定，只得默默照做。

对于此事，众佳丽们议论纷纷，尽管从前耳闻唐语嫣背靠大树，但毕竟没有实质的证据。如今看来，主办方对唐语嫣的偏袒已经过了明路，只差没有直接指定她就是冠军了。这边叽叽喳喳讨论得正欢，那边只听蔡仪敏高叫了一声：“我的高跟鞋呢，谁穿走了我的高跟鞋。”

罗小曼刚从前台回来，闻声随意瞥了一眼脚下：“啊呀，不好意思，我稀里糊涂不小心穿错了。”她拍拍脑袋，“我马上脱下来还给你。”

蔡仪敏怒气冲冲地换上鞋子，吼道：“我看你分明就是故意的，装蒜！”

“哎哟，本来就是长颈鹿，还穿什么高跟鞋。嘁！”大家看不惯蔡仪敏的嚣张，在背后嘲笑道。

凌诗诗却一声不吭，坐在角落想着心事。决赛开始后，接连不断出现状况，令她应接不暇。孤军奋战确实困难，可她必须在短时间内找到应对措施，否则很可能落选。更换造型已成定局，但业已定型的台步和动作却来不及改变，虽然贺艳红再三解释无须变动，可身为“还珠格格”举止宛若“白雪公主”，肯定不甚搭调。怎么办？怎么办？

……

待最后一位美女从台前归来，众佳丽都已各就各位，根据自己的扮相对应台步鱼贯走上舞台，等待决定命运的时刻。

历时几个月的蓁城广告之星大赛终于进入了尾声，全场安静下来，大家屏息凝神，倾听金姥爷宣布本次的前三强名单。

“现在我宣布，获得本次选美季军的是——蔡仪敏小姐。”金姥爷此言一出，蔡仪敏的笑脸顿时僵住了。为什么只是季军？我明明是冠军的料子啊！不公平，太不公平了！蔡仪敏在心中大叫。过了片刻，她猛地意识到所有的镜头此刻都对准了自己，只好假装开心的样子走到台前领奖。

观众们鼓起掌来，站在金姥爷身边的小叮当汪皓旋即调皮地挤挤眼睛，朗声道：“各位，先别忙着鼓掌，季军还有一位。让我们来猜猜，这位幸运的美女究竟是谁呢？她就是——”汪皓故意顿了顿，才揭晓：“恭喜季军得主罗小曼小姐。”

“哇！我太开心了！”罗小曼欣喜若狂，她本以为自己因为中途的失误与三甲无缘，正暗自懊恼，不料居然得了季军。那个不可一世讨厌的蔡仪敏，也不过跟自己并列罢了，以后再也不用受她的闲气。罗小曼的快乐溢于言表，她兴奋地与每一位佳丽拥抱，对着镜头比出胜利的姿势，这热情狂放的表现与她的扮相玛丽莲梦露意外地吻合，感染了在场的每一位观众，大家拼命地鼓起了掌，气氛比先前宣布蔡仪敏得奖时热烈百倍。罗小曼的虚荣心得到了极大的满足，她三步并做两步走到舞台中央，无视蔡仪敏的白眼，站在比她抢眼的位置，一边挥手向观众致意，一边满面笑容地感谢金姥爷，感谢小叮当汪皓。

金姥爷被罗小曼逗得乐不可支，不过，他努力保持着适度的微笑，继续宣布获奖名单。

“让我们来看看亚军得主是哪一位佳丽。今年蓁城广告之星大赛的亚军是凌诗诗小姐。恭喜凌诗诗小姐。”

聚光灯和几米长的摇臂镜头立刻对准了清宫格格造型的凌诗诗，对于这个结果，凌诗诗似有预料又颇意外。划过脑海的第一个念头就是，父亲的医药费总算有着落了，她这段时间的辛苦没有白费。想起苦命的父亲，凌诗诗的眼中微闪着泪光，不过，她并没有忘记此刻自己应该完成的表演。按照排练内容，她需迈着白雪公主的优雅步态款款走下舞台，用西方礼仪向观众行礼，但是考虑到自己已被临时调换成“还珠格格”的模样，凌诗诗灵机一动，举起手帕仿照电视剧《甄嬛传》中的礼数，向观众行了一个清宫礼。

凌诗诗温婉可人的容颜、清丽脱俗的气质，加上端庄大气、优雅有度的举止，令观众们误以为她扮演的是《甄嬛传》中的嫔妃，就连金姥爷也打趣道：“小主吉祥，老金这厢有礼了。”引发全场又一阵的掌声与笑声，而知道内情的众佳丽若不是顾忌形象差点笑弯了腰。

现在，只剩下冠军人选没有公布，剩下的6位佳丽心如撞鹿、患得患失，虽然平日里总用“已是十强选手”聊以自慰，但在这万众瞩目的场合，忽然平添了对冠军宝座的渴望。若是在众目睽睽甚至电视机前成千上万名观众面前下不了台，那是多么没有面子的事啊。

金姥爷待掌声稍弱，马上宣布最后的名单：“最最紧张的时刻到了，老金跟大家一样，非常好奇今年大赛的冠军究竟花落谁家。那么，就让我来为大家揭晓。冠军就是——唐语嫣小姐。”

台下寂静了片刻，却仿佛过了一个世纪。一瞬间，暴风雨般的掌声和欢呼席卷整个会场，所有的娱记和获奖者的亲友团成员都冲到了舞台前，将闪光灯对准了今晚的胜利者。

唐语嫣虽有思想准备，但还是被这天大的好消息震得晕头转向。她好想大哭一场，又想放声大笑，但是顾忌当前的场合，只好强忍着内心的剧烈波动，仿佛扯线木偶般站在原地，任由大家拍照留念。

在如此热烈的气氛中，最为失望和不满的就属蔡仪敏，她一向自视甚高，又为扳倒对手费尽心机，结果，只得了季军，还是并列的。此刻，她必须按照要求站在冠军身边充当陪衬，不得不装出与扮相埃及艳后相符的仪态，假装为冠亚军得主欢呼高兴。

金姥爷坚守在舞台上为比赛做最后的结语，尽管明知没有几个观众会再听他废话，他还是手持名单侃侃而谈，完成自己最后的职责："每年的这个时刻，我总觉得痛并快乐着。因为，在三甲诞生的同时，其他参赛佳丽将失望而归。不过，我希望大家不要太在意得失，只需将这个舞台看做梦想的起点。那么，无论你是否获得今晚的桂冠，未来的道路都将越走越宽。"

凌诗诗仔细倾听着金姥爷的陈词，她抬起一双泪眼，穿越人群的缝隙向他投去感激一瞥。金姥爷报以微笑，他了然，在这狂热的时刻，唯有凌诗诗保持着清醒的头脑，接受了他由衷的祝福。

选美究竟是什么？是物质与虚荣的迭加，是浮华世界里兑取名利的手段？还是有钱人捕捉猎物的方式？恐怕很少人会仔细分析选美的真正意义。对凌诗诗来说，若不是为了父亲，她绝不会走上这条布满鲜花与荆棘的浮华之路，但是此刻，她毫无悔意。这并非缘于她获得亚军的殊荣，而是，在整个选美的过程中，她逐步完成了从单纯稚嫩的女孩到成熟女人的蜕变，她看透了人情冷暖、世道人心。凌诗诗不敢保证，从此自己能够应变有余，但是至少，她的内心滋生出前所未有的底气和勇气。不知这种变化是否因为地位的改变，或许更多来自选美的历练。凌诗诗在炽热的镁光灯闪烁中品尝着成功的喜悦，也回味起过往的艰辛。贺艳红、郑少、陈自力、吴家俊、孙怀谷、刘子均……无数人的面影一一在她脑海中闪回，最终定格在刘子均身上，如果没有他，她又如何能够走到今日。如今，她终于拥有足够的能力回报刘子均，尽管，他并不期待她的报答。

蓁城广告之星大赛终于告一段落，待要再战，且等明年。观众们散场之后，在百老汇酒店的顶楼旋转餐厅，一场规模盛大的庆功酒会开场了。蓁城传媒的高层、主办方工作人员以及所有赞助商和相关嘉宾，都出席了酒会。这里既是庆功的场所，也是商界人士扩大交际面、遭遇商机的平台，所谓庆功不过是一个欢聚的借口罢了。唐语嫣和凌诗诗作为酒会的核心人物接受着来自四面八方的祝贺。

罗小曼狂喜之余忽然记起那个威胁电话，吓得不敢再抛头露面。考虑到与刘子均的关系已经名存实亡，罗小曼在跟袁少峰商议之后，便连夜回家收拾行李，搬去袁少峰的住所，造成事实分居状态。罗小曼的如意算盘是，先跟刘子均离婚，再跟着袁少峰去欧洲发展，到那时候，天高皇帝远，神秘人再也奈何不了她了。

见罗小曼失踪，原本便一肚子不爽的蔡仪敏更是借故缺席酒会，回家休息去了。

成千上万佳丽为之苦苦角逐的蓁城广告之星大赛终于落幕，但是它的余韵却经久不息。所谓几家欢笑几家愁，最为开心的自然是夺得三甲的几位女士，丰厚的物质奖励固然不少，随之而来的机会更是数不胜数。冠亚军除了得到规定的片约之外，找她们做广告代言、拍戏的商家纷至沓来，多到难以招架，唐语嫣甚至需要聘请经纪人帮着打理各项事务；而凌诗诗则很快赚够了父亲的医药费，积累了余钱还给刘子均。三两年之内，她再也不必为经济问题发愁，光是完成份内的广告代言，便可以基本保障生活；罗小曼有袁少峰保驾护航，倒是从来不愁片约，虽然奖品不多，但聊胜于无。罗小曼偶尔会为自己未得冠军而遗憾，但更多是发自内心的狂喜，罗家父母和亲朋好友再也不敢看扁她，她比嫁给刘子均时更为扬眉吐气、风光无限；至于蔡仪敏，她认为自己怀才不遇，认为主办方偏心，总之，她是对结果最不满意、怨气冲天的佳丽，所以，她常常借故缺席各种与蓁城广告之星大赛有关的活动，几乎忘记了自己依然是蓁城传媒旗下的演员。

得到季军桂冠的蔡仪敏尚且满肚子不满，更何况那些落选的佳丽，尤其是失足跌落舞台的蒋梦瑶。她被送往医院之后，经检查发觉左脚踝轻微骨裂，除此之外没有大碍，可谓不幸中的大幸。但是，即便如此，蒋梦瑶已经失去了继续参赛的机会。她在家养伤期间，一直关注着获奖选手的动态以及有关决赛赛事的报道。长日无聊，她一次次仔细回忆当时的情形，思来想去，她将坑害自己的目标锁定在蔡仪敏身上，不由义愤填膺。同时，蒋梦瑶屡屡联系孙导无果，但苦于行动不便，无法上门兴师问罪，再加上警方还没找上门，所以，她暂时不知男友孙怀谷遇害的消息。就在烦躁压抑的心情中，蒋梦瑶接到了落选佳丽苏萌的电话，苏萌激愤不已地指出主办方很多不公正的做法和评判，认为比赛结果并不合理，鼓动蒋梦瑶与她一起站出来，向八卦周刊爆料，向主办方要个说法。

蒋梦瑶一听苏萌已经联合了另外几位落选佳丽，立刻表示同意，要求参与采访。在决赛后的第三天，《蓁城快讯》等几家八卦杂志的娱记们采访了这群吵吵嚷嚷、怒气冲天的落选美女们。其实，除了蒋梦瑶和苏萌能够说出一点实质性的内容，譬如王思函是谁谁的私生女、蔡仪敏是如何陷害王思函、罗小曼和蔡仪敏如何互掐、主办方如何强令唐语嫣和凌诗诗对换造型等猛料之外，其他美女不过是跟风罢了，有的更是纯粹出于嫉妒胡乱捏造一些捕风捉影的事端，一听便知经不起推敲。不过，身经百战的娱记们原本便对这群落选美女的所谓爆料不抱大的希望，只是，他们为了杂志的销量不得不迎合观众猎奇的喜好罢了。如此，适才消停的选美大赛又以这样一种方式出现在人们的视野中，重新勾起了大家新一轮的兴趣。之后，《蓁城快讯》在刊登前三强选手专访的同时，还持续报道了一系列落选佳丽的动态，作为对照。其中，音乐教师蒋梦瑶表示，她已正式从学校辞职，进入酒吧驻唱，希望能遇到伯乐慧眼识珠，她还表示，进军娱乐圈的梦想绝对不会因为一点小挫折而放弃，她将越挫越勇；落选佳丽苏萌因比赛……

看到这些报道，最为愤恨的当属陈自力。决赛当天，他一直缩在车里关注大赛的微信平台，希望得到凌诗诗退赛的消息。等到半夜，却等来凌诗诗夺得亚军的“喜讯”。陈自力知道大势已去，恨不能立刻把罗小曼抓住大卸八块：“奶奶的熊，臭女人，居然骗老子。”陈自力恶狠狠地骂道，他滑动屏幕，即刻想将罗小曼的不雅照发上公共网络，却在最后一刻停下手。他暗忖：那个胖子的尸体可能还没被发现，警方未必能找到他这个凶手。可若是这些照片散播出去，惊动了警方，将两件事联系起来，那他可就吃不了兜着走。算了，先放这个女人一马，看看情况再说。

第二十二章
落跑的选美季军

近来，几乎整个蓁城的大街小巷，都在议论选美的花絮。选美虽已结束，却被媒体炒作得余温未消，可刘子均无暇理会。大哥刘国权还在拘留所，大嫂气鼓鼓地处于罢工状态，之前质量出问题的那批展板需要立刻更换，伤者狮子大开口又增加了赔偿的额度，拿不到钱就赖在医院不走。刘子均到处奔波，累得像条断了脊梁的癞皮狗，一回家便想倒头就睡，再也没有精力兼顾其他。这天，他回到家中，发觉大嫂和弟弟都不在，更不见老婆罗小曼，只有老母亲孤零零一个人在家。刘母听到他的脚步声，急忙欢天喜地地走出大门迎接儿子。

“妈，大嫂他们人呢？”

“说是今晚什么选美比赛，她跟你弟弟都去看你媳妇演戏了。丽鹃这人真是没良心，老公还被关着，她倒有心情出去凑热闹。”刘母抱怨道，又开始翻来覆去唠叨，“光着两条大腿在那么多人面前走来走去，真不知道为什么那么起劲。”

刘子均一脸尴尬，他懒得解释老婆是参加选美不是演戏，问道：“现在都超过12点了，他们还没回来？”

刘母忽然想起来什么，补充说：“噢，小曼应该回来过，不过待了一会儿就走了，那时我正打瞌睡，没起身看。你大嫂她那边没动静，肯定没回家。”

刘子均心里飘过一丝不祥的预感，他三步并做两步冲到自己的卧室，发现柜门和抽屉大开，老婆的随身物品不翼而飞。刘母见儿子脸色不对，颤巍巍地跟了过来，见此情形，不由大惊失色：“怎么啦？怎么啦？难道刚才不是媳妇，是遭贼了？哎呀我这老糊涂啊，这可怎么好。”

“妈，你先别急。家里又没被翻乱，肯定是小曼回来过。”刘子均怕母亲着急上火，慌忙安慰道。

“那，那她这唱得是哪一出啊？难道是不想跟你过了？”

“妈你先去睡吧，别管了。大嫂回来也别跟她提这事儿，她那人嘴碎。我现在去找小曼，一定把她找回来。”

刘子均把母亲劝回屋里，接着开始拨打罗小曼的手机，手机处于接通状态，却一直无人接听。刘子均赶紧开车赶到罗小曼的娘家。岳父岳母见女婿深夜来访寻找女儿很是奇怪，问道：“子均，小曼今晚决赛你没有去观礼，她会不会生你的气，所以躲起来啦？”

“她要是生我的气，说明她还在乎我这个老公，现在一声不响地把行李都拿走，真不知道想干什么。”刘子均怒道。

岳父岳母对视了一眼，似乎有点不乐意。岳父说：“子均，你们小辈的事我们长辈是从来不问的。小曼当时嫁给你，不也是她自作主张没跟我们商量吗？现在你们出了问题，你半夜三更跑来找我们老两口兴师问罪，好像不太地道吧。”

岳母也语重心长地说：“我听说你最近生意不太好啊。男人要争气，否则留不住女人。我家小曼现在可是名人了，你要好好对待她，可不能惹她生气啊。”

这叫什么话？他们的女儿不守妇道，反倒还教训起女婿来了。从前结婚的时候，岳父岳母对我这个女婿百般巴结，如今听岳母那口气，简直把我刘子均当成了吃软饭的。不过，他们肯定知道些什么，否则绝不会用这种态度跟我说话。刘子均决定放低姿态，探探岳母的口气。

“妈，你知道小曼去哪儿了吗？她一个人在外面，我不放心啊。”

岳母欲言又止，看了一眼岳父，没敢说话。岳父拍拍刘子均的肩头说：“小夫妻闹矛盾，过几天就好了。我女儿去了哪里，我真的不知道，你去别处找找吧。”

女儿离家出走，父母居然完全不急，刘子均更加肯定岳父岳母有事瞒他，但他不能用强，只得陪着小心道：“好吧，我先回家。如果小曼跟你们联系，麻烦你们让她给我电话。”

回到家门口，刘子均看到门口的鞋子便知，大嫂和弟弟已经回家。全家人都睡着了，他蹑手蹑脚地回到自己那套公寓，已经凌晨三点。刘子均孤枕难眠，便打开电脑观看蓁城传媒网站上滚动播出的选美决赛视屏。他没有耐心细看，快进到结尾，果然不出所料，罗小曼成了季军，怪不得岳父岳母的态度发生了一百八十度的转弯。确实，入选十强已是不小的名人，何况是进入三甲。仔细品味，罗小曼还真的颇具玛丽莲梦露的神韵，这个造型师挺有水平。可惜，梦露是梦露，再美也不是自己的老婆。人生若只如初见，那该多好，刘子均回忆起恋爱的时光，不觉恍如隔世。过去的罗小曼早已经消失，此刻，刘子均更为清晰地感觉到了这一点，用贪慕虚荣来形容如今的她似乎太过轻飘，应该说，她已经失去了基本的礼义廉耻，纯粹为利益和欲望所驱动，这样的老婆，如何共度未来的人生？如果说，曾经，不论出于对青春的缅怀还是对过往岁月的留恋，刘子均对罗小曼还存有深深的爱意与眷恋，那么，今晚，她终于剪断了他心中仅存的那一缕情思和牵挂。他不禁伤感起来，但更多地是庆幸自己终于下定决心摆脱眼下这种荒谬的婚姻状态。

窗外已泛出鱼肚白，新的一天又将来到，刘子均拿出手机，再次拨通了罗小曼的电话——他不愿再傻傻等待，他急于了断与罗小曼最后的牵绊。

接电话的正是罗小曼。

“喂？是子均吗？”

罗小曼的语气有点奇怪，刘子均敏感地意识到她身边一定坐着其他男人，或许正在偷听他们的对话，不过，此刻，对刘子均来说已经无所谓了，他坦然道，“是我。小曼，你能否出来跟我见一面，我们认真谈谈。”

“我想没这个必要了。”罗小曼迫不及待地说，“我们已经分居好久了，感情也已经名存实亡。所以，我想我们还是分开，寻找各自的幸福比较好。”

刘子均听着老婆背诵台词般的对白，心里冷笑一声，却不愿让她太过难堪，便温和地说：“可以，我愿意离婚。不过，我们还有一些共同财产需要分割，你看你是不是回来一趟。”

罗小曼见刘子均答应得如此爽快，以为他只是虚与委蛇，目的是骗她出来见一面，好借机挽回，急忙说：“见面就不用了，这些事电话里也能说清楚啊。”

刘子均叹息一声，似乎无限怅然：“好吧，那你说，我听。”

“我们住的房子我该占一半，但我知道你肯定不愿意卖房子。我已经问过房产中介，房子现在市值四百万左右，你只要给我两百万，汽车、家具之类其他财产我都不要了。”

罗小曼说得如此理所当然，看来早有预谋。哈，她结婚多年几乎从未为家庭做过贡献，离婚时是过错方，居然还想分得一半的房款。天下哪有这样的道理？刘子均心头涌过一阵厌恶，不过仔细想想，她毕竟将最好的青春岁月奉献给了自己，要点补偿也不为过。既然决定分开，那就好聚好散，不落抱歉。

“好吧，我答应你。不过，你也知道公司最近有点困难，筹钱需要一定的时间。请你宽限几天。如果你不放心，我们可以签个协议。”

见刘子均如此爽快，罗小曼反倒生出恻隐之心，她熟知刘子均的性格，知道他言出必行，并不担心他会赖账。只是，海伦公司的处境她并非全然不知，要他一下子拿出那么一大笔钱确实难为他了。一瞬间，罗小曼甚至想提出放弃房款，但是，对金钱的渴望还是占了上风。两百万呐，不是一笔小数目，要拍多少剧集才能赚到，这种大方还是不装为妙。支吾了几声，罗小曼说：“我相信你，协议就不必签了，打个欠条就行。不知你什么时候有空，我们去把手续办了。”

虽然有心分手，但听到老婆亲口说出如此绝情的话语，刘子均还是感到一阵心痛。不过，这段婚姻确实已走到了尽头。罢了罢了，我刘子均也不是死皮赖脸的人，更不能在离婚的时候还欠下前妻的钱。反正库房里的那批画已经动过了，再卖掉一批也无妨。公司正好刚刚收回几笔去年的欠款，凑够钱尽快给罗小曼，了结这段孽缘，自己也好全身心投入工作。刘子均想到这里，一骨碌爬起身来，走出去敲响母亲家的房门。老三揉着惺忪的睡眼把门打开，刘子均不愿跟弟弟废话，直截了当地说：“志杰，你吃过早饭就去库房，把剩下的画都搬去公司。让人整理一下，把画都挂上墙，下午我找人来估个价，然后都卖出去。”

刘志杰吃惊地睁大了眼睛：“哥，那批画不是都让卖掉了吗？库房里哪里还有什么画？”

这回轮到刘子均大吃一惊，他惊异地问道：“什么时候卖的？我怎么不知道？”

“耶？不就是上次，是你自己同意把画卖了，赔偿给伤者 20 万，怎么你反倒来问我？”

刘子均只觉一盆冷水兜头浇下，他不想和弟弟夹缠不清，连鞋都来不及换，便三步并做两步跑向库房。开始，他还心存侥幸，或许还剩下几幅油画，待到开了库门，他才发现，所有的画都不翼而飞了。

太可恨了！居然一声不吭就把画卖得一干二净，这也太不把他这个家长放在眼里。不行，这件事一定得问个清楚。刘子均怒气冲冲地跑上楼，踢开大门，闯进了母亲家。刘志杰正没事人似的跟刘母一起吃早饭，霍丽鹃也在。刘母见儿子进门，赶紧站起来让子均坐下，准备进厨房去盛碗粥。

刘子均一摆手，在桌边坐下，盯着霍丽鹃说：“我问你，那批画到哪里去了？”

霍丽鹃一愣，看看刘志杰，刘志杰急忙低下头，数着碗里的米粒。没出息的东西！霍丽鹃暗骂一声，挺挺胸道：“你不是答应过我卖了帮老大赔钱吗？我就跟弟弟一起处理掉了。”

刘子均冷笑一声，说：“我是答应你卖掉几幅。可你居然一声不响地全都卖了，未免也太黑了吧。”

“哎呀，老二你怎么说话的？听你这话的意思，你是说我黑了你的画？天地良心啊。”霍丽鹃放下饭碗冲着刘母道，“妈，你来评评理。我叫人来看过，那批画都是普通货色，根本不值多少钱，人家还是看在我的面子上，才肯出20万收走，你看，你看，我这里还有一张收据。”她在口袋掏了半天，拿出钱包，又从钱包里拿出一张对折的白纸，交给刘母，“这钱我可是一分不拉都赔偿给那个伤者了，他还写了收据和保证书，保证不再追究老大的责任。”

刘母接过收据看了看，不像有假，一边将收据递给子均，一边说：“老二，这就是你的不对了。几张破画能值几个钱，你大嫂费心把它们卖了，等于救了你大哥。都是一家人，你不该斤斤计较。”

霍丽鹃佯哭道：“老二啊，我可是你大嫂，你怎么能这么冤枉我呢？是不是你看老大不在家，所以就来欺负我这个弱女子啊。妈，你可要给我做主啊。”

“够了，你别再演戏了。”刘子均斥道。收据上只有日期，没有落款，一看便知藏着猫腻。他的忍耐已经到了极限，再也不想给这个女人任何面子，“我告诉你，今年年初，我请专家给这批画估过价，里面几位名家的画作每一幅都定价三五十万。其他画家虽然名气不够大，但以现在的行情每幅少说也能卖个五六万。你自己算算，四五十幅画究竟值多少钱。”

刘母和刘志杰一听那批画这么值钱，一下子瞪大了眼睛，呆望着霍丽鹃。刘子均紧盯着霍丽鹃继续道：“刚才你说一共卖了20万，也就是说你把这些具有收藏价值的油画按照街上商品画的价格给卖了。如果不是你遇到了骗子，那么你就是骗子。”

霍丽鹃吓得不敢看刘子均，心虚道：“我，我，这也不全是我一个人卖的，老三也有份啊。”

刘子均转向老三，吼道：“说，到底怎么回事？”

刘志杰吓得连连摆手：“哥，这不关我的事，大嫂说找到了买画的人，叫我帮忙搬上那个人的车子，事后给了我两千块钱。我真的什么都不知道啊。”

刘母刚才还帮着霍丽鹃，听到实情，心疼地叫了起来："哎呀，这可怎么好，这可怎么好，我们家怎么娶了你这么个祸害啊？"

霍丽鹃却毫不畏惧，嘴硬道："我一个女人，哪里懂画？我去书画市场转了一圈，问有谁要买画。有人买，我就卖了。之前，我连那个买画的人叫什么名字都不知道！现在出了事，你们怎么都来怪我？我也是一心要救老大啊。"

到了这个时候，刘子均明白，这件事全由霍丽鹃一手操控，他不知她究竟在此事中扮演了一个什么角色，但是，他的直觉告诉他，霍丽鹃未必不知道这批画的价值，或许她就是故意为之。

刘子均拍案而起，指着霍丽鹃的鼻子骂道："大嫂，你这是大发家难财啊！我最后再问一遍，这些画，你卖给了谁？现在去追回来，我便不跟你计较，如果你再不说，就别怪我不念亲戚的情分。"

刘子均以为，在全家人如此强大的攻势下，霍丽鹃一定服软，谁知，霍丽鹃冷笑一声，说道："我是你大嫂，就算犯了点错，那又怎么样？我真的不知道那个人姓甚名谁，你就是打死我，我也这么说。"

看来，她是不见棺材不掉泪，铁了心顽抗到底了。刘子均不愿再跟这个不讲道理的女人夹缠不清，扭头冲刘志杰说："老三，打电话报警吧。"

"什么？"刘志杰仿佛没听清楚，追问了一句。

刘子均平静地说："这批画价值不菲，不能就这么不明不白地被人骗走了。不过，现在科技那么发达，警察一定会查个水落石出。"见刘志杰还是一动不动，刘子均拔高声音又说了一遍："报警，马上！听见没有。"

刘志杰吓得一哆嗦，心虚地看了一眼霍丽鹃，便掏出了手机。

"不，不能报警！"霍丽鹃恐惧地盯着刘志杰的手，仿佛他拿着一条毒蛇。

"老三，快点！"刘子均又吼了一声。

"妈呀，我不活了！"霍丽鹃见刘子均动了真格，忽然狂叫一声，往墙上撞去。吓得刘母急忙上前把她一把抱住，连连叫道："孩子，可不能想不开，否则老大出来，我怎么向他交待啊。"霍丽鹃充分拿出了撒泼打滚的本色，在刘母怀里挣扎着，又哭又叫："我的命好苦啊，老公被关着，全家就合起伙来欺负我这个弱女子，我活着还有什么意思——"

刘子均厌恶地看着霍丽鹃声情并茂的表演，他并没有被她吓着，不过，母亲的话倒是提醒了他，霍丽鹃再怎么不好，也是大哥的老婆。大哥娶个媳妇不容易，如果霍丽鹃被警察带走，估计大哥的婚姻也得完蛋。唉，此事怎么处理，倒是颇费踌躇。刘子均觉得太阳穴胀痛，脑子一片混乱。他自问从来都是老实做人、诚实经商，对亲友眷顾，对自己严苛，为什么倒霉的事却都被他遇上，生意不景气，老婆跑了，大哥被抓，现在连大嫂都犯了事，弄得鸡飞狗跳、家宅不宁。

“二、二哥，还报警不？”刘志杰怯怯地问道。

笨蛋，眼下这个情形还怎么报警，只好先缓缓再说。不过，不管用什么方式，一定要查个水落石出，如果真是大嫂下套，怎么都得要她给个说法。刘子均缓缓摇了摇头，步履沉重地走了出去。

过了一周左右，罗小曼打电话来催刘子均一起去婚姻登记处办离婚手续。刘子均为难地说钱还没凑齐，可否缓一缓，罗小曼倒是爽气，说先办好手续，再打个欠条，随他何时给钱都可以。

离婚那天，罗小曼并未与袁少峰同行，而是独自前来，刘子均生出几分感激之意，感激她的体贴。办完手续，罗小曼见刘子均一副垂头丧气的样子，便主动提出，一起吃顿散伙饭。刘子均回答，吃饭实在没有心情，一起坐坐倒是可以。两人便找了个咖啡座喝茶，刘子均顺便将最近发生的事情一一告知，也解释了为何拿不出钱的原因。

罗小曼听罢，反应很大，她的想法可比在刘子均复杂多了。罗小曼说：“子均，以前我们是夫妻，有些话不方便说，怕你以为我挑拨离间。现在反正离婚了，我也没了顾忌。”

刘子均再次感动，虽然离了婚，难得罗小曼还能为他着想，这令他对她的印象有点改观。

见刘子均并不反感，罗小曼便把自己的想法和盘托出。她认为霍丽鹃嫁进刘家，图的就是刘家的财产。现在见老大被拘，说不定她借这个机会先捞上一票。以后，她是否会安心跟老大过日子还不一定呢。

刘子均想了想，觉得不大可能：“霍丽鹃再厉害，也不过是个没有文化的农村妇女，在城里又没什么亲戚朋友，一个人成不了事。就算她有点贪财，也不至于那么坏吧。”

“嘿嘿！”罗小曼不屑地笑道，“你这个人没别的，就是太老实，把别人想得太好。就算我枉做小人好了，不过，你可别怪我没提醒你，刘家的房子虽然都是你出钱买的，但是你妈妈名下那套可得看紧了，当心有一天被你家那些狼心狗肺的亲属瓜分了，你还被蒙在鼓里。”

刘子均心里一紧，又觉得小曼多虑了。都是自己亲属，多占点便宜是常事，但是真要明目张胆地抢自己的房子，想来还不至于。不过，他不想忤逆小曼，便微笑着点了点头。

散伙茶喝了两个小时，这对昔日的恩爱夫妻便怀着各自的心事分道扬镳了。不久以后，刘老大国权被放了回来，看起来瘦了很多，但精神面貌良好。刘子均体谅大哥，让他在家休息，暂时不用上班。伤者那边没再闹事，刘子均以为，这场风波就此告一段落，却没料到，此事留下了不少后遗症，在今后的日子里一并发作了。

蓁城广告之星季军罗小曼的离婚事件占据了娱乐周刊的头条，到处都是她与袁少峰手牵手公开出双入对的照片。大家都以为，她会很快嫁给袁少峰，但事实并非如此。相处久了，罗小曼发觉，袁少峰似乎对蔡仪敏也有很大的兴趣。

其实，按照罗小曼的计划，选美之后，她就该立刻跟着袁总远赴欧洲，因为决赛现场那通威胁她的电话始终是个隐患，虽说至今还没下文，可她依然寝食难安。然而计划赶不上变化快，一起意外事件令罗小曼未能成行，也给了蔡仪敏插足的机会。

决赛后没过几天，罗小曼便在《蓁城快讯》上发现一条重大新闻——警方在郊外的一个片场发现一具男尸。这个消息若是放在一般的小报上，也就豆腐干大一条社会新闻，可被害人身份特殊，所以在充斥着选美轶事的八卦周刊上，占据了非常显要的版面。死者不是别人，就是罗小曼出演的第一部电视剧的导演孙怀谷。

孙怀谷生前名声平平，遇害后却成为了各大娱乐周刊的头条人物。娱乐报刊连篇累牍地报道他的各种绯闻秘事，他的历任绯闻女友玉照也成为娱记们争抢的热门资料，配以夸张的文字登上版面用以招徕读者。孙导的片场挤满了闻讯而来的娱记和好奇的市民，就连负责保护现场的警方也无力阻挡这股热流。由于现场过早遭到破坏，再加上娱记们各种无稽的猜测干扰视线，案情似乎无甚进展。

一直沉浸在满足与喜悦中的罗小曼每天都看娱乐周刊，她的本意是观看落选佳丽们的趣闻，却冷不防读到孙导的死讯，瞬时吓得呆了。

杂志上说，孙导在遇害的第二天就已被发现。发现者是片场的保安，因为孙导经常带女孩子回去过夜，所以片场晚上不设保安，但保安每天一早便会到达，例行巡视全场，顺便打扫卫生，不料那天却发现了孙导的尸体。警方透露，现场有搏斗过的痕迹，应该属于谋杀。命案已经发生好几天，可第一轮排查下来，与孙导关系密切的人似乎都没有可疑。现在，还将进行第二轮调查，希望市民踊跃提供线索……

罗小曼越看越恐惧，她急忙跑进卧室，叫醒了袁少峰。

“So what ？安东尼（孙导的英文名）就这么死了？他怎么舍得死？”袁少峰看过报道，大跌眼镜，“我还以为，像他这么游戏人生的人，会像中国的老乌龟一样活一千年呢。上帝保佑他。”他在胸口画了个十字。

“行啦，别搞洋鬼子那一套。”罗小曼不满地嘟囔着，“他是你的朋友，你怎么一点也不伤心？”

“哈哈，每天蒙上帝召唤而去的人很多，我们是伤心不过来的，还是好好享受眼前的快乐吧。”袁少峰欣赏着罗小曼曼妙的胴体，忽然将她一把拉过来搂在怀里，“宝贝，别那么忧伤了，我来让你快乐。”

“别闹了，人家没心情。”罗小曼皱着眉头，陷入了沉思。袁少峰受外国文化熏陶，思维方式跟传统的中国人不太一样。但罗小曼却是不折不扣的中国人，不知道两人在以后的生活中会不会产生什么矛盾。不过，这是以后的事，现在不予理会。其实，孙导是袁总的朋友，是袁总介绍给她认识的，可对于他的死，罗小曼倒有几分感伤。无论如何，孙导是她的半个恩人，领她走进了演艺圈，虽然只演了个小小的配角，但毕竟跨出了第一步。当然，按理说，她最该感谢的应该是前夫刘子均，是他把她从清寒的生活中拯救出来，但是刘子均已经成为她前进路上的障碍，所以她只得将他抛弃。如今，孙导居然以这种方式彻底从她的生活中消失，令她一时很难接受。联想起决赛中那个可怕的威胁电话和照片，不知这两件事是否有什么联系。念及此，罗小曼不由瑟瑟发抖起来。

见罗小曼吓成这样，袁少峰倒生出怜香惜玉的情绪。他拍拍罗小曼的肩膀说：“宝贝，不用想太多。现代侦查手段如此发达，警方很快就能破案。再说，我记得安东尼的片场里里外外装满了摄像头，肯定会留下一些线索。”

对了，摄像头。罗小曼脑中闪过一片灵光，她回忆起自己曾在片场更衣室换过戏服，那张照片的背景似乎就是那里。天哪，难道孙导在更衣室也装了摄像头拍下了视频？难道他为了这个才被人杀了？这未免太可怕了。罗小曼越想越觉心惊胆战，不禁哇地一声哭了起来。

“怎么了宝贝，有我在这里，不用担心。”袁少峰赶紧安慰道。

罗小曼扛不住强大的心理压力，终于抽抽噎噎将这件事告诉了袁少峰。袁少峰一听，立即要求罗小曼把手机里的相片调出来。事到如今，罗小曼只得拿出了手机。

袁少峰接过手机，聚精会神地观察一阵，忽然问道：“小曼，你看，这里不是孙导片场的更衣室吗？我去过那里，所以有印象。”

罗小曼原本便有所怀疑，见袁少峰也如是说，更加慌乱起来。

“不过，我怎么觉得这张照片有点不对劲呢？”袁少峰将床头灯光线拧到最大，凑近手机仔细观察起来，许久，他才抬起头，疑惑道：“小曼，你更衣时应该穿着衬裙和内衣吧？”

罗小曼经袁少峰提醒，顾不上羞耻，赶紧凑上前仔细端详，终于看出了名堂：“对啊。我怎么没发现呢？当时我确实穿着衬裙，这照片一定被人做过手脚。”

袁少峰长吁了一口气，释怀道：“照片被人 PS 过，说明原始的视频上没有留下什么猛料。你再不用担心被人威胁啦，以后小心一点就是了。”说罢，他又开始发呆。

罗小曼心虚地问道：“袁，你是不是因为照片的事情不开心了？我真的不是故意的。”

袁少峰回过神来，重新把她抱在怀里，安慰道：“你多虑了，我经常待在外国，思想是很开通的。我担心的是，你与孙导曾接触频繁，警方迟早会找你调查，恐怕会给你带来麻烦。”

“那我该怎么办？我可不想苦心得到的一切毁于一旦。”

袁少峰见罗小曼惊慌失措的模样，不由笑道：“那还不至于，毕竟孙导的死跟你完全没有关系。以后不管谁来问你，你坚持跟孙导是普通朋友关系，就应该不会有问题。”

“可我跟他本来就是普通朋友啊！”罗小曼瞪大眼睛说。

“哈，我知道，我当然相信你啦。”袁少峰笑得更大声了。

“其实我不怕警察，就怕威胁我的人再次出现。”罗小曼心有余悸。

袁少峰蹙眉道：“据我估计，杀死孙导的很可能就是威胁你的人。他杀了孙导，才拿到了更衣室的视频。你看，都过去这么久了，他都没再出现，说明他杀人以后肯定赶紧跑路了，哪里还顾得上理你。所以，不用害怕。”

“那？我们是否要把被威胁的事情报告给警察？”

“千万不要，你现在是公众人物，多一事不如少一事？”袁少峰警告道。

罗小曼认为他说得有理，心情随之放松起来，使劲搂住他的脖子，亲了亲，甜蜜地说：“有你在这里，我什么都不怕。”

“嗯，那是不是要慰劳我一下——”

“你真坏！”

两人嬉笑着搂抱在一起……

过了几天，果然如袁少峰所料，警察找到罗小曼，要求她提供线索。警方从手头掌握的资料来看，罗小曼与孙导只是泛泛之交，因此只是例行公事询问一番，见问不出个所以然来，便起身告辞了，临走要求罗小曼近期不要离开蓁城，以便配合调查。罗小曼老大不情愿，但因为心里有鬼，只好答应下来。事后，警方又找到了袁少峰，自然也一无所获。袁少峰甚至还反问警方，孙导片场有很多监控探头，为何没能录下凶手的样子。这个问题，警方不能泄密。事实上，警方侦查期间发现，孙导片场内外的摄像头只是装装样子，有的没有开启，有的甚至没有安装线路，只有更衣室的可以正常使用，但是找遍整个片场，都没有找到相应的视频资料，警方推测，此案很有可能与此有关。因此，他们只得根据孙导手机里的通话记录再次排查一遍他的熟人。孙导的交际圈非常广泛，涉及生意圈、影视圈、模特圈……像袁总和罗小曼这样与孙导无甚利益纠葛，又有头有脸的人物，警方便会上门拜访，而不少与孙导有金钱、情感纠葛的对象，便会被警方请回去问话，譬如陈自力。

其实，陈自力本不在排查范围内，因为从表面上看，他与孙导毫无来往。但是，当各个派出所收到要求协助侦破孙导命案的通知时，当时办理过陈自力殴打孙导一案的年长警察记起了孙导，他找出当时的笔录，向侦破小组提供了这一线索。不久之后，另一片区有位警察提及见过孙导，当时有位参加选美的佳丽要自杀，被警方劝阻后，美女被孙导接走。那位美女是这次选美的亚军凌诗诗，当时她的男友还曾阻碍警方的救援行动。综合这些线索，警方对陈自力进行一番外围调查之后，将他“请”进了派出所。

“陈自力，我们找你来是为了什么，你应该知道吧。”

“我又没犯法，我怎么会知道。”陈自力心里七上八下，嘴上却毫不放松。

“嘿嘿，我们也不兜圈子，孙怀谷被杀了，这件事你知道了吧。”

“八卦周刊上登了。死了就死了呗，这种成天抢别人女朋友的恶棍，死了也是活该。”

“看来你跟他结怨很深啊？为什么？因为他抢了你的女朋友？”

“你们这么问是什么意思？这是我的私事，轮不到你们管吧。”陈自力忽然警惕起来，他瞪着两个警察，猜测他们到底掌握了哪些情况。

“你曾经在农庄外跟孙怀谷打过架，这个你没法否认吧。是不是为了她？”警官把凌诗诗的照片丢到陈自力的面前。

“那是一场误会，除此之外我跟他根本没有来往。”陈自力避重就轻地回答，一边在心里回忆着案发那天的情形。失手杀死孙导之后，他已经将现场打扫了一遍，又四下检查了一番，确认没有留下任何线索才离开。况且，除却殴打孙导外，他俩彼此并无其他来往。陈自力暗暗为自己打气：不要紧的，这些警察不过是虚张声势。

警官见陈自力死不认账，变换了问话方式：“上个礼拜六晚上 7 点到 9 点，你在哪里？”

“这么久的事我怎么会记得？你记不记得你上个礼拜做了什么？”陈自力委屈地叫道。

“现在是我们问你，不是你问我们？你根本没有回忆，就说记不得了，态度一点都不端正。我劝你打消一切幻想，跟我们好好配合。”警察严肃地说。

“哎呀，你们这么说什么意思？莫非怀疑是我杀了他？你们可不能随便冤枉好人啊。”

“好人？好人会逼得女朋友跳楼？好人会阻止我们救你女朋友？”警察有点恼火，“这些事以后再说，现在你就在这里好好回忆，那天晚上你究竟在做什么！不说清楚就不要回家。”

“啥？你威胁我？别欺负我不懂法！如果没有证据，48 小时以后你们就得放了我。”陈自力有点慌乱，却寸步不让。

警察不再跟他废话，逼视着他施加心理压力。陈自力受不了这无声的攻势，胡乱交待了几句：“那个时间我肯定在家睡觉啦，还能去哪里。”

“是吗？你是否需要再想想？你说出的话，可要负法律责任。”警察怀疑地问。

“就是，就是在家睡觉。”陈自力坚持说。

两个警察对视了一眼，只得写好笔录，交给陈自力签字。毕竟，陈自力只具备杀人动机，没有确实的证据证明陈自力与孙导的死有直接的关系，所以只好将他释放。不过，警方已经派人跟踪陈自力，一旦发现异动，便会将他再次请回来。

终于将警察对付过去，陈自力为自己的“勇气”和“才智”骄傲的同时，心中燃起对凌诗诗深深的恨意。说来说去，自己之所以会犯下如此滔天大罪，都是因为这个可恶的女人。如果不是她嫌贫爱富，把自己抛弃，又仗着一张漂亮的脸蛋跑去抛头露面选美，招惹上那个什么孙导，也不至于令他走到今天这步。他先是失去了工作，又失去了尊严，现在连人身自由也受到侵犯，这一切都归罪于凌诗诗。陈自力从派出所出来，走在回家的路上，越想越觉得窝囊，似乎长期以来的不顺都淤积成熊熊烈火，炙烤着他的心。他咬牙切齿地捏紧了拳头，该死的凌诗诗，我的日子不好过，你也别想逍遥自在……

第二十三章

广告明星的不同命运

选美结束之后，亚军凌诗诗接到好多广告片约，而大导演余征也对她青睐有加，邀请她出演自己的新片《买房战争》。可她却提出要跟蓁城传媒制作部签约，成为正式员工。对于蓁城传媒来说，当然求之不得，只是公司希望凌诗诗能签约成为公司艺员兼主持人，为公司带来更大效益。可凌诗诗却坚持己见，要求从事幕后工作，令蓁城传媒大为光火。

获奖之后，凌诗诗才明白，通过选美成为公司专属艺员虽然貌似风光，但与之绑定的却是一纸不平等条约。根据大赛章程，三甲选手作为公司艺员一旦参演电影，大部分的片酬必须上缴。尽管每月能领工资，数额却十分有限。

凌诗诗本人对上镜做戏的演艺生涯不感兴趣，参加选美纯粹迫于无奈。如今，老父已经康复，她决心彻底告别这种抛头露面、毫无隐私的伪明星生活，重新投入自己钟爱的广告事业。选美亚军的头衔为她积累下一定名气和经济基础，之前刘子均的提议又在她心头鲜活的跳动，她决心真正投入顾老门下，潜心学习广告业务，她相信自己在专业上的成就一定会覆盖住选美带来的短暂光彩。

但是，要说服蓁城传媒以学徒形式接纳自己绝不容易，凌诗诗决定请吴家俊帮忙，充当说客。在吴家俊的斡旋下，最终，凌诗诗和蓁城传媒各退一步，蓁城传媒允许凌诗诗在制作部见习，条件是她必须兼做艺员，同时需要履行作为蓁城广告之星亚军的职责，出席一些宣传活动。另外，冠军唐语嫣因故无法参演大导演余征的新片《买房战争》，所以女主角的缺必须由凌诗诗补上。吴家俊曾建议凌诗诗放弃大赛奖励，如此一来便不用被合同束缚，至于她的前途，自有吴家俊来帮衬。但凌诗诗颇有自知之明，她不愿成为吴家俊的附庸，更了然公司允许她学习幕后工作已然不易，便以广告圈新人身份开始了双重工作。

季军罗小曼得到名次后忙着离婚和恋爱，反而淡出了演艺圈；而蔡仪敏以退为进，向公司示威；冠军唐语嫣则急着走进婚姻的礼堂。

其实，直到唐语嫣这个大冷门夺冠之后，大家对唐语嫣的家世背景依然一无所知。几个月后，《蓁城快讯》踢爆唐语嫣与蓁城传媒少东家郑凝的恋情，大家才醒悟过来——这对情侣的保密工作真是到位。蔡仪敏见冠军是郑凝的正牌女友，心里的闷气终于平息了一点。而黄有德之流打唐语嫣主意的狂蜂浪蝶却并未真正偃旗息鼓、另寻目标，反而对此消息将信将疑。

蓁城广告之星决赛之后，前十强选手接连不断地接到各种商业或私人的宴请，三强得主更不用说。在预赛前的酒会上赠送给所有预赛佳丽金链的美高美服饰老板黄有德更是跃跃欲试，屡次三番知会蓁城传媒，务必要求十强选手统统到场。

一天晚上，在美高美服饰的会所，黄有德举办了一场大型的舞会，新鲜出炉的蓁城广告之星十强选手以及往届的冠亚军都在被邀之列。黄有德是蓁城传媒的大客户，也是本次大赛最大的赞助商之一，他有心摆阔，蓁城传媒当然要给面子。

事先，郑嵇安旁敲侧击道："老黄，现在到处提倡节俭，你搞那么大排场做什么，有钱也不是这么花的。"

"嘿，我高兴，别人管得着吗？"黄有德牛哄哄地说。郑嵇安不想得罪大客户，点到为止也就算了，由他去折腾。

黄有德家底颇为丰厚，但是，圈内人谁都知道，他原本只是一家服装公司的小工，具体怎么发迹还真是个谜。坊间虽然对此有诸多传闻和揣测，但是从未得到过他亲口承认。不过，可以肯定的是，黄有德虽已年过四十，但尚未婚配，据他自己的说法，年轻时其貌不扬又穷困潦倒，30多数岁发迹之后，美女如过河之鲫，纷纷前来投奔。年复一年，他挑花了眼，反而找不到真正动心的女人。这个比喻虽然有点夸张，但并不见得全是谎言，朋友们都知道，黄有德对女人从不小气，只要看上了就一掷千金、绝不手软，因此多年以来，他身边的女明星、女嫩模等如走马灯似的一一亮相，只是从没有一个能与他天长地久，捆住他这颗浪子心。这种名声一传开，美女们便只跟黄有德逢场作戏，见好就收，再不做终身之想。不过，当晚宴会上，多是新鲜出炉的选美佳丽，不少美女还比较纯情，幻想着黄有德能够看中自己，结秦晋之好。

蔡仪敏罕见地出席了这个酒会，一方面，她不愿得罪自己的东家，另一方面，接近黄有德这样的钻石王老五并不是什么坏事。若是哄得黄有德高兴，别说是免费赞助她时装，就是投资为她拍电视剧，也不无可能。所以，蔡仪敏不失时机地向黄有德卖弄着风情。

蔡仪敏着装前卫、身材窈窕、明眸皓齿、性感动人，颇具吸引力。但是，对黄有德来说，蔡仪敏太过精明独立，甚至可算得上野心勃勃，她可以成为男人事业上的好帮手，却绝不会是贤妻良母。草根出身的黄有德，喜欢温柔婉约、羞涩内敛的传统女性，因此，清纯可人略带羞涩的唐语嫣才合他的心意。其实，黄有德也打过凌诗诗的主意，但是他早就看出彪马车业的吴家俊对凌诗诗青睐有加。论实力，从事服装行业的黄有德哪里是实力雄厚的吴家俊的对手，背后搞搞小动作还行，明刀明枪跟吴家俊竞争，黄有德实在没这胆量。

锁定目标之后，黄有德便在酒会上对唐语嫣大献殷情，他自知年纪不小，是时候娶妻生子培养接班人了，因此对唐语嫣的态度更是认真。佳丽们见状纷纷打趣，怂恿唐语嫣接受黄有德的追求。可惜，唐语嫣对待黄有德不屑一顾，她先是回避，见黄有德不停地死缠烂打，干脆不理不睬，自行走到了一边。

郑嵇安和郑凝作为主办方的代表出席了酒会。郑嵇安一直冷眼旁观，见蔡仪敏在黄有德那里碰了壁，不由诡诡一笑。不过，郑嵇安很快皱起了眉头，他发觉了黄有德对唐语嫣的不轨之心。郑嵇安碰了碰正专注于其他美女的儿子，郑凝循着父亲的目光望去，见有人调戏他的未婚妻，不由火冒三丈，正想前去教训黄有德。老谋深算的郑嵇安急忙把儿子喝住："决赛刚刚结束，那些落选的美女们还在心有不甘地折腾，我同意举办这个酒会不仅仅是为了给黄有德面子，也是为了让落选佳丽多些机会寻找出路，别再跟我们公司过不去。这个时候，如果正式公开你跟语嫣的关系，那么所有人都会指责我们偏私，到时候看你怎么收拾？"

"难道我就眼睁睁地看着那个矮胖子缠着语嫣？"郑凝年轻气盛，咽不下这口气。

"嘿嘿，那倒未必。你可以曲线救国，顺便还能为以后公开跟语嫣的恋情埋下一个伏笔。"郑嵇安凑近迷惑不解的儿子，在他耳边如此这般说了一番。郑凝的眉头立马舒展开来，频频点头。稍后，他便吹着口哨走向了唐语嫣。

唐语嫣见未婚夫朝自己走来，顿感惴惴不安，她记得郑凝交代过不能暴露两人的关系，不明白他此举所为何事，难道是看不顺眼黄有德对自己纠缠？正胡思乱想间，郑凝已经走到了唐语嫣的面前，他弯下腰洒脱地行了个西洋礼节，伸出右手，朗声道："美丽的冠军小姐，不知我是否有这个荣幸代表蓁城传媒邀请你跳今晚第一支舞。"

全场嘉宾的目光都聚集在唐语嫣的身上，唐语嫣不由羞红了脸，缓缓点了点头。

"好！"不知是谁带头鼓起了掌，郑凝却听得分明，肯定是自己老爸搞鬼。全场的气氛高涨起来，掌声和欢呼声此起彼伏。黄有德无奈，只好随大家一起鼓掌。

现场的乐队即兴奏起一支舞曲，花花公子郑凝是个玩家，舞技自然不在话下，唐语嫣也曾为了选美突击训练了几个月的交谊舞，没少要求郑凝陪练，因此，两人配合默契、舞姿优美。郑凝并不算英俊，但胜在年轻，加上无以伦比的自信，与唐语嫣真算得上一对金童玉女，十分引人瞩目，嘉宾们在惊艳的同时毫不吝啬地将羡慕的目光和掌声给予了这对舞者。

"亲爱的，刚才我好紧张，真害怕你一冲动会对黄总做出出格的举动。"唐语嫣轻轻说道。

"嘿，不是不报，时候未到，且让他逍遥几天。"郑凝踏着舞步，轻快地旋转，神情却略有阴郁。

"别这样，亲爱的，大家都在看着我们呢，说不定还有记者，快，笑一笑。"唐语嫣劝慰道。

郑凝听未婚妻如是一说，记起了自己今晚的使命，便勉强装出欢颜，搂住唐语嫣的纤腰。唐语嫣全心投入，配合着郑凝豪放洒脱的舞步。

灯光倏地一变，舒缓的舞曲也随之变为狂野的劲舞，好多嘉宾携手走进了舞池，随着劲爆的音律扭动起来。

"黄总，走，咱们去跳舞。"一直备受冷落的蒋梦瑶见黄有德落了单，不失时机地向他伸出了纤手。黄有德有心与郑凝较劲，见美女相邀，便顺水推舟拉着蒋梦瑶走进舞池。

"哼，不知死活。"郑凝暗骂了一声，在唐语嫣耳边低语几句，两人忽然改变了舞姿。郑凝有心显摆，使出看家本领，举手投足热情奔放却潇洒自如，唐语嫣则宛如偶尔疯狂一回的淑女，摆臀扭腰却不失体面。与之共舞的嘉宾们不由自主地停下，向这对郎才女貌的舞者行注目礼，相形之下，围着蒋梦瑶摇头摆尾跳出各种浪荡粗野姿势的黄有德逊色多了，遭到了众人的冷落和嗤笑。

郑凝和唐语嫣的表演欲望很强，一支舞曲刚罢，另一支曲子又起，两人接连不断地跳着，不但出尽了风头，也赢得了更多的掌声，现场仿佛成了他们的专场舞会。

出尽洋相的舞会主办者黄有德恼羞成怒，但当他摸摸自己凸起的腹部和谢顶的秃头，再对比青春年少的郑凝，不由自惭形秽。不过，黄有德对唐语嫣的热情并未因为这个晚上的挫折而减弱，相反，更激起了他的好胜之心。黄有德以为，郑凝对唐语嫣不过是临时起意，未必当真，而自己却是真心诚意娶她为妻，只要假以时日，一定能打动唐语嫣的芳心，抱得美人归。

“亲爱的，黄有德真是个厚脸皮，舞会以后他每天都给我送花，我都快烦死了，怎么办啊？”唐语嫣常打电话向郑凝诉苦。

“宝贝，你再忍一忍，我一定会想出办法来的。”郑凝安慰道。

“你每次都这么说，我真不明白，决赛都过去那么久了，为什么我们的关系还是不能公开，偷偷摸摸像搞地下情一样。”唐语嫣不满道。

郑凝明白，单纯的唐语嫣想不出这番话，一定有幕后高参指点。他的猜测十分正确，唐语嫣的幕后高参就是她的父母。唐语嫣的姓氏来自母亲，唐母出生于蓁城有名的书香门第，遗传给唐语嫣一副美丽的外表和娴静的性情。可是，唐语嫣的父亲却是个小生意人，当初他便是看上唐家的名望才与之结亲。唐语嫣还是豆蔻少女的时候，便显现出惊人的美丽，唐父原本一直以生了女儿为憾，但女儿的花容月貌令他看到了新的希望。唐父做梦都希望女儿能够飞上枝头，嫁给豪门大户，然后多生几个孩子，选一个跟自己姓，这才算是光宗耀祖光耀门楣。基于这个目的，也为了自己的生意着想，唐父婚后一直注意发掘利用好妻子娘家的各种关系。唐语嫣还未成年，唐父就很有心计地为她结了一门“娃娃亲”，亲家是当时的蓁城广告公司总经理郑嵇安。事实证明，唐父的眼光确实犀利，在短短六年内，蓁城广告发展壮大为今日的蓁城传媒，而郑嵇安也因为公司转制，一跃成为蓁城传媒真正的老板。

“将来，郑嵇安的一切还不都是郑凝和你的。”唐父总是这么教育无甚野心的唐语嫣。

“爸爸，爱情不该那么功利。”唐语嫣受母亲熏陶，经常反驳父亲。

“小孩子真不懂事。在这个社会，有钱有势才能受人尊重，如果你不是郑凝的未婚妻，那么多美女竞争的选美冠军，能轮到你？真傻！”唐父恨铁不成钢，“话又说回来，你们交往了那么久，郑少到底什么时候才跟你结婚？”

“这个，我怎么知道？”唐语嫣娇羞道。

“你这个傻丫头，这么好的金龟婿，你可要抓紧了，必要时用点手段。要是一不当心被别人抢走了，你哭都来不及。”唐父如是说并非杞人忧天，他看着郑凝从小长大，深知他花花公子的本性。其实，在本质上，郑凝与近来追求女儿的黄有德并无不同，只是郑凝更加年轻，又与唐家颇有渊源，所以才在这场竞争中胜出。

唐母闻此却不高兴了，说：“你怎么这样教育女儿？我的女儿年轻貌美，他郑家再有钱，我们也犯不着倒贴。”

见老婆大人不悦，唐父便赔着笑脸不再多言，但是他已经打定主意，要逼郑凝早早迎娶女儿。唐父暗自筹划，他决定利用黄有德对女儿的疯狂追求，向郑家施压。在唐父的运作下，蓁城各大娱乐报刊很快登出了富豪黄有德疯狂追求本届蓁城广告之星冠军唐语嫣小姐的新闻。

“爸爸，你看！”吃早饭时，郑凝将一份当天的《蓁城快讯》扔在父亲面前。

郑嵇安早已看到新闻，早知今日何必当初，他既恨黄有德的唐突，也深悔自己为了保险起见迟迟不公开儿子与唐语嫣的恋情。如今，郑家已在唐语嫣身上下足本钱，放弃她自是不可能，但是若是此时宣布她是儿子的女友，在外人看来反而像是儿子横刀夺爱、落人口实。

“爸爸，你倒是说句话啊。”郑凝催促道。

郑嵇安权衡利弊，下了决心：“事到如今，就算与黄有德公开为敌也没办法。你先去通知几家相熟的媒体，让他们拍下几张你跟语嫣出双入对的照片，表示你们已经在交往。下个月，你就向她求婚，接着就准备登记结婚。”

“这么快？”郑凝有点无所适从。

“哼，我们已经把语嫣捧成了本城的明星，你们一天不结婚，难免有人再打她主意，万一又跑出个陈有德、李有德，麻烦更大。就这么定了，你去准备吧。”

郑凝与唐语嫣是青梅竹马，彼此很熟。在郑凝心目中，唐语嫣就像自己的妹妹。或许是因为从小被保护得太好的缘故，唐语嫣虽然已经二十有三，心智却仿佛十三四岁的少女，天真得很。不过，对郑凝来说，这没什么不好。他吃喝玩乐惯了，拥有过的美女不计其数，但是依然像所有传统中国男人那样希望娶到一个纯洁的妻子。再说，唐语嫣头脑简单、无甚野心和手腕，婚后非但不会管住自己更不会插手自己的生意，因此，郑凝对于这桩婚姻还算满意。另外，郑凝明白，自己玩归玩，婚姻大事还是得父母同意。老爸郑嵇安和远在美国的母亲都非常喜欢唐语嫣这个未来儿媳，不仅因为她出身书香门第，更因为她顺从单纯的个性。

所以，面对老爸的催婚，郑凝一口答应。

其实，郑嵇安之所以催促儿子迎娶唐语嫣，与他自己的私心不无关系。郑凝是郑嵇安与婚外情人丁谣的儿子，为此郑嵇安还与郑太离了婚，后来，郑嵇安来到蓁城，几经周折，他与丁谣分手，又与前妻复婚。郑太是个厉害角色，她帮助郑嵇安东山再起之后，嫌弃蓁城环境不佳，便远赴美国定居。郑嵇安独自在蓁城打理事业，难免寂寞，这次，他看上了本次选美的季军蔡仪敏，虽说兔子不吃窝边草，但他依然按捺不住、蠢蠢欲动。不过，顾忌娱记们的口诛笔伐，郑嵇安借此机会让儿子早点将唐语嫣娶进门，待风头过后，便可放手追逐自己看上的女人。

见郑凝开始同女儿公开出席各种宴会，唐父心中窃喜，认为自己的计策颇有成效。不过，他知道女儿毫无心机，便提醒女儿道，若是郑凝向她求婚，就让他家长上门向唐家正式提亲，切不可私自答允。唐语嫣虽然嘲笑父亲是老脑筋，但还是答应了下来。

不久，郑凝果然向唐语嫣正式求婚，唐语嫣记起父亲的嘱咐，便依样画葫芦说了一遍。郑嵇安听儿子回来一说，觉得上门提亲也是男方应有的姿态，马上带上厚礼，领着儿子、司机和秘书，跟唐家约了时间，兴冲冲地上门了。

唐家的老宅坐落在西山脚下的一片别墅区，二层小楼面积并不大，却装修得清新雅致。郑嵇安一走进唐家客厅，便感觉气氛不同以往。厅里的转角沙发上，坐着几位上了年纪的妇人，看样子是唐家的三姑六婆，还有一位儒雅的中年男子，西装笔挺、表情严肃地坐在茶几另一边，不知是何方神圣。唐语嫣和父母一起坐在客厅中央的沙发上，见郑嵇安等进门，急忙起身迎接。

嘿，这老家伙，还搞得挺隆重。郑嵇安暗笑。宾主双方都是老熟人，一番寒暄。唐母照例是一副不食人间烟火的清高样儿，郑嵇安陪着她讨论了几个貌似有深度的话题，便将话题转向儿女的婚事。唐母拍拍身边的女儿说："女大不中留，语嫣的婚事，就让她自己决定好了。"

"女儿不懂事，有关婚事的细节，还是得我们大人来讨论。"唐父急忙打岔道。

"这么说，亲家公就是同意啦。"郑嵇安高兴地说。

"小女能嫁入郑家，那是她的福分，我这个做爸爸的，哪有反对的道理。不过，结婚是终身大事，不能草草了事，很多事情要考虑在前面。"唐父有条不紊地答道。

唐母最烦这些事务性的事情，她推说还有些资料要整理，便上楼进了书房。

唐父向唐语嫣使了眼色，示意她也离开，唐语嫣便乖乖跟着母亲上了楼。

唐父见事情都在掌控之中，很是高兴，待唐家母女上楼之后，他便开始向郑氏父子介绍在场的人员。原来，那几位老妇是唐语嫣的姑姑，中年男子是位律师，也是唐语嫣的远房舅舅。唐父说，女儿结婚是关系一辈子幸福的大事，做父亲的肯定得为女儿考虑周全，这一点请郑嵇安理解。说着，他示意律师拿出一份协议，放在郑氏父子的面前。

郑嵇安疑惑地看着唐父，不知他葫芦里究竟卖什么药，便拿起协议仔细阅读起来。

这是一份婚前协议，款项很多，最主要的几条是：要求郑家在婚前一次性赠给唐语嫣 200 万以及一套不小于四居室的公寓作为聘金；唐语嫣按照目前的“单独二孩”政策可以生两个孩子，第一个姓郑，第二个姓唐，若是将来两人移民定居国外，生下两个以上的孩子，那么第三个孩子需跟唐父的姓氏；若是双方不幸离婚，且过错方为郑凝，那么孩子都归唐家，郑家必须一次性付给唐语嫣青春损失费 1000 万元以及孩子抚养费和教育费（按法律规定数额的三倍支付），支付给唐语嫣的生活费另计；婚后，唐语嫣只要生下唐家后代，那么除非唐语嫣犯下重大过错，否则，她和孩子都有权继承郑家全部财产的三分之一，若是蓁城传媒上市，需给予唐语嫣 3%以上的干股等等。

郑嵇安表面不动声色，心里却已经把唐父诅咒了几十遍，这哪里是婚前协议，简直就是女儿的卖身协议。郑嵇安看完之后把协议递给了儿子。郑凝看罢也未说话，表情很是阴郁。

唐父并不慌张，他早已调查过郑家的家底，知道他们在蓁城便有几个亿的资产，而郑太是与此地一江之隔的唐岭出了名的望族闺秀，加上郑太在美国的资产，郑家的资产绝对超过十个亿。协议上的些些小钱对他们来说，不过是九牛一毛。再说，女儿语嫣如今身价不同以往，每年光是拍戏、代言的进账都不止百万，嫁进郑家之后，这些赚钱的机会都得放弃，所以他们给点补偿再应该不过。

见唐父一副好整以暇的闲适姿态，郑嵇安倒是有点沉不住气了，他干笑道：“亲家可真是深谋远虑啊，这孩子们还没结婚，就连离婚事宜都考虑清楚啦。”

“嘿嘿，现在的 90 后心性不定，离婚率高是个普遍现象，我也是防患于未然嘛。做爸爸的，哪有希望自己的女儿真离婚的。是吧，亲家？”唐父谈笑自若。

郑嵇安不禁哑然，想了想，说：“这协议的事儿有点突然，再说协议上的条款也得容我考虑一下。这样吧，我过几天再答复你，可以吗？”说罢，朝儿子使了个眼色，站起身准备告辞。

哼，什么态度，仗着有几个臭钱，完全不尊重我们唐家。郑嵇安此举令唐父大为不满，一时忘了自己可是唐家的外姓。但他涵养颇好，没有发作，拱了拱手，示意家人陪着他将郑氏父子送到门口。

碍着司机，郑嵇安不方便说话，待回到家中，剩下父子俩的时候，郑嵇安终于发作道：“这个吃软饭的家伙还真是个人物，从前小看他了。我晓得他会提些彩礼上的要求，可没想到他狮子大开口，还真把他自己的女儿当成了公主！儿子，你最清楚，如果没有我的力捧，就唐语嫣那个笨头笨脑的样子，能当上选美冠军？去电视剧里演个丫头、跑个龙套还差不多。”

郑凝对唐语嫣毕竟存有几分感情，不满父亲如此贬低她，反驳说：“爸爸，你别把语嫣说得如此不堪，她毕竟是名校毕业，端庄文雅、德才兼备，妈妈也特别喜欢她。虽然她爸难缠，可这协议又不是语嫣提出来的，你不要一棒子打翻一船人。”

“哎呀，媳妇还没娶进门，你就开始帮她讲话了？”郑嵇安不高兴地说。

“我是帮理不帮亲。”郑凝分析道，“现在像语嫣这样单纯的女孩很难找到了。人家爸爸为女儿考虑也没有什么错，虽然提出的条件有点苛刻，可对我们郑家来说，那点钱是小菜一碟。我每年换几辆跑车还不止这个价呢。”

“你小子是不当家不知道柴米油盐贵！这么大的家业我将来还能带进棺材？还不都是你的。眼下给唐家这点甜头肯定是没问题的，我只怕，她那个贪心的老爹，等你们结婚以后还不知会提出什么过分的要求呢。”

“哈，到那个时候，语嫣已经是我家的人了，我要她怎样，她就得怎样，否则我就休了她，反正代价不算大，因为他们唐家根本查不到我们究竟有多少财产，继承全部财产的三分之一又从何说起。其实，真走到离婚那步，说不定他们家反过来哀求我呢，我们还用得着怕她那个老爸？”

郑嵇安盯着儿子，疑惑地问：“你真的这么想？我还以为你很喜欢那个丫头。”

“喜欢，现在喜欢，以后就不能保证了。”郑凝坐在沙发上伸了个懒腰，又把腿搁上了茶几，“老爸，从前，你不是也很喜欢我亲生的妈妈？但你的太太可不姓丁啊。这女人哪，能不能拴住男人，得靠这个。”他用手指了指太阳穴。

“哈——”父子俩相视而笑。

郑嵇安笑道："看来，我的儿子长大了。好吧，我就签了这个协议。不过，也不能让唐家觉得我们太好说话，干股是坚决不能给她的，其他我都答应。嘿，自以为得计的老狐狸，他这是给自己上套啊。"

经过协商，郑家和唐家签好了婚前协议，唐父满意极了，放手让郑家决定婚礼和喜宴事宜。两个月以后，蓁城传媒的少东家郑凝与蓁城广告之星冠军唐语嫣的盛大婚礼在百老汇酒店举行。郑家大摆筵席，除了全城的名流富贾，新娘子参加选美结识的佳丽几乎全都接到了请柬。为了争拍新娘新郎和众多佳丽们的风采，蓁城各路娱记几乎大打出手，只为抢到一份入场的许可。

婚后，唐语嫣跟着郑凝登上了飞往欧洲的班机度蜜月去了。对于婚礼的盛况，唐语嫣非常满意，她怀揣着幸福生活的梦想，走进了婚姻殿堂。她并未注意到，在飞机离开地面的一刻，新郎的唇角泛起一抹莫测的笑意。

罗小曼离婚之后，便公开与袁少峰同进同出，事实上，他们早就同居在一起，但碍于声誉，还是尽量秘而不宣。大家都以为他们会像唐语嫣和郑凝那一对一样，尽快结婚，可是，事情却没有这样顺利。罗小曼倒是颇想与袁少峰就此定下婚事，但她发现，袁少峰与蔡仪敏也有来往。与蔡仪敏同台竞技几个月，罗小曼对蔡仪敏的个性和喜好有所了解。蔡仪敏仗着一副美丽的外表和演员的身份心高气傲得很，无奈出身草根又是个外来户，比不上唐语嫣之流的土著富家女，因此更加激进和奋发。可是，蔡仪敏这种努力并未表现在提高演技上，而是希望借助婚恋改变命运。当然，参加选美的佳丽们多数都抱着这个想法，但是蔡仪敏却比较挑剔，她喜欢单身男子，尤其偏好郑凝、袁少峰之流年轻帅气的富二代，无奈郑凝已经被唐语嫣套牢，蔡仪敏这才将目光转移到了袁总身上。

罗小曼颇有自知之明，虽然袁少峰对她疼爱有加，可富家公子的情爱最不可靠。若论美貌，罗小曼自信绝不输给任何一位三强佳丽，但她离过婚这一项，便输给了同是季军却尚未婚配的蔡仪敏。不过，蔡仪敏今年已经 27 岁，比自己大好几岁，从这一点上来说，还是自己占了便宜。唉，都怪那个该死的凶手，害得自己和袁少峰滞留国内，才给了其他女人可乘之机。罗小曼暗暗祈祷警方早点将杀死孙导的凶手抓获，又担忧抓住凶手之后，将自己不雅照片曝光。罗小曼终日胡思乱想，患得患失的同时，更加紧了对袁少峰的管束，她怕他反感，不敢明着表态，只得暗中留意，防范于未然。

可是，老虎都有打盹的时候，更何况是大活人。罗小曼得到选美名次之后，接到不少拍戏、参加综艺活动的邀请。罗小曼当然明白，虽然袁少峰目前对她百依百顺，但自己不比唐语嫣已经找到了一张长期饭票，女人还是得有一定的经济实力，在男人面前才能保持尊严，因此，尽管她回绝了不少通告，但还是会适当接下一些工作。如此一来，她便没办法24小时黏在袁少峰身边。一天，拍戏的间隙，她随便翻了翻手边的小报，发现袁少峰与蔡仪敏吃饭的照片登上了头条。罗小曼已经不是头一次发现这种情况，每次质问袁少峰，他总说朋友吃顿饭很平常，但是，罗小曼依然不能放心释怀。不过，她不敢向袁少峰发作，只能在心里暗骂蔡仪敏是个骚狐狸，罗小曼甚至怀疑，蔡仪敏已经得知决赛那天是罗小曼无意中害得她腹泻不止，失去了夺冠的机会，所以故意抢夺袁少峰报那一箭之仇的。为此，罗小曼决心拍完手头的戏之后，推掉所有的片约，陪在袁少峰身侧。要知道，她并不是每次都这么好运，可以找到年轻多金、知情知趣又好脾气的富二代的。袁少峰虽然有点花心，但毕竟深爱着自己，罗小曼料想凭自己的魅力，一定能守到云开日出的一天。

这天，罗小曼与袁少峰接到邀请，需要一起上一档综艺节目。他俩到了现场才发现，本次选美的十强佳丽都在被邀之列，只是，唐语嫣和凌诗诗，有护花使者郑凝和吴家俊相伴，唯有蔡仪敏是单刀赴会。

对新鲜出炉的蓁城广告之星来说，这样的综艺活动既能增加曝光率，又能大出风头。所以，几位美女都精心装扮了一番。

唐语嫣走“萌哒哒”路线，一身“Hello Kitty”的粉色运动装将她衬得愈发粉妆玉琢、玉雪可爱。郑凝也穿了一身名牌运动服来陪衬自己的新婚太太。

凌诗诗着装最为简洁，一件白色丝质衬衣，外搭一件紧身皮马夹，格子状的哈伦裤，虽然简约却显出一种都市女性干练典雅的美。她见罗小曼与袁少峰一起出现，似乎有点愕然。吴家俊自称顺路送凌诗诗前来，他的服装一如既往是西装皮鞋，看来倒不像说谎。

至于蔡仪敏，她熟知综艺节目难免有一些搞笑或者运动项目，因此，穿了一件曲线毕露的低胸短上装，下身着一条牛仔超短裤，配上镶嵌着花纹的蕾丝长袜和一双精巧的运动型球鞋，显得既性感又青春。

罗小曼见状很是不爽，但这是公众场合，不怕蔡仪敏使出什么花招。这群靓女“财”子正虚情假意地闲聊着，黄有德等当地的富商居然也陆续到来，他们个个都带着女伴，形态亲密。定睛一看，居然不少美女都是本次选美的十强佳丽。

陪同黄有德的正是蒋梦瑶，而另一位个头高高的商人挽着的是苏萌。多月不见的佳丽们聚在一起叽叽喳喳闲聊个没完没了，直到主办方派人前来三催四请，她们才恋恋不舍地分开各自准备上台。

主办方租下了蓁城影视城专为录制综艺节目准备的外景基地，中部是下沉舞台，内设各种机关。四周的观众席呈阶梯状，包围着舞台。供架设摄像机的高台达8个之多，分布在不同位置，主办方唯恐漏拍精彩镜头，还租了摇臂摄像机。

众佳丽被要求套上不同颜色的小马甲，分成几组进行比赛。比赛还未开始，由各赞助商企业员工充当的观众们便纷纷挥动小旗，拍动充气棒，为佳丽们加油鼓劲——第一次近距离观赏到如此众多的美女明星，他们激动万分。

如今的综艺节目为了吸引眼球无所不用其极，第一局的游戏形式就很古怪。舞台下陷仿佛泳池，“泳池”上徒留两座“独木桥”，每座“独木桥”只能容两人侧身通过，一不小心就有掉下水的危险。当然，主办方早已安排好几位救生员在水里待命。游戏规则便是各组成员成双成对，头碰头夹着一个乒乓球共同通过“独木桥”。速度最快的一组优胜，无论是人还是球掉下水，都判输。

比赛开始了，不少佳丽因为慌张或是不熟悉地形，纷纷落水，到目前为止唯有学体操出身的苏萌和舞技出众的凌诗诗凭着良好的平衡感合作通过了“独木桥”。游戏过程紧张刺激，佳丽们落水的狼狈样更是令观众们乐不可支，他们或拍手或叫嚷，现场气氛活跃至极。很快轮到了罗小曼，真是冤家路窄，她与蔡仪敏被分到了一组，与她俩对决的是上台玩票的郑凝和袁少峰这对兄弟。

郑凝和袁少峰日常喜欢运动，四肢协调能力极佳，再加上一母所生的异父兄弟多少有些默契，因此短短十几秒便通过了考验，成为全场花费时间最少的一对选手。其实，凭借罗小曼和蔡仪敏的实力，通过也不是难事，可这两位美女各怀鬼胎，刚头碰头顶上球，便乌眼鸡似的你瞪着我，我瞪着你，谁也不肯先挪步。在观众的起哄声中，两人犹犹豫豫走到“独木桥”中间，罗小曼满以为蔡仪敏此刻愿意与她尽释前嫌齐心协力完成游戏，未料蔡仪敏始终不忘决赛被下药一事，说时迟那时快，蔡仪敏假装身形一晃，罗小曼害怕乒乓球掉下急忙随着蔡仪敏的摆动俯过身去，蔡仪敏忽然又站稳了，罗小曼猝不及防失去了平衡，一个筋斗栽下了“桥”，立刻成了一只落汤鸡。蔡仪敏站在桥中央，对着观众和镜头假装遗憾地摊摊两手，志得意满地下桥休息去了。这下，什么仇都报了，哈哈。蔡仪敏暗喜。

事出突然加上环境陌生，罗小曼虽会游泳却一时半会儿施展不开手脚，落水后挓挲着手挣扎着，喝了好几口水。观众席间发出一片惊呼，袁少峰惊得大声叫喊起来："救人，快救人啊。"

其实，从掉下水到被救起，最多两分钟，罗小曼却觉得仿佛过了一个世纪。被救生员送上岸后，工作人员立刻送来大毛巾把罗小曼裹住，送到别处休息。要不是顾忌周围的摄像机和观众，她早就破口大骂了。回到休息室，见到等候在此一脸关切的袁少峰，罗小曼忍不住抽抽搭搭哭了起来。

"好了好了，别哭了，哭花了妆不好看，这不是没什么事吗？蔡小姐也不是有心的。"袁少峰满怀同情地安慰道。

"我看她分明是故意的，就是为了报复我。"罗小曼带着哭腔道。

袁少峰大为惊诧，不解地问道："为什么这么说？莫非你得罪过蔡小姐？"

罗小曼自知失语，又没法辩解，她灵机一动，假装哭得更加伤心："你别以为我什么都不知道。难道你看不出来，她是吃我的醋，嫉妒你那么疼我，所以才——"边哭边抛给袁少峰一个幽怨无比的眼神。

此时，蔡仪敏回到了休息区，罗小曼猛地抬起头，对她怒目而视，她真想冲上前狠狠地揪住蔡仪敏的头发，扇她几个耳光，但她不愿给袁少峰留下一个泼妇的印象，勉力克制住了。

袁少峰对蔡仪敏虽不乏好感，也跟蔡仪敏有些秘密来往，但听罗小曼如是一说，倒觉得有几分道理，不由反感起蔡仪敏的鸡肠小肚，他暗想，自己与蔡仪敏还没有怎么样，蔡仪敏便使出如此下作的手段对付自己的同居女友，若是蔡仪敏真成了自己的入幕之宾，那还不知如何醋海生波，闹得天翻地覆呢。罢罢罢，这样的女人，还是远离为妙。于是，袁少峰存心当着蔡仪敏的面，亲了罗小曼一下，柔声细语道："宝贝，你受惊了。一会儿带你去吃海鲜大餐压压惊，好不好？"

罗小曼瞟了一眼蔡仪敏，故意娇声说："我的衣服湿了，你先给我买套新的。否则，我怎么出去见人。"

"买，买，等节目结束，我们马上就去商厦，你想买多少新衣服都可以，我买单。"

"亲爱的，你对我真好。"罗小曼满意地笑了起来，动作夸张地钻进袁少峰怀里。

蔡仪敏见状，自感无趣，悻悻地离开了现场。

这次活动，罗小曼虽然在镜头前出尽了洋相，却因祸得福，把蔡仪敏踢出了局。尽管她不确定是否还会出现新的对手，但至少眼下她可以与袁少峰尽情地享受二人世界。不过，蔡仪敏与罗小曼这对季军，等于公开撕破了脸面，从此心结更深，几乎到了水火难容的地步。之后各种公开亮相的活动或是影视剧中，只要出现其中一个，另一个势必拒绝同台。反正彼此已经势如水火，又何必勉强聚在一起自讨没趣。蓁城圈子不大，两位蓁城广告之星季军关系不睦的消息像长了翅膀一般人尽皆知。各大八卦周刊就两位季军不合的原因作了诸多揣测，多数认为她们争风吃醋，抢着讨大老板欢心；还有人猜测，两位季军因为名次相当，出镜机会却不等而互掐——罗小曼明显比蔡仪敏更受影视圈青睐。无论蔡仪敏与罗小曼如何撇清、如何辩解，八卦杂志为迎合读者的猎奇心理，照旧胡乱揣测一气，就算是两人的独照，也常被摆在同一版面对比，当然，会在两张靓照中间设计一条非常明显的裂痕，来暗示两人的关系。

那天录制综艺节目期间，蒋梦瑶和苏萌倒是同病相怜，并未发生矛盾，她们见罗小曼出丑，均幸灾乐祸一番。凌诗诗好久未见蒋苏二人，难得相聚，开心异常，彼此交流了一番近况。

蒋梦瑶在向记者爆料蓁城广告之星大赛内幕之后，见毫无动静，也没有脸面再回中学教书，便一直在酒吧驻唱。驻唱生活颠沛流离，警方费了好大一番工夫才找到蒋梦瑶。得知孙导的死讯蒋梦瑶很是震惊，可她一问三不知，没法为警方提供任何线索。不过，孙导的死多少刺激到了蒋梦瑶，她嗟叹人生无常，决心好好生活，不再争强好胜。一天，她在驻唱时偶遇黄有德，两人一拍即合，聊得分外投缘，继而开始交往起来。由于价值观相近，两人相处甚欢。蒋梦瑶对现状感到满足，找蔡仪敏和罗小曼报仇的心思也就逐渐淡了。

至于黄有德，他虽怨恨郑凝横刀夺爱，但自知与郑凝相比，自己的财力和年龄都毫无优势，败下阵来也算心服口服。堤内损失堤外补，他意外得了蒋梦瑶，不禁暗自窃喜：年轻的蒋梦瑶是选美十强，才貌俱佳，还当过教师，有个这样的老婆也算体面。因此，黄有德修身养性，奔着结婚的目的和蒋梦瑶认真来往起来。

苏萌可比蒋梦瑶幸运多了，尽管选美失利，可她在参赛过程中扩大了交际圈，不少富商名流都被她的理想感动，纷纷解囊相助，帮助她在家乡建起了希望小学。

“诗诗，说起来还得感谢你。我这个暴脾气，估计谁见了我都会绕着走。要不是你努力把我推荐给那些企业家，我也没机会实现自己的理想。”苏萌拉着凌诗诗的手，由衷感谢道。

“苏萌，我们是好姐妹，不用这么见外。”凌诗诗俏皮地挤挤眼睛，问道，“对了，刚才牵着你的手那位，是你男朋友？”

“嗯！”苏萌害羞地点点头，“我年纪大了，该从体操队退役了。我本打算退役后留在队里当教练，但他说婚后会资助我开家体育用品商店，赚钱帮助更多家乡的孩子走出大山，改变命运。”

“太好了！”凌诗诗喜出望外，“苏萌，恭喜你啦！结婚的时候，别忘了请我吃喜糖。”

“嘿嘿!那是必须的。不过，诗诗你年纪不小了，也要抓紧啊。”苏萌朝吴家俊方向指了指，“吴总对你不错啊，他长得帅人品又好，之前给我家乡的小学捐了不少钱。这样的好男人，现在可不多了。”

凌诗诗尴尬地笑笑，没有作声。吴家俊已经向她求过婚，尽管她了然他并非登徒子，对她是一片真心，可内心深处，她依然认为，吴家俊再好，也不过是贪恋她的美貌光鲜，她可不愿用青春点缀豪门富户的门楣。与其他三甲佳丽不同，凌诗诗并不愿将人生定格在一场场虚荣的作秀中，无论工作还是婚姻。对凌诗诗而言，选美不过是谋生的暂时手段，广告才是她长久以来的梦想和追求。凌诗诗越发觉得，眼下的格局不过是她积攒实力，用以纵身一跃的跳板。

“诗诗，你知道吗？罗小曼搭上了袁总，把她原来的老公踹了。”苏萌忽然压低声音说道。

刘子均憔悴的面影掠过凌诗诗心头，她勉力定定神，答道：“我知道，这件事八卦周刊上登了。”

“你知道他们为什么离婚？是因为刘子均生意失败，罗小曼受不了穷。”

“不会吧？”凌诗诗质疑道，她印象中的刘子均精明能干，且手法略为保守，做生意偶尔失手在所难免，但彻底陷入困境恐怕不太可能。

“真的。是我未婚夫告诉我的。罗小曼的前夫是个老实人，在商场上吃不开。生意清淡了好长时间，最近他家人好像还惹上了官司，虽然摆平了，但元气大伤。我还听罗小曼说过，刘子均家人挺不地道的，一天到晚算计他，他那公司早晚完蛋。”苏萌愤愤不平道，“其实，她罗小曼又是什么好东西，还不是一样大难临头各自飞。哼！”

凌诗诗头脑中嗡嗡作响，自听说他离异的消息，她就陷入紊乱不宁的思绪之中：罗小曼的见异思迁在道德层面上固然为人诟病，可那毕竟是他们夫妻间的纠葛，与旁人无涉。或者，对唯利是图的罗小曼的自动退出，她该心存感激？不不不！凌诗诗甩甩头，惊异于自己难以启齿的微妙心态。她并不否认对刘子均存有好感，可若是这种好感的发芽开花需要以对方婚姻破裂为土壤，她会避之不及。

凌诗诗抬起头，云卷云舒的碧蓝晴空终日敞开在城市之上，可她唯有站在这毫无遮挡的室外，才能感受到自然的存在。心灵的痛苦或许就是如此，即便当事人无时无刻不在遭受折磨，外人也只能站在远处观望，在特定的情境下才能感同身受。凌诗诗想象着刘子均此时的心境，她并非不懂他的懊丧和苦痛，可令她介意的是，他为何不向她倾诉？不向她寻求帮助？仅仅为了保持他男人的自尊还是其他原因？凌诗诗的目光迷蒙起来，他的五官在阳光和空气中渐渐钝化为虚无的线条，她努力将其拼凑完整，却仿佛徒劳无功。

“亲爱的，你对我真好！”不远处，情意绵绵依偎着袁少峰的罗小曼一声娇笑，将凌诗诗唤回现实。一瞬间，这些年刘子均待自己的种种好处奔涌而来，搅乱了凌诗诗的幽怨，她告诉自己应该去找他，哪怕仅仅为了报答他对自己的恩惠。

苏萌见凌诗诗默默不语，以为她对这个话题不感兴趣，便不再多说。蒋梦瑶凑上前与苏萌相对唏嘘了一番，约定以后经常联络，便互道再见。

虽然罗小曼在综艺节目里出尽了洋相，倒是因祸得福，进一步得到了心地善良的袁少峰的怜惜。罗小曼是孤注一掷，要与袁少峰共度今生，所以对他百般温柔体贴、曲意逢迎。袁少峰在优越的环境中长大，头脑并不复杂，本质也比较仗义、善良。他花心的坏毛病其实是出于一种求新求变的小孩心性。在他简单的思维里，向他投怀送抱的美女们都是真心爱慕他，所以他不忍拒绝。他并不懂得罗小曼的千依百顺无非是一种兑取利益的手段。袁少峰听信了罗小曼关于婚姻不幸的哭诉，也怜惜她选美以来挫折不断，为了报答美人对他的爱情，他对罗小曼几乎有求必应，罗小曼仿佛掉进了蜜缸，当然，偶尔她心头也会掠过些许内疚，希冀得到前夫的谅解。可这样微小的忏悔，不过是她为自己的良心捐的门槛，令她对“幸福”的追求更加没有后顾之忧。事实上，大多数时候，她一直在庆幸及时抛弃了家庭的束缚。

见罗小曼和袁总关系好得如同蜜里调油一般，蔡仪敏只好自动放弃，退出竞争。觊觎蔡仪敏已久的郑嵇安便抓住这个机会恰到好处地出现在她面前 。尽管郑嵇安年过半百，但保养良好，英俊的相貌和硬朗的体魄依稀仍在，再加上他身价不菲，又是蔡仪敏的老板，对她而言依然颇具吸引力。只可惜，郑嵇安是有妇之夫，儿子几乎跟蔡仪敏一般大，这令她内心不是滋味。不过，颇有自知之明的蔡仪敏在郑、袁两位公子处碰壁之后，便明白像自己这样年近30的轻熟女，是断然入不了这些年轻公子的法眼了，蔡仪敏暗忖自己与郑嵇安相比具有绝对的年龄优势，况且郑太移居美国多年，与郑嵇安的夫妻关系早已名存实亡。将来，若是郑嵇安与郑太离婚，再娶了自己，那自己就是郑家名正言顺的女主人了，比当富二代的少奶奶划算得多。因此，她出于现实的考虑，半推半就地接受了郑嵇安的追求。不过，蔡仪敏心中始终有层隐忧，那就是王思函与郑嵇安的真实关系。小报曾爆料，说王思函是郑嵇安的私生女，若报道属实，那就糟了。如果郑嵇安知道是自己害得王思函在预赛中大出洋相，那快到手的荣华富贵可真要飞走了。尽管她自认为当初手法隐秘，但事后已被蒋梦瑶揭破，难保郑嵇安日后会得知真相。带着这个谜团，蔡仪敏与郑嵇安交往时总是战战兢兢，有几次甚至旁敲侧击询问过他，却始终未得到明确答案。

不过，郑嵇安对蔡仪敏倒是有求必应、关爱有加，交往了一阵子之后，蔡仪敏见郑嵇安对自己百般宠爱，自忖解开谜团的时机差不多了，便趁着郑嵇安高兴，半开玩笑地试探道："听人说，从前大名鼎鼎的西西女士是你的旧情人，王思函是你们的私生女，对不对？"

郑嵇安微微错愕了几秒，便反应过来，调侃道："这些陈芝麻烂谷子的事情，现在还提它做什么？难不成你还吃西西的飞醋不成？"

蔡仪敏心里一紧，暗自叫苦。

郑嵇安仿佛看穿了蔡仪敏的心思，扳过她的肩膀，笑道："我知道你担心什么，放一百个心吧。西西跟过我一段不假，但王思函可不是我女儿。否则，我怎么能够容忍自己的女儿跟别人姓，更不会容忍有人在比赛时对她做手脚。"

蔡仪敏有点惭愧，嗫嚅道："你都知道啦？"

郑嵇安在蔡仪敏脸上亲了一下，半是促狭半是亲昵地说："你那点小手段，怎么可能瞒得了我？"他眼中骤然闪过两道寒光，吓得蔡仪敏打了个寒噤。一直以来，无论作为老板还是情人，郑嵇安都表现得风度翩翩温文尔雅，而这一瞬间，他的伪装突然被撕开了一个缺口，但蔡仪敏并不愿就此放手，毕竟郑嵇安作为"金龟"人选，还是颇有可取之处的。

第二十四章

绝色佳丽豪门梦碎

刘子均离婚后把全部精力都投进了工作，一来为了忘记情伤，二来也是为了赚够钱还给罗小曼。可是，传统广告业势微的大环境不可逆转，印刷设计的订单像黎明前的星子一般日益稀少。刘子均扪心自问，创业至今，自己从未懈怠，可为何公司总也打不开局面，业绩总是起起落落，如今公司甚至还面临倒闭的危险？他不禁开始质疑起自己的理想和能力。每天的辛勤工作是否还有意义？未来究竟将会如何？是否真如母亲说的，农村人根本没有当老板的命？不，刘子均甩甩头，他才三十岁出头，怎可如此消沉？或许对一部分人来说，金钱只是个数字，事业只是点缀，可对他而言那不仅是全家人幸福生活的指望，更是实现自我价值的途经。刘子均决定去找郑嵇安，郑嵇安是本城广告业的龙头老大，刘子均刚刚出道就结识了他。

说来有趣，像郑嵇安这样唯利是图的圈内前辈，居然跟新人刘子均相处甚欢。尽管刘子均没有能力报答他，他却帮过刘子均不少忙。可见，人类的情感多么不可捉摸。在“重利轻离别”的商场之上，与经济利益相比，情感可谓“轻如鸿毛”，可关键时刻，“鸿毛”总会有意无意地影响甚至改变天平的平衡。

想起这茬，刘子均不由脸红，“临时抱佛脚”不是他的作风，但是近来刘家事多，他一直没顾上再去拜访郑嵇安。现在遇上难处才去找他，难免尴尬。不过，形势吃紧，顾不得那么多了，刘子均草草买了点烟酒茶叶，来到郑嵇安家中。刘子均知道，郑嵇安腰缠万贯，根本不稀罕那么点薄礼，只是，他在乎这种尊重的姿态。

郑嵇安很忙未必在家，刘子均事先跟他联络过才敢上门。今天郑嵇安似乎不准备出门，穿着睡衣和拖鞋，端着一盅补品慢慢品着。郑嵇安是个聪明人，他见刘子均并不坐下，而是四处张望，便笑着说："放心吧，她不在这里。"

刘子均见郑嵇安点破了他的心思，脸唰的红了。近来娱乐杂志将郑嵇安和蔡仪敏的绯闻炒得沸反盈天，刘子均因关心凌诗诗和罗小曼而常看娱乐版，所以对郑嵇安这番艳事很是了解。

"嘿嘿，连你这个老实头都关心起这种事，可见外面传得有多厉害了。"郑嵇安叹了口气，"我年纪大了，还有几年好日子？再不玩就玩不动了。"

刘子均急忙道："男人五十一枝花，蔡小姐跟你岁数差得也不算远，做夫妻还是合适的。"

"当新郎这辈子我是不指望了，这女人是个喂不熟的白眼狼。我也跟着你们年轻人赶回时髦，合则聚不合则散吧。 听说，你最近把罗小曼给休了？休了好！这种水性杨花的女人，让她去祸害别人吧。老袁的儿子这次亏大发了。"郑嵇安嘿然一笑，又说，"不过话又说回来，小子，你是不是瞄上了新的目标？否则，怎么那么容易就离了？"

刘子均一阵心酸，又不想示弱，只得用玩笑的口气说："我草根一枚，努力了几年还在原地踏步，哪里会有女人看得上我？"

郑嵇安笑道："生意场上有几个不花擦擦的。小伙子，你还年轻，又长得一表人才，没有个把女朋友，我还真不敢信了。"

说来惭愧，刘子均唯一的女人就是前妻罗小曼。当然，确实有不少多情的女孩向他示过爱，可是，他醉心事业又颇有责任感，始终不肯越过雷池一步。现在看来，那是因为还未遇到自己心仪的女孩，再次遇见凌诗诗之后，刘子均忽然感到情感的闸门被轰然打开，若不是努力克制，恐怕早就一发不可收拾。只是如今，自己的事业停滞不前，凌诗诗却正当红，他无论如何不愿去打扰她，妨碍她的前途。对刘子均而言，爱是宽容忍耐，爱是无悔付出、不求回报。他深深明白，郑嵇安恐怕这辈子都不会明白什么是真正的爱情，因为他心中根本没有真爱，只有玩弄和占有。

郑嵇安还在开着低俗的玩笑，刘子均陪着笑脸，没再说话。他不愿与郑嵇安探讨关于女人话题，继续讨论下去是对他心底某种神圣东西的深深伤害。在圈里打滚多年，他当然明白有些男欢女爱无关于爱情，而那些令他不齿的犬马声色也似乎一直离他比较遥远。未曾料到，那些存在于传说中的故事会活生生降临至他的生活中，且就发生在他的前妻和他一直尊崇有加的郑总身上。可是，刘子均对此无可奈何，唯一能做的就是守住自己心中那条底线。他努力将话题引到生意上，询问郑嵇安是否有好办法帮助海伦广告脱困。

郑嵇安思考良久，回答道："门路是有的，就看你有没有胆量。"

刘子均眼睛一亮，赶紧追问是什么样的机会。

郑嵇安不紧不慢地说："最近蔡仪敏拉到一个系列房产广告，楼盘一般，但房产商舍得出钱做广告。如果你想参与，我倒是可以跟你合作，给你个赚钱的机会。"

"那是个好机会啊。像我们这种地级市，很难有机会接拍到房产广告。"

"机会是好的，但是资金压力很大。"郑嵇安又喝了一口补品，咂咂嘴道，"广告经费得等到楼盘卖完才跟我们结算，前期投入比较大，结算流程也很拖拉。你手头还剩下多少钱，可得掂量掂量。这件事要是成了，你加倍赚钱，要是拖个一年半载，我是拖得起，对你而言可就不太划算了。"

想要赚到钱，当然得投入。这个道理刘子均懂得，他资本少，所以每次都仰仗郑嵇安的帮忙，即便是当年旅游大使选拔赛也是郑家提供的比赛场所。现在这么好的机会放在眼前，怎么能轻易放过。刘子均暗忖，郑嵇安在影视这个行当已是驾轻就熟，这次还得依靠着他，自己可以通过这单生意学习经验，积累人脉，日后学着蓁城传媒招兵买马，谋求转型，以后就不愁没有生意可做。可是，资金从哪里来？这个问题令他头痛。

见郑嵇安疑惑地望着自己，刘子均脑海中忽然灵光一闪，对了，可以把市区的三套住房都抵押出去，待到赚了钱再赎回来。他把这个计划跟郑嵇安一说，郑嵇安皱着眉头道："那三套房子的贷款都还完了吗？若是还有贷款，抵押起来很麻烦，说不定银行根本不肯让你办抵押。"

刘子均拍着胸脯保证道："我先问朋友借一笔钱，把广告拍起来再说。我妈住的那套房子没有贷款，我先抵押出去，有了这笔钱应该够了。"

郑嵇安点点头："你的资金你自己调度，事先计划好，别闹到最后连房贷都还不上。"

刘子均惭愧地点点头，不敢反驳，生意场就是这样，没有本钱，谁愿意增加一个负累，也难怪郑嵇安对他不甚放心。

凌诗诗听说了罗小曼移情别恋的消息，正想找到刘子均安慰他一番，谁料子均倒先找上门来。凌诗诗夺得选美亚军之后，刘子均还未跟她联络过，她憋着气恼，冷嘲热讽道："哟，我们的王子消失了那么久，终于想起我这个灰姑娘来了，真是受宠若惊呐。"

刘子均黯然道："你早就不是什么灰姑娘，摇身一变成了公主。我算什么王子，充其量也就是个落难的青蛙王子。"

凌诗诗自知失语，刘子均却并不介意她的讥诮，举起一个纸袋说道："诗诗，你看我给你带来了什么？"

凌诗诗一眼认出刘子均带来的是新款Iphone6手机。从前，子均曾送给她一个Iphone5s，当时她经济拮据，倍觉珍贵，可自从成为选美亚军之后，经济状况大为好转，区区一个手机已不放在眼里。但是，凌诗诗不忍伤害刘子均的自尊，装出惊喜万分的模样，接过来仔细观看："子均，你接到大生意啦？为什么又买这么贵的手机。"

刘子均见她颜色稍缓，才高兴地说："承你吉言，我确实接到了一笔大生意。有家房地产公司准备让我们给他拍摄广告片，事成之后工作人员都能拿到不少分红，所以给你买个手机是小意思，我还怕你这位亚军小姐看不上它呢。"

凌诗诗疑惑道："你的公司似乎没有摄制组吧？"

"是的，其实这个广告是我向郑总监求来的，由我负责策划，由你们蓁城传媒协助摄制，顾老负责广告片的拍摄，我来邀请你一起参加，这次肯定可以拿到丰厚的酬劳。"

凌诗诗并不在乎酬劳，以她如今的身价接拍一部广告的收入便抵得上制作部两年的薪酬，但见刘子均如此高兴，也不忍泼他冷水。她暗忖道：身在地级市广告圈接拍房产广告的机会不多，这次就权当历练，顺便帮帮子均。主意一定，凌诗诗便点头答应了下来。

"太好了，我还真怕你不答应。毕竟你现在身价不同了。"刘子均真诚地说，"不过，我还是认为选美的荣光很快会褪去，你要趁着现在经济宽裕的时候努力学好本事，打好基础，以后才能有更好的发展。"

凌诗诗望着刘子均真诚的眼神，体会到了他真切的关怀。他说得很对，选美亚军的头衔只是片刻的光华，转瞬即逝，漫漫人生路还是需要真才实学才能走好走远。吴家俊之流固然对她百般关怀，她并不质疑他们的诚意，只是，她深知，他们爱得无非是她美丽的容颜和头顶的光环，除了刘子均，又有谁会对她知冷知热、体贴入微？

见凌诗诗目不转睛地盯着自己，刘子均有点羞赧，他站起身，环顾一下四周，说："你这里麻雀虽小五脏俱全，我那破家，空空荡荡，没法住人。"

凌诗诗打趣道："你就别谦虚了，听说你刘老板当初一口气买下了市中心一层楼呢。"

刘子均苦笑道："我哪有那么大的本事？钱都是向银行借的。好不容易还了贷款，还得付给罗小曼一半房款，当然，那是应该的。过几天，我准备把一套房子抵押出去，这样才有钱投拍广告。既然是合作，我也得出一部分。唉，混碗饭吃谁都不容易。"

最后一句暴露了刘子均心中的苦涩。凌诗诗的心哆嗦了一下。

刘子均说："今晚你们公司的蔡仪敏请客，召集所有参加摄制的人员，研究一下细节，你陪我一起参加好吗？"

凌诗诗奇道："这事跟蔡仪敏有什么关系？"

刘子均挠了挠头说："噢，忘了告诉你，听说这个广告是蔡仪敏拉来的，所以郑总让她负责监制。"

既然同属一家公司，又要合作拍广告，那以后低头不见抬头见，搞好关系十分必要。凌诗诗没再多说，稍稍化了淡妆，换了衣服，便跟着刘子均出了门。

来到酒店，凌诗诗才发现，此次摄制组的人员还真不少，多数是制作部的，混杂着几个别的部门的同事，基本都是蔡仪敏的铁杆。

酒过三巡，蔡仪敏就开始跟大家商讨广告的创意和细节，接着分配任务……轮到凌诗诗时，蔡仪敏给她派了一个负责订盒饭管服装兼做场记的任务。屈辱感不可避免地涌上凌诗诗的心头，极力压抑之下变成块垒郁结在胸口。

摄制组除了顾老这个50后和个别70后，基本上都是80、90后的年轻人，气氛十分活跃。凌诗诗努力调试着自己的心情适应环境。

大家纷纷向蔡仪敏敬酒，夸奖蔡仪敏不但人美能力也强，为大家谋取高额福利，房产广告油水肥沃，顶得上半年的工资。蔡仪敏倒是来者不拒，喝到兴头上，站起身来张牙舞爪地吹嘘自己的裙下之臣。

凌诗诗偷眼看着顾老，顾老似乎很不习惯这种吵闹的场合，几乎没怎么吃菜，便起身离席。凌诗诗赶紧借故跟着顾老一起离开。

"现在的小年轻，到底怎么回事？为了点钱巴结讨好那种女人？我是越老越活不明白了。"顾老伤感地摆摆头，径自回家去了。

顾老的态度令当晚欢快的气氛蒙上了阴影，不过不管他与蔡仪敏之间有过多少一触即发的场面，对于摄制工作他倒是尽心尽力。

海伦公司人手少，广告开拍后，刘子均带着大哥和弟弟，与凌诗诗一起在摄制现场忙碌。大哥对刘子均的态度大不如前，看在有钱赚的份上，还是一直为刘子均打工。拍广告人手不够，刘国权要求把闲在家里的霍丽鹃带到现场。刘子均虽不乐意，但为顾全大哥的面子，还是答应下来。尽管霍丽鹃帮不了什么具体的忙，可她为大家端茶倒水订客饭跑跑腿，表现基本让人满意。当霍丽鹃认出蔡仪敏和凌诗诗是本次蓁城广告之星前三甲，对她们的态度马上变得亲热起来。再观察几天，霍丽鹃发觉蔡仪敏才是管事儿的，便开始围着蔡仪敏嘘寒问暖成天拍马，对凌诗诗则不理不睬。

刘子均怕凌诗诗不好受，又隐约担心她对自己的家人印象不好，明知这种担心毫无道理，仍忍不住向凌诗诗解释道："大嫂就是这么个人，你别计较。其实，当年她刚从农村出来嫁给我哥的时候不是这样的，那时候她吃苦耐劳，一大家子的家务全靠她操持。可是慢慢地，她变了，似乎变得比城里人更计较更市侩——"

凌诗诗心知肚明，笑着说："没关系，我不会介意的。其实城乡原本没有差异，只是在城市里打拼更为不易，你大嫂喜欢攀比，进城开了眼界，日子却总是比不上别人，所以心态开始不平衡。"

刘子均见凌诗诗不以为意就放下心来，他拿霍丽鹃没办法，也懒得去管她的闲事，光拍片现场层出不穷的杂事就足够刘子均操心的了，比如蔡仪敏和顾老，一个是监制，一个相当于导演，总有各种理念上的差异，疙疙瘩瘩合不拢。但在刘子均和凌诗诗的协调下，现场工作人员配合得还算和谐。

冲突爆发在一个毫无征兆的艳阳天，蔡仪敏正照例在片场指手画脚、大放厥词。顾老忽然大手一摆，所有的机器都戛然而止。

"顾老，您这是什么意思？"蔡仪敏质问道。

"我现在给你个选择，要么你走，否则，就给我闭嘴。我拍了大半辈子广告还轮不到你这个小丫头片子来指手画脚!想当年我出道的时候，你还在吃奶呢！"顾老愤愤道。

"神经病！"蔡仪敏不以为然地挥挥手，"继续拍。"

"谁敢！"顾老冲着摄像师一瞪眼。摄制组多为顾老的徒弟，他不发话，谁都不敢擅自开机，"蔡仪敏，请你别在这里捣乱。你不离开，我就不拍！"

“这可由不得你。”蔡仪敏从未吃过亏，怎肯服软，立刻回击道：“这么大摊子，每秒钟都在烧钱，你耽误几分钟，公司要损失多少钱？”

顾老哈哈大笑，指着蔡仪敏说道：“损失的到底是公司的钱还是你的钱？你别以为我老糊涂了，什么也不知道！你跟那个郑嵇安是穿一条裤子的，这个广告你们私下吞了多少，还在乎这几分钟？”

“老家伙，你骂谁呢？”蔡仪敏跳起来大吼一声，“嘴巴给我放干净点！”

顾老气得直打哆嗦，半晌，他才接上话头，向着围观的员工们说道，“大家看看，这就是现在的年轻人，眼高手低、目无尊长，这广告，我，我拍不了……”

不少员工本来就看蔡仪敏不顺眼，巴不得有人向她发难。可是他们虽敬重顾老，却也不敢得罪郑总监的枕边人，只能袖手旁观。少数房产公司的人员，搞不清状况，不愿掺合。其他人原本就嫌长日无聊，乐得围观看热闹。

蔡仪敏见顾老全然不把她放在眼里，怒从心起，叫嚣道：“不拍就不拍！谁怕谁啊。等着接拍这个广告的编导从这里排队到明年。我拉的广告，我做主！咱们骑驴看唱本——走着瞧！”

“你拉的广告？你拉的都是些什么广告！卖假药的，卖烂尾楼的，就差没把卖肉的广告满大街招摇了。”

刘子均见顾老气急败坏，口不择言，赶紧上前劝说道：“顾老师，您少说两句，气坏了身体可不值得！”

顾老见有人拉架，更加来劲：“我这百八十斤的身体少说为公司服务了二十年，想赶我走，门都没有！”说罢一叉腰，又冲着蔡仪敏道：“你以为你傍上了郑嵇安就能只手遮天？别以为你们干的那些脏事儿就没人知道。群众的眼睛是雪亮的。”

“主任来了，主任来了！”不知是谁吼了一嗓子，人群一阵骚乱，大家纷纷让道。制作部主任驾到，他本在远处与房产公司代表闲聊，老早就听到双方争执不休，本不想掺和进来，没想到事态严重，他无法再装聋作哑，只得板起面孔正色道：“你们看看像什么样子！同事之间业务交流怎么变成了人身攻击。顾老，您是长辈，怎么跟个小丫头一般见识。蔡仪敏你也不对，快跟顾老道歉！”

顾老气急道：“我跟她一般见识？她狗仗人势比谁都凶！”

蔡仪敏蛮横惯了，如何咽得下这口怨气，当即说道：“倚老卖老，有什么了不起！趁早回家养老吧，这么大年纪了还在这里跟年轻人抢饭碗，要不要脸！”

顾老是公司资深员工，在行内浸淫多年，算是老行尊，历任总监都会给其几分薄面，哪里想到会遭此“礼遇”。论口舌之能，他远不是伶牙俐齿的蔡仪敏的对手，而主任虽然各打八十大板，却明显偏袒蔡仪敏，他当即二话不说，拂袖而去。

顾老向蔡仪敏发难，令凌诗诗担心不已。凌诗诗再了解不过，蔡仪敏是个睚眦必报的人，如果她寻找机会报复顾老，那么连带刘子均等人也会受到牵连，这笔生意是刘子均的救命稻草，可不容有失。

凌诗诗赶紧追上顾老，诉说自己的担忧，请他跟主任解释几句，设法弥补。顾老满怀激愤：“我并不是针对蔡仪敏，而是看不惯公司现在的风气，人心不古，世风日下。君子爱财，但要取之有道，大家不安心搞技术，反而四处拉关系、扯皮条。他郑嵇安去贪、去占、去乱搞，跟我都没有关系。但是，像这种不学无术的女人也如此趾高气昂，在我面前上窜下跳，真是是可忍孰不可忍。”

凌诗诗一时转不过弯来，问道：“顾老，这公司是郑总私人所有的，谈不上贪和占啊？”

顾老摆摆手说：“小姑娘，我在这个公司待了几十年了。这个公司真正姓郑也不过就这几年的工夫，以前他干了些啥？别人不知道，我还不知道？这个广告我本来就不想接，现在更是不会沾手。至于你，只要好好工作好好学习，没人能赶走你。”说罢，他转身就走。

凌诗诗无奈，只好垂头丧气地回到片场。刘子均远远见她这个样子，便知道事情糟了。

蔡仪敏正在一边打电话，手舞足蹈地向郑嵇安打小报告。她见刘子均和凌诗诗等人呆望着她，又说了几句，便收了线。接着，怒气冲冲地呵斥凌诗诗道：“你看看，你师傅这是什么态度！今天你不把他追回来继续拍摄，你就给我滚蛋。”

刘子均不悦道：“你喊什么？看你这个样子，哪里还有一点点教养。这个广告不是你一个人的，我们海伦也有份。”

蔡仪敏冷笑一声：“哎呀，好大的口气，要不是郑总赏点残羹冷饭，我看你全家都得上街要饭。”

凌诗诗又惊又怒，刘子均更是愤愤不平，但他极力克制，不愿与蔡仪敏正面冲突。正在这个时候，其他工作人员开始骚动起来，纷纷质问到底是否继续拍摄。刘子均还想与蔡仪敏交涉，脱不开身，只得叫大哥大嫂出面安抚去他们。

刘国权刚要点头，霍丽鹃一把拉住他，阴阳怪气地对刘子均说：“二弟，做人可不能这样。有好处你就一个人占，有难处就叫你大哥出面帮你挡。再说，蔡小姐根本不买你的账，所以就算你出面都不一定镇得住其他人，更何谈我们这两个草包？待会儿，万一双方发生冲突有个什么损伤，搞不好你大哥又得回去吃牢饭。”

刘子均正待反驳，但见不少工作人员已经收拾器材准备撤退，急忙上前做起了工作。

蔡仪敏见刘子均走开，便将矛头对准凌诗诗：“凌诗诗，你已经得了选美亚军，接拍了那么多广告，你为什么还要到我们蓁城传媒来打杂？你究竟有何居心？识相的就快点滚，免得到时候被人赶走不好看！”

凌诗诗本不想与蔡仪敏一般见识，但蔡仪敏出口伤人，令她实在无法忍耐：“我做哪行是我的自由，不劳你来费心。现在，我是公司正式的员工，是郑总批准我参与这个广告的幕后工作，你无权决定我的去留。”

蔡仪敏被顶撞之后，觉得面子扫地，她扫视一遍不远处的刘家人，又盯着凌诗诗恶狠狠地说：“我今天算是看出来了，你跟他们刘家人还有顾老头是一伙的，存心跟我过不去。凌诗诗，你别得意，这件事不算完。你，还有顾老头，我让你们都卷铺盖滚蛋！”

蔡仪敏居然如此狂妄，仿佛她能主宰公司的一切。凌诗诗不屑一顾，却不愿再与她争执。对于这种歇斯底里的女人，不理不睬是最好的方式，凌诗诗也担心万一动起手来，子均不在，自己肯定吃亏。

“怎么，不信？”蔡仪敏不依不饶，“实话告诉你，老郑早就发现顾老头经常利用公家的机器剪辑自己私下接洽的广告，只是手下留情，一直隐忍不发。现在反正撕破脸了，正是收拾他的时候，你就等着跟他一起被扫地出门吧。”说罢，扬长而去。

凌诗诗愣在原地，思前想后，觉得郑总监未必如此鸡肠小肚，顾老也不至于如此软弱，会任人宰割。一定是蔡仪敏虚张声势，吓唬她罢了。他们之间的恩怨，未必会波及到自己这样的小人物。

刘国权知道凌诗诗是二弟的朋友，刚想上前帮腔几句，却被霍丽鹃死死拉住。他不满地看看老婆，见霍丽鹃眉头紧皱，不知心里在打着什么算盘。

“你干嘛拉住我？要是人都走光了怎么办？”

“笨蛋，看情形你二弟这单生意肯定黄了。”

“不至于吧。”

“二弟就是个二五坯子，成天被女人耍得团团转，跟着他能有什么出路？还不如我们夫妻俩另起炉灶，哪怕回乡下开个小店，也比跟他绑在一起死好。”

霍丽鹃的嗓门很大，清晰地传入刘子均的耳中，引起周围的工作人员一阵哄笑。在哄笑声中，工作人员走了个一干二净。刘子均知道，霍丽鹃是故意说出这番话来羞辱他，他真想转过身冲着这个可恶的女人臭嘴上打上一拳，并非因为她践踏了刘子均在众人面前的威信，而是因为她这种明哲保身的心理。刘家人都是海伦公司盈利的受惠者，可作为刘家的一员，她只顾自己的私利，全然不顾大局，还挑唆得大哥和母亲与他这个当家人离心离德。

唉，刘子均向凌诗诗哀叹，他为了这个家赴汤蹈火、在所不辞，可是家宅不宁、后院起火，所有的麻烦全都被他摊上了，如今，就连赖以生存的事业都摇摇欲坠，他不懂自己究竟做错了什么？上天为什么对他如此不公？

绝对的公平从来都不会存在，人这一辈子可能什么坎坷都会遇上，但是没有过不去的火焰山，唯一的出路就是尽量让自己强大起来。凌诗诗劝道。

从来都是说易行难，前方的道路究竟在何方？刘子均望着灰蒙蒙的天空和空无一人的片场，不由悲从中来。

在片场被顾老一顿羞辱之后，蓁城传媒有关郑嵇安和蔡仪敏关系的传闻愈演愈烈，稍后，这个消息开始在全城各大八卦杂志、网络上出现，就连蔡仪敏的家人也经常接到亲友的长途电话，询问蔡仪敏是否如传闻所说被大老板包养了。

在此之前，蔡仪敏对郑嵇安一直热情有加，可面对来势汹汹的负面新闻，她再也没法保持冷静，又不敢向他大发脾气，只好暂且停止了跟他的来往。为此，郑嵇安做了很多努力，每天给蔡仪敏送花，还给她的家人送礼物。蔡仪敏的父母都是见钱眼开的小市民，本来认为自家如花似玉的女儿跟了个岁数这么大的男人非常吃亏，可一见郑嵇安天天派人送礼，便改口为他说好话。

蔡父说：“你年纪不小了，这个男人很有钱，如果他肯娶你，你就嫁了吧，也别嫌他年纪大，年纪大懂得疼人。”

“爸爸，他是有老婆的。”

“嘿，男人的心思爸爸最明白。他老婆肯定是个老太婆了，怎么比得上你？你让他离婚，不就行了？”

蔡仪敏烦躁地说：“你说得容易，他老婆很厉害的，而且人在美国，怎么离婚？”

蔡父嘿嘿一笑：“我的傻姑娘，你对自己太没自信了。你长得那么漂亮，他怎么舍得下你？只要你拿出手段，不怕他不肯。”

“我试试看吧。”蔡仪敏听了老爸的话，在心里盘算了一番，决定跟郑嵇安摊牌。当郑嵇安再次约她见面时，蔡仪敏没有拒绝，跟他在星期八农庄私人会所的包厢里见了面。

待点菜的服务生一走，郑嵇安立刻坐到蔡仪敏身边的位子，一把拉住了她的手：“宝贝，你最近是怎么了？是不是生我的气了？”

“我哪里敢生您大老板的气？我算什么呀？没名没分，在旧社会，连小妾都不算，也难怪人家敢当众骂我。”

“你说的是顾老头吧？这件事我已经知道，正在想法把他辞退，你就别生气了。”

“哼，辞退了一个顾老头，也挡不住别人的闲话。我问你，我们到底要偷偷摸摸到什么时候？你到底什么时候才能娶我进门？”蔡仪敏双手抱着肩，不让郑嵇安碰自己一下。

郑嵇安努力亲近了几次，没有成功，只得作罢：“宝贝，离婚是大事，急不来。我跟她已经分居了很长时间，早就没有了感情，现在儿子也结了婚，我已经没有后顾之忧，你就给我点时间，容我去趟美国，跟她好好谈谈。”

“如果她不答应呢？”蔡仪敏气呼呼地问。

“这，”郑嵇安一时语塞，他想了想，才说，“这种事谁也说不准，也许她马上同意，也许还会跟我谈谈条件。你要给我时间啊。”

蔡仪敏瞪了他一眼，怒道：“说来说去，你就是想脚踩两条船！我看我们就这么算了吧，趁我还不算老，赶紧找个人嫁了。”说着，站起身来就想离开。

“别，别走！”郑嵇安急忙起身，将她拉回来，“我的小心肝，你别动不动就走啊。有事好商量。”

蔡仪敏板着面孔道：“不行，今天你一定得给我一个说法，否则，我再也不会等下去。”

郑嵇安叹了一口气，说：“好吧，你给我一年，一年之内，我保证离婚。”

“一年？那黄花菜都凉了。”蔡仪敏尖叫道，“你以为我还是十七八岁的小姑娘？在我老家，我几乎都是嫁不出去的剩女了。我最多等你三个月，三个月后，如果你还没有恢复单身，那我们桥归桥、路归路。”

郑嵇安留意蔡仪敏的表情，发觉她不像开玩笑，只得长叹一声，点了点头：“好吧，我答应你。”

蔡仪敏见郑嵇安松口，认为美好的未来就在不远处招手，一下子开心起来，搂住他的脖子亲了一口，又嚷嚷着跟他干杯。

郑嵇安见蔡仪敏恢复了常态，不愿扫了她的兴，连忙坐下给她倒酒。酒过三巡，蔡仪敏扑在郑嵇安身上又提出了要求："亲爱的，我爸妈辛辛苦苦把我养大，到现在还住着租来的破房子。既然我们快要结婚了，你这个做女婿的总得表示一下吧。"

"这个没问题！"郑嵇安一口答应，"我名下有几套闲置的公寓，可以送给你一套。不过都在城郊，不知你介不介意。"

"当然不介意。"蔡仪敏不假思索地说，随即又疑惑道，"你的意思是送我一套？"

"当然。房子不大，每套差不多 90 平方米，你自己随便挑，挑中我们就去过户，改成你的名字，怎么样？"

"真的啊？你对我太好啦！"蔡仪敏喜出望外，一把抱住郑嵇安狂吻起来，心里却在算计着：城郊的房子再不值钱，每平方米的价格也要近两万，90 平方米的房子就是一百多万，多少人一辈子都买不起的房子马上就会属于她。看来听爸爸的话真的没错，跟着老郑，以后还会有更多的好处。

郑嵇安回应着她，心里却暗自好笑，这个见钱眼开的女人居然还妄想当"正宫娘娘"，真是不自量力。

过了几天，郑嵇安就在蔡仪敏的催促下，陪她去看了房子。蔡仪敏事先做了功课，知道未来蓁城的地铁将扩展，因此选了一套靠近未来的地铁沿线的小户。这套房子虽然不足 90 平米，可是涨价空间最大。郑嵇安为搏得美女欢心，心甘情愿双手奉上，对他来说，这样的小物业只是总资产中的九牛一毛罢了。

之后，郑嵇安又给蔡仪敏介绍了不少广告，可是蔡仪敏嫌拍片辛苦，又不乐意学习幕后制作技术，终日除了打麻将就是陪着郑嵇安四处玩乐。郑嵇安也乐得享受她的小鸟依人，便随她去了。三个月很快过去，蔡仪敏的新居在郑嵇安的帮助下装修完毕，蔡父蔡母跟着女儿从租住地搬进新房子，东摸西摸乐得合不拢嘴，忍不住打电话跟老家亲戚夸耀生了个能干争气的女儿。偶尔郑嵇安跟着蔡仪敏过来小坐，他们的态度也是殷勤备至，似乎将郑嵇安视作了准女婿。

蔡仪敏眼见期限已过，又问起郑嵇安离婚事宜，郑嵇安百般哄骗，说正在进行中，要她再耐心等等。蔡仪敏耐着性子又等了大半年，见郑嵇安根本没有动身去美国的意思，这个时候，外界已经将郑嵇安和蔡仪敏视作公开的一对情侣，对他们的关系极尽渲染，蔡仪敏成了人尽皆知的小三角色。蔡仪敏再也等不下去了，直接跟郑嵇安摊了牌。

“你到底准备什么时候去美国跟她说清楚？”

“不一定非要去美国，在国际长途里也可以谈啊。”

“你别再狡辩了，我给你的期限早就过了，为什么这件事还没有结果。”

郑嵇安无奈地摆摆手：“我的家庭情况非常复杂，这点你又不是不知道。儿子刚刚结婚，我现在离婚对他的婚姻也很不利。”

“哈，”蔡仪敏冷笑道，“说吧，我倒要看看你还有多少借口。我看你根本不想离婚，或者根本离不了婚。你一直都在骗我，对不对？”

郑嵇安被蔡仪敏说中了心思，有点尴尬，一时不知如何回答。

蔡仪敏站起身来，指着郑嵇安的鼻子厉声说：“姓郑的你给我听好，我的青春很宝贵，不想再浪费下去。你想清楚了再来找我，否则，我们就一刀两断。”

经过这次谈判，蔡仪敏和郑嵇安的关系陷入了僵局。郑嵇安没再主动联络蔡仪敏，想借机杀杀她的锐气。不料，一个月之后，他接到了人事部转来的蔡仪敏的辞职报告，不由大惊失色。

蔡仪敏无法忍受八卦周刊的舆论攻击，也明白郑嵇安离婚无望，眼见自己年龄渐长，再三考虑之后，将郑嵇安送给她的房子悄悄卖了，带着父母回到了老家的县城。夺得季军之后，以她长袖善舞的本事已经赚了不少，还得到很多贵重的礼物。以她的实力和现在的财力，在老家安家落户再谋份体面的职业根本不是问题。

郑嵇安付出不菲的金钱，却竹篮打水一场空，恼怒之余也有几分遗憾，但是，这点小钱对他来说不算什么，他自我安慰道，能与如此年轻漂亮能干的女人有段情缘，也不枉此生了。

自从蔡仪敏与郑嵇安交往甚密后，罗小曼与袁少峰的关系愈发融洽。罗小曼一边享受着爱情与物质的双重滋润，一边暗想：就算蔡仪敏真的嫁给了郑嵇安，也没什么了不起。袁总年轻帅气又多金，郑嵇安再好也是个半老头子，又有婚史，好没意思。当娱乐周刊报道蔡仪敏已经离开蓁城，罗小曼更是开心：从哪里来就到哪里去，何必来跟蓁城人抢饭吃，这不，灰溜溜地回去了吧，活该。同时，她暗自庆幸自己的好运，却不知，陈自力已经悄悄盯上了她。

第二十五章

爱是无悔的沉醉

今年的冬天特别寒冷，雨雪天气接连不断，刘子均一个人住没什么意思，便把自己的房子空关，搬到隔壁母亲家里同住一阵子。房间里如同冰窖一般，为了省钱，他并未打开空调。他怕母亲冻坏，给她冲了个热水袋，让她窝在被子里，自己则懒洋洋地坐在客厅沙发上。稍坐了会儿，刘子均不甘心白白浪费时间，便打开电视，观摩一些正在播放的广告，吸取一点创意。一按遥控，轻快的圣诞歌曲响起，他才记起，今天是平安夜。虽说，这是洋人的节日，但是在学生时代，这可是年轻人的快乐时光。大家争相穿上与季节并不相称的时尚服饰，一起跳舞歌唱喝酒玩乐。

电视里两位衣着光鲜的男女主持人正兴致勃勃地介绍可供圣诞节消遣的场所，家里却凉锅冷灶、寂寞凄清。本以为可以顺利拍摄房产广告，谁知拍摄现场风云突变，蔡仪敏又突然辞职。出了这档子事儿，郑嵇安也无计可施，只得努力做好善后工作。眼看到手的鸭子快要飞了，一切又将回到原点。刘子均忽然悲从中来，酝酿了半天，却没有眼泪，肚子倒是咕咕直叫。

上次拍摄广告落空之后，大嫂霍丽鹃彻底不再上班。刘子均知道她心里不爽，就由着她在家做饭打扫。最近公司经费紧张，给大哥的工资有所减少，霍丽鹃大为不满，每天摔摔打打，这几天干脆人影都不见，连饭都不做了。而大哥习惯听大嫂的话，被释放回家以后，跟刘子均也不再像以往那么亲热。弟弟照例吊儿郎当，近来经常夜不归宿，或许是谈了个女朋友。

亲人的冷漠令刘子均寒心，但是“咕咕”直叫的肚子提醒了他：又不是富家公子，都到这份上了，还伤春悲秋个啥，先祭五脏庙才是正经。刘子均自嘲般笑笑，哆哆嗦嗦地爬起来，打算弄点吃的，打发这难捱的一天。门铃却忽然响了，打开门一看，凌诗诗出现在门口，她提着满满两兜菜蔬，还带来一瓶红酒。一进门，她便里里外外忙活开了，看样子准备做一桌“满汉全席”。

刘子均问道：“你今天怎么有空来看我？是吴家俊批准的，还是？”

凌诗诗白了他一眼，从裤袋里掏出两张超市购物卡，轻轻放在桌子上：“我是自由身，去哪里不用谁批准。”

刘子均酸溜溜地说：“诗诗，我知道你来看我是为了报恩，其实你不必如此，我现在快走投无路了，再也帮不了你任何忙。我看过周刊，那个追求你的吴家俊可是彪马车业的总经理，大富豪啊，你跟着他才有好日子过。”

凌诗诗头也不回地说：“甲之熊掌乙之砒霜，有些问题，我回答不了，也不想解释。我只是觉得活得很累，生活、事业、感情哪一样都不让我省心。你是大男人，与其花时间关心我的私生活，倒不如好好想想以后的出路。”

“还能有什么出路，我简直一败涂地了。”刘子均沮丧地说。

凌诗诗转过头，见他胡子拉渣、面色疲倦、语气颓废，颇感意外，在凌诗诗印象中，子均一向神采奕奕、积极向上，看来，他遇到的难事还真不小。很可能，是公司资金出了问题。

情况比预想的还要糟糕。刘子均告诉凌诗诗，蓁城传媒发出处罚顾老的公告之后，顾老检举了郑总监。据说，顾老提供的材料有一尺厚，大意是说郑总监授意工程部偷工减料，公司承建的户外景观垃圾箱、灯杆箱广告灯，还不到保质期便已朽坏；还说公司为假药和豆腐渣工程做广告等等。现在，有些大客户已经不敢跟郑总接触，不少郑总经手介绍的客户害怕受到牵连，纷纷疏远蓁城传媒，郑总的财路断了不少，哪里还顾得上刘子均。

见凌诗诗瞪大眼睛看着自己，刘子均疑惑道：“难道这些事你完全不知道。”

凌诗诗茫然摇摇头：“房产广告搁浅之后，我便接受彪马车业的邀请，去外地为他们推出的新车型拍广告。回来以后，吴家俊告诉我你们的房产广告黄了，我估计损失不小，这才赶来看看你。”

刘子均颓然倚在门框上，说：“我前期问朋友借了一笔钱，现在全都打了水漂。”

凌诗诗追问道：“那顾老现在怎么样？”

刘子均惊讶道：“你跟顾老还有接触？”

凌诗诗摇摇头，刘子均这才舒了口气：“你最好跟谁都别再联系，蓁城传媒也在追究顾老利用公家资源图谋私利，具体情况还不清楚。”

刘子均的一番话令凌诗诗的情绪跌入了谷底，顾老是她的师傅，她实在无法将德高望重、技术高超的顾老跟“图谋私利”这类乌七八糟的字眼联系起来。可俗话说“胳膊拧不过大腿”，个人与公司抗衡，一般总是处于劣势。即便最后查明顾老确实清白无辜，他的个人声誉或许还能挽回，可精神上的伤害却无法弥补。再说，人们总认为“空穴来风未必无因”，习惯戴上有色眼镜打量当事人。所以，他沾上这种事，想要完全撇清，谈何容易？蓁城传媒这招对顾老来说可谓“杀人于无形”。

眼下，凌诗诗除了担心顾老，更为刘子均忧心忡忡。她再清楚不过子均的人品，他之所以混到今天的地步，盖因他致力于业务，而其他人却精于“算计”。然而，在商言商，社会并不会因为他是个“好人”而放他一马。

见凌诗诗望向自己的眼神满含忧虑，刘子均赶紧安慰道：“你放心，我一向遵纪守法，除了经济损失，其他牵连不到我。”

刘子均说得轻松，凌诗诗却心中沉重，她早就劝说过顾老，吵闹争执只会两败俱伤，未料后果如此严重。城门失火殃及池鱼，她为刘子均惋惜，这段时间的努力又付诸东流，未来变得渺茫且深浅莫测。

“子均，你现在有何打算？”

刘子均沉吟一会儿，分析道：“目前看来，无论郑总监是否倒台，蓁城传媒已经依靠不上，继续拾人牙慧也没意思。现在欠了一屁股的债，以后怎么样，我真的不知道。”

说话间，凌诗诗已经炒好了几个菜，端上了桌。刘子均正想叫母亲出来吃饭，却发现母亲已经睡着，不便打扰，便关上卧室大门，返回客厅打开红酒，跟凌诗诗对饮起来。

凌诗诗在圈里混了多日，酒量渐长，跟刘子均对饮几杯之后，才试探着说：“子均，其实我这次来是想问问你，是否愿意跟彪马车业合作。”

刘子均一下子警觉起来，啪地放下了筷子：“诗诗，你这是什么意思？你是不是因为可怜我，所以跟吴家俊谈妥了条件来帮助我？我刘子均不值得你这样做，我也不会吃你的软饭。你太小看我了。”

凌诗诗理解刘子均，她不愿让他难堪，便低下头小心翼翼地考虑着措辞。刘子均见她低头不语，感到自己语气太重，有点后悔，为了缓和气氛，他伸手拿起凌诗诗送来的购物卡，一边翻看一边开起了玩笑：“哈？看我混成什么样子，居然需要你的接济。其实我还没穷到揭不开锅的时候啊。”

凌诗诗有点难堪，却并不生气，温和地说：“人生在世，谁都会遇上低潮。当初要不是你支持我参加比赛，也不会有我的今天。你就收下吧，饿着了你，我的心也死了一半。”

“诗诗，你——”刘子均被凌诗诗真挚的表白打动，心情激荡之余无言以对。

凌诗诗继续说道：“子均，我能理解你，但是你却不能完全理解我。我承认，吴家俊对我非常好，但我对他除了感激，不会再有其他。可是，这并不等于我会拒绝与他在工作上的合作。他是个正直又有才华的企业家，人品个性跟你十分相似，如果你们有机会合作，那才是相得益彰。”

“谢谢你的抬举，我可高攀不上。”刘子均悻悻地说，心中暗想，除了同时喜欢上你这点之外，我跟吴家俊哪有交集，更谈何相似？你又何必为了让我接受帮助而故意抬举我。

“刘子均，你怎么变得这么狭隘？”凌诗诗正色道，“现在是你公司生死存亡的关键，如果接不到生意，你哪来的钱还债？哪来资本继续发展？”

“我就是饿死也不吃嗟来之食。外面实力强的广告公司多得是，彪马车业财大气粗，找谁不可以？非要找我？还不是看在你的份上。”

“子均，你别再固执了。在这个圈子里，纵使你有倚天屠龙的绝世武功，若是没有资金支持，也只能落得个小打小闹的下场。你再好好想想。”

刘子均有点动心，却依然抹不开面子，沉吟不语。

“唉！”凌诗诗叹道，“彪马车业亟待开拓新的市场，吸引年轻的购车群体，而这个计划，需要一个责任感强、又富有创意的广告人来完成。”她见刘子均开始侧耳细听，便知有戏，“我不否认自己确实为你争取过这个机会，但是你自身的才干和创意征服了吴总。你可能还不知道，早在你筹备旅游大使选拔赛的时候，他就记住了你的名字。”

“是吗？”

“真的！不信你可以自己问他。”凌诗诗肯定地说。

“如果真是这样，那我倒是可以考虑跟他合作。”刘子均若有所思。

凌诗诗见他松动，急忙趁热打铁：“彪马车业准备出资在蓁城举办一个彪马杯蓁城好声音大赛。他倒是有意要海伦公司承办，只怕你没那个能力！”

“谁说的？只要给我机会，我一定能办好！”刘子均不服气地说，见凌诗诗正捂嘴偷笑，才醒悟过来中了她的激将法，不由大为感动。

“那我就当你答应了？”凌诗诗赶紧说。

“我答应，但我有个条件。”刘子均心里有了主意，又开始侃侃而谈，“我要求负担一半启动资金，算作本公司与彪马车业的一次合作。我不想再仰人鼻息，我要为自己的公司打出新的名号。”

“那，那钱呢？”凌诗诗怯怯地问。

刘子均知道凌诗诗善良温存，对他也是一片真心，可是吴家俊能辅佐她的事业，而自己却只是她的负累，她能兼顾到他，已属不易。至于吴家俊，凌诗诗不可能与他断绝来往，这不仅是情感的需要，也是出于现实的考虑。因此，刘子均主动提出出资合作，绝不能让她因为此事亏欠吴家俊，而在吴家俊面前失了身份。

刘子均暗自决定按照原计划将房子抵押，至于以后如何，也只得走一步看一步了。想通这点，刘子均暂时不再纠结，调整心情，与凌诗诗一起大快朵颐起来。

正吃着饭，门外突然有了动静，还未等刘子均站起身来，大门猛地开了，霍丽鹃一马当先，与刘国权、刘志杰带着个陌生人进了门。刘子均大吃一惊，不由自主地上前护住凌诗诗，质问大嫂：“大嫂，你怎么不敲门就进来了？”

霍丽鹃看到刘子均身后的凌诗诗，冷笑道：“怎么，不欢迎我？还是怪我坏了你的好事？哎呀，这旧人才搬走，这么快就有了新人啦，嘿，广告之星长得可真不赖。不过，你想风流快活回自己屋去啊，别在我屋里碍手碍脚。”

刘子均缓缓地说：“什么好事坏事，别说得那么难听。她是我的朋友，既然你们都回来了，坐下一起吃饭，开开心心过个圣诞。”

凌诗诗注意到了霍丽鹃的措辞，觉得此事不太对劲，赶紧捅了捅刘子均，说：“这不是你的房子吗？为什么你大嫂说是她的？”

霍丽鹃瞪了凌诗诗一眼，旋即笑道：“小妞还挺精明，没错，这房子早就是我的了。不过，我已经把它卖了，待会儿去过了户，过几天这位大哥就要来收房子了。”

“你说什么？”刘子均难以置信地看着霍丽鹃，又望向大哥和弟弟。刘国权和刘志杰心虚地错开了眼神。

霍丽鹃见丈夫像个缩头乌龟，上前一步，推了他一把：“刘国权，跟你弟弟说清楚，别总把责任推卸给我！”

“大哥，到底怎么回事？你说话啊？”刘子均急道。

刘国权似乎有点惭愧，他先是缩着头站在一边，见老婆脸色阴沉地催促个不停，又看了一眼弟弟，忽然挺直了腰，从包里掏出一本房产证，扬了扬，说道："这房子，妈妈已经过户给了我们仨。"说着，他指了指跟他们一同出现的陌生人说，"我们已经跟这位大哥谈好，把房子卖给他。"

刘子均上前一步，抢过房产证翻开一看，上面赫然写着刘国权夫妻和弟弟刘志杰的名字。这是怎么回事？刘子均又惊又怒，双手剧烈地颤抖起来，他忽地转过身，想跑进屋里把母亲叫醒，问个究竟，只见刘母已经被吵醒，穿戴整齐走了出来，不悦道："你们在外面吵吵嚷嚷地干什么啊？睡个午觉都不让人消停。"

"妈，这房子明明是我给你买的，怎么成了他们的？这件事我怎么一点都不知道？是不是他们逼你过户的？"刘子均将房产证递到母亲面前，连珠炮似的追问道。

"这——"刘母眼神里闪过一丝慌乱，很快恢复了正常，"儿啊，大哥大嫂照顾妈这么多年，没功劳也有苦劳，你赚了那么多钱，分个房子给他们也是应该的。"

"听到没有，这是妈自愿给我们的，不是我们抢的。"霍丽鹃气势汹汹地说，"这几年，你忙着哄罗小曼那个小妖精高兴，哪里管过家里的事，妈有个头疼脑热还不都是我们伺候的。现在那个小妖精甩了你，你还要分一半房子给她，嘿，怎么？她能要你的房子，我们就不配要？"

刘子均气得目眦尽裂，瞪着血红的眼睛质问大哥和弟弟："你们是串通好的吗？为什么要这么做？这么多年我供你们吃住，发给你们工资，哪一点对不起你们？"

弟弟刘志杰见刘子均怒发冲冠，吓得躲到了大哥身后，刘国权上前一步，叉着腰大吼一声："我们是你的兄弟，不是你养的仆人。你有钱，宁愿给你那个狐狸精一样的败家娘儿们乱花，也不肯多给我们一分。更可恶的是，我被关在里面那么久，你一点兄弟情面都不讲，居然不肯拿钱出来赎我？既然这样，我们只好自己问妈要钱。没钱，就给房子！反正房子都是我们刘家的，免得落在你手里又给别的小骚狐狸分了去。"说罢，狠狠剜了凌诗诗一眼。

"大哥，你这么说就太没有良心了。我怎么没救你？要不是我在外面东奔西跑，为你求情，为你安抚伤者，你能那么快出来？"

"嘿，如果不是为了你，我会被抓进去？说到底，还不是因为你。"刘国权声音更大了，震得窗玻璃都嗡嗡作响。

这简直就是强盗逻辑！刘子均气得头昏眼花。他悲哀地想：自己为这个家跑断了腿，操碎了心，可在大哥眼里居然是如此不堪的形象。

凌诗诗见刘子均脸色煞白，赶紧扶住他的手臂，对刘国权说："看来你根本没有意识到自己的错误。当初你动手打人就是犯法，接受制裁是应该的。后来你们又偷偷变卖属于子均的油画，他没跟你们追究，现在你们居然巧取豪夺，想卖掉属于子均的房子。我劝你们不要知法犯法，一错再错。"

刘国权被凌诗诗的话吓住了，目瞪口呆说不出话来，霍丽鹃见状，上前一步大声说："这房子原来登记的是妈的名字，本来就跟刘子均没有关系，我们犯什么法啦？"

凌诗诗冷笑一声："犯不犯法我说了不算，不过，我可以告诉你，这房子虽然是子均妈妈的名字，却是子均出资买的，房屋登记和银行转账记录上都会留下痕迹，如果走法律程序，这些资料马上就能调出来。就算你们偷偷卖了，属于子均的那一部分最终也得吐出来。"

霍丽鹃是个法盲，听凌诗诗说得头头是道，不由张口结舌，过了好一会儿，她才说："你什么人？缠着我们子均干什么？我们刘家的事轮不到你来管，快给我滚出去。"说着，朝刘国权一使眼色，就要上前推搡诗诗。

刘子均本不想与霍丽鹃一般见识，但见她出口伤人不算，还想赶走诗诗，实在忍无可忍，大吼一声："谁敢动她一个手指试试？你们再三欺负到我头上来，我都忍了，如果今天你们敢碰她一根头发，我马上去报警，好好追查上次那批油画的下落。我的忍耐是有限度的。"

刘氏兄弟俩都被刘子均吓得住了手，那个买主见状想溜，霍丽鹃眼见到手的钱财化水，急忙扯住那人的袖子。买主撂下一句"家里人统一了意见再说"，便掉头就走。

霍丽鹃见刘子均发狠，断了她的财路，便披散了头发，冲到刘母身边，发疯似的喊道："妈，你看老二，他一见到漂亮女人就忘了自己是刘家人啊。走了个罗小曼，又来了个更难缠的。你听到了吗？他想送我们全家去吃牢饭哪！妈，你可要为我们做主啊！"

刘母狠狠地跺着脚，发话道："谁敢送你们去坐牢，我这把老骨头就跟他拼命。子均，我与其让你把房子抵押了去做那些不着边际的生意，还不如给了老大和老三，卖了回乡盖楼，你要怪就怪妈，有什么就冲着我来好了。"

“妈，他们已经不是第一次了，再这样下去，还不知道会捅出多大的篓子来？再说，只有这套房子没有贷款，我抵押以后有了钱，才能继续做生意。没有本钱，谁会跟我做生意啊！”

“阿姨，现在子均正在做生意的关键时候，您可不能扯他后腿啊。”凌诗诗帮腔道。

“哎呀，我不活了！”刘母忽然往地上一躺，大哭大闹起来，“真是家门不幸，生的儿子不听老娘的话，送走一只狐狸精又迷上一只。我，我还不如去死了好——”

刘母一发飙，刘子均顿时手足无措。霍丽鹃趁机带着刘氏兄弟溜走去追买主了，只剩下凌诗诗陪着刘子均应付残局。

凌诗诗温柔地劝解着刘母，刘母虽然还在哭闹，但是已经从地上爬了起来，表情也缓和了不少。真是一波未平一波又起，刘子均的计划因为嫂子的破坏再次落了空。他心中懊恼却又不愿再次刺激母亲，只得耐着性子帮着母亲梳洗，换了干净衣服，又伺候她吃了午饭，服侍她睡下，才回到客厅。

帮母亲洗脸的时候，刘子均被自己在镜中的形象吓了一跳。原本轮廓鲜明的脸颊略有些浮肿变形，曾经清澈有神的双目下悬了两个浅浅的眼袋，从前打理得油光水华的发型凌乱不堪，鬓边还冒出几丛刺眼的白发。他忽然醒悟，人是怎么老的？就是在一而再再而三糟心的杂事中缓缓老去却不自知。他恨不能立刻抛下全家老小，躲到一个无人知晓的角落，休上一个永无止境的长假，将所有琐琐屑屑的烦恼都抛到脑后。但是他清楚地知道，这是不可能的。责任、承诺、理想所有的一切都拧成一条看不见的鞭子，鞭策着他在人生的路上快步向前。

垂头丧气地回到凌诗诗面前，刘子均无力地坐下，将双手深深插进浓密的头发，过了好一会儿，才开口道：“我现在真的不知道该怎么办才好了。如果硬要追回房子，妈肯定不答应，可是这么大一笔钱本来可以用作启动资金的，一下子没了，我真的没法接受。”刘子均捶了几下头，“诗诗，看来我是真的没这个命东山再起，我要让你失望了。”

凌诗诗握住刘子均的手，晃了几下，说：“办法总会有的，让我再想想。”她皱着眉头，思考良久，才缓缓地说：“房子肯定是追不回了，否则会要了你妈妈的老命。我还有点积蓄，可以拿出来应急。”

“不，不行，诗诗，我怎么可以要你的钱？”刘子均急忙拒绝。

凌诗诗抿嘴笑笑，说：“你先别忙着拒绝，听我把话说完。我的积蓄不多，作为启动资金肯定不够。我跟吴总关系再好，也没脸要他预支全部经费。但是，如果我们利用好手里仅剩的资金，说不定就有翻身的希望。”

“哦？你有什么计划，说说看。”刘子均仿佛看到了一线希望，立刻打起了精神。

“你还记不记得高总？就是邀请我们为杏花乳香饼做广告的那位。”凌诗诗提示道，“他曾经邀请我们为他设计工业旅游示范点，还请我们制作导视系统，当时你嫌工程繁琐利润微薄没有答应，现在吃回头草应该还来得及。”

凌诗诗静静地看着他，等待着下文。刘子均却没再说话，只是静默地回望她的眼神，他读懂了她眼神中的期待，心中升腾起了新的希望。

第二十六章
赚钱是技术更是艺术

近来，郑家虽闹得天翻地覆，但已经生下一个女儿的唐语嫣却暗自松了口气。公公郑嵇安被带走之后，一向好玩的丈夫郑凝变得顾家起来，不仅每晚回家吃饭，对唐语嫣的态度也改善了不少。早先，他们可差点闹到要离婚的地步。

郑凝和唐语嫣这对金童玉女，在新婚的半年内，关系非常之好，任何交际场合，媒体都能拍到两人手牵手的照片。但是，好景不长，在唐语嫣怀孕之后，对丈夫的“监管”减弱，郑凝便开始故态复萌，经常跟一些女明星或是交际花一类的角色混在一起，开头只是晚回家，最后发展到夜不归宿。唐语嫣向郑嵇安哭诉多次，可郑嵇安每次都安慰她说：“男人在外面应酬逢场作戏在所难免，等到你生下孩子，恢复美貌，他便会收心的。”

公公的安慰令唐语嫣暂时忍受了郑凝的花心，几个月后，唐语嫣的千金呱呱坠地。重视子嗣的郑嵇安一看是个女孩，大失所望，再加上他需要分出不少精力讨好蔡仪敏，更不会将媳妇放在眼里，连带郑凝都对唐语嫣更加冷淡。

唐语嫣自幼娇生惯养，哪受得了这个闲气，当即抱着孩子哭哭啼啼地回到了娘家，向自己父母“投诉”。

唐母见女儿满腹委屈，对郑家大为不满，怪罪丈夫道：“都怪你，非要把女儿嫁进豪门，你看，现在女儿一点都不幸福。”又对唐语嫣说，“既然你婆家不把你当回事，你就跟那小子离婚，不要他一分钱，但是小孩要带走，我就不信，我女儿那么漂亮，会没有人爱。”

唐父陪着笑脸道：“你看你，哪有父母支持自己女儿离婚的？女儿离了婚身价大跌，再想找个像郑家那样的，谈何容易。”

唐语嫣抬起一双泪眼，质问父亲："难道我就得一直忍耐下去。"

唐父耐心安慰女儿道："小夫妻俩哪有不吵架拌嘴的，就算你嫁给普通人，他也未必会一直把你捧在手心里。关键看你怎么经营家庭，不管老公对你怎样，你要多看他的优点，对他好，让他觉得还是家庭最温暖，这样才能拢住丈夫的心。"

唐母撇撇嘴说："你们男人真是不要脸，自己在外面花擦擦，还要女人拿你们当皇帝来供着。"

唐父嘿嘿笑道："你妈妈就是太理想主义，她要不是遇到我这样专一的好男人，这辈子铁定吃亏。"

唐语嫣被父亲逗得破涕为笑，唐父见女儿态度有所松动，赶紧趁热打铁，说："女儿，婆家不比娘家，你切不可任性妄为。否则受委屈的是你自己，爸妈保不了你一世啊。现在当务之急，你要处理好跟老公的关系，趁着年轻抓紧生个儿子，这样你未来的日子才会好过。不是爸爸吓唬你，就算你嫁入的不是豪门，是普通人家，这个道理一样适用啊。"

"那他会不会变本加厉？"唐语嫣不放心地问道。

"这就是爸爸的高明之处了。你还记得你们签订的婚前协议吗？郑家是商人，就算看在钱的份上，也不敢太过分。你就放心吧，听爸爸的话准没错。"

在父亲的指点下，唐语嫣逐渐适应了郑家的生活。只是，虽然她做了种种努力，郑凝对她的态度也并未有所好转。正当唐语嫣即将绝望的时候，郑嵇安忽然被带走了，郑家的大部分财产也被短暂冻结。据说，是郑嵇安从前的一些事被抖了出来。郑凝失去了郑少的光环和庞大的财力作支撑，从前围绕在身边的狐朋狗友和莺莺燕燕一下子远离了他，倒是唐语嫣给了他莫大的支持和安慰，帮着他继续苦苦支撑着蓁城传媒。向来要风得风要雨得雨的郑凝到了这个时候，才感受到妻子对他真挚的爱意，他对自己以前的所作所为甚感惭愧，向唐语嫣保证会修身养性，好好过日子。

替人打工只需做好本分，按时领取工资即可。自主创业却全然不同，尤其在创业初期，资金不足，老板兼做伙计，既要运筹帷幄、瞻前顾后、分析利弊，也要卑躬屈膝、跑腿打杂、冲锋陷阵。从前，海伦公司虽然独立接些设计业务来做，但是大项目还是依托蓁城传媒才能完成，这也是刘子均迟迟不愿脱离蓁城传媒的原因所在。如今，蓁城传媒自顾尚且不暇，海伦广告必须独自撑起门面。

这是凌诗诗第二次跟着刘子均来到高总的工厂，心境却已完全不同。如果说上次来访还有几分玩票性质，这次却是郑重其事。凌诗诗顿觉压力山大。如今被逼上梁山，再无回头路可走，只能硬着头皮摸石头过河，至于是溺水还是能修成正果，两人心里都没有底。此次拜访高总，一来为了结算早已交付的宣传画册的尾款，二来，两人想来碰碰运气，看看是否有长期合作的可能，如此也可以募集筹办“蓁城好声音”的启动资金。

再次见到凌诗诗与刘子均，高总显出意外的惊喜，主动与他俩握手。听闻他们的来意，他爽快地支付了尾款，还热情地挽留他们吃饭。凌诗诗原本担心高总食言，现在看来，再次合作的把握大了几分。

饭桌上，大家寒暄了一番，高总兴奋地告诉他俩，工厂已被批准为工业旅游示范点，元宵节过后就会正式挂牌，同时还将举办酒会招待第一批嘉宾。

凌诗诗微微一笑，一言不发。刘子均向她使了个眼色，她立刻醒悟自己姿态太高，不够恭敬，赶紧补救，一边举起酒杯满上，边附和道：“祝贺高总，您真是有头脑，有远见！我先干为敬！”说罢，一饮而尽。

高总听闻美女夸奖，心情大好，频频举杯与两人痛饮。酒过三巡，高总带着几分醉意开始详细诉说自己的创业史。交谈之下，发觉他竟然是凌诗诗的中学校友，更平添几分亲切。高总当即拍板，将第一批导视系统交给他俩制作，并预支了一部分经费。

首战告捷，刘子均和凌诗诗都十分兴奋。不过，子均毕竟老成持重，兴奋劲儿一过，便开始考虑操作细节。所谓导视系统，俗称指路牌。工业旅游示范点的指路牌不同于其他，需要新颖独特又能体现主题特色的平面设计，还需要根据厂区地形和面积做合理的数量和布局，这要依靠反复实地勘测才能完成。接着，就是制作环节，材质、规格、色差都得仔细计算。为免出现差错，一般要有专人在现场监工。最后，才是安装环节。

临近春节，打工人群纷纷回去老家，刘子均一时找不到工人。当然，这对大型广告公司来说是小事一桩，其本身的工程部就有大量现场施工人员。但事到如今，刘子均当然不可能求助老东家，时间紧迫，他决定亲自完成测量工作。

凌诗诗坚持同去，刘子均拗不过她，却不让她动手，安排她在一边记录数据。高总过意不去，拨了两个工人帮忙。数九寒冬、滴水成冰，刘子均的双手冻得伤痕累累。白天勘测，夜晚分析数据、厘定方位、设计图样。刘子均稍稍握住鼠标，手上的裂口便鲜血直流。无可奈何，只得请凌诗诗代劳。如此测量了几天，刘子均急剧消瘦。所幸，各种数据、方位终于定下。

凌诗诗见刘子均这么辛苦，不由泫然欲泣："都怪我，没能劝阻顾老，这才拖累了你。"

刘子均将她抱在怀里，安抚道："傻瓜，单飞是早晚的事，如今只是提前实施罢了。如果没有你的协助，我更加孤掌难鸣。眼下，专心致志把图纸设计出来才是重中之重。"

整个春节，两人闭门造车，设计出几十种图样，分别在不同区域的导视系统中启用。图纸传给高总看过，他十分满意，同意制作。

刘子均打算待到春节长假过去，便联系从前的合作伙伴仇总，将导视系统制作完成。凌诗诗突然生出一种不好的预感："子均，你所谓的导视系统制作工厂难道就是蓁城传媒的合作单位?"

刘子均莫名其妙："是啊。导视系统的专业制作工厂蓁城仅此一家，保质保量。我跟他们的仇总合作多年，关系良好，你尽管放心。"

凌诗诗更加忧心忡忡："从前蓁城传媒是城中广告业的龙头老大，仇总看郑嵇安的面子，当然笑脸相迎。现在你已经单飞，郑嵇安正被拘押，他的态度会不会有变化？"

"你多虑了。"刘子均一脸不以为然，"在商言商，我们付钱，工厂出货，跟我的身份没有关系。"

"那不见得。仇总毕竟是商人，商人总是追求利益最大化。如今蓁城传媒不再是他最大的客户，而你能让他赚取的利润毕竟有限。对他而言，你微不足道，可对你而言，万一他拒绝接单，我们就无法准时交货。"

如此一说，倒也不无可能，刘子均沉吟半晌，拿出手机直接拨给仇总……放下电话，刘子均一脸兴奋："成了，仇总一口答应。你呀，就是多思多虑。"

既然得到仇总允诺，凌诗诗稍稍安心，但依然隐约觉得事情不会如此顺利："子均，你赶紧起草个合同，私企一般大年初六就会开工，到时你先跟仇总签好合同，然后赶紧放下定金让他赶工。"

"好，都听你的。我现在就拟合同，满意了吧？"刘子均笑呵呵地打开电脑，字斟句酌地开始起草。

大年初六，大雪已停，到处鞭炮声声，年味儿依然甚浓。

刘子均早早就从仇总处回来，进门便颓然坐下。凌诗诗心中一凛，强笑着问：

“事情怎么样？”

刘子均摇摇头，沮丧道：“根本没见着仇总，工厂的人说他出门旅游还未回来，可他的车子明明停在厂里，准是故意躲着我。”

凌诗诗追问：“你没再打他手机？”

“打了，不在服务区。我找了熟识的办公室主任，他言辞闪烁、支支吾吾。但听那意思，仇总知道我跟郑嵇安的关系，跟我合作害怕惹上麻烦，又不好意思面对我。总之，没戏了。”

这个消息宛若一盆凉水兜头浇下，令人晕头转向，不知所措。见凌诗诗失魂落魄，刘子均忍不住安慰道：“你别太难过，也许命中注定我没有当老板的命，现在我自身难保，你不用再跟着我受苦。目前风波未平，蓁城其他广告公司肯定不敢用你，但你年轻漂亮，在行业外找份工作应该不难。要不，你去找吴家俊？”见凌诗诗面色一沉，他急忙补充道，“或者，再回旅行社去？”

刘子均居然如此消沉、如此悲观，不过，仔细一想，她能理解子均此刻的心境：初来蓁城，一无所有，自然无所畏惧，事业小成之后，却失去依傍，从头再来，又困难重重，也难怪他如此委顿。不过，若是遇到困难就要放弃，未免太过软弱轻率。

刘子均闷头抽烟，整个房间烟雾腾腾，呛不可闻。凌诗诗的思绪在烟雾里七上八下，翻腾起伏。

距离工业旅游示范点挂牌还剩下两周，坐以待毙当然不是办法。那么，上门苦苦哀求仇总？失去尊严事大，人家也未必肯吃这套。凌诗诗冥思苦想，突然一闪念：顾老在制作部工作多年，人脉颇丰，或许能助她一臂之力。事到如今，只能死马当活马医了。

匆匆来到顾老楼下，凌诗诗感到空手上门不够礼貌，于是在楼下买了些水果，才和刘子均一起敲响顾老家的门。门虚掩着，顾夫人不在家，顾老穿着一件脱了线的毛衣在厨房炒菜。见到他俩，他并没有表示，依然铁青了脸继续炒菜。

凌诗诗有点尴尬，只得把水果放下，站在厨房门口。顾老随意问了几句凌诗诗的近况，便开始骂娘：“我以前就看不惯姓郑的把公司当成自己家，听话的就提拔，不听话就开除。现在公司成了他的，有他罩着，蔡仪敏那个娘们更是无法无天，两人合伙儿给那些不法奸商做广告也就算了，还把手伸到工程部，那些个灯箱广告、户外展板的支架等等都偷工减料，发票数额却开得巨大。我就是要告他，把他告倒为止。他现在诬告我假公济私，用公家的设备干私活儿，证据在哪里？机房都有监控，把录影拿出来！我身正不怕影子歪。”

凌诗诗陪着笑脸，默默无语。顾老是否假公济私本身就是个模棱两可的命题，尤其是在制作部，公私之间本没有明显的界限。譬如长期合作的广告客户往往会要求为其提供平面设计或是提出广告创意，这当然需要借助机器、设备来完成，可是这究竟定义为公事？还是私事？若说为公，公司不收取费用，若说为私，让客户满意，客户才会提供给公司为其拍摄广告的机会。中国是个人情社会，你敬我一尺，我还你一丈，买卖不成情意在，只要不涉及金钱交易，又哪里能将公私分得如此清清楚楚、明明白白。当然，凌诗诗十分清楚，公司对顾老的指责不过是一个借口，一种托辞。

耐心等待顾老骂够了，刘子均暗示凌诗诗，要她开口试探。凌诗诗斟酌了一下，告诉顾老，海伦公司正尝试开拓新业务，最近遇到一点困难。她停顿了一下，观察着顾老的反应，她不知道现在将实情和盘托出是否会令顾老困扰，增加他的负担。不料，顾老对她的话题很感兴趣，催她继续说下去。凌诗诗心中一松，便竹筒倒豆子般一吐为快。

顾老一拍桌子，凌诗诗吓了一跳，看了一眼子均，又转过头紧张地看着顾老。

顾老责备她说：“为什么不早跟我说？是不是没把我当成自己人？仇力那家伙是个老狐狸，从前整天屁颠屁颠地跟着郑嵇安混，其实心里恨郑嵇安恨得要死，现在这种情形，不落井下石已经很够意思。”

刘子均嗫嚅道：“我们现在真的是走投无路，所有的资产都已经投入其他项目，款项还未收回。如果这单生意黄了，不仅高总那里不好交代，我们也失去了信誉，以后再想有所发展更是难上加难。”

顾老若有所思：“蓁城本地能做导视系统的工厂其实为数不少，但是出货慢、质量差，只有仇力那家还算勉强。不过，出了蓁城，够格制作这批导视系统的工厂就多了，我倒是认识几家，只是路途较远，你们得垫付物流费用。现在是春节，工人一般要等到元宵之后才会到齐。如果数量较多，还得让工厂加班加点，这又是一笔费用，你们要考虑清楚。”

凌诗诗咬着嘴唇，偷眼看子均，他也是一脸凝重，正低头思索。她了解他性格中的优柔寡断，知他定是在担忧经费问题，不过，这个关键时候可不容他打退堂鼓，可当着顾老的面又不便直言劝说，那会伤到他的自尊。凌诗诗眉头一皱，计上心来，她迅速在手机里打上两句话发送给他。

刘子均只听手机叮一声响，下意识翻出短信来看，见是凌诗诗的短信，不由抬头疑惑地看了她一眼。短信上写道：承接业务不可只考虑经济成本，口碑、信誉、质量等软成本更为重要！

刘子均并非不明事理之人，他立刻领悟到了凌诗诗的意思。沉思半晌，他终于正色道："多少钱都买不来信誉！麻烦您帮我们联系好，我们砸锅卖铁凑钱，也会连夜赶去开工。"

按着顾老的指点，刘子均与凌诗诗奔赴外地，日夜监工，终于将导视系统完成，接着连夜赶回綦城，第二天便着手进行安装。这次，凌诗诗多了个心眼，她要子均叫上高总、顾老一起在安装现场监察，根据他们的意见调整了部分导视系统的朝向和位置。安装选在晴天，确认导视系统在阳光下无甚色差，才算大功告成。

工业旅游示范点揭牌仪式如期举行。这批弹眼落睛的导视系统吸引了不少媒体和业内人士的注意，大家纷纷猜测高总必定大手笔请来上海或海外的团队打造，高总则向他们郑重推荐了刘子均和凌诗诗重新组建的"世纪传媒"。

记者的闪光灯伴随着各种艳羡的目光投向刘子均和凌诗诗，凌诗诗自动退后半步，将这份荣光让给刘子均。刘子均西装革履、容光焕发，仿佛曾经沸腾的热血又重新奔涌，他注意到了凌诗诗的退让，伸手轻轻一揽，将她拉回身边，在凌诗诗耳边轻轻说："诗诗，谢谢你，让我又重新活了一回。"

第二十七章

前男友的最后疯狂

第二天，蓁城各大报纸均详细报道了“蓁城首家工业旅游示范点”落成的消息。消息称：此次承办方为蓁城世纪传媒广告公司，世纪传媒是海伦广告转型而来，老板是蓁城广告之星亚军凌诗诗和海伦广告老板刘子均。不少八卦杂志爆出，刘子均就是选美季军罗小曼的前夫。对凌、刘、罗之间关系的猜测和评点，一时成为了各小报议论的焦点。

“妈的，这对狗男女！”陈自力看着杂志上刘子均和凌诗诗的大幅合照，气得七窍生烟，伸手想将杂志撕毁，无奈杂志很是厚实，他撕了几下，纹丝不动，只得一把将杂志扔到了墙角。

自从失手杀死孙怀谷导演之后，警方虽对陈自力颇为怀疑，却因为没有真凭实据，只得将他释放。可是，警方并未放松对陈自力的警惕，依然时不时监视着他的行为，有时还会找他问话。陈自力不是没考虑过逃跑，可是潜逃需要经费。当初为了寻找出走的凌诗诗，他花了不少钱。而警方的监控令他刚刚找到的新工作再次丢失，又一次跌入失业状态。没有进项不说，过去的积蓄也所剩无几。陈自力想过问朋友借钱，可他平时为人刻薄吝啬，原本便没几个朋友，现在又成了嫌疑犯，过去的同事朋友对他更加敬而远之，哪里还会有人愿意借钱给他？

因为这个，陈自力对凌诗诗愈发痛恨，他认为正是因为凌诗诗无情抛弃了他，他才落到这个地步。他每天在家喝得醉醺醺的，借此来麻醉自己。现在，他除了每周去超市买几份报纸，再买些便宜的酒菜度日，几乎很少出门。娱乐报刊他倒是每天必看，除了消遣之外，也为关注凌诗诗的动态。长期离群索居的生活，令陈自力比过去更为暴戾、消沉，因此，有关凌诗诗和刘子均的报道深深刺激到了他。

怪不得诗诗坚决要跟我分手，怪不得罗小曼要跟刘子均离婚。陈自力怒火中烧：这个该死的女人，当初还口口声声说我们性格不合，我看他们早就勾搭上了。还有那个该死的罗小曼，老公被人勾走连吭都不敢吭一声，让她决赛那天给诗诗下药，她居然涮了我一道。好啊，我先要你罗小曼好看，再收拾那对狗男女。

愤怒与复仇的火焰在陈自力胸腔里不断燃烧，火苗越来越旺，他几乎要被强烈的愤恨烧成灰烬。陈自力摸出手机，翻找到罗小曼的不雅照，差点冲动地发上网去。最后一丝理智却阻止了他，不行！不能这么干。现在我已经是嫌疑犯，稍有轻举妄动警察就会找上门，到时候就没办法再找那对狗男女报仇。还是稍安勿躁，想个万全之策。陈自力呼哧呼哧喘着粗气，靠着墙壁慢慢滑坐在地板上，凝神思索起来。

陈自力找不到凌诗诗的住处，便到刘子均的海伦公司旧址附近蹲守。可是海伦公司的店面已经转租给了别人，陈自力大失所望。不过，他灵机一动，打电话给娱乐周刊，说自己想结识刘子均，请求他们提供世纪传媒的地址。得到地址之后，陈自力暗自得意自己的小聪明。可是，到了现场一看，陈自力傻了眼，世纪传媒正在装修，哪有刘子均和凌诗诗的影子。没办法，陈自力只好向装修工人打听刘子均的电话，装修工人一问三不知，只是告诉陈自力，刘老板每隔几天就会来查看一下装修的进度。

无奈，陈自力只好继续使用老招数，在不远处蹲守。可等了几天也不见刘子均的踪影。后来，陈自力才在报纸上看到消息，刘子均和凌诗诗到外地为“蓁城好声音”的海选做宣传，当然不可能在本地出现，陈自力懊恼极了。既然此路不通，那只有从罗小曼身上下手了。

跟踪罗小曼可比寻找凌诗诗容易多了。罗小曼与方舟影业袁总同居的消息已经街知巷闻，而袁总的豪宅所在地更是人尽皆知。在袁总家附近蹲守了几天，陈自力摸清了两人的生活规律，总算有了收获。袁总家里有两辆车子，一辆是跑车，供袁总出门游玩使用，偶尔罗小曼也会自己驾车出门购物。另一辆是黑色大型“保姆”车，由专职司机驾驶，用于接送袁总上班或是拍戏。袁家还雇佣了一个保姆负责做饭。每到周日，保姆和司机都会休假，家里只有袁总与罗小曼两人，这天他们一般会选择自行开车出去吃饭。若是周日没有派对，他们很早便会回家，但多数时候，夜生活丰富的他们会玩到很晚。袁总经常出门拍戏，若是在本地一般都会带罗小曼同行，当然，也可能是罗小曼粘得较紧。不过，若是袁总去外地拍戏，罗小曼只得独自在家，不知是袁总不让探班还是别的什么原因。

这些，都是陈自力根据观察再结合娱乐周刊上的报道得出的结论，他暗自得意自己颇具私家侦探的潜质。经过一番他自认为周密的部署，陈自力决定选择罗小曼独自在家的星期天动手。为了达到自己的目的，他一边加紧关注娱乐杂志上有关袁少峰、凌诗诗、刘子均等人的报道，一边悄悄购买着行动所需要的工具。做这些准备工作的时候，陈自力前所未有地耐心、细致，他知道，这或许是自己这平凡的一生唯一也是最后一次“壮举”。

凌晨两点多，罗小曼刚刚结束一个聚会，打车回到自家的小花园门前。袁少峰去外地拍戏三个月，两个礼拜才能回一次家，令她百无聊赖。幸好，有个从前一起拍过戏的女演员邀请她参加生日派对，她赶紧打扮了一番，欣然前往。今天是星期天，司机和保姆都休假，她又喝了不少酒，所以没有开车。

付好车资，出租车哗地开走了。罗小曼醉眼朦胧地从包里摸出钥匙打开小花园的大门，踉踉跄跄地向里面走去。而这一切，都被隐蔽在黑暗处的陈自力看得一清二楚。罗小曼走了几步，想起还未锁门，转身准备动手把门推上，不料，一道黑影忽然从门外闪进来。来人忽地把门关好，上前挟持住罗小曼，一手捂住她的嘴巴，防止她大声尖叫。罗小曼出于本能，拼命地挣扎踢打，希望路人经过能够发现里面的异状，可是夜深人静，邻居们早已休息，外面黑漆漆伸手不见五指，连个鬼影子都没有。她体力有限，到底敌不过陈自力，被他挟持着开门进了客厅。

一进客厅，陈自力便一拳把罗小曼打晕，接着掏出事先准备好的胶带把她的手脚都绑了起来，再把她的嘴巴贴上。接着，他将罗小曼扛到二楼。陈自力四处搜寻一番，确认卧室的洗手间没有窗户，最为隐蔽，便把罗小曼放在浴缸里，打开了水龙头。

罗小曼在昏迷中觉得遍体生寒，冻得悠悠醒转，只见陈自力一张凶神恶煞的脸近在咫尺，出于本能吓得尖叫起来，无奈嘴巴已被封住，只发出呜呜的声音。

陈自力嘿嘿一笑，掏出一把尖刀，在罗小曼脸上虚虚比划两下，阴森森地说：“罗小姐，我的时间不多，咱们长话短说，我是凌诗诗的男朋友，也是那个给你发照片的人。要是你上次乖乖听话，给凌诗诗下药，今天你就不会吃这个苦头了。”

罗小曼被冷水和恐惧刺激得清醒了不少，听闻陈自力是凌诗诗的前男友，不知他意欲何为，只得瞪大了眼睛，紧盯着他手里的刀尖，一动不敢动。

陈自力继续说道：“我不想伤害你，我只想要凌诗诗。只要你照着我的话去做，把她骗到这里来，我保证不动你一根汗毛。”

罗小曼冷得快要失去知觉，一听陈自力提出条件，连忙拼命点头，表示同意。

“哼，算你聪明。”陈自力收起尖刀，拿出罗小曼的手机，凑近她说，“听好，现在我用你的手机拨打凌诗诗的电话。接通之后，你对她说，刘子均在你这里，让她赶紧过来。”

罗小曼又是一阵点头。陈自再次威胁道：“现在我把你的嘴上的胶带拿走，但是你不许叫。只要你听话，我保证不伤害你。”说罢，他伸手取下粘在罗小曼嘴上的胶布。

罗小曼猛吸几口气，缓了缓，才有气无力地问道：“刘子均应该跟凌诗诗形影不离，怎么可能在我这里？”

“我看过八卦杂志，刘子均在外地。男人嘛，趁着这机会提前回到蓁城，瞒着女朋友来探望前妻也不是不可能的。嘿，随你怎么编，说谎对你这种女人来说还不是小菜一碟。”

罗小曼冻得快背过气去，却不敢抗议，她偷看一眼陈自力的脸色，又问：“要是凌诗诗不肯来怎么办？”

“不肯来？哼哼。”陈自力瞪起眼睛，捡起尖刀，“那我只好送你去见孙怀谷那老家伙了。他一个人在地下应该挺寂寞，有你这么个大美女去陪他肯定求之不得。”

“你，你。”罗小曼哆嗦着嘴唇，“是你，杀了孙导？”

“没错。那个肥猪居然敢抢我的女人。还有你以前的老公，要不是他今天不在蓁城，我也送他一起上西天。”陈自力越说越怒，拿起手机，“说！凌诗诗的电话号码是多少？”

罗小曼见陈自力凶相毕露，不敢多嘴，赶紧报出号码。陈自力将电话拨好，按了免提键，便把手机放到罗小曼嘴边，用眼神威胁着她。

电话通了。

凌诗诗的声音有些倦怠，似乎被吵醒了美梦：“喂？小曼姐吗？”

陈自力许久未听到凌诗诗的声音，乍一听到，手不由自主颤抖了一下。

罗小曼看了他一眼，说：“是，是我。”

“这么晚了，什么事啊？”

“是，是——”

陈自力再次举起了尖刀。

罗小曼急忙说："子均，子均他喝多了。在我这里喝多了。"

"子均他怎么了？"凌诗诗的声音一下子紧张起来，"他在你家？怎么会？"

罗小曼眼睛一眨不眨地盯着陈自力，急中生智答道："子均他给我打电话借钱。少峰不在家，我就让他来我家取钱。他说他心烦，结果就喝醉了，醉得不省人事。我怕万一少峰回来看到，产生误会，诗诗，你快来把他带回去。"

"我就来。我把他弟弟也叫上。"

"别，千万别。"罗小曼心想，要是来了外人，那她这条小命可就真的玩了，"你一个人来就行。我跟你一起把他送回去。如果惊动了外人，让娱记们知道，对他的形象影响太大。"

凌诗诗一想有理，就没再坚持："好，你等着，我马上来。"

凌诗诗害怕刘子均有什么闪失，急忙起床，草草穿戴好，开车一路风驰电掣往袁家去了。袁家在郊外的别墅区，圈内人都熟知这里的地址。在门口停下车，凌诗诗便感觉气氛异样，整个袁宅漆黑一片，没有一点灯光，但她急于探视刘子均，没有多想便走进门去。小花园的门没有关严，袁宅大门也虚掩着，凌诗诗虽有疑惑，却并不疑有诈，径直走进了客厅。说时迟那时快，她只听大门啪地一声锁住，同时口鼻被一条香气奇异的毛巾捂住。凌诗诗暗叫不妙，但为时已晚，她身不由己地晕倒在陈自力的怀里。

待凌诗诗清醒过来，发觉自己手脚均被捆绑住，嘴巴也被封住，正躺在一个陌生的厨房里。从厨房门口望向客厅，是同样被控制住的罗小曼，正张大一双惊恐的眼睛望着她。

凌诗诗一扭头，只见陈自力正在冰箱里翻找着什么，立刻明白了一切。

"妈的，我们这种草根买瓶二锅头还得掂量掂量，你们有钱人满冰箱都是洋酒，估计每瓶都得好几千块吧。"陈自力一边骂骂咧咧，一边掏出一瓶威士忌。此时，他懒得费劲拧开瓶盖，直接将瓶口往大理石桌面上磕了几下，瓶颈断了，溢出了不少酒液。陈自力似乎在给自己壮胆，直接将冰冷的高度烈酒灌进了嘴里，酒瓶的碎渣割破他的嘴唇，鲜血顺着他的脖颈滴在他陈旧的棉衣上，另有不少滴在厨房洁净的地面，宛若一簇簇绮丽诡异跳动着的火焰。

凌诗诗挣扎几次，浑然无法动弹，她知道今天大事不妙。我还年轻，我可不想死！如果我死了，父母怎么办？子均怎么办？凌诗诗闪着泪光的双眼恐惧地望向陈自力，不知他究竟意欲如何。

陈自力蹲下身子，深情款款地盯着凌诗诗，情不自禁伸手抹去她脸上的泪痕：“诗诗，你真美。你知道不知道，我有多么爱你，你只要流一滴眼泪，我就甘心为了你去死。”

他伸手解开凌诗诗嘴唇上的胶布，扶起她的头，将威士忌灌入她的嘴巴：“诗诗，躺在地上很冷吧。给你喝口酒，喝了身上就暖和了。”

凌诗诗努力偏过头，避开酒液，想张嘴呼救，无奈陈自力的手强劲有力宛若铁钳般捏住她的下巴，她根本无从躲避，被烈酒呛得剧烈咳嗽起来。

陈自力体内的酒精开始发生作用，他见凌诗诗在地板上痛苦地蜷缩成一团，不禁哈哈大笑,指着凌诗诗颠三倒四道：“我让你狂，让你傲，嘿，选美亚军，你也有今天。我，我反正是没希望了，今天，我就跟你同归于尽。”说罢，他抛掉手里的酒瓶，东倒西歪地走近灶台，在矮柜里摸索了半天。别墅建在郊外，不通天然气，袁家依然使用传统的煤气罐。陈自力没有摸到煤气软管，有点泄气。可他很快反应过来，打开了煤气灶的阀门，蓝色的火苗腾地燃烧起来，陈自力用手掌捂灭了火焰。因为酒精的麻醉，他几乎未感到疼痛，只是将灼伤的手放到眼前，仔细观察一番，再次发出一声怪异的狞笑。

凌诗诗脸色大变，恐惧令她的声音颤抖起来：“自力，你这样做是犯法的。你现在放了我们还来得及，看在从前的情分上，我不会去告发你。我会说服小曼姐，让她息事宁人。”

煤气的臭味逐渐弥漫到整个厨房，凌诗诗几近窒息，可她勉力忍住胃部的不适，再次温言劝道：“我相信，你不是个坏人。只要你肯悬崖勒马，一切都可以重新开始。”

“重新开始？”陈自力浑浊的双眼瞬间放出光亮，他忽地抓住她的衣襟，“诗诗，你愿意跟我重新开始？”

凌诗诗不想触怒陈自力，却不愿说谎，只得沉吟不语。

陈自力将凌诗诗的态度视作了默许，不由亢奋起来，眼中射出淫邪的光芒。他猛地抛掉酒瓶，扑到凌诗诗身上狂吻起来。凌诗诗猝不及防，被他满嘴的血腥和酒气熏得几欲呕吐。陈自力见状，炽热的欲望瞬间变冷。他跳起身来，狠狠扇了她一个耳光，狂怒道：“当初跟老子恋爱的时候，你多温柔多贤淑。现在你牛了，跟老子接个吻都想吐，真他妈欠收拾！我就不信，今天打不服你！”

“啪”得一拳，凌诗诗俏丽的脸颊立刻肿起了半边，鲜血从鼻腔喷涌而出。

凌诗诗想要挣扎，无奈浑身被捆绑得动弹不得，待要呼救，喉咙却被死死卡住。

“叮铃铃——”袁家的电话铃声响了起来。

陈自力沉浸在巨大的挫败感和施虐的快感中，一时无暇顾及客厅里的罗小曼，对电话铃声也置若罔闻。

趁着陈自力和凌诗诗纠缠之际，被捆住手脚的罗小曼宛若蜗牛一般慢慢挪到沙发边，听到电话响，她心知这是最后一线生机。罗小曼竭尽全力撞上茶几，电话听筒咕噜噜滚到了地上。她急忙侧过脸，使劲将封住嘴巴的胶布在肩膀上蹭得松脱，接着拼尽全身力气冲着听筒方向大喊起来：“救命啊，救命，杀人啦！”尖利的呼救声在寂静的黑夜里愈发瘆人。

“臭女人，我让你喊。”陈自力知道事情坏了，他冲出厨房上前掐住罗小曼的脖子，罗小曼苍白的脸颊立刻涨得血红，眼珠几乎从眼眶中脱落，舌头也伸出了嘴唇。

凌诗诗努力直起身子，冲着陈自力大喊：“警察快来了，你要是杀了她，你也跑不了。”

陈自力闻言，知道诗诗所言不虚，只得松开了手。思索了几秒，陈自力找到罗小曼掉落在地的皮包，翻出了她的车钥匙。

罗小曼缓过一口气，以为陈自力打算放过自己，慌忙说：“你想要什么尽管拿，车子你也开走。你快走吧，警察就要来了。”

陈自力蹙着眉头，阴恻恻地笑了，唇边的鲜血不住地渗出，令他的笑容在这个恐怖之夜显得愈加诡异可怕。凌诗诗了解陈自力的性格，她感到自己的心脏缩成了一团，那极度的恐惧几乎令她窒息。她的预感很快应验，陈自力迅速走进厨房，单手将凌诗诗抱起，放进跑车的副驾驶位子。跑车只有两个位子，可陈自力又回到客厅拖出罗小曼，将她扔在座位后面狭小的空隙处。

“救命啊，救命啊。”罗小曼无法挣扎，只得徒劳地发出凄厉的呼喊。

凌诗诗哀怨地望着陈自力，不知道他下一步要如何对付自己。

陈自力启动了跑车，一路风驰电掣向乡村驶去。此时，凌诗诗已经听到了由远及近的警车呼啸声。警方一边追赶一边用扩音器发出警告，要求陈自力停车。

由于袁总的别墅在郊区，陈自力又是向农村逃窜，一路上根本来不及设下路障。凌诗诗侧过头望着陈自力，他目露凶光，紧咬着嘴唇，似乎决心走上一条不归之路。她长叹一声，明白自己再也无法说服他，看来他是要一条道走到黑了。

认识陈自力绝对是一个噩梦。凌诗诗不能否认，她与陈自力也曾深深相爱过，只是，他那偏执自私、眼高手低的性格，令他害人害己、越走越远。不过，凌诗诗扪心自问，陈自力走到今天的地步，她是否完全不用负上一点责任？她真的能够眼睁睁地看着他走向毁灭而完全不为所动？

“自力，我再劝你一句，你收手吧。”凌诗诗仿佛在喃喃自语。

警车越追越近，陈自力早已慌不择路，开进了一条岔道，前面杂草丛生、树木茂盛，似乎人迹罕至。听凌诗诗语气如此温柔，他的心忽然软了一下，不禁踩了一脚刹车。轮胎发出一声刺耳的怪声，前方碎石纷纷落下，发出噗噗的巨响。陈自力一惊，下车一看，不由吓出一身冷汗，原来车子已经开到路的尽头，前面就是悬崖。

陈自力再次坐回车里，倒车几百米，停在安全地带。罗小曼仿佛已被剧烈的颠簸震晕，暂时没有声息。

凌诗诗见陈自力情绪稳定不少，再次升起了一线希望，她凄恻地说：“自力，你非要这样不可吗？难道分手之后就一定要是敌人吗？难道我们过去那些美好的回忆你全都忘记了吗？”

正是黎明前最黑暗的一刻，星子皆已下沉，朝阳还未升起。车里是令人窒息的沉默，空气仿佛已被冻结，唯有压抑的缄默在彼此间浮动。

仿佛在等待最后的审判，凌诗诗被恐惧折磨到麻木的心反倒平静下来，她将头靠在座椅上，回想着自己这二十多年的时光。从牙牙学语到大学毕业，从一个平凡少女到选美亚军，从初识刘子均，到与他再续前缘，一切都仿佛是一场美梦，想起子均，凌诗诗的心刺痛了一下。为什么，她的美梦还未开始，就即将破裂。上天啊，你对我未免太不公平。

“哎呀，这是哪里啊？”座位后的罗小曼忽然动了一下，嘀咕了一句。

凌诗诗忽道：“自力，如果你非要让我陪葬，我无话可说。可是，罗小曼是无辜的，你放了她吧。”

陈自力心情复杂地望着凌诗诗，黑暗中他看不清她的表情，唯有她熟悉的声音和气息令他在这寒冷的车里感到一丝暖意。“诗诗，你总是把别人想得太好。”陈自力低沉而缓慢地说，“这个女人为了拿回自己的不雅照，曾经想下药害你。现在你还会认为她是无辜的吗？”

罗小曼身上的法国香水味儿充满整个车厢，陈自力吸吸鼻子，悲哀地说：“社会多么不公平，这种女人好吃懒做、坏事做尽，却能穿金戴银、挥霍生活，我们拼死拼活结果得到了什么？”

“不论别人做了什么，你我都无权决定别人的命运不是吗？自力，虽然今天你伤害了我们，但我相信你只是一时糊涂，不是故意的，对不对？如果你愿意，我会说服小曼姐，一起为你求情，求法官轻判。以后，你还可以来我的公司工作，我绝不会记仇的。”凌诗诗恳切地说。

陈自力心头一热，冰冷的气温也令他冲动狂热的头脑逐渐清醒：这么好的姑娘，从前自己为什么不懂得珍惜。他蓦然涌起一股冲动，想点头答应，可是，现在一切都迟了。

“诗诗，来不及了，现在回头来不及了。”陈自力脆弱的内心猛然土崩瓦解，他双手抱头，嚎啕道，“我杀了孙导，我失手杀了他，我好后悔，真的，可是来不及了。”

“什么？”凌诗诗仿佛被当头一棒，她做梦都没有想到陈自力才是杀死孙导的凶手。

此时，警车的笛声再次响起，警方不断通过扩音器要求陈自力放了人质，走出汽车投降。

罗小曼已经完全清醒过来，她大声尖叫：“我在这里，快来救我，把这个杀人犯抓起来。”

罗小曼的呼救声刺激了陈自力，他顿时从凌诗诗费心营造的温情气氛中抽离出来，恢复了适才的冷酷和镇定：左也是死，右也是死，要死也得拉几个垫背的。凭什么袁总和刘子均之类的老板一直有美女在怀，可自己却连个女朋友都留不住。这么一想，他恶向胆边生，怒吼道：“你们巴不得我死是吧，好，我成全你们，不过，我要你们都给我陪葬。”

凌诗诗见他再次失态，急忙安抚道：“自力，你千万别冲动。你想想你的父母亲人，如果你死了，他们会有多么伤心。你读到大学毕业不容易，如果就这么去了，太可惜了。”

是啊，诗诗说得有道理。陈自力望着东边喷薄而出的朝阳，暗忖道：活着就有希望，死了可就什么都没有了。十多年的寒窗苦读，还未来得及回报父母，就这么死了，未免太过可惜。可是，望着闪烁的警灯，想起即将面对的无休无止的审查和关押，陈自力瞬间失去了面对的勇气。他含着眼泪，留恋地看了凌诗诗最后一眼："诗诗，对不起，永别了。"说罢，他猛地一伸手，将凌诗诗推出车外。

"罗小曼，就劳烦你这个坏女人陪我去地狱走一遭吧。"陈自力随即踩下了油门，跑车在罗小曼的尖叫声和引擎的轰鸣中冲出悬崖——

"醒啦，醒啦！快去叫医生。"

凌诗诗从昏睡中幽幽清醒之时，听到母亲惊喜的声音在耳边响起。她感觉浑身疼痛，头部像缀满铅块般沉重，待神智完全清醒过来，她隐约回忆起曾经发生过的惨剧。

"诗诗，诗诗，你可醒过来了，吓死我了。"凌母守在病床前抽泣道。

凌诗诗认出了病床前的父母，旋即努力坐起来，微笑一下道："我这不是好好的吗？别担心。"

刘子均挤上前握住凌诗诗的手，含着眼泪说："诗诗，你快躺下休息。你已经昏睡一天了，幸好医生说你只是轻微脑震荡和一点擦伤，没什么大碍，否则，我——"

凌母虽然并不清楚凌诗诗和刘子均的关系，但见他对女儿异常关切和担忧，感觉他们关系非同一般，便朝凌父使了个颜色，扭头温言对凌诗诗说："诗诗，我跟爸出去给你买点粥喝，你们好好聊聊。你刚刚醒，别太累着。"

待父母一出病房，凌诗诗不禁扑进刘子均怀里，哽咽道："子均，我还以为再也见不到你了，我好害怕。"

"诗诗，一切都过去了，等你出院，我们就去登记。"

凌诗诗把脸贴在刘子均的胸膛上，抽泣道："子均，我再也不想跟你分开。"她忽然想起了什么，抓住刘子均的肩膀神经质般问道："陈自力呢？他跟小曼现在怎么样？"

"诗诗，你现在应该好好休息，别的不要多想。待会儿，可能还会有警察来给你做笔录。"刘子均亲吻着她的头发，抚慰道。

"不，你告诉我，他们是不是？"凌诗诗观察到刘子均的表情异样，她的眼泪忽然滚滚而下，但愿他们平安无事，但愿只是自己摔伤后造成的心理错觉。

刘子均知道无法瞒她，只好轻缓地回答："陈自力把你推开之后，把车开下悬崖。车子爆炸了，后来，警方在车里找到了他们——"

"啊？他们获救了？"凌诗诗惊喜地问，声音高了八度。

"诗诗，你要冷静一点。发现他俩的时候，他们已经——现在警察正在现场勘查。”

凌诗诗眼中的光芒瞬间熄灭了，她低下头喃喃自语道：“没救了？”

刘子均不会说谎，又不忍细说，只得答道：“医生说你没大碍，但毕竟受到惊吓和撞击，需要留院观察几天。如果你想知道外面的情况，可以看每天的《蓁城快讯》。”

凌诗诗瘫软在他身上，乏力地说：“不看了，待到出院再说吧。”

突然，病房的门被推开，几个手持相机的娱记旋风般冲进病房，照着凌诗诗和刘子均连拍多张照片。凌诗诗受袭住院的消息传得风快，各路娱记纷至沓来，早已在病房外守候多时。

“请你们出去，这里是医院。”几位护士进门干涉，但微弱的声音很快被乱哄哄的人声淹没。娱记们根本不理睬护士，连珠炮似地追问凌诗诗各种问题。

“凌小姐，请问死者陈自力的目标究竟是你，还是罗小曼？”

“陈自力为什么挟持你们？”

“是否因为你劈腿，陈自力才想与你同归于尽？”

“请问你与陈自力、罗小曼夫妇究竟是什么关系？”

凌诗诗无助地捂住脸颊，喃喃道：“我不知道，我什么都不知道。”

刘子均马上脱下外套，遮挡住凌诗诗，一边不停劝阻娱记，一边拨打报警电话。

“子均，带我走吧。”凌诗诗轻搂着刘子均的腰，无力地说。

一股热流涌上刘子均心际，他立刻护住凌诗诗，冲出娱记们的包围，开动汽车，带着自己心爱的女人去寻找一个避风的港湾。

尽管凌诗诗遭受重创淡出娱乐圈，转向幕后。但是她因祸得福，名声大震。由她主演的电影《买房战争》和接拍的各种广告成为了观众的宠儿，票房和收视率一路飙涨。

在这期间，《蓁城快讯》陆续刊登了一系列有关选美佳丽们的新闻。

最著名的当属蓁城广告之星亚军和季军同时被歹徒陈自力挟持事件。据说，陈自力系凌诗诗前男友，因不甘被抛弃企图与她殉情自杀。至于陈自力为何挟持罗小曼，且在最后关头弃凌诗诗，与罗小曼同归于尽，实在是个不解之谜。当事人已经身故，无法知道实情，因此各大娱乐报刊只得调动最大的想象力，将此事演绎成数十个版本。后来，已故季军罗小曼的同居男友袁少峰向媒体透露，当晚他曾打电话回别墅，听到罗小曼在话筒中大喊救命，才得以及时报警，制止悲剧进一步发生。后经警方证实，陈自力系杀害孙怀谷导演的凶手。而孙导却是偷拍女星的下流之徒，罗小曼生前曾因不雅照受陈自力威胁企图阻止凌诗诗参加决赛，未果。媒体推测陈自力因此对罗小曼动了杀心。

舆论对此一片哗然。大家开始同情凌诗诗的遭遇，指责孙导、罗小曼的缺德，认为陈自力心术不正、罪有应得。

陈自力一案平息之后，蓁城传媒前任总监郑嵇安被查一案也有了结论。郑嵇安确实存在一定的不法行为，但念在他积极退赔的改过行为，法院对他从轻发落，并且依法追回了选美季军蔡仪敏获赠的房屋款项，至于蔡仪敏需要接受怎样的处理，报刊并未细说。蓁城传媒经过一番整肃，由郑凝接管。郑夫人唐语嫣曾是选美冠军，不少客户冲她的名声而来，因此蓁城传媒虽然盛况不复从前，却也能勉强支持。

一年以后，《蓁城快讯》报道：由海伦广告转型而来的“世纪传媒”正式启动“蓁城好声音”大赛。主办方“世纪传媒”的法人正是蓁城广告之星亚军凌诗诗以及海伦广告老板刘子均。除此之外，蓁城广告之星落选佳丽苏萌的先生以及蓁城传媒唐语嫣女士也是本次活动主办方的合作伙伴。

两年之后，蓁城广告之星已故季军罗小曼的前男友、方舟影业少东袁少峰全家移民海外，方舟影业被世纪传媒并购。

三年之后，世纪传媒公司周年庆典暨刘子均、凌诗诗的结婚典礼同时进行。鞭炮声声中，刘子均和凌诗诗将一份特殊的纪念品分发给来宾，这是一个精致的同心钥匙扣，背后刻着一首藏头诗，将一对新人和公司的名字包含在内。

大家纷纷道贺，大厅里喜气洋洋、歌舞升平。正忙乱间，一个大嗓门忽然不合时宜地响起：“你们小两口现在出息了，让我这个老家伙也来加盟吧！在家实在闲得无聊透顶。”

刘子均和凌诗诗相视而笑，一齐望向顾老，异口同声道：“我们求之不得！”